Scholars and Rebels

学者と反逆者

テリー・イーグルトン 著
大橋洋一／梶原克教 訳

松柏社

目次

第**1**章 植民地知識人 …………………………………………………… 1

第**2**章 ある知識人階級の肖像 ………………………………………… 93

第**3**章 碩学と社会 ……………………………………………………… 173

第**4**章 陰気な学問 ……………………………………………………… 221

第**5**章 青年アイルランド派その他 …………………………………… 283

訳者解説▼梶原克教・大橋洋一 ………………………………………… 318

原注 ………………………………………………………………………… 336

人名索引 …………………………………………………………………… 393

リッカ・エドマンドソンとマルカス・ヴォルナーに捧げる

Scholars & Rebels in Nineteenth-Century Ireland
by Terry Eagleton
Copyright © Terry Eagleton 1999
Japanese translation rights arranged
with Blackwell Publishers
through Japan UNI Agency, Inc., Tokyo.

まえがき
Preface

本書は、アイルランド文化研究三部作の最終巻である。前二作『ヒースクリッフと大飢饉』*Heathcliff and the Great Hunger* (Verso, 1995)【日本語訳『表象のアイルランド』鈴木聡訳、紀伊國屋書店、一九九七】『いかれジョンと主教』*Crazy John and the Bishop* (Cork University Press, 1998)【日本語未訳】と同様、本作も、個々の著者というよりも、文化運動や思想潮流のほうに関心を寄せている。また前二作と同様、本書もまた、マイナーな人物たちを復権させ、彼らに、その失われた名声を回復させることで、アイルランド文学研究における正統的な傾向に抵抗し、またあわせて、この分野における関心の狭さにも抵抗している。焦点を絞ったのは、一九世紀半ばのアイルランドにおける異常なまでに沸騰した知識人の活動であり、その範囲は政治から医学、文化史から政治経済へと多岐にわたった。ただ扱う時代が短く限られているため、どのように論ずるにしても、網羅的というより選択的なものにならざるをえないし、本書もまた、かなりの程度、大胆な取捨選択と排除を避けられなかった。とはいえわたしは、この驚嘆すべき共同体の知識人たちの豊富な関心事をいくぶんなりとも記録するよう試み、あわせてそうした関心事を、理論的にも説明するよう試みた——知識人の活動全般の特質ならびにその活動が政治生活において占める位置についても考察しながら。

T・E

一九九九年　ダブリン

凡例

一、**括弧の扱いについて**　（　）と［　］は原文の通り、『　』は原文中で引用されている書物及び雑誌の題名、「　」は原文中の引用符、〔　〕は訳者が新たに補った注解を示す。

二、**※印について**　右上にこの印が付いている語は事項索引に挙げられているため、解説を参照できることを示す。なお、初出時のみに印を付けている。

三、**〈　〉で括っている語について**　原文中、大文字で始まる名詞（特に組織・機関）の理解にアイルランド史特有の知識が必要と各訳者が判断した語（その多くは、凡例二にある事項索引に挙がっており、解説が付いている）を示す。但し、人名・地名・大学名などの固有名詞を含め、前記した知識が不要と思われた場合には、基本的に〈　〉で括っていない。

四、**ルビについて**　原文中でイタリック体の語を示す。または、日本語の訳語として必ずしも定着していない場合に、原語を明確にする意味でルビを振っていることがある。

五、**傍点について**　原文中でイタリック体の語や文を示す。

第1章

植民地知識人
Colonial Intellectuals

知識人《インテレクチュアル》全員が聡明《インテリジェント》ではないし、聡明《インテリジェント》なる人びとすべてが知識人というわけでもない。「知識人 intellectual」という語は、「理髪師《ヘアドレッサー》」とか「最高責任者《チーフ・エグゼクティヴ》」という語と同様に、個人の資質ではなく社会的機能を指している。この点を誤解する人たちがいる。彼らは、知識人を無力なとか、ぶち壊し屋などとけなしていながら、知識人なる語に、「いわゆる」という語をつけないではいられなくなる。自分で揶揄しようとしている集団を、ただ知識人と呼ぶだけでは、はからずも相手に敬意を払ってしまうのではと不安になってしまう。つまり、いま攻撃している知識人というのは、もぐりの似非《えせ》知識人なのだと、その「いわゆる」でにおわせて、知識や教養に反対する実利一点張りの人間とは見られないようにするのである。そうした似非知識人そのものは排除するが、真の知識への敬意は、たとえみせかけでも確保しているふりをするわけだ。

　知識人というのが、現代の実利主義者にとって問題のあるものだとすれば、知を恐れつつも敬っていたヴィクトリア時代の人間にとっても、知識人は、かなりやっかいなディレンマを表象するものであった。知は、未来への大いなる前進運動の原動力であり、伝統的な学問を分解して何百という専門分野を生み出すとともに、そうした知を産業の振興を図ることだけに奉仕させる専門家知識人という新人類を登場させた——すなわち科学者、官僚、技師、管理者などを。しかし、その新たな知は、その世俗化傾向と醒めた姿勢によって、多くの伝統的な信仰心なり拘束力を突き崩しかねない脅威の存在ともなった。そもそも伝統的な信仰心なり拘束力によって社会にもたらされる安定なくして、社会の進歩は望めないからだ。これまで社会的安定をもたらした価値とは、慣習であり、崇敬の念であり、伝統であり、直観であったが、それらが、より実務的で専門的な知性による合理的思考の篩《ふるい》にかけられ、存続が危うくなる。アルフレッド・テニソンの作品に途切れることなく両面価値が認められるのは、テニソンのなかで、「知識」と「叡智」が、テクノロジーの進歩に対する熱狂とテクノロジーの傲慢さへの警戒心が、せめぎあうことが多くなったからだ。コールリッジからラスキンにいたるヴィクトリア時代の賢人たちは、かくしてグラムシのいう「伝統的」知識人〔'traditional' intellectual〕となり、超越的価値の存在を信じ、公正不偏の探求を金科玉条とするところの反近代的な信念を育むことになった。一方、科学者や政治扇動家や社会工学者たちはグラムシのいう「有機的」知識人《インテリゲンチャ》〔'organic' intelligentsia〕の役割を演ずることになる。彼らは、知を実践的かつ解放的な力として行使する社会的職能者のことだ。[1]この新旧論争の新版が一九世紀のアイルランド社会にも影響をあたえるさまを、いずれ見ることになろう。たとえば法律家のアイザック・バットが「時代の懐疑主義と物質主義」に対抗する真の「精神文化」について語るとき、彼は伝統的知識人として発言しているのである。[2]

しかし「伝統的」と「有機的」の対立は著しく不安定である。歴史家のW・E・H・レッキーは「二種類の文筆家」について語っている。すなわち「時代の支配的な趨勢なり意見なり慣習なり特徴なりを忠実に代弁し、力強く表現し、周囲に蔓延している未完成の思想をひとつひとつ吟味しながら拾い上げ、それに明晰な声をあたえ、それを擁護することで、強力に支援する」文筆家と、時代の因襲的な叡智とは一線を画すもっと独創的な文筆家たち。(3)レッキーの最初のカテゴリー——「反響たち《エコー》」と彼が見下して呼んでいる人びと——は、人口に膾炙している民衆の考え方を組織し表明するという役割からみて、グラムシのいう有機的知識人に似ているが、その批判機能は希薄で、結束強化機能が際立つ点で有機的知識人とは違う。ここでレッキーが念頭に置いているとおぼしきは、通俗的解説書の作家や三文文士的ジャーナリストや金儲け主義の文人たちであり、彼らの誰に対してもレッキーは時間を割くつもりはない。彼の第二のカテゴリー——「声たち《ヴォイス》」と彼が呼ぶ人びと——はジャーナリスティックな公的領域から超然と身を引く点で賢人あるいは伝統的知識人であるが、こうした身を引く姿勢ゆえに、グラムシが有機的知識人《インテリゲンチャ》に付与した批判機能のなにがしかを満たすことになる。グラムシの有機的知識人はおおむね、対抗的な集団なり階級を代弁する者であるがゆえに、民衆の意見に対する批判者にも代弁者にもなりうるのだが、このような二つの役割は、貴族であったレッキーには当然齟齬をきたすものであった。

　ある意味で知識人は大学人《アカデミック》の対極に位置するものと定義できる。大まかに言えば、大学人は明らかに知識人に位置づけられる。なぜなら彼らも専門家として知識や着想を商《あきな》うからである。しかしながら語のもっと正確な意味でいうと、ほとんどの大学人は知識人ではない。ひとつには古典的意味でいう知識人は、異なる複数の分野を横断する傾向にあるが、大学人は通常、単一の専門領域に留まるからである。このような横断的思考を知識人が必要とするのは、彼らが社会全体にあてはまる思想の形成に関心があるからだが、そのような関心のありようはアカデミーの住人たちとは無縁である。[4] ジャン＝ポール・サルトルは、核物理学者本人が核実験反対の請願書に署名したときに限り、その科学者を知識人とみなしたのである。知識人が公的領域を活動の場とするのに対し、大学人は、たとえ国家から研究助成金をもらっていても、もっと私的性格の領域に留まっている。一九世紀アイルランドでトップの学術機関※トリニティ・カレッジ・ダブリンは、世紀の中葉には、アイザック・バットやトマス・

デイヴィスといった、国民感情の高まりに乗じて思想と政治生活との橋渡しをするような人物を輩出し、思想的中枢として機能していたのだが、世紀末までには外界から隔離されたアカデミックな閉鎖空間のごときものへと変貌をとげた。エドワード・ダウデンのような学者たちは、[5]隔離的な知的生活様式へと沈潜することで、ゲール・ナショナリズムに抵抗したのだが、そのため彼らは、ますます公的領域から遠ざかることになった。こうした変化は、世紀の半ばから〈世紀末〉にかけて活躍した歴史家W・E・H・レッキーの経歴にも反映している。若きリベラルなナショナリストが気難しい保守的な学者へと変貌したのだ。

　さまざまな時代に、さまざまな場所で、アカデミーのひとつないし複数の言説が、知識人の活動と呼ぶにふさわしい活動に対し、一時的な基地を提供してきた。したがって、歴史的状況に応じて、中軸として選ばれるアカデミックな学問が変化するにつれ、知識人の活動の場も転々と移動する傾向にある。イギリスでは「英文学」が、もともとその定義があいまいなこともあって、知識人の活動の中軸となる学問の役割を一世紀半にわたって務めてきたのだが、近代ヨーロッパの各地では、哲学が、このような役割を長きにわたって演じてきたし、それ以前には神学がその役割を演じてきた。実際、英文学研究は、その敷居が驚くほど低く、そのため数多くの関心事——その多くが、かろうじて文学的と言えるようなものにすぎなかったが——の寄合所帯を許すほかなかった。このことはコールリッジについていえただけでなく、現在の、カルチュラル・スタディーズについてもあてはまる。死《デス》の問題から韻文における強弱弱格《ダクティル》の問題まで、明喩《シミリー》から性現象《セクシュアリティ》まで、倫理《エシックス》からエピグラムまで、扱えぬものなどなきがごときこの科目は、大学人のみならず知識人（あるいは、さしずめ今なら「理論家」とでも呼べそうな人たち）の関心をひきがちである。とりわけ文学の材料——すなわち言語——は、文化全般の媒体でもあり、テクストと社会とをつなぐ軸でもあるから、なおさらである。

ただ、これはとりわけ歓迎すべき展開ではない。なにしろ文学批評の専門家になるべく教育を受けてきた人間は、思考と呼ばれている活動だけは、ややもすると苦手だからだ。したがって「文学理論」という用語は、「軍事情報《インテリジェンス》」といった用語と同じく、どうしても撞着語法的な違和感がつきまとう。文学批評家の得意分野は感覚的な具体表現であり、語調の変化であり、構文のひねりである——そのため、よりにもよって彼らが、わたしたちの時代に「知識人」の機能を担いがちだという事実は、おそらくすでに、なんらかの危機が生じていることの証左と言えるだろう。ただし、彼らが割り込んでくる領域というのが、認識論とか精神分析であって、外科手術とか航空工学ではないことは不幸中の幸いである。だがそれにしても彼らの越権行為は、知的傲慢の問題でもあるが、歴史的必然の問題でもあった。彼らの周囲で起きている〈聖職者〔＝知識人〕の裏切り〉こそ、何にもまして、やや茶番めいた醜態を彼らがさらすことになった原因である。換喩がどこにあるかを発見する専門能力に長《た》けた彼らが、人間主体の本質について厳《おごそ》かに御託宣を並べる、あるいは予期的表示法に着目する技能を習得した彼らが、知の不確定な性格について延々とまくしたてる。ひとたび社会学が実証主義の餌食になり、哲学が言語分析に、心理学が行動主義へと限定されてしまうと、そうした学問分野はどれも、人びとがいまなおその答えを求めてやまない大きな倫理的・政治的・形而上学的問いの多くを、概念上のお荷物として捨て去る傾向にある。そうした問いをすくい取るために利用できる学問として、文学研究や文化研究に期待が集まったのは避けられぬことだったのだ。

名詞としての「知識人 intellectual」という単語は、一九世紀に誕生したのだが、初期にはやや特異な、またときに軽蔑的な用法をともなっていた。この語が初めて英語辞典に収録されるのは一八八〇年代であり、最初は名詞ではなく形容詞〔「知的な」〕として、高度な形態の知を把握できる能力を指していた。ところが一九世紀末に、この語は、ドレフュス擁護論者たちを経由して、集団的・政治的な意味合いを強めることになる。T・W・ハイクが論ずるところでは、ヴィクトリア時代の英国には、いまで言う知識人に分類される職種は、科学者、学者、文人の三つしかなく、この三つのカテゴリーを統合する上位のメタ・カテゴリーは存在しなかった。[6]二〇世紀になると、新しい、だが正確には派生語であるところの「インテリゲンチャ intelligentsia」が、ロシア語からの借用語として登場し、政治的に反体制的な思想家たちの自覚的集団を指すことになる。[7]知識人が私的で孤立した人物であるかもしれないとき、インテリゲンチャのほうは、みずからの社会的集団性に自覚的である。自分たちは近代国家が生み出した集団だが、それでいて、しばしば、またとりわけ植民地状況では、国家から疎外され、必要以上の高学歴をもてあまし、社会的野心をくじかれ、政治的弾圧の歴史に甘んじていることを自覚している。[8] このことはとりわけ一九世紀のアイルランドにあてはまる。そこでは金融や商取引はおおむねプロテスタントがコントロールし、安月給の学校教員が過剰に生み出されつつあった。植民地国家は行政ならびに教育上の要請から、新しい種類の事務職行政官や専門職階層を誕生させることになる。彼らは、宗主国において立身出世することを夢見ながらも、生まれ故郷における栄達の希望のなさとの矛盾に引き裂かれてゆく。かくして彼らが、政治的ナショナリズムの実り豊かな温床となる。

一九世紀アイルランドにおいてイギリス側からの近代化と統合要求は熾烈をきわめ、労働委員会の組織改革にはじまり、貧民救済法、警察機構、陸※地測量、公立学校などの整備、試験による公務員採用など矢継ぎ早に改革が進み、その結果、官僚組織が急成長し、行政機関が大規模に拡張し、そこからインテリゲンチャ（広義のグラムシ的意味でいう）のめざましい増加を見る。公務員採用数は一八六一年から一九一一年にかけて十倍になり、この間、公務員全体のなかでカトリックの占める割合は、三十九パーセントから六十一パーセントへと劇的に跳ね上がるのだが、これは一九世紀初期の教育改革が遅ればせながら実を結びはじめたせいだった。[9]かくして一九世紀の終わりには、カトリック系インテリゲンチャの台頭を見る。これに応じて、※アセンダンシー〔※アングロ・アイリッシュのプロテスタント支配勢力〕は政治的に敗北し、みずからの文化生活の刷新を迫られる。カトリック系インテリゲンチャとアセンダンシー、この二つの集団が融合し、やがて※文芸復興派として知られるものになる。二つの死にゆく文化が不安定なかたちで合体したのだ。衰亡するアングロ・アイリッシュの紳士階級《ジェントリー》は、カトリックのナショナリスト中産階級に向けて恐る恐る手を差し延べ、一方この中産階級の知的指導者たちは、古代ゲールのアイルランド文明という、これまたもっと死に瀕している文明から、みずからのアイデンティティを造型することに余念がなかった。

やがて、インテリゲンチャが、部分的に国家の職務を担うようになる一方で、知識人たちは、おおむね国家とは無関係に市民社会のなかで活動することになる。この意味で一八世紀アイルランドの愛国的学者たち、チャールズ・オコーナーやシルヴェスター・オハロランは「知識人」とみなすのがいちばんよいかもしれない。一方、パトリック・ピアス、D・P・モーランやアーサー・グリフィスといったナショナリストの活動家たちは、もっと近代的な「インテリゲンチャ」に属している。〈※青年アイルランド派〉の出自は、おおむね都市の専門職や法律家やジャーナリストの家庭であったが、これはレッキーやウィリアム・ローアン・ハミルトンといった伝統的な知識人たちとは著しい対照をなす。ナショナリズムに関する社会的〈ルサンチマン〉論はピアス、モーラン、グリフィスといった国内エグザイルたち、また彼らと並んで、フィンタン・ローラーやひと握りの他の青年アイルランド派に、かなりよくあてはまるが、しかし、ウィリアム・ストークスやウィリアム・ワイルドや若き日のW・E・H・レッキーといったアングロ・アイリッシュの著名人たちの国民感情を説明する役には立たない。ダブリンの〈アセンダンシー〉の精華としての彼らが、みずからを社会的に排除されていると感じていたなどとは言えないだろう。こうした〈アセンダンシー〉知識人たちは、顔見知りどうしの親密なネットワークのなかで自覚的なインテリゲンチャ集団となっていた。そしてもし彼らがインテリゲンチャの流儀にのっとって、批判的だが穏健な反体制勢力であったとしても、それは彼らが、好戦的なゲール文化の風土のなかで、社会的栄達を阻まれているというよりも、中心から外れていると感じていたからにほかならない。グラムシ的意味における「伝統的」知識人として、[10] 彼らは、自分たちを排除しかねない当の国民運動のために、その堂々たるみずからの知的財産を役立てることで、新たな役割を模索できた。あたかも彼ら自身に固有のアイデンティティ危機を、彼らとはかなり異なる国民のアイデンティティ危機全体と組み合わせることで解決できるとでもいわんばかりに。

　こうするなかで彼らはおおむね伝統的知識人として留まった。上層中産階級に属し、しばしばアマチュア学者で、新聞社のオフィスとか公立学校とか官僚機構のなかで活動するよりも（ジョン・ミッチェルとかピアスとかグリフィスとかモーランとは異なり）、大学や紳士クラブにいるときのほうがくつろげる人間たち。しかし彼らはまた、政治が不安定であったがゆえに、協同作業や政治的介入行為を、それも、通常、グラムシのいう有機的知識人《インテリゲンチャ》と結びつけて考えられているような協同作業や政治的介入行為を、強いられてしまう。そしてこのことが、あとで見るように、彼らの注目すべき機関紙※『ダブリン・ユニヴァーシティ・マガジン *Dublin University Magazine*』（DUM）に見出せる数々のパラドックスを解明する鍵となってくれるだろう。またさらにこうした上流階級学者たちが国民文化に対しておこなった主要な貢献――一八二四年から四一年にかけての陸地測量――は、彼らを国家装置と直結させることになったより行政専門職的インテリゲンチャへと変貌をとげたのだ。[11] 一九世紀アイルランドにおける単一のもっとも野心的知的計画である陸地測量は、イギリスから財政支援を得ていた。いかなるアイルランドの機関もそれを財政的に支えることができなかったというのもその理由の一端であった。まさにアイルランドの市民社会の弱さが、中央集権的国家の誕生に力を貸したことになる。ウィリアム・ワイルドは多くの点で伝統的知識人であったが、陸地測量に劣らず「近代化」計画である国勢調査への貢献によって、ナイトの称号を得ることになる。彼らは、伝統的知識人と近代的知識人との異種混交体《ハイブリッド》であった。ただ同じことはゲール・ナショナリズム運動を支援する知識人たちにもあてはまった。彼らは近代的専門職に就くための訓練を受けていたが、昇進の道を閉ざされたことで、ネイティヴィズムという反近代のイデオロギーに回帰し、彼らにとってきわめて緊急の目的を遂げようとしたのである。ナショナリズムが手近にあってこうした反近代のイデオロギーを供給することになったのは、「合理的」近代国家が、植民地インテリゲンチャを疎外し、彼らが回帰していておかしくないような伝統的世界観の信用失墜に加担し、伝統的世界観にとってかわる新たな象徴体系に対する欲求を生み出したからである。アングロ・アイリッシュの中産階級と同様、彼らインテリゲンチャの男女は、自分たちが民族の正当な後継者であること、そして国家が民族体制へと転換されうるときに限り、国家に再び参加できることを訴えた。かくして庶民は、二つの求婚者たちから迫られることになった。青年アイルランド派〔カトリック系〕と『DUM』〔プロテスタント系〕、※シン・フェイン党〔カトリック系〕と※アビー座〔プロテスタント系〕、その拮抗する両勢力から。

・・・・・・・・

近代的意味における知識人を、エドマンド・バークはもっとも恐れていた。すなわち、彼らは根無し草で、頭でっかちで、感情が麻痺している人物であり、教会とか国家における伝統的機能から乖離し、あらゆる社会的紐帯を断ち切り、専門的知識をもつ懐疑家たちとなって、いまや危険なまでに浮遊する階層を形成したというわけだ。(12) 彼らは社会制度の維持に固執するのではなく、彼ら自身の思想に固執する——このことは、たとえ問題となる思想がラディカルなものでなくとも、彼らの政治的忠誠心に対して疑問を投げかけるに充分なものがあった。この種の冷徹な合理主義者は嘲笑されてしかるべきであり、また警戒すべきである。嘲笑されてしかるべきなのは、彼らが役立たずであり、一般市民の生活から愚かしいほどかけ離れているからである。(13) 警戒されてしかるべきなのは、民衆の慣習行動を彼らのように拒絶する姿勢が、政治革命を生み出すからである。このような人物は、救いようのないほど哀れだが、また悪辣でもあり、滑稽なほど現実認識を欠いている反面、主義主張には驚くほどのこだわりをみせる。イギリス人にとって、こうした人物の典型こそ、ほかでもないフランス人であった。孤立し、やすらぐ家もない知性は、ひとたび情感や慣習、また事物の肌理《きめ》細やかな感覚的次元から遊離してしまうと、超越的な立場へと飛翔する恐れがある。この超越的地点は、幸いなことに、政治的に見れば少なくとも無害という長所をもつが、そのとき知性それ自体と情緒情感とのあいだにできた距離を、知性は、批判のための空間に変えてしまうやもしれぬ、ということになった。ちなみに、わたしたちの時代において、この批判のための空間を占めるようになったのは「理論」であり、これは、まさに偏向し、また青ざめたものとして攻撃されうるのである。とはいえ理論には感情が欠けているという批判は、皮肉なことに、特殊な感情理論に依存している。つまり情動とはつねにローカルなもの、私的なもの、直感的なもの、非思索的なものという理論である。こうした批判はまた次のことも無視している。すなわち——少なくとも左翼政治勢力に関する限り——「合理的」批判が感情や価値観を攻撃するときには、〈理性〉至上主義を旗印に掲げているわけではなく、感情や価値観の別の選択肢を求めようとしているということを。

知識人は、確認しておくが、左翼政治勢力だけが独占しているわけではない。思想を商うのを専門とする者たちは、思想の重要性を過大評価する危険性があり、そのためもっとも唯物論的な思想の持ち主でも、自然発生的観念論に嵌《はま》りがちである。なにしろ知識人にとって、価値や信念が、政治や制度に先行すると思わないことのほうがむつかしいからだ。まさにこうした性質ゆえに、知識人の仕事は右翼的存在論と連携しうるのである。そのため〈歴史〉は〈時代精神〉によって支配されるとみなされてしまう。それは思想が、知識人本人の物質的生活を支えると信ずるがごとき過ちであった。まさにこうした考え方――こう言ってよければ、知的生活〔知識人の生活〕を自然発生的とみるイデオロギー――と戦うなかで、カール・マルクスの仕事が生まれたのである。とまれ一九世紀末にかけて、「知識人 intellectual」という語は、慣習実践には超然と背を向けるオリュンポスの神々にも似た崇高な精神の持ち主を意味するようになる。マシュー・アーノルドの文章――そこでは、慣習実践は却下されるのではなく優先順位を下げられるのだが――は、こうした展開の中継点になった。しかし、この語はまた、科学者とか大学研究者を意味するだけでなく、聖職者とか法律家とか医者という学識のある専門家をも意味すべく使われつつあった。「知識人」を尊大なエリート主義や専門職と結びつけるよう再定義するのに貢献したのは、その対極にあるものとのコントラストであった。すなわち知識人は、金儲け第一主義の売文業とは一線を画すだけなく、ヴィクトリア時代ではイデオロギー指導者として敬意をこめて語られた「文人」とか啓蒙家などとも一線を画していたのである。しかしながらアイルランドでは、文人としての、地元の有力者《ガウライター》としての、文化担当人民委員《コミッサール》としての知識人という考え方が、ゲール文芸復興のなかで復権しつつあったのだが。

たとえそうでも、多くの知識人が左翼であることにはそれなりの理由がある。知識人が働く条件には、自由な探究というのが欠かせないため、知識人は市民の権利の擁護に立ち上がる。このリベラリズムは権威主義的体制のなかでは、必然的にもっとラディカルなものになる。また近代の知識人は、政治権力とは媒介的・間接的な関係しかもたないため、知識人が政治権力を批判することはたやすい。知識人集団には、批判行為を可能にする余暇と社会的地位と知的道具がある。伝統的で形骸化した慣習とか、直観になりおおせた偏見とかを疑うことは、彼らの専売特許である。なにしろ慣習とか偏見を批判しても、聖職者や政治家と異なり、彼らの専門性が損なわれることがないからである。このことはそれ自体、政治的左翼に繋がることではないかもしれない。たとえば、もし問題となる偏見が政治的に啓蒙的なものの場合、それを批判するだけで、それと一体化しないかぎり、知識人は進歩的になることはない。とはいえ、もっとアカデミックな知識人にとっては、いかなるものであれ偏見が啓蒙的なものになりうるというのは、およそ受け入れがたいことだろう。束縛なく運動するという近代知識人の公正不偏的性格は、決して見かけ倒しのものではない。みずからの伝統的イデオロギー的機能のかなりの部分を捨象することで、知識人は特定の社会的利害からは自由になりうる。しかも、この同じ脱領域的性格が、社会秩序全体を疑問に付す力を知識人に与えることになるが、これは啓蒙時代以前の知識人にはなかったことだ。ただいずれにせよ、実力主義の近代社会では、男女は、たとえおのが社会的出自が低くとも、みずからの知性だけで成り上がることができる。それゆえ彼らが、知識人として成り上がる途上において、生まれ育った共同体から継承した社会的・道徳的価値観を脱ぎ捨てなくてもよくなる——たとえ往々にして、脱ぎ捨てる必要が生ずるにしても。アイルランドに関するかぎり、オリヴァー・ゴールドスミスは、そのような知識人の典型と言えるだろう。

　バークは知識人たちを批判したのだが、バーク自身は、その時代の最良のアイルランド知識人としてそうしている。しかも、「有機的」と「伝統的」知識人というアントニオ・グラムシの名高い区分によって見えてくるものを考慮すると、このことは矛盾というよりもアイロニーになる。[14] バークは知識人という階層《カースト》を告発し非難した最初の人物だが、そうするときの彼は、「有機的」知識人という不埒な一味と対決する典型的な「伝統的」知識人として書いている。もしフランス革命の理論家たちが、いまや権力を掌握する途上にある新しい社会階級のスポークスマンであるとすれば、バークは彼らのことを知的詭弁家として非難し、現状を維持しようとしている。しかしながら、ここではアイロニーが、さらに別のアイロニーを封入している。というのも、バークが伝統的な敬虔さと情感の雄弁なる唱道者だとしても、それは彼が英国におけるアイルランド出身の故郷放棄者《エクスパトリエイト》でもあるからだ。つまり彼は、慣習と伝統と敬虔を高く評価する国からやって来た新参者であり成り上がり者なのだ。たしかにそうした慣習とか伝統などは、イギリス人と必ずしも相性がよくないのだが、驚くべき逆転の力技によって、バークは植民地の精神的資源を、帝国の宗主国を熱烈に擁護するときに役立てたのだ。[15] しかも彼は、イギリスでは指導的立場にある「伝統的」知識人でありながら、アイルランドでは、迫害された民族を揺るがぬ意志によって擁護する「有機的」知識人であった。そしてさらにいまひとつのアイロニックなねじれによって、彼が王室と国体の護持のために使用したイデオロギー的道具のいくつかは、彼の故国では、反イギリスのナショナリズム運動へと受け継がれる運命にあったのだ。[16]

知的境界の横断と、思想を社会全体にあてはめること。もしこれが啓蒙時代以後の知識人の典型的な二つの特徴であるとすれば、彼らにとって、植民地社会がきわめて肥沃な苗床となったとしても、驚くにあたらない。アカデミックな境界の横断に関する限り、一九世紀アイルランドにおけるナショナリズム問題は、医師を考古学へ、法律家を政治経済学へ、政治経済学者を教育学へ、歴史家を法学へ、美術批評家を音楽学へと導いたのだが、これは国民国家の問題が、天文学や地理学といった見かけは難解な学問にすらも、その刻印を残すようになり、多彩な学問研究が混ざりあう空間を切り開くことになったからだ。骨董趣味――ちなみにこれは、過去を想起することが、英国とは異なり、おおむねラディカルなこととなるアイルランドでは、反抗的な営みなのだが――は、それ自体で、混成的事象《ポートマントー》であり、文学や考古学から、歴史学や文献学にいたる幅広い範囲の学問を包含していた。ヴィクトリア時代のアイルランドの知識人たちの特徴とは、その驚くべき知的多芸ぶりであった。

ただし、これはナショナリズムの問題というよりも、知的労働の分割以前の原始的段階に関係すると言えないこともない。知的労働の分割もまた、ヴィクトリア時代のイギリスにおいては典型的なものであった。ヴィクトリア時代の「文人」たちは、その統合的・大衆的通俗化の腕前を誇っていたとはいえ、早晩、社会学の専門家や、文学批評家に道を譲る運命にあったが、文学的売文業者としては、生き残りをかけて多芸にならざるをえなかった。[17]コールリッジやカーライルから、アーノルドやラスキンにいたるまで、文人たちは、博識家的な知識人の役割を演じ、文化面において指導力を発揮し、道徳的権威たらんとしていた。だが英国では一九世紀末までには、その役割は、仲間内の同人誌的雑誌や難解な学術論文や専門誌の隆盛によって急速に色褪せることになる。こうした文人たちが、文学と政治とを、修辞的弁舌と道徳的説教とを結びつけて、精神的指導者として活躍していたとき、彼らの属する社会では伝統的な統治者たちは産業資本主義によって徐々に駆逐されつつあった。あらゆる「博識な」知識人の例にもれず彼らはアカデミックな世界とアマチュアの世界のあいだで行き暮れ、前者の学問的厳密さと、後者の脱専門分野的姿勢とをかろうじて維持していたにすぎない。アイルランドは、もちろんこの時点では、まだおおむね産業革命前の状態にあり、中産階級市民や地主からなるその支配層は、アイルランドを近代に参入させようとして、同様に行き暮れていた。そのため青年アイルランド派から文芸復興派にいたるまで、オルタナティヴな指導的知識人のありかたの問題が、そこで頭をもたげつつあった。こうして、文人でありヴィクトリア時代の極めつけの賢人であったトマス・カーライルが、青年アイルランド派とスタンディッシュ・オグレイディに対し、いまなお隠然たる影響力をもちえたのである。[18]

しかしながら一八七〇年代から一八八〇年代にかけて、T・W・ハイクが指摘しているように、シェイクスピアは「文人」ではなくなってゆく。シェイクスピアは一八四〇年代にはまぎれもなく文人であったが、文人なる用語が、それまでのように詩人や歴史家やジャーナリストから、はては政治経済学者までを網羅することはなく、定期刊行物に投稿する専門家へと意味を狭めたため、文人という表現がそぐわなくなったからである。[19]かくして英文学批評だけが、F・R・リーヴィスやI・A・リチャーズから、ジョージ・オーウェルやレイモンド・ウィリアムズにいたるまで、生半可な社会学もどきのアマチュアリズムのそしりを覚悟のうえで、全般的《オール・ラウンド》知識人による人文主義の情熱を糧として生きながらえることになる。もし社会が、文人にとって複雑すぎるのなら、アカデミックな言説もまた社会にとっては複雑なものになりつつあった。しかしながらアマチュア知識人による人文主義はアイルランドでは英国よりも長く続いた。なにしろアイルランドでは知識人は人材が払底し、アカデミックな人材は供給不足で、知的上部構造は整備されておらず、知的労働の分割はイギリスほど進んでいなかったからである。[20]リアム・オダウドによれば、「人文系〔理系技術系に対して〕知識人が〔アイルランドでは〕ナショナリズム闘争を背景に支配的存在となった」。[21]ピエール・ブルデューの言葉を使えば、文化資本が彼らの価値を高めてくれたために、彼らは支配的たりえたのである。なにしろ全般的に後進性から脱却できず教育レヴェルも低い社会において、彼らは、ただでさえその数が少なく稀少価値があったのだから。一方、世紀末のイギリスでは、知識人の活動における専門分化の着実な進展をみて、『マインド』『ノーツ・アンド・クウェアリーズ』『イングリッシュ・ヒストリカル・レヴュー』といったアカデミックな世界で流通する定期刊行物が誕生しているなか、アイルランド文芸復興運動では、広範囲な領域を扱えるアマチュア知識人、その大部分は小説家たちであったが、彼らの活動に期待が寄せられていたのである。そして英国での知的生活が、ますます専門家の学術活動にゆだねられるようになり、「全般的《ジェネラル》」知識人が嫌われるようになったのに対し、まさにこの時期アイルランドでは、ロマン派的人文主義が育まれ、専門分化し蛸壺化した大学人の活動が批判にさらされていたのである。

　もし英国の文人たちが、その威信を、ほかにも要因があろうが、とくに専門分野に特化した大学の研究によって傷つけられつつあったとすれば、アイルランドでは専門分野に特化した学術研究はこれまで以上に肩身が狭いものになりつつあった。アイルランドの指導的知識人の多くはトリニティ・カレッジの大学教員ではなく、アマチュア学者であり、政治的責任感から、みずからの専門分野にとどまるのを潔しとせず他分野へと乗り出した専門家たちであった。一九世紀後半のトリニティ・カレッジに関する限り、W・J・マコーマックが述べているように「サルモンの学長職あるいはシェイクスピア学者ダウデンの公開書簡を考慮すれば、そこに同時代生活からの病的な撤退、現実からの知的生活の乖離を嗅ぎ取らないわけにいかない」[22]のである。アイルランドの先端的知識人の多くは、トリニティ・カレッジとつながりがあったが、正規の教員ではなかった。W・E・H・レッキーは、最後には保守的な「トリニティ」イデオロギーの喧伝者となったのだが、にもかかわらず、教員というよりも文人であって、象牙の塔の人間ではなく公共圏の人間だった。現に、彼はオックスフォード大学の欽定講座担当教授（歴史学）職を蹴ったことでも盛名をはせていたのだ。とびぬけて著名な文筆家にして他者の意見の卓越した統合者でもあったレッキーは、みずからの著作を教養のある一般読者向けと考えていた。この意味で彼は古典的な知識人の機能を果たしている。このことはまた彼の多芸ぶりからもうかがい知れた。歴史学や社会学や文献学から、宗教学や倫理学や政治学へと縦横無尽に移動できたばかりでなく、ダブリン大学（トリニティ・カレッジのこと）の評議員として公的な政治活動をこなしたのだから。大学人と知識人との対照性に関していえば、アングロ・アイリッシュの意見を集約する主要な機関紙『DUM』が、トリニティ・カレッジとはなんら公的なつながりがなかったこと――たとえその編集スタッフに同大学の卒業生が多かったとはいえ——は、意味深い。ただたとえそうでも、文人の上品なアマチュア人文主義が、大学教員たちの審美的瑣末主義の鏡像となったこともたしかである。ちなみにジョン・ペントランド・マハフィなどは、大学人と文人の両方を体現した人物として見ると、おそらくもっともよく理解できる。

もしイギリスで、文人の支配権が、台頭した大衆読者層——人生の指針を賢人からではなく市場に求めた大衆読者層——によって奪われつつあったとすれば、アイルランドでは出版界の後進性が、公的知識人の延命に一役買うことになった。イギリスの文人たちは、市場と大学との間で板挟みになり、その折衷主義と党派的偏向性と説教じみた主張のために、専門職知識人階層から侮蔑され、知の専門分化の傾向から置いてきぼりをくらい、辛い時代を迎えつつあった。知的労働の複雑な専門分化は、知識人が公的領域から駆逐される傾向を助長したのだが、それ自体は社会的危機の徴候であった。しかし、本来ならば、この社会的危機に取り組めるのは、人文主義的知識人にほかならなかったが、その彼らが、この危機によって余計者扱いされ排除の憂き目をみることになったのだ。しかしながら、世紀末のイギリスでは、純粋な文芸評論誌――『サヴォイ』とか『イエローブック』といった稀少で風変わりな温室栽培的産物――が増殖し、それらは社会的諸問題に轟然と背を向けたのだが、まさに同じ時期、アイルランドでは文化批評の二度目の大きな盛りあがりを経験していたのである。[23]

どうやらナショナリズムが、一九世紀アイルランドの古典的知識人の繁栄に大きく手を貸したらしい。なにしろ国家の状況によって知識人たちは学術的言説分野を次々と渡り歩くことになったのだから。〈[※]ロイヤル・アイリッシュ・アカデミー〉のような機関はつねに紛れもない「ナショナリズム」の空気を漂わせていた。リアム・オダウドによれば「専門家知識人が頭角をあらわすようになっても知識人階層のあいだでは、文化的・国民的アイデンティティを当然のこととみなす傾向にあった」。[24]これにこう付け加えてもいいだろう。象牙の塔にひきこもる姿勢は、逼迫した社会的諸問題に悩む社会では許容されることが稀になってきた、と。トリニティ・カレッジに対するイェイツのよく知られた嘲笑的非難は、イェイツ自身、この大学に所属しようとしたことがあったとはいえ、大学人に対する社会の苛立ちの典型例であった。たとえば、アイルランドの主要な知識人たちのほとんどすべてが――法律家、小説家、聖職者、政治経済学者たちが――、政治性をはらんだ教育問題にことあるごとに関心を寄せていた。しかしアイルランドのアカデミックな世界では専門分化のペースの遅れが目立ち、これにナショナリズムの後押しが加わって、知識人たちのオールラウンドぶりは、大いに助長されたのである。ゲーテの『ファウスト』のアイルランド人翻訳者でもあったジョン・アンスターは、ローマの市民法について講じていたが、そうかと思うと、トリニティの著名な才人ジョン・ペントランド・マハフィの関心は、音楽、神学、ヘブライ語、近代諸言語、哲学、古代史、古典学、そしてクリケットと多岐に及んでいた。ギリシア時代のパピルス写本の研究で世界的に著名な古典学者としても活躍したマハフィはまたデカルトに関する短い論文を書き、カントに関する著作（これはジョン・スチュアート・ミルに称讃された）[25]をものし、さらにアセンダンシーに人気のあったニジマス釣りについての本を書いた。彼自身はトリニティ・カレッジについて、その「多面性」は同カレッジに固有の流儀であると述べていたが、これは何にでも趣味的に手を出す同僚たちの抑えがたいディレッタンティズムを、やや皮肉って言及したものであろう。オックスブリッジと同じく、トリニティでも、重厚で本格的な学術研究と瑣末な趣味的活動とを組み合わせる傾向にあった。後者が前者への軽い息抜きを提供したのである。学術研究と瑣末性重視とが有用性嫌悪のなかで結び付く。学術的瑣末主義の典型例は、トリニティのかなり凝った稀少な定期刊行物『カタボス』である。アーサー・パーマーとロバート・ティレル編集のこの雑誌は学術的瑣末論文を掲載し続けたが、執筆者の顔ぶれはダウデン、A・P・グレイヴズ、ウィリアム・ワイルド、トマス・ロールストン、J・B・ベリーらであった。

トリニティでも世界屈指の古典学者アーサー・パーマーは英国の競馬についての研究を著したが、一方、詩人のサミュエル・ファーガソンは、アルフレッド・パーシヴァル・グレイヴズによれば「彼のきわめて多彩な才能ゆえに、彼本来の芸術分野――テニソンがこの分野では第一人者であったのだが――に、全身全霊で打ち込むことがむつかしくなった」。[26] オーエン・ダドリー・エドワーズはウィリアム・ワイルドについてこう語っている――「人口学、耳科、眼科、地形学、民俗学、民俗誌、医療生物学、公衆衛生、アイルランド人の特性研究において、それぞれ彼の時代において頂点をきわめる業績をあげ」[27]、それらをひとつに結びあわせた、と。大学に所属する歴史家であるJ・B・ベリーですら、通常は「万能の才人」としてふるまうことはなかったものの、聖※パトリックの伝記をものすることで、みずからのアイルランドという出自に敬意を払うことになった。[28]アイザック・バットはダブリンの典型的何でも屋で、弁護士、小説家、翻訳家、政治家、政治経済学者、政治理論家として活躍した。[29]アイルランドの偉大な数学者ウィリアム・ローアン・ハミルトンは、言うなればカント派であり、七歳までにヘブライ語を習得したとされ、さらに四年後、数ヶ国語を習得したが、また同時に、詩や神学や美学そしてドイツ観念論哲学の研究に没頭した。彼はターナー英詩賞を受賞し、近代史における数学の天才であっただけでなく、光学の基礎を築いたひとりでもあった。鉄道開発者ジェイムズ・ピムは技術者や計理士とつきあいがあっただけでなく、詩人たちとも親交を結んでいた。政治経済学者のジョン・ケルズ・イングラムは、シェイクスピアの韻律について試論を書き、政治経済学科ではなく、修辞学・英文学科の主任であった。[30]パトリック・ケネディは独学で言語学を学び、古物収集家であり、小説を九冊書き、また定期刊行物に何百という依頼原稿を寄せた。トリニティでは政治経済学教授であったアーサー・ヒューストンは英国演劇の講義を担当していた。[31] ユージン・オカリーの記念碑的大著『アイルランド国民の作法と習慣』を編纂したW・K・サリヴァンは著名なケルト語文献学者のみならず[※]カトリック・ユニヴァーシティでは化学の教授であった。

ヴィヴィアン・マーシアは一九世紀アイルランドのもっとも模範的な知識人ジョージ・ピートリーについて、彼は「一九世紀アイルランドにおけるルネサンス的人間の偉大な典型であった——画家にして地形学者にして建築家にして建築史家にして博物館学芸員にして民謡の収集家でもあったのだから」[32]と書いている。事実、ピートリーは、ある意味でアイルランドのラスキンであったとすれば、彼はまた本家のラスキンよりも変幻自在で、ウィリアム・モリス的人物への関心は、あまたある関心のなかのおまけの一部にすぎなかった。ジョゼフ・ラフテリーはピートリーに関するエッセイのなかで、アイルランドでは「学究の徒は複数の専門分野に足を踏み入れる傾向にある」と述べ、いま話題としている人物のことを「アイルランドにおける偉大なる博識家の最後のひとり」[33]とやや時期尚早ながら称讃している。一八世紀後期のトリニティ・カレッジではギリシア語の教授が、自然哲学や実験哲学の主任教授であることはめずらしくなかったし、この時期、科学者のリチャード・カーワンは化学、神学、形而上学、鉱山学、機械工学、地理学、論理学、法律、音楽、そして気象学にかかわっていた。最後の気象学にいたっては、彼は先駆者であった。一八七四年ベルファストにおいて英国協会会員の前で講演したアイルランドの物理学者ジョン・ティンダルは聴衆となった科学者たちに向かって、注意を喚起している――「世界はニュートンのみならずシェイクスピアをも生み出したのであります――ボイルだけでなくラファエルを――カントだけでなくベートーヴェンを――ダーウィンだけでなくカーライルを――生み出したのであります」[34]と。これこそヴィクトリア時代の知識人に典型的な普遍主義であったが、しかしここにはまた、いかにもアイルランド的な特徴を認めることができるのだ。

『アトランティス』誌に寄稿したエッセイのなかで、W・K・サリヴァンは知的専門分化の必要性を認めつつも、諸科学が相互に連携しないまま孤立していることを嘆き、「真の知的進歩は、あらゆる種類の知の同時的進歩を必要とする」[35]と主張している。同じエッセイのなかでサリヴァンはフィロロジーと自然科学を合体させて、音の科学のための唯物論的・解剖学的基礎のようなものをつくろうとしている。中産階級の上層に位置するアイルランド人として、医学とか政治経済学といった狭い専門職に縛られていながらも、それとは矛盾する上品なアマチュア・イデオロギーの後継者でもあった彼らにとって、この不均衡を解消できる方法とは、みずからの学問をより包容力のある人文学的観点から規定しなおすか、もしくはそれをまったく異なる種類の学術計画立ち上げのための不可欠な基盤として利用するかのいずれかであった。この二つをサー・ウィリアム・ワイルドはともに成しとげた。みずからの責務を社会的観点から広義の治療者のそれとして捉える一方で、その責務からもたらされる富を使ってケルト遺物の調査をおこなった。リアム・オダウドが評するように、そうした知識人たちは「一般的な道徳的立場もしくは人文主義的立場にもたれかかるか、あるいは彼ら自身の専門分野を足がかりにして、さらなる構築を目指すかのいずれかであった」。[36]

したがってダブリンが、たとえ一時的で撹乱的であっても、ジョン・ヘンリー・ニューマン――このヴィクトリア時代の英国で実学教育に反対して人文主義的教育の価値をもっとも雄弁に唱導したひとりであった人物――のカトリック・ユニヴァーシティの所在地であったことは、実に適切なことだった。[37] ただしニューマンのリベラルな人文主義が一方でアイルランド知識人の精神とぴったり一致していたとしても、それはまたアイルランド生活の他の側面に対しては、上品なかたちで抵抗するものでもあった。彼は『大学の理念』のなかで、アイルランド社会には「知性の力や堅実さや包括性や多面性」が必要であると書いている。なにしろ、そうしたものこそ、党派的憎悪によって育まれたアイルランドの「性急で頑迷な」精神によって、アイルランド社会から奪われていたのだから――「この諸島で、カトリックは、剥奪され抑圧され周辺に追いやられているため、ここ数世紀、世俗の人間や政治家や地主や裕福な紳士に必要な種類の教育を試みる状況にはなかった。……このような道徳的不能状態を除去する時は来たのである」。[38] 要するにアイルランド人の心性はアーノルド的徳目とはほど遠く、ここに原住民を文明化するというニュートンの憂鬱な使命が生まれることになる。掲げるべき大義を特定の党派に属する者たちが掌握することほど大きな惨禍はないだろうと彼は考えるが、こうした物言いは、カトリック・ユニヴァーシティの公正不偏性の精神をめぐり、はなはだしく偏向したカレン枢機卿とニューマンが論争したときの彼の洗練された都会風の口吻を彷彿とさせるものがある。「教会の聖具保管係の知的見解」というのが、彼が論敵の司教を辛辣にけなしたときの評言だった。[39] トゥアムの大司教ジョン・マッケイルは、この褒め言葉に返礼し、ニューマンについて、彼は英国人にすぎないからと侮辱した。これはアーノルド的用語では、ヘレニズム陣営とヘブライ陣営との戦いであったが、ヘレニズム陣営が終始優位に立って議論を進めたわけではなかった。とくにアイルランドに関心があるわけではないニューマンは、カトリック・ユニヴァーシティをおおむねイギリス的文脈に置いて眺めていた、それもカトリックの上流階級のための大学としてみなしていたにすぎない。彼にはまた不在地主的なところがあったのである。

その特徴的な高尚な文体を駆使し、「大衆文化」に対する最初期のコメンテイターのひとりとして語りながら、ニューマンが恐れているのは、公正不偏性の論争の場としての公共圏——ユルゲン・ハーバーマスにならってこう呼ばせてもらう——が、まさに危機的状況に陥っているのではないかということだった。公共圏を揺るがす通俗的定期刊行物や大衆教化、意思疎通の迅速化、そして瑣末で一時的なものの氾濫、こうしたことすべてが結集すれば大学の役割を覆しかねなかったのだ。こう語る彼は、まさにグラムシのいう伝統的知識人として語り、アイルランドの場合では、『※ネイション』とか『ダブリン・ユニヴァーシティ・レヴュー』といった雑誌が代表する偏向したかしましい議論に抵抗しているのである。「権威は、これ以前の時代には、大学に位置付けられていたのだが」とニューマンは哀悼の意をこめて注記している――「いまや大部分が文学世界に位置している」[40]と。無償の知に対して、伝統的知識人が抱いてきた信頼そのものが、いまや、一方からはアングロ・アイリッシュ知識人層《インテリゲンチャ》の実利一本やりで社会参加型の精神によって、いま一方からは知の有益性の根拠をその価値観に求めるゲール・ナショナリズムとカトリック道徳主義によって、まさに挟み撃ちにされていたのである。

両陣営とは対照的にニューマンが考える大学とは、「思索にふさわしい純粋で明晰な雰囲気」を醸成する「学識者の集合体」であり、その「属性は自由と公平と静謐と謙虚と叡智である」[41]。大学の理念は、ニューマンにとってはその非政治性で際立つものであったが、その実、アイルランド社会に変革を求めるむき出しの政治性をたっぷりはらんでいた。それはダニエル・

オコンネルの品格を書いた独断的見解に対する上流階級のイギリス人からの物腰柔らかな上品な反論という趣を呈している。ニューマンは、少なくとも公の場では、アイルランド人を鋭敏な思想家で繊細な思索家であり、まさに「生まれながらの偉大な才能に恵まれ、鋭い機知の持ち主で、創意工夫に富み繊細である」とべた褒めし、中世では「哲学者」というと、アイルランド修道士の別名であったとまで言ってのける。けれども彼はまた自分の学生たちについて、潜在的に「論争好きで喧嘩腰で饒舌で出しゃばり屋」と述べた。もちろん人によっては、これを批判的評言ではなく褒め言葉ととるかもしれないが。ともあれイギリス人が精神の自由な戯れに価値を見出すとすれば、アイルランド人は頑ななまでに議論に固執する。[42]ニューマンの観点は、リベラルな人間の陥る誤謬の格好の例である。なにしろ、どこからともなく生まれる第三者の観点だけが、真実を明るみに出すと考えるのだから——ここには特定の利害意識は真の理解の妨げになるという観点しかなく、特定の利害意識が、真の理解を可能にすることなど思い至らないのである。

もしニューマンの精神のような高貴な精神においても、偏見が公正不偏性に変装して大手を振ってまかり通ることもあるのなら、アイルランドの知識人の生活全般において同様なことがあってもなんら驚くにあたらない。現に、偏見と公正不偏性との葛藤は現代の知識人の概念全体に潜在的にふくまれている。カール・マンハイムによれば、現代の知識人の根なし草性、すなわち伝統的な社会的機能から離脱した状態こそ、社会的利害全体を冷静に判断できる基盤となるものだった。[43]しかしこのような悠然と構えた姿勢が、すでに見てきたように、ラディカルな関与のために基盤となる真空地帯を確保することにもなった。なにしろこの種の集団に属する者にとって、〈一歩下がって好機を待つ〉ことが重要であったからだ。また一歩下がって、社会の隠れた論理めいたものを一瞥できる者たちが、早晩、そのような論理を修理してやろうと考えるのは当然であった。リアム・オダウドは慧眼をもってこう述べている――知識人たちは、みずからを「時間と場所と社会を超越する知を伝達する者」なりと主張しながら、「脱神秘化を、相対化と暴露化を」も試みていた、と。[44] これにさらにこう付け加えることができる。ナショナリスト知識人たちは、この不可能な企てのために、きわめて特異な〔アイルランド〕植民地支配のありかたを暴露すべく、民族の「時間を超越した」文化資源をあさることが多かった。

たとえそうでもグローバルな公正不偏性とローカルな党派性とは、依然として、激しく角突き合わせる関係にあった。エスニック・インテリゲンチャの主要な責務とは、アントニー・スミスによれば「それまでの受動的な共同体を活性化して、彼らが再発見したヴァナキュラーな歴史文化を核としたネイションを形成させることであった。……ナショナリズムはいたるところで知識人を招集する。彼らの力で、「低次の」文化を「高次の」文化に、話し言葉の伝統を、書き言葉や文学の伝統に変容させたのだ。それも子孫のために、かけがえのない文化的価値の蓄積を残しておこうとしたのだ」。[45] しかし、これは言うなればグローバルな活動であるとともに党派的活動でもある。「有機的」知識人の使命は、普遍化すること、みずから代表となっている人びとの思想を統一ある全体へとひとつにまとめあげることである。しかしそうした思想そのものは〔ナショナリズムであるために〕対立的なものである。ナショナリスト知識人にとって、このパラドックスは無視できないものだった——なにしろ彼らが普遍化せねばならないことは、ローカルな特異性であり地域的な繋がり《アフィニティ》であり堅固な特殊性を誇る所属関係《ロイヤルティ》であって、こうしたことすべてを理論的な見地から整合性のあるものにまで高め、さらに歴史的系譜なども付与せねばならない。これは、「ナショナリスト〔民族主義者・国民主義者〕」と「ナショナル〔民族的・国民的〕」とのあいだの、このたとえ些細にみえても重大な差異によって捉えることのできる緊張関係でもある。もし『ネイション』誌がおおむね前者なら、『DUM』誌はみずからをもっぱら後者とみなしていた。ある意味でナショナリスト知識人は、マルクス主義知識人よりも、おそらく民衆に近いところにいる。なぜならナショナリスト知識人が語るのは教説ではなくて心情であるからだ。抽象的理論ではなく慣習的な忠誠心なのだから。[46]トム・ネアンが述べているように、ナショナリズムは「インテリゲンチャ〔おのが階級のために働く人びと〕と人民との特異な関係によって成立している」が、それは「知識人ポピュリズム」と呼ぶことができる、[47]と。「ナショナリズムを担う新しい中産階級のインテリゲンチャは」とネアンはこう続ける――「大衆を歴史へと招待せねばならなかった。そして招待状は、大衆に理解できる言語で書かれねばならなかった」[48]と。したがって、まさにここに、アイルランドの知識人が秘儀的言語を敬遠した理由があったのである。

ただ、たとえそうであっても、「それ自身のために」遂行される秘儀的で難解な学術研究形態が、植民地状況では、政治的起爆剤となることもある。〈文芸復興派〉は共和主義と薔薇十字運動とのあいだをいともやすやすと往復できる。そしてナショナリストの時間の特異な二重性において、過去のきわめて得体の知れない遺物でも、緊急の同時代性を帯びることもある。こうした二重性を念頭において、アーネスト・ゲルナーは、ナショナリストについて、近代化推進者のように行動し、ナロードニキのように語ると述べたのである。アントニオ・グラムシはこう述べている――「そのすべてではないにせよ、その一部がいまだにプトレマイオス的世界観を抱いている階級であっても、きわめて先端的な状況の代表となりうることもある」[49]と。偏向することのない中立的な立場から過去について語ることに腐心する歴史家や古物研究家や考古学者が、まさにその細心の慎重さゆえに、これまで植民者の手に触れていない過去の側面を明るみに出したり、ナショナリスト芸術家に対して、これまでにないイメージの世界を供給することもある。一九世紀の学術的「修正主義」のすべてが、現状を裏書したわけではない。時として、学術的厳密さの極み——まさにジョージ・ピートリーがその典型を提供してくれるところの厳密さ——が、民衆のために大きく貢献することがあったのだ。それはまさにマシュー・アーノルドが夢見ることしかできなかったような、大文字の「文化〔教養古典的文化〕Culture」と小文字の「文化〔民衆的・民族的慣習実践文化〕culture」との接合であった。もともと中産階級の品位ある学問研究であった古物研究が、それを実践する者たちの高邁な意図とは無関係に、潜在的に転覆的な営みともなるのである。アイルランドの円塔に関するピートリーの名高い試論は、冷静沈着な脱神秘化解体作業の典型例である。円塔の建造者をデーン人やペルシア人やフェニキア人やその他異国の民族とみなす一連の外国起源説を説得力あるかたちで覆したのである。けれどもこの冷静で公正不偏性の学術研究は、円塔をアイルランドの真正な文化遺産として証明したことで、ピートリー自身のどこまでも非政治的な動機などおかまいなく、文化ナショナリストを元気にさせる効果があった。彼はまた、原始アイルランド人が野蛮すぎて塔を建造などできなかったという学説を退けたこともあって、この意味でもアイルランド国民を喜ばせたことになる。[50] ハリー・ホワイトが述べているように「ピートリーが属していた時代のアイルランドでは、古物研究が政治的意義にどっぷりと浸かるようになり、過去の再現はただちに現在に適用可能な含意を帯びずにはいられなかった」。[51]

アントニー・スミスはナショナリスト知識人を「共同体を「ネイション」として」再構築する仕事に乗り出す者たちとみなし、ネイションの「扉は、考古学や歴史や文献学や人類学や社会学といった「科学的」学問によって開けられるであろう」[52]と考えた。これは高度な学術研究と大衆的心情との稀有な結合が実現したのである。地理学ですら、うまくまるめこまれ、大衆的心情形成に一役買わせられたのだ。ダブリン地理学協会は、その意図を、「地球の鉱物資源の構造の探究、ならびにより個別的にはアイルランドの探究」であると厳かに宣言する。地理学の発見は「愛国者にも科学者にもともに」[53]受け入れられるであろうと信じて。知の社会的効用に関して、トリニティの教員であったサミュエル・ホートンの『動物工学の諸原理』

（一八七三）は、その啓蒙によって公的な諸効果をもたらすことになる。ホートンの研究によって、首を絞めて窒息させるのではなく、脊椎を脱臼させるという近代的な絞首刑の方法が確立したのだから。これはまた修正主義の利得と限界の両方を示す啓発的な実例である。

　またさらに「ナショナル」知識人にとって都合のよいことに一九世紀のアイルランドは政治化された大衆文化を誇っていた。大衆文化のなかに「より高尚な」意味の文化が時としてまぎれこんでしまうことがあった。あるいは同じことを違う方法で言えば、広義の人類学的な意味における文化が、アカデミックな知と政体とをつなぐものを提供しえたのである。トマス・デイヴィスにとって芸術とは、純然たる政治的事実に、血と肉をあたえ、そうすることで政治行動を身近なものにした。この意味で芸術とは、理念と政治との媒介者である。古物研究とは、その大部分が、文化としての歴史を扱うものであり、他の文脈ならまちがいなく伝統的知識人の領分となるような知的活動が、有機的知識人の掌中に収まったのである。もし歴史が不和を生じさせるものだとすれば、文化は統一するものである。トマス・デイヴィスによるトリニティにおける仲間のプロテスタント学生たちへの〈熱烈な訴え〉――「紳士諸君、君たちには国があるのだ！」——は、伝統的知識人たちに向けて、みずからを有機的知識人に再構成してはどうかという誘いである。過去の学術的復元《レストレーション》はかくして政治的革命《レヴォリューション》を意味しえた。なぜなら知識人は、みずからが困惑するほどに、政治活動家たちにある種の思想の基盤を手渡すことになったからだ。歴史と政治との、事実と虚構との境界線が、アイルランドでは、しょっちゅう曖昧になった。なにしろアイルランドでは修辞目的のために歴史を書きかえることなどごくありきたりのことだったのだから。しかし神話と伝承は学術研究の正当な対象でもあり、虚構は歴史的事実の一部でもあり、アカデミックな発見はつねに現在の政治家たちによって奪い取られる可能性に直面していた。こうしてナショナリズムは、理念と日常的生活とを結ぶ、なくてはならぬ媒介物となるが、これはナショナリストの思想の多くが淵源とするロマン主義にとっての芸術の媒介効果と同じであった。ロマン派の詩人は、エリート主義によって生じた芸術家と民衆との間に広がる断絶を、みずから民衆の意識に沈潜し消し去ろうとするが、しかし詩人はすでに民衆意識を優越的な叡智の源として定義しているため、彼自身の特権的な地位は、回り道を経て回復されることになる。それも民衆性を少しも損なうことなく。

ナショナリスト・インテリゲンチャも、かなり似たかたちで、大衆――つまり知識人たち自身の鼓舞的な虚構群が構築した大衆――から、みずからの権威を引き出している。民衆の神話とイメージは結晶化され首尾一貫したものとせねばならないが、それらは放っておいては実現しそうにない。この文化を政治的計画へとしっかりつなぎとめること――たしかにこれは細心の注意を要する課題だ、なにしろロマン主義的ナショナリズムはむきだしの政治性にはアレルギーがあるからだ――、そのために積極的な調停行為を必要とするが、調停の程度がどうしても大きくなるため、知識人と民衆とのあいだの亀裂を閉じようとする行為のなかで、ふたたび亀裂が大きくなりかねないのだ。ゲルナーが述べているように、ナショナリズムの「書記たち」は、「専門家以上に専門家であり、彼らは社会の一部であるとともに、社会全体の声でもあると主張する」。[54]『ネイション』あるいは『DUM』のように、彼らは全体の代表者たらんとしている――党派的大義を支持することによってのみ達成できる理想的なネイションの代表者たらんとしている。「世界に働きかけることは」とトマス・デイヴィスは述べている――「世界の一部ではなく、世界の上に立つ人びとの責務である」と。[55] あるいはトマス・ダディの観点からこのディレンマを表現すれば、「最初に、インテリゲンチャの一員とみなされるためには、ローカルな文化からいかにして充分に距離を置くかが問題となるが、同時にその一方で、ローカルな文化に支援されているか、少なくとも容認されているとみなされるためには、そうした文化に充分参加していること、あるいはかかわり続けていることが重要となる」。[56] ここで問題となる差異は、カール・マンハイムのいう「自由に浮遊する」知識人と、ジャン＝ポール・サルトルの〈アンガージュ〉する知識人との差異である。しかしこの対立は単純なものではない。マンハイムは、グラムシのいう有機的知識人観、つまり特定の社会的利害への奉仕に才能を使う知識人観を却下するが、サルトルのほうは、自由に浮遊する知識人、言いかえれば伝統的知識人のもつ矛盾を指摘する――彼らの技能は「あえて言うまでもなく普遍主義的なものだが、しかし、資本と国家の特殊な論理に従って準備されたものにすぎない」[57]と。この矛盾めいたものを、わたしたちは一九世紀アイルランドのインテリゲンチャに見出すことだろう。彼らは普遍主義的な叡智を広めようとしていたくせに、実にしばしば、「国家」の御用知識人でしかなかったのだから。

したがって解決する必要がある問題とは、ナショナリスト・インテリゲンチャが掲げる「公正不偏性」である。彼らは単一の旗印のもとに異なる集団や階級をひとつにまとめることに腐心したものの、その計画そのものは、その計画によって脅かされる者たちの立場からすれば、明らかに一方的な偏向性を帯びていたからである。あらゆる知識人の仕事には同様の緊張がついてまわる。たとえば事実を尊重することそれ自体が「党派的」価値観にとらわれていると言えなくもない。こうなるとなぜ事実を尊重すべきか、つねに問い続けないといけなくなる。そしてまさにこれこそ、スタンディッシュ・オグレイディ――厳密さを熱烈に支持していたわけではなかった彼――が暗黙のうちに行なったことだった。明晰、綿密、誠実、思慮深さ、忍耐、修正の受け入れ――まさにこうしたものが、事実が立ち上げられるときには、事実らしさを保証するものであるとすれば、それらはまたそれ自体で道徳的選択肢ともなっている。こうして知的活動とリベラルな価値観のなにがしかが、手に手をとって進むことになる。とはいえ、問題のある一般論と偏見とがすべて正当化されてしまうと、学者特有の懐疑的姿勢、すなわち大風呂敷を広げた思索や一般論のみの議論や大衆的偏見などに対し、疑いの眼を向ける学者の姿勢が、学者をして保守主義へと傾斜させることもありうるのだが。偏見そのものに対する偏見はそれ自体、偏ったものであり、およそ理性的な思考とは言いがたい。

しかしながら、大きなスケールにおいてもこの緊張関係は認められる。トマス・デイヴィスの文章でおなじみの緊張関係とは、熱烈な文化的包括主義から出発した議論がいつしか軌道を修正して憎悪むきだしの政治的悪口雑言へと変わってしまうことだ。これよりもリベラルなアングロ・アイリッシュの文筆家の文章は、啓蒙的な多文化主義の必要性を説くのだが、その語調には、切迫した論争の調子とまではいかなくとも、それに近い緊迫感が漂っていて、これぞ、この階級のお家芸とも言えるのだった。もしサミュエル・ファーガソンのようなトーリー党の愛国者にとって文化と政治が相容れないものであるなら、ファーガソンと同じく、文化を社会分裂の解決策とみなす神話を受け入れていたナショナリストのデイヴィスにとっても、文化と政治は相容れなかった。[58] しかしこうした緊張は、ナショナル志向のアングロ・

アイリッシュの間ではきわめて顕著であり、彼らの公正不偏性の姿勢によって、彼らはみずから樹立せんとしている政治体制そのものから身を引くことが正しいとまで主張せねばならないところまできていた。それゆえ彼らが模索したのは国民文化《ナショナル・カルチャー》に訴えることである。国民文化は、それをあらゆるアイルランド人が集う共通の基盤として扱えば、実際に存在するさまざまな差異を押さえつけられるだけでなく、アイルランドと骨がらみになっている階級的特権や反革命的政治から注意をそらすことができたのである。文化は、いったん社会から切り離さねばならない。そうすることで、文化は、社会の害悪を治癒する解決案として示され、社会と再結合させられるのだった。

けれどもこうした公正不偏性は、あからさまに自己の利益優先的なものであり、みずからの立場を突き崩しかねなかった。ゲール・ナショナリストにとって、文化は政治問題の一部である。アーノルドに心酔したアングロ・アイリッシュにとって文化は超越的解決案として役立てることができるものだった。『ＤＵＭ』といった機関紙が掲げる概括的文化ヴィジョンは、最終的に、時折その党派性をむき出しにした政治活動計画とは齟齬をきたすようになる。

そのためアイザック・バットのような口やかましいトーリー党員は、齟齬をわずかでも嗅ぎつけると、ニューマン的訴えを反復し、あらゆる狭量な政治的紛争を超越する晴朗で高尚で公平な言説の公共圏こそが必要と説いた。いかにも「伝統派」にふさわしい身振りで、バットはアイルランドにおいては価値の高い文学の育成が、浅薄な党派的忠誠心によって阻害されていると不満をもらし、「無節操な方向性を欠いたわたしたちの文学の混沌たる無秩序な増殖を、矯正し減少させ抑制し調性する」ような「洗練された精神と厳しい良識が欠如している」と嘆いてみせる。[59]しかしこのアイルランド的なアーノルド主義への傾倒は、それ自体、おなじみのアイルランド的アイロニーだが、それが抑制しようとする無秩序な激しさそのものを帯びるものとなっていた。バットは「野蛮な愛国主義の破廉恥な決まり文句」について書きながら、この国における「怒りと憤りと民衆の狂気という要素」について触れていた。公正不偏性はかくして、それが非難する党派主義の毒にどっぷりつかっていたのである。バットの訴え——それも一九世紀アイルランドにおけるいくつもの訴えのひとつ——は、正当な公論の領域を確保せよということであり、それこそ、党派争いに明け暮れる国には、望んでも望めぬものとされた。アイルランドには、ユルゲン・ハーバーマスのいう〈公共圏〉に相当するものはついぞ望めなかった。[60] いや実際になかったわけではない。それらは〈統※一アイルランド人連盟〉から〈連※合撤回運動〉や〈青年アイルランド運動〉にいたるまで、そのすべてが新聞や閲覧室や講演会や大衆向け出版物からなるハーバーマス的公共圏や、言論の永続的循環その他を構築していた。しかしそれはどれもが対抗公共圏であり、アイザック・バットが思い描いていたものと正確に同じものではなかった。[61]

W・J・マコーマックは『DUM』誌の「高尚な超然たる威厳を誇る外貌」と『ネイション』誌のあからさまに喧嘩腰の姿勢とを対比しているが、[62] マコーマックも指摘しているように、『DUM』誌にしたところで保守政治勢力との紛れもないつながりがあった。マイケル・サドレアは、かなりあからさまに『マガジン』誌について、そこにあるのは「むきだしの党派性か、厳かな荘重さか、無作法な狂騒か、学者風の衒学趣味かという、一貫性のない選択肢群」であり、高尚な保守主義と「無節操な書生風の熱狂」との矛盾に満ちた混淆であると書いた。[63] トマス・デイヴィスはこうした矛盾について有益な示唆をあたえてくれるのだが、彼はこう語っている——アイルランドの知識人は「グラタンとカランの雄弁を、グリフィンやカールトンの小説を、マクリースやバートンの絵画を、いにしえの音楽を、どのような政治的ナショナリストたちとも同様に、いや彼らのほとんど誰にもまして高く評価するくせに、政治的独立は危険な夢とみなすのである。それとは知らぬうちに彼らは独立の夢を育んでいる。彼らの書き物、彼らの支援、彼らの議論は、アイルランドに集中している。けれども理念が現実に流れ込むこと、あるいは彼らの扇動行為によって革命が進展することは、彼らの脳裏に浮かぶことはなかったのである」[64]と。実際には、彼らの多くの脳裏に浮かんでいたのである。もし彼らが時として無節操に見えたとしても、それは彼らのナイーヴさのせいではなかった。

　いずれにせよゲール・ナショナリズムが次第に政治的領域を征服するにつれ、文化は「ナショナル」志向のアングロ・アイリッシュの知識人たちが、なおも支配権を行使しえた数少ない政治形態のひとつとなった。国民に対して政治的指導権をふるうことに失敗した彼らは、最後の土壇場で精神的ヘゲモニーに訴え、熱烈に国民文化を復活させようとした。それも、もし彼らの先祖が国民文化を温存してくれたなら、あえてするまでもないといわんばかりに。[65]アセンダンシーには、こうした企画を実現するに適した資産と罪悪感と余暇と知的訓練がそなわっていた。そしてアイルランド復興は、最終的にこうした計画《プロジェクト》の到達点となり、多かれ少なかれ、政治を文化問題として再規定することになった。ジョージ・ピートリーの言葉でいうと、古代アイルランド文化を国民すべてが追究することは、「宗教と政治の不和によって切り裂かれた国に、国民としての一致団結感」を醸成することになるというわけだ。[66]穏当なリベラルの例にもれず、ピートリーもまた、文化による政治の超越を、党派政治とは無縁の非政治的なものとみなしていた。とはいえ、たとえ非政治的であったとしても、このプロジェクトは、アイルランドという植民地化された国家にとって、どこまでも無償で無意味なものとはいかなかった。なぜなら植民地では文化が意味するものとは、ダンテやシューベルトではなく、言語や宗教や民間の風習やエスニックなアイデンティティであったのだから。またそのプロジェクトは、植民地というコンテクストならではの妥当性もあった。なにしろ共通の国民遺産としての文化は、アイルランドでは、イギリスの場合と異なり、階級差を広げるのではなく諸階級を横断して広く支持されたからである。公正不偏性は、かくして、イギリスよりもアイルランドにおけるほうが、受けがよいと言えそうなのだ。なにしろ植民地において探求される共通の基盤とは、国民文化であって、なにやら得体の知れないアーノルド的普遍性ではなかったからである。いや、アーノルド的文化の「普遍主義」は決して、ただのまぼろしではなかった。植民地では、エスニシティが、階級やジェンダーや職種を横断して共有されていて、このことは、ネイションという現実が確固として存在するのではなく、いまだ生まれ出るべく悪戦苦闘しているときに、なおのこと明白な事実となった。一方、イギリスで文化がかんばしくなかったのは、イギリスで文化は、アーノルド流に、甘美と光明とか、これまでに思考され語られてきた最良のものを意味していたからである。[67] 英国のような産業社会では、主要な葛藤は階級間の葛藤であり、そこで語られている文化が特定の階級に基盤を置くものであることは明々白々たるものがあり、文化が共通の基盤を提供しえない。文化は、植民地状況のなかでこそ、花開くチャンスに恵まれる。植民地では、少なくともある意味で、文化こそ、被植民者がエスニック的によそ者である支配者に対抗して共有しているものにほかならなかったのだからだ。

こうした事態にもかかわらず、アイルランド人は知識人《クレリシー》よりは聖職者《クラージー》を好みがちであった。みずからを精神的エリートたらんとしたイギリスの知識人たち――青年イングランド派からブ※ルームズベリー・グループ、コールリッジの知識人構想、あるいはアーノルドのいう「残存勢力」――の試みは、急速に世俗化が進む時代に教会が放棄しつつあった高尚な領域を、教会に代わって確保しようとする、それなりにもっともなものではあった。もし聖職者たちが、そうした方向から撤退するならば、E・M・フォースターのいう、勇気あるリベラルな精神の持ち主からなる、えり抜きグループ、あるいはリーヴィズのいう少数の批評家集団が、その仕事を肩代わりできるというのである。しかしアイルランドでは、グラムシのいう伝統的知識人のもっとも原型たるグループすなわちローマ・カトリックの聖職者階級が、すでに確固たる指導権を握っていたのである。そしてこのグループがいま、〈連帯＋敵対〉という不安定な関係を結ぼうとしている相手こそ、ナショナリズムを奉ずる有機的知識人たち、あるいはアントニー・スミスの表現を借りれば「ネイションの新たな聖職者層」[68]であった。スミスはこの新たな聖職者層を、古きものの灰のなかから誕生したものと見る。中世において国家権力の要でもあった聖職者層は、ルネサンスになると、より世俗的な、人文主義的インテリゲンチャへと道を譲るが、人文主義者たちはこの時代まだ国家には忠誠を誓っていた。ところが、彼らは、啓蒙時代には、異端的な知識人に屈することになり、この異端的知識人が、現代のラディカルな知識人の子孫となった。したがってアングロ・アイリッシュの知識人は聖職者とも政治家とも二重にずれていることになる。W・E・H・レッキーは、その著書『時代の宗教的傾向』のなかで知識人のことを近代世界の聖職者層とみなしていたが、これは文学を近代的教会とみなしたカーライルの記述からヒントを得ていた。しかし、この近代の聖職者層は、レッキーによれば、アイルランドでは世俗化しなかったために後退せざるをえなかった。アイザック・バットからW・B・イェイツにいたるまで、アングロ・アイリッシュ系の進歩的な人びとは、無私の精神と自己利益の追求の精神の双方を発揮して、みずからを伝統的知識人から有機的知識人へと転身させるべく苦闘した——彼らにとって植民地支配階級との「生まれながら」のつながりを断ち切って、民衆への奉仕に身を捧げようとしたのである。あるいは、これがあまりに革命的な再生案と判明した場合には、中間地帯を開発することになった。こうしてエリートは、みずからを指導的立場の者へと転身する過程にあるのだと主張し、みずからの曖昧な政治的ありように対する疑念を払拭しようとしたのだ。

もしアングロ・アイリッシュのエリートがこうした役割を果たそうと努力できたとするなら、それは部分的には知識人と政治活動家との、おなじみの労働分化が存在していたからである。革命の推進をその任としている者は、数少ない著名な例外をのぞいて、革命について理論化することに費やす時間をほとんどもっていない。アイルランドのナショナリズム思想にとって、ネイションの大義に奉仕しないような知は、愛国的見地から却下されるべきものだが、そうした思想の多くに顕著な功利主義的傾向は、たしかに、アイルランドの知的生活の相対的な貧弱さのひとつの理由ではあろう。もっともそうした功利主義は、アイルランドのナショナリストたちが忌み嫌っていたイギリスのイデオロギーそのものを反映していたのだが。ナショナリストの伝統に関する論文のなかで、パトリック・ピアスは、ウルフ・トーンを、その「厳粛かつ洞察力に富んだ知性」ゆえに、不毛なアイルランドの思想界を牽引した指導的立場の知識人に据えようと、かなり悪あがきをしている。ピアスが陰鬱に認めるところでは、トーンとデイヴィスとフィンタン・ローラーとジョン・ミッチェルだけが、重要な教えを後の世代に残したにすぎない。ピアスのこの判断に賛同する歴史家たちは、そんなに多くないだろう。マリアンヌ・エリオットはトーンのことを「独創的な思想家というよりも、他人の意見の取りまとめ役」とみなしている。しかし、やや矛盾するようだが、彼女がトーンの独創性として指摘しているのは、ジョン・ロックの思想を非民主的として却下したことである。ロックの社会契約思想は、後に続く世代に重くのしかかったという理由で。「トーンが「ロック思想を」否定したことは」とエリオットは、こう書いている、「同時代の政治哲学と訣別することを意味しているのだが、この訣別は、イギリスの哲学的にラディカルな者たち――トーンは、彼らと多くのものを共有していた――とトーン自身との訣別よりも、はるかに根源的なものであった」[69]と。そのためトーンは、おそらくエリオットが最初に想像していたほど、どうでもよい人物ではないのだろう。たしかにトマス・バートレットは、トーン思想の独創性と考えられるものを大胆に強調し、トーンのことを、アイルランドで最初の分離派であろうと説いている。[70] たしかにトーンは、学者というよりも政治的小冊子作者ではあったが、パンフレットを通して行なう公的な宣伝活動というのは、「知識人」という用語の古典的意味の一部でもあった。彼はおのが理論を無から導きだしたわけではないかもしれないが、彼の思想を醸成したのは、近代アイルランドが目撃した刺激的な諸概念の沸騰だったのである。古典的な共和主義、市民的ヒューマニズム、プロテスタント論争、※アルスター的・スコットランド的啓蒙思想、フリーメイソン思想、ペイン主義、アメリカ独立革命思想、コモンウェルス人、愛国クラブ〔一八世紀にロンドンやダブリンに出来たクラブでビーフステーキ・クラブともいい、当時は自由思想家のたまり場〕、モールズワス界隈、モリヌークスなどからなる思想の大胆なインターテクスト的醸成は、知的な掘り下げや大胆さや厳密さにおいて、※アイルランド文芸復興運動をしのぐものであった。ただしピアスによって、「独創的な」思想体系を構成しているとされたものは、わたしたちの時代のもっとも「独創的な」ヨーロッパ哲学のいくつかの観点からみると、きわめて問題含みのものであるのだが。

　しかしながら、ほかの点でピアスの判断は、比較的健全だった。統一アイルランド人連盟に関する限り、ミネルヴァのふくろうは黄昏ではなく明け方に飛んだのだが、それはまた政治家たちが、長らく形成途上にあった共和国概念を自家薬籠中のものにした時期でもあった。ダニエル・オコンネルは理論家ではなかった。偉大な政治戦略家にして雄弁家の例にもれず、彼の著作もまた、ほとんどすべてが、なんらかの政治的もくろみと連動し、臨時のものであった。[71]ピアスは述べている――「政治思想史のなかにオコンネルのために場所を用意しよう」[72]とする者は誰もいまい、と。ピアスによれば、ロバート・エメットの精神は「偉大だが……しかし、わたしたちは彼の精神の成果に接していない」。ピアスの観点では、パーネルは「政治思想家ではなく、信念の化身」であり、理論を拒絶し、ひとえに実践に身を投ずる男である。[73]トマス・デイヴィスは、ギャヴィン・ダフィによれば、ムーアやゴールドスミスと並び称されるよりも、オニールやトーンやグラタンと並び称されることを望んだらしいのだが、彼の希望がかなえられたかどうかは疑わしい。[74]青年アイルランド派が示したところの、雄弁と実践との、仰々しい言辞と政治活動との痛ましい分裂こそ、一九世紀アイルランドのナショナリズム全般の象徴とも言える理論と政治活動の乖離の一例である。

ピアスは、お得意の厚顔無恥ぶりを発揮して、教育問題に関する自分自身の啓蒙的かつ自由論的著述を、アイルランド・ナショナリズムの新思潮のひとつに含めて考えていたかもしれないのだが、それはさておき彼の議論全般はたしかに有効なのである。ジェイムズ・コノリーの時代まで、アイルランドのナショナリズム思想の業績のなかで、本格的な理論的論考を思いつくのはむつかしかった。植民地主義に関する体系的な批判は、いまだ登場していなかった。パンフレットも、エッセイも、小説も、詩も、歴史書も、波止場や選挙場で聞こえる演説もあったが、首尾一貫した重要な理論的著述はジャンルとして存在しなかった。政治的参加意識が強く、そうした著作を生み出せたかもしれない人びとには、残念ながら、執筆に割ける時間的余裕も知的資源もなかった。たとえ実践的・修辞的・戦略的テクストの執筆には大いにかかわっていたとしても。ジョン・ミッチェルはトマス・デイヴィスについて、「彼は文学のための「文学」を軽蔑していた」[75]と書いている。一方、知的資源を独占している人びとは、往々にして、政治的動機付けというものを欠いていた。この国で最下層の貧民は文化教養の面でもっとも恵まれず、みずからの悲惨な状況を修復するのに役立ったかもしれない概念的道具を奪われていた。アイルランドのラディカルな思想家のなかでももっとも先駆的なひとり、ウィリアム・トムソンは、エドマンド・バークと並んで一八世紀末におけるアイルランドのもっとも偉大な知識人だったが、彼は社会主義や女性解放論について書いたけれども、ナショナリズムについては何も書かなかったのである。[76]

アーネスト・ボイドは、こうした知的欠乏の原因をつきつめて、カトリック教会の存在にゆきついている。「アイルランドにおけるカトリシズムは」と彼は書く、「きわめて清教徒的で不明瞭なものであり、思想形成と教育の仕事は当然のことながらプロテスタントが引き受けることとなった」[77]と。ボイドは偏見をもたない評論家とは言いがたいところがあるし、また民衆とともにあったアイルランドのカトリックは、聖職者層とは敵対していたため、つねに清教徒的であったかどうかは疑わしいし、不明瞭であったとも思えない。だが、たとえそうであれ、彼が、アイルランドのカトリック教会——思想の自由に猛然と反対するこの勢力——ゆえに、理論にも並々ならぬ関心を寄せるゲール・インテリゲンチャがアイルランドの地に誕生しなかったと考えたのは正しかった。もっとも、仲間割れをもうひとつの要因としてボイドはさらに付け加えてもよかったかもしれないが。カトリック教会は、教会そのものの君臨に疑問を投げかけるような世俗的・有機的インテリゲンチャを恐れていた。知的に卓越性によって頭角をあらわす者たちの多くは、ただちに※メイヌース神学校に吸い上げられて、自由な探究をもっとも嫌うこの機関のスタッフにさせられてしまう。一八四四年にアイルランド総督はメイヌース神学校のことを「公的な教育機関というよりも、兵舎の雰囲気がする」と述べている。[78]Ｗ・Ｅ・Ｈ・レッキーはカトリックのことを、「科学精神に対するもっとも強力な敵」とみなしていた。[79]

　アイルランドのカトリック教会が、近代以前にはヨーロッパのために知的空間を用意したにもかかわらず、近代において独創的な神学思想体系を生み出さなかったのは、まさにそうした学問への敵対精神のなせるわざであった。アイルランドにおける神学は、護教論のための道具にすぎず、精妙な知的探究に供されるような深いものではなかった。たしかにアイルランドは、一九世紀におけるイギリス最良の神学者ジョン・ヘンリー・ニューマンに対して、迎え入れ役をいやいや演じたけれども、ニューマンの聡明な知性と想像力のひらめきに匹敵するようなものを、ついぞもちあわせなかった。一九世紀アイルランドでもっとも魅力的なカトリック神学は、生気のないスコラ哲学の流れに逆らうようにして書かれた反抗的かつ異端的なものである。神学的近代主義者であるジョージ・ティレルはロアジーとヘーゲルの弟子であり、教会民主化を勇気あるかたちで唱えたのだが、まさにそれが原因で破門された。[80]しかもこのティレルもまた、ニューマンはおろか、ニーバー、シュライエルマッハーらと同等の神学者とはみなされていない。もちろん一九世紀のアイルランド国教会〔※アイルランド聖公会〕は、その福音主義的で反知性的傾向が際立っていたため、神学の発電基地と呼べるものではなかった。これは知的専制体制のせいというよりも、政治が一番手、その後塵を拝して、ずっとあとに二番手として宗教、という優先順位のせいであった。オスカー・ワイルドは述べている。自分はプロテスタント系アイルランド人なので、宗教をもっていない、と。フランク・オコナーは『ふり返れば』のなかで、信仰を失わないアイルランド人は、さして面白みがないと言い切っているが、一方ジョン・バンヴィルの小説『バーチウッド』のなかで、アングロ・アイリッシュのゲイブリエル・ゴドキンは、「宗教は、狐狩りと同じように、わが階級の不滅性を褒め称える儀礼的な宣言にすぎないとみなされている」と語っている。

たとえそうであれ、プロテスタントと自由な学問との伝統的な関係があればこそ、芸術文化の領域においてアングロ・アイリッシュが優位に立てた――そして、いまひとつの理由は、アングロ・アイリッシュの物資的・文化的な特権的地位であった。アーネスト・ボイドは、アイルランド国民の文学的・政治的・宗教的生活において、プロテスタント系アイルランド人から、多くの「卓越した異端者」が生まれたと語っている。事実、彼は、このグループに、「わが国の文学史において重要人物のほとんどすべて」が含まれると信じて疑わなかった。[81]そしてジョージ・ムーアは、「カトリック系の小説家」という語句は、まったくの自己矛盾であるとまで、堅く確信するにいたるのである。

　言いかたを変えれば一九世紀のアイルランドは、カール・マルクスの定理、すなわち物質的生産手段を支配する者は、また、知的生産手段をも統御しようとする傾向にあるという定理の、まさに驚くべき実例であった。このことがとりわけ顕著にみられたのは、芸術文化の領域であり、アイルランドでは、この領域は、階級権力の趨勢を、いかなる俗流マルクス主義者も顔色なからしめる正確さでなぞったのである。統一アイルランド人連盟の蜂起の余波のなかで、この国は、最初の「国民」詩人、トマス・ムーアを生み出す。その後、一八二〇年代の※カトリック解放の衝撃のなかで、カトリック系の作家たち（ジェラルド・グリフィン、ジョン・ベーニムとマイケル・ベーニム）が、頭角をあらわすことになる。それも、それ以前はアセンダンシーが独占していた小説という分野において。しかし小説分野におけるカトリックのヘゲモニーは、まだ確実なものではなかった。一九世紀においてもっとも卓越した小説技法の実践者であったウィリアム・カールトンは、下層階級出身のカトリックから中産階級のプロテスタントへの転向組であった。あたかも、突出した文学的地位に就くには支配的な政治体制と連携する必要があるかのごとく。やがてこの国が部分的な独立を勝ちとると、最高のフィクション作家を生み出すにいたる。政治革命の先陣に立ったカトリックの小ブルジョワ階級の子、ジェイムズ・ジョイスである。『ユリシーズ』と自由国家は同時刻に誕生する。アイルランドのカトリックが、影響力のある神学を生み出さなかったとしても、最良のアイルランド人小説家の形成には、大いに与《あずか》ったのである。

しかしながら伝統的なゲール系演劇が存在しなかったこともあって、ゲール系アイルランド人劇作家が演劇界に君臨するまでには、少し時間がかかった。事実、ゲール系アイルランドの最初の主要な劇作家、ブレンダン・ビーアンが演劇シーンに登場したのは、ようやく一九五〇年代に入ってからで、アルスターのカトリック系作家ブライアン・フリールの登場は、それからさらに十年後のことである。またほぼ同時に、北アイルランドでの公民権獲得闘争と軌を一にするかのごとく、現代のもっとも偉大なアイルランド詩人シェイマス・ヒーニーが活躍をはじめる。そしてここにいたって、地方で次第に発言力を増してきたカトリック系中産階級が、政治的・文学的表現を獲得するにいたるのだ。それ以前には、演劇は、もっぱらアングロ・アイリッシュのプロテスタントが掌握し、彼らの多くは演劇をイギリスに「輸出」した。彼らとは、ファーカー、ゴールドスミス、シェリダン、ブーシコー、ワイルド、ショー、イェイツ、シング、グレゴリー卿夫人、デニス・ジョンストン、サミュエル・ベケットであった。ショーン・オケイシーですら、プロテスタントであったが、彼の場合、プロテスタント信仰は、ゴールドスミスやイェイツのプロテスタント信仰が歴史的に必然的であったのに対して、どことなく歴史的に偶然の所産と言えなくもなかった。[82]

一九世紀と二〇世紀初頭におけるアイルランド人の知的生活の特徴とは、理論的なものから想像力の世界へ、あるいは哲学から文学への大掛かりな移行であった。[83]こうした移行は、「ケルトの天候が抽象的な学問には不向きだ」[84]といったギャヴィン・ダフィの偏見を裏付けるというよりも、特定の歴史的状況のせいである。なかでもとりわけ重要なのは、土着の文学の豊かな系譜であり、ゲール人が蒙る物資上ならびに教育上の不利益、彼らのインテリゲンチャが長期的展望に立った理論的考察よりもむしろ直接的政治闘争に関心を寄せたこと、アセンダンシーによる知的生産手段の実質的独占、そして観念に対する典型的なアングロ・サクソン的不信感であった。かくして統一アイルランド人連盟時代の知識人は、マライア・エッジワースやモーガン卿夫人のような小説家であり、エドワード・フィッツジェラルドやロバート・エメットではない、ほかならぬ彼らが、虚構作品のなかで初めて「アイルランド社会」と呼ばれた実体を解剖したのである。ヴィヴィアン・マーシアは「たしかに、一七九八年は、詩であれ、演劇であれ、小説であれ、想像的文学の偉大な傑作を一作たりとも世に出すことはなかった」[85]と述べているが、彼はモーガン卿夫人の最初の小説『オブライエン家とオフラハティ家』の存在を見落としている。

トマス・ムーア――詩人にして、エッセイストにして、歴史家にして、風刺家にして、政治的扇動者でもあった――は、カトリック系の文学公共圏とでも呼ぶことのできるものを開拓したと言える。彼は、ちょうどトマス・カーライルやレズリー・スティーヴンがイングランドにおける文人であったのとまったく同じ意味において、アイルランドの文人であった。こうして、この時代のもっとも強力な政治的介入のいくつか――たとえば『キャプテン・ロックの回想』などが思い浮かぶが――は、意味深いことに、詩人の作品であった。はたせるかな、ムーアのふたつ一組の詩作品『腐敗』と『寛容』も、韻文による文学作品と政治的パンフレットの合体であった。解放期の「政治社会学」の生みの親は、ダニエル・オコンネルではなく、ジョン・ベーニムとマイケル・ベーニムであり、彼らの小説は、懐疑的なイギリスの読者層に向けて、アイルランド社会の真の姿を描く自意識的な試みであった。土着の「全体化する」社会学がなかったため、政治社会学の完成は、ウィリアム・カールトンに受け継がれることになる。ここでゲール系インテリゲンチャにとって心強かったのは、哲学者や医師には簡単にはなれないものの、想像的な作家には、とくに正規のまともな教育を受けていなくてもなれるということだった。公立の学校は、攻撃的なナショナリズムの第一波が去ったあと、ようやく一八三〇年代になってから設立されるのだが、[86]欠席学生がばかにならぬほど多く、教師は正規の教員訓練を受けておらず、給料は安く、カリキュラムはというと驚くほど非啓蒙的であり、さらに燃料と書籍はしばしば親の出費で、学校の修繕は教師がおこなうという惨憺たるありさまだった。[87]カトリック・ユニヴァーシティは失敗であり、トリニティ・カレッジは、カトリックの学生の入学を制限し、一八四〇年代に設立された※クイーンズ・カレッジはカトリックのヒエラルキーによって破門の憂き目にあった。学生の質は、どのような場合でも、極端に低く、イングランドでの平均値をはるかに下まわった。一八三六年から三七年にかけて、人口およそ八〇〇万人のところに、およそ一三〇〇の学校が対応しているにすぎなかった。また数年後の統計によれば、人口の半数以上が読み書きできなかった。[88]

したがってアイルランド小説は、良きにつけ悪しきにつけ、社会学の〈代用〉形式となった――それも懐にとびこむと同時に客観的であり、同情的であると同時に突き放してみる社会学。バルザックが革命後のフランスにおいて最高の「社会学者」であったとすれば、バルザックの小説のように、想像的フィクションを通して社会を俯瞰的に見る形式を、アイルランドは必要としていた――少なくとも小説家ジェイムズ・スティーヴンズの視点では。「わたしたちには鑑が欠けている、統合がない、わたしたちは自分自身を見ることができないのだ」と語るスティーヴンズは、故国アイルランド版の『人間喜劇』を書ければと考えていた。[89]アイルランドの場合、本格的な社会学は、コント派のジョン・ケルズ・イングラムの著述をもってその嚆矢とするのだが、それ以前は、小説が社会学に奉仕できたのである。詩ですら、社会学の代用たりえた。ウィリアム・アリンガムはその詩『アイルランドのローレンス・ブルームフィールド』を「無味乾燥な十音節詩行による地主と借地人問題」と辛辣に語っていた。[90] そしてもし詩が社会学になりうるのなら、歴史は文学になりえた。「歴史という高尚な形式ほど、稀有な文学的資質を要求される学門はほかにない」という意見を記したのはW・E・H・レッキーである。[91]『DUM』は文学的機関紙というよりも政治的機関紙だったが、とくに思想家というわけでもない小説家のチャールズ・リーヴァーが、一時期、編集に携わっていた。また、プロテスタント・エリートの関心を明確に表明した『ダブリン・イヴニング・メイル』紙の編集長に就任したのは小説家のシェリダン・レ・ファニュであった。彼はまた一時期『DUM』紙の経営者でもあった。

しかし文学が社会学の代理を務めたのは、その期間だけであった。ひとたび、深層にある社会法則という考え方が浮上し、個人の生きざまから相対的に独立した構造なり力が着目されるに及ぶと、小説形式は、社会的事実を対人関係に、あるいは情緒的シナリオ（いわゆるアイルランド・プロテスタント系ゴシック小説の場合には）に翻訳して語ることに依存しているため、もはや新しい考え方についていけなくなった。そのためリアリズム文学は窮地に陥る。おそらくジョージ・エリオットの『ミドルマーチ』は、イギリス社会のなかで、小説が、シェリーの言葉を借りれば「わたしたちが知っていることを想像」できた最後の時代を、それも社会生活の複雑な法則を具体的な人間的ドラマとして血肉化できた最後の時代を表象している。社会的知の対象はいまや見えなくなり、同じことは心理学についても言えることだろう。そしてこのことは知識人の活動に新たな分裂をもたらすことになる。すなわち社会学や人類学の専門家が、芸術的視点の持ち主には見抜けない構造の解明に深くかかわることになり、文学の縄張りは、もっぱら見られ聞かれ触られる領域に限定されるのである。一九世紀末には、ゾラやジョージ・ムーアの自然主義文学が、科学的精神を模倣し、小説そのものを社会学的診断の一形式に変換することで、文学の認知機能を復権させようとするのだが、実験は短期間で終わり、想像的著述は、内面的・主観的領域へとますます後退するようになり、社会的関心の強い学問が、公的事象の領域に君臨することになる。かくしてモダニズムの基礎は築かれた。

　もし一九世紀アイルランドの文学が社会・政治批評の形態をとることになったとすれば、青年アイルランド派はこの関係を逆にして、すばらしい成果をあげた。つまり今世紀最良の想像的著述のひとつに位置づけられる政治的プロパガンダを生み出したのだ。[92] ジェイムズ・フィンタン・ローラー、トマス・マー、ジョン・ミッチェルは、いずれも、最高の文体家である。ウィリアム・ディロンは、いかにも裏の意味がありそうな賛辞のなかで、ミッチェルは文学に固執すべきであったと述べているし、一方ローラーの編集者リリアン・フォガティによれば、彼女にスウィフトやバークレーやバークを思い出させるローラーの文体は、それだけで、彼をアイルランド文学の殿堂入りさせるのにじゅうぶんなものがある。[93] 政治的なものに詩的なものがとってかわるという同様の変換は、文芸復興を推進した特定の文学インテリゲンチャにもあてはまる。彼らは、語の広い意味においての知識人として際立つばかりで、理論家とは言えなかったのだから。シングだけは語の厳密な意味で知識人であり、その読書量も半端ではなかった——ダンテ、スピノザ、テーヌ、ヘーゲル、レッシング、シュレーゲル、マルクス、ダーウィン、ニーチェ、ウィリアム・モリス、フランスの古典的作家たちのほとんどすべて。[94] 典型的なアイルランド知識人のスタイルでもあるのだが、彼の関心は広く、音楽学、文献学、自然科学にまで及んだ。

これとは対照的に、他の文芸復興派は、学者として通用していたものの、ほんとうは詩人であったスタンディッシュ・オグレイディから題材となるものを得ていた。[95]大学人と芸術家との媒介者として、歴史を芸術の材料として利用可能なものにしたオグレイディは、イギリスで文人が果たした役割を、アイルランドで部分的に果たしたとも言える。「考古学は歴史において頂点に達し、歴史は芸術において頂点に達する」とは、彼のスローガンだった。[96]歴史という回路を経て、過去の神話が現在の文化のなかに流れ込むが、それには四段階の変換が必要だった。神話が民族の歴史を暗号化する。現代の歴史家が神話を復元する。その神話を芸術家が公共の目的のために活用し、こうして神話を民族のために取り戻すのである。オグレイディはその著書『初期吟遊詩人文学序説』のなかで書いている。ひとつの世代の歴史は、次の世代の詩となる、と。そしてオグレイディにとって、この変換は、歴史そのものがそもそもつねに詩であったがゆえに、いっそう容易なものとなる。ドイツにおけるディルタイ学派の共感的歴史理解のアイルランド版とも言えるオグレイディの『アイルランド史——英雄時代』（一八七八）は、客観主義的歴史記述を否定し、その代わりに過去の「想像的プロセス」

の復元をめざしている。彼の使命は、初期アイルランドの歴史を「いま一度、この国の想像力の一部」に加え、アイルランド・ナショナリズムにその寓話と象徴を付与することである。ちょうどミルトンが英国革命において、またウィリアム・ブレイクが産業革命においてそうしたように。彼はまた分析的思考に対してカーライル的苛立ちを示していた。この時、ショーン・オケイシーがアイルランド・ナショナリズムに付随する社会的特権に対しては、〈おまえよりもこちらははるかにプロレタリアートだ〉的な侮蔑を示したのであるが。

　オグレイディ自身は偉大な人物ではなかったが、他人のなかにある偉大さの淵源となり、歴史研究が芸術の侍女となるような一時期を画すことになる。もっとも彼が掘り起こした伝説を資源とすることの多かった文芸復興派の演劇に対して、彼自身は憮然として不満を表明していたのだが。アカデミックな著述と創造的著述とのバランスはいまや崩れ、決定的に後者が優位に立ちつつあった。いまや、かつての青年アイルランド派からは望むべくもなかった主要な想像的作品が、登場しはじめる。青年アイルランド派は実践活動のほうに関心が向いていたし、一方、世紀半ばのアセンダンシーのインテリゲンチャが輩出していたのは、一握りの例外的人物（チャールズ・リーヴァー、サミュエル・ファーガソンら）を除けば、文学芸術家というよりも学者や文人であった。しかし文芸復興派とともに、アセンダンシーはいまや文学の領域にも君臨するようになった。かつてのサーガ探求家や神話蒐集家の世代が、学術研究に眼を向け、その土壌を耕すようになったのだ。〈※土地同盟〉誕生以後、政治的熱気が高まるなか、勃興するナショナリスト階級は、みずからのシンボルや、みずからを正当化してくれる歴史を必要としていた。彼らにこれを供給することが、アングロ・アイリッシュ上層部の役割となったのだ。

　そのうえさらに、ナショナリズムは政治的勝利をおさめ、いまや自己反省にふけるほどの活力すらみなぎらせ、政治的諸問題の下に沈殿している、詩的・哲学的意味をもつ深層へと触手を伸ばさんとしていた。あらゆる勃興階級の例にもれず、この階級も、グラムシ的観点からすると、政治的計画だけでなく世界観も必要とした。いっぽうアングロ・アイリッシュは、もともと精神的探究に傾くものをもっていたし、そうした事柄に熱中できる時間的余裕も教養もじゅうぶんにもちあわせていたこともあり、ナショナリズム派に押され気味で政治的にますます周辺へと追いやられることへの半ば代償として、文化の領域を確保してきた。戦争と同じく、文化も、別の手段によって継続される政治であり、ダブリンの街路での小競り合いをさらに深化させると同時に、それを別領域に移し変えたものだった。文芸復興派にとって、その背景となるのは社会学ではなく神智学である。[97] ジョージ・バーナード・ショーは衰退した保守的知識人の誰にとっても悪夢であったが、理論から想像世界へという流れを逆転させたと言ってよく、スランプに陥ったときには、演劇と銘打っているが、その実、思想論文にすぎないような一連の作品をものしていた（ショーのあからさまな知性偏重主義は、イギリスの功利主義や感傷主義にとって打撃であったとみなすことができる。ちょうどオスカー・ワイルドが同じ目的で、その硬質な機知と眩暈的な精神の柔軟さを駆使したように。アイルランドに強力なリベラル・ヒューマニズムの伝統がないことは、不利な面もあった一方で、この不利を逆手にとって、植民地の主人たるイギリス人の感傷的な人文主義を、この程度までに破綻させることができたのである）。[98]

ナショナリズムと知識人とのつながりは、あきらかに、学問の柔軟性の問題を超えるものであった。近代において、広義の人類学的意味における「文化」は、いまや分子化して分裂した社会をひとつにまとめる手段となる。それゆえ、この分野の組織者たち——知識人たち——が、大手をふってまかりとおっても、なんら驚くべきことではなかった。[99]少なくとも、ある影響力のある理論によれば、ひとたび前近代の社会構造が緩みはじめると、文化が、社会的コミュニケーションの中心的手段として機能するようになる。もし部族の絆なり封建的忠誠心なり絶対主義国家が、もはや民衆をひとつにまとめておくことができなくなると、共通の言語なり教育なり信念体系が、その役目を引き継ぐことになるかもしれない。また文化はナショナリストの闘争の媒体そのものであるので、植民地社会において知識人たちは、宗主国社会におけるよりもはるかに積極的な活動家の役割を演ずることになる。アーネスト・ゲルナーもベネディクト・アンダーソンも、明確に異なるかたちではあれ、ともに、ナショナリズムそのものを、文化を育みつつ文化によって育まれるものとみなしている。(100)これは、こうした運動のなかで知識人が際立って重要な役割を果たすからでもあるが、同時にまた、ある種の文化的発展——読み書き能力《リテラシー》の伝播、共通語、制約のない教育体系——は、政治的ナショナリズムにとってなくてはならぬ条件でもあったからだ。エリ・ケドゥーリーは、かなりもったいぶったかたちで、ナショナリズムは「著述家による考案」と記述している。(101)アントニー・スミスが述べたように、「インテリゲンチャはつねに［国民運動への］代表を、そのメンバーに不釣合いなほど多く輩出してきた。もし「インテリゲンチャ」に、弁護士、ジャーナリスト、大学人、医師、教師、その他、高等教育を受けた資格を保持している者たちを含めるならばの話だが」。(102)スミスが列挙している職業人たちは、アイルランドの場合、とりわけよくあてはまる。ダニエル・オコンネルとアイザック・バット（ともに弁護士）、ジョン・ミッチェル、チャールズ・ギャヴァン・ダフィ、アーサー・グリフィスそしてD・P・モーラン（彼らはジャーナリスト）、ウィリアム・ワイルドとウィリアム・ストークス（ふたりは医師）、エオン・マックニールとトマス・マクダナ（ともに大学人）、パトリック・ピアス（教員）のことが思い浮かぶ。

しかしながら、こうした人物たちは、混成集団で、その出自も、伝統的な「品格のある」専門職分野（法律、医学、大学）に始まり近代国家やメディアの関係者に及んだ。このばらつきは、ある程度まで、グラムシのいう伝統的知識人と有機的知識人との区分に対応している。この区分は、社会的出自による区分ではなく、社会的機能による区分である。[103]社会的出自を問題にすれば、国民運動における、マイケル・ダヴィットからジェイムズ・コノリーにいたる有機的知識人のうち、庶民の出の者はほとんどいない。[104]フィンタン・ローラーは、牧歌的に「小作農」としてみなされることもあるが、実際には、レイシュ州に一千エーカーを越える土地を所有していた仲買人の息子である。現にグラムシ自身、こう論じている――「小作農の大部分は……みずからの「有機的」知識人を練成しないのであり、一方、伝統的知識人の場合、小作農出身者が、かなりの比率を占める」[105]と。これはアイルランドの場合、よくあてはまる。「小作農」の息子は、革命を鼓舞するよりも、聖職者として知られる伝統的知識人グループに参画する可能性がはるかに高い。とはいえここで念頭に置いている「小作農」

は、かなり意味範囲が広いと言えるだろう。アイルランドの聖職者の大多数は、小農民や労働者出身というよりも、中産階級の経済力のある農民階級出身なのだから。

したがって伝統的／有機的の対立は、どこの出身かとか、どういう職業を引き継ぐかではなく、何をするかに関係する。グラムシにとって知識人は、彼らの専門分野の性質ではなく、一連の社会関係のなかでどのような機能を果たすかによって分類されるべきものであった。多種多様のアカデミックな学問が、さまざまな時代に、知識人による活動、それも、より広範囲の、より政治的な負荷のかかった活動の場となってきたため、地理学とか生物学といった政治的に重要ではない学問ですら、宗教的緊張の高まるヴィクトリア時代のイングランドでは、こういった役割を果たすようになるのだが、それと軌を一にして、有機的知識人も、「たんなる雄弁家としてだけではなく、構築者、組織者、「常勤の説得者」として実践活動へ積極的に参加することで」伝統的知識人と一線を画すことになる。[106]こうした観点からすれば、ダニエル・オコンネル、トマス・デイヴィス、チャールズ・スチュアート・パーネルらは、たとえばジョン・ウィルソン・クローカーやジェイムズ・ジョイスとはちがって、まさに、アイルランドの有機的な知識人としての資格をじゅうぶんにもっていた。有機的知識人は専門家であるとともに政治的指導者であるが、このカテゴリーはまた国家インテリゲンチャ全体を含むときにも使われた。彼ら国家インテリゲンチャは、学問面・行政面・政治面の諸機能において、芸術家や大学人や哲学者といった伝統的知識人とは齟齬をきたすことになる。こうした伝統的知識人の男女は、ひとたび緊密に組織された専門家の国家官僚が登場するにおよんで、政治や公共奉仕において彼らが果たす役割はなくなり、衰退の一途を辿る。だが、それまでは、彼らは、公共圏からはかなり距離をおいて活動していた。グラムシによれば、彼らの立場は、政治権力と物質生産との媒介によって強力に支えられていたため、彼らは自律的知識人の幻想に陥ることになる。なるほどオール・ソールズ・カレッジで研究にいそしむ思想家たちは、自分の思想が、広告代理店で働く者たちから生まれたというよりも、純粋に、これまでの思想に立脚したかたちで生まれたと想像しがちである。こうして彼らは、既成の秩序に依存していないように見えながら、まさにそういう見せかけのもとで、既成の秩序に奉仕しているのであり、この独立の見せかけが、リベラルな公正不偏性や観念論哲学の物質的基盤ともなったのである。有機的知識人は、これとは対照的に、特定の階級や集団との緊密な関係のなかで、その「思考し組織化する要素」としてしか存在しえない。[107]

有機的知識人の役割は、彼らが代表している集団の断片化した意識を、首尾一貫した、知的にも明晰な形態にまとめあげ、その集団に、政治的敵対勢力に伍してゆけるだけの「世界観」を提供することであった。これは、イタリアやアイルランドでカトリックの聖職者層がおこなってきたことの世俗版であるだけに、このモデルは、密かに神学的なものでもあった。かつては青年アイルランド派の有機的インテリゲンチャの一員でもあったワイルド夫人は、グラムシ的な正確さでもって、要点を次のように述べている――「民衆の発言は、つねに熱のこもったものであるけれども、往々にして首尾一貫性を欠く。そのため高い教育を受け教養のある男女が、彼らの周囲に存在する情熱的な心情の庶民の漠とした憧憬や野心を、解釈し定式化するために、必要とされたのである」[108]と。「人間の大衆は」とグラムシは書いている、「みずからを「際立たせる」ことも、みずからの力だけで独立することもない――もし、語の広い意味で、みずからを組織することがなければ。知識人なくして組織は存在しない。つまり組織者や指導者がいなければ……それも、考え方を理念として哲学として練成するのを「専門とする」集団の存在がなければ、組織は存在しない」[109]と。このことは、あきらかに、トーンからコノリーにいたるアイルランドのナショナリズム運動について言える。青年アイルランド派は、グラムシのいう「国民＝大衆《ナショナル・ポピュラー》」知識人の古典的な実例であり、理念と庶民を、大衆意識と政治国家とをつなぐ働きをする。しかしデイヴィスのような人物には、ロマン派的な反功利主義的傾向もあって、合理化された植民地国家からは排除される伝統的知識人と見られてもおかしくないようなところがあった。同様なことはジョン・ミッチェルについても主張できるかもしれない。青年アイルランド派の革命的前衛には、伝統的なもの（グラムシ的な意味でいう）が多く残っている。ちなみに、その失敗に終わった蜂起を指導する運命にあったのは、イギリスで教育を受けた貴族のウィリアム・スミス・オブライエンであった。

グラムシによれば、有機的インテリゲンチャのもっとも重要な任務のひとつは、伝統的知識人を吸収することである。グラムシにとって、どのような社会集団も、みずからの知識人を生み出す傾向にあるが、「歴史的にみて進歩的階級の知識人は……その牽引力を発揮して、最終的に、他の社会集団の知識人を配下に置くように努める」[110]のである。全体的に見て、まさにこれこそアイルランドのナショナリズムが瞠目すべき手際で実行したことにほかならない。つまりウルフ・トーン、トマス・デイヴィス、チャールズ・スチュアート・パーネルそしてＷ・Ｂ・イェイツを自陣営に取り込んだのである。したがってショーン・オフェイロンがその著書『乞食たちの王』のなかで軽率に述べているようなこと、すなわちアングロ・アイリッシュは庶民の勃興になにも貢献しなかったというのは断じて真実ではない。[111]事態はその逆で、アングロ・アイリッシュの貢献は大きくまた長続きした。けれども、下層のカトリックという出自を捨ててプロテスタント系の体制側へと、逆方向に移動した者も多かった。ウィリアム・カールトンはそのひとりである。いまひとりはプラトン哲学者のトマス・マグワイアで、カトリックとして出発しながら、ユニオニストの論客となり、反パーネル派の「ピ※ゴット偽造文書」事件にかかわってゆく。[112]

　グラムシの区分が、『ＤＵＭ』の周囲に集まった愛国者グループに適用できるかどうかは、かなり疑わしい。ある意味で、彼らは明らかに伝統的知識人である。詩人、小説家、聖職者、大学人らが多数派で、時折、ちらほらと弁護士とか医師を職業としている者が混じっているにすぎない（ただし弁護士もまた、連合撤回協会やアイルランド同盟において重要な役割を果たすのだが）。こうした愛国者グループは、かたや改革を進める植民地権力の国家インテリゲンチャと角突き合せ――なぜなら植民地権力は近代化を断行して上から彼らを排除せんとしていたからであり――、かたやナショナリストのイデオローグとも一触即発のにらみ合い状態にあった――なぜならナショナリストは、下から、彼らの権力基盤を突き崩していたからである。しかし孤立した知識人の集団というよりも、好戦的で自意識過剰なインテリゲンチャとしての彼らはまた、包囲されたおのが社会階級の精神的組織者として活動をしていたので、彼らの階級にとっては「有機的」と記述することもできる。いまやアングロ・アイリッシュ階級は足元から火がついているために、こうした愛国者グループが、精密な自己省察の高みへとのぼることは可能であり、また必要だったのだ。その知識人としての役割は、アセンダンシーの紳士がみずからの存在を自発的に当然視できなくなったこの困難な時代に、指針とアイデンティティを付与することだった。

したがって『ＤＵＭ』の台頭そのものは、それが動員しようとしていた人びとの運命の精神的危機の証左であった。憎々しいホイッグ勢力が、ヴィクトリア時代のダブリンの善良なる市民をますます窮地に追い込みつつあったのだから。ただたとえそうであっても、その戦略は文芸復興派に比べてはるかに精緻なものだった。なにしろ復興派は、民衆を理想化し、中産階級を飛び越え直接民衆に訴えかけるのだが、あいにく民衆は、復興派の拠点たるアビー座へ足を運ぶことなどめったになかったのだ。『ＤＵＭ』グループは、大衆へと直接働きかけるのではなく、アングロ・アイリッシュの指導体制を整えることで、カトリック系の大衆を制覇すべく、もてる力を動員できた。現に、サミュエル・ファーガソンは、ナショナリストから主導権を奪い返してはという阿諛追従の類を、自己の利益にこだわらずに、ただひたすら跳ね返してきたかのように見せかけようとした――「アイルランド大衆の指導者という、自分たちにとっては当然の位置を占めることで、利己的な野心を満足させるというような強い誘惑があったにもかかわらず」、学問に、文学に、芸術に、身を捧げたのである、[113]と。これは、ほんとうは招かれてもいないパーティを、自分から避けるというようなものである。けれども、もしアセンダンシーのインテリゲンチャが、あるいは少なくとも彼らの集団のなかで開明的な精神の持ち主が、国民全体をとりこんで、アセンダンシーの再自己造型に利用し、アセンダンシーの階級としての運命を国家共同体全体の幸福と一体化させることができるなら、そのときにはじめて、彼らの機能はその目的を遂げることになるだろう。これはスウィフトやフラッドの時代、つまりアングロ・アイリッシュが、時としてアイルランド人民全体とみずからを一体化して考えていた時代とは、まさに隔世の感ありと言わねばならない。いまや彼らは、彼らの主導権をひっくりかえそうとかまびすしい国民と、提携せねばならなくなる。彼らがそれにどこまで成功するかが、以下に続く章の主題となるだろう。

第2章 ある知識人階級の肖像

Portrait of a Clerisy

ノエル・アナンによる記憶に残るレズリー・スティーヴン研究の中に、ヴィクトリア時代イングランドにおける「知的上流階級の出現」に関する次のような記述がある。「特定の家系が知的支配権を確立し、政界および学界での利権を自分たちの子どもと分かちあいはじめる」。[1]親が友人と交わす抽象的な議論を聞きなれている子供たちは、自分たちと似た嗜好と資産をもつ父の仲間の子女を結婚相手に選ぶことが多い。それゆえ、マコーリー家、トレヴェリアン家、ハクスリー家、スティーヴン家、アーノルド家などの一九世紀イングランドにおける知識人大名門は、世代を下ってみずからを再生産するようになり、「有能な男女」からなる隙間のないネットワークを張り巡らせることになる。その「有能な男女」も、引き続き知的に卓越した男女を自分たちの勢力圏へと引き込む。かくして四方八方へと拡がるヴィクトリア時代的家系が、ひと連なりの公共圏の縮図としての役割を果たすのである。

ここで問題なのは育ちと知性とを、つまり血の繋がりと精神の親和性とを、区分しがたくするいわゆる社会的＝知的編成だ。この広くはびこるヴィクトリア時代的インテリゲンチャの家系が、個別指導教官と学生、師と弟子、科学者のおじ、哲学者のいとことを完備した、それ自体は非公式の権威者集団となる。こうした家庭と知性の異種交配のようなものが、ブルームズベリー・グループについては異なる装いで出現することになった。グループの大御所レナード・ウルフによればつねに「第一義的かつ原則的に友人集団」[2]であった、二〇世紀初頭イングランドのあのボヘミアン的前衛グループだ。『DUM』がトリニティ大学を非公式の背景としていたように、このグループもケンブリッジを非公式の背景としており、思想と人格はポートワインとクルミのように切り離せないものだという貴族的前提をもつ点で、少なからずオックスブリッジ的であった。これは、茂みがあれば散策したくなるのと同じで、個人的な友情があれば自然に書物についておしゃべりしたくなるものだとする、オックスブリッジの個人指導体制がもつプラトン的イデオロギーである。ヴァージニア・ウルフの見解では、いかにもイングランド的なことだが、ブルームズベリーには「共有される理論や制度や原則」[3]がなかった。そんな問題は、独立独行の士や政治的狂信者たちに任せておけばいいというわけだ。彼女は付言していないが、自分たちが皮肉る体制にしかと抑えつけられた、イングランド支配階級の温和な反体制派としてはそんな問題は必要ないのである。彼女にはそれがわからなかったのだ。支配的家父長の中性的な息子たちと反抗的娘たちとからなるこのグループは、その抑圧的年長者に向けてもつエディプスコンプレックス的愛憎を解消することができなかったのである。

アナンのいうイングランドの知識人名門とヴィクトリア時代ダブリンの同族的家政の間に親近性があるように、明白な相違はあるものの、ブルームズベリーと『DUM』同人にはある類似点がある。ウィリアムとジェインのワイルド夫妻ならなんの問題もなくブルームズベリーにうまく溶け込んだことだろう。ブルームズベリーのこれ見よがしな審美主義に比べて、『ＤＵＭ』周辺のアングロ・アイリッシュのグループはまじめでかつ高潔で、政治的であることを意識した一派だった。その意味では、彼らは自分たちの出自である階級に似るよりはむしろワイルド夫妻の放蕩息子に似ていた。だがブルームズベリーにせよ『ＤＵＭ』にせよ、ともに逸脱した知識人一派であったとはいえ、武官であった点でも、職業的にも、大土地所有者という点でも、上流階級に属していたのである。たとえ前者が自由主義的進歩主義の形態を取り、後者がラディカルな保守主義の形態を取っていたとしてもだ。クライヴ・ベルやリットン・ストレイチーとは異なり、たしかに『ＤＵＭ』の執筆者たちは、自分たちが属する階級の注意を市民的責任へ向けさせようと躍起になっていた。しかしそうすることは、結局ダブリンの愚鈍な支配的中産階級に追従することを意味したのだ。青年イングランド派がイングランドの支配政権に追従することとなったように。

　ブルームズベリーと『ＤＵＭ』は、社会的弱者への思いやりと高慢な態度とを兼ね備えている点で共通しており、レイモンド・ウィリアムズが前者について次のように述べたことのいくぶんかは後者にも当てはまった。「支配的多数派と袂を分った上流階級の一派は、良心の問題として下層階級と手を結ぶのである。ただし、連帯するのでもなく提携するのでもなく、いまだに個人的なもしくは少数派の義務感をおぼえて手を差しのべるのだ」。(4)〈アイルランド文芸復興〉の名そのものを特徴づけていると説明されてきた(5)ヴィクトリア時代のアングロ・アイリッシュの背後に潜んでいたのが、やましさとプロテスタンティズムの伝道熱だとするなら、ほとんど同じことがベルズ夫妻とウルフ夫妻についても言える。というのも、彼らの精神的エリート主義は世俗の聖職者という形態をとっていたのだから。どちらの陣営においても、進取の気性と高邁な道徳的見地とが混じりあっていた。アングロ・アイリッシュの改革者たちが、無政府主義的生活様式を求めて社会慣習を冷笑的に拒絶するブルームズベリー的自由人にかならずしも一致しなかったとしても、ウィリアム・ワイルドやアイザック・バットのスキャンダルまみれの生涯が如実に示すとおり、そのジョージア時代様式の柱廊玄関《ポルチコ》の背後では、彼らもやはり放蕩的であった。ブルームズベリーがこれ見よがしにひけらかしていたものを、アングロ・アイリッシュならたっぷりお金を払って隠していたという、それだけの話である。※メリオン・スクエアでの慣行は、大英博物館周辺での学説に相当するものになった。どちらの集団でも、エリートと前衛が奇妙に異種交配されていた。またどちらのグループも、ウィリアムズがブルームズベリーについて述べたように、ブルジョワの職業生活および文化生活における特定の変化から生まれたものである。すなわち、「職業的に新しくかつ重要で高度な教育を受けた上流階級の一派」の出現とともに生まれ、「物腰において、昔ながらの貴族ともあからさまな商業ブルジョワともかなり異なった存在なのである」。[6]ウィリアムズはブルームズベリー・グループについて、「植民地行政（たいていはインド）の権力者たちとかなりの頻度で交流していた」[7]といっているが、そうした交流は、ダブリンのアングロ・アイリッシュにもある程度見受けられた。たとえば、ウィリアム・ストークス卿の息子ワイトリィ・ストークス・ジュニアは、とびぬけてすぐれたインド行政官であり、インドで最高の勲位を受けていた。

　ジョン・バトラー・イェイツの『昔の思い出』は両者の親近性を明確にしている。彼が抑圧的商業中産階級とみなす親類が住むスライゴーの環境と、快活なヘレニズム文化の本場として理想化されたダブリンの肖像とを、イェイツは対照させてこう述べている。「わたしたちははなはだ自由に、フランス的悪意をこめて、両者を嘲り批判した」。[8] これがブルームズベリー的に聞こえるとするなら、イェイツによるダブリンの描写もそうだろう。彼はダブリンを「親のような愛情と、友人間に見られる夫婦のような信頼忠誠」を信じる共同体と述べていたのだから――夫婦間に信頼があるかはさておくとしても。[9] ※リバティーズ地区ではなく※フィッツウィリアム・スクエアを念頭に、彼はこう書いている。「そこは規制なき市だった。わたしたちは社会のために生き、社会が必要とするものを心地よく崇め、その見返りに社会的自負を得たのだ」。[10] しかしブルームズベリー同様、この集団的衝動は道徳的規範のための犠牲的行為というよりむしろ身を飾り立てることを意味したのであって、リットン・ストレイチーなら同意したであろう快楽主義のもとに「主たる欲望は享楽に向けられた」のである。イェイツが捉えたのは、商人中産階級ではなく知識人が持つ漠然とした反商業気風(「商業は戦争で、各人が隣人の口からパンを奪おうと待ち構えている」)[11] なのだ。つまり、資本主義への批判ではなく、育ちの悪い連中の事業に対する嫌悪感だったのである。

イェイツが描く中産階級的ダブリンを社会的＝知識人的編成とみなせるとしたら、それは知識人どうしが奇妙なほど直に向き合う関係だったからだ。政治的に包囲された集団として、ひとつの階級としてのその自意識はおのずと激化した。その階級は古典的な意味でのブルジョアジー、すなわち「独自の集団的アイデンティティ、特徴的な道徳規範、および文化的※ハビトゥスを持った、社会勢力」[12]であった。だがそれも、外来の個性崇拝とあいまって、個人間の関係回路へと解消されるのだった。上流階級の所有者から※ダブリン・ソサエティへ売却されたレンスター・ハウス〔ダブリンにあるアイルランド国会議事堂〕は、一九世紀後半には文化の砦となり、一八世紀ロンドンのコーヒーハウスに相当するものとなった。ヴィクトリア時代のロンドンと同じく、ダブリンもシェリダン家、レ・ファニュ家、ワイルド家、ストークス家、グレイヴズ家、ハミルトン家、トレンチ家、ボール家といった一握りの知識人名門[13]によって支配されていた。知識人風に言うなら、この首都はひとつの小さな村だったのだ。もっとも一世紀経って、酒飲みで悪名をはせた三人組、ブレンダン・ビーアン、パトリック・カヴァナ、フラン・オブライエンの時代になってもその事実は変わらなかったのだが。

かくして、緊密に結びついた数人が文化全体を定義づけることが可能となった。小さな植民地首都の数少ないインテリゲンチャは、夕食の席で意見を交わしあい、食と発話という口がおこなう二形態の活動を結びつけた。彼らはまた驚くほど早熟な一派であった。アイザック・バットがトリニティ・カレッジのワイトリー政治・経済学講座担当教授の地位を得たのは二十三歳のときだったし、あのウィリアム・ローアン・ハミルトンがシリア語入門書を書いたのは、十二歳のときだった。薬剤会社が設けた化学講座担当教授にロバート・ケインが選ばれたのはまだトリニティ・カレッジの学部生だったときだし、「アーマーの天文学者」トマス・ロビンソンが一冊の詩集をしたためたのは十二歳のときだった。

　アナンが記したイングランドの知識人階級と同じで、彼らも互いに親類であることが多かった。シェリダン・レ・ファニュの父方の祖母はリチャード・ブリンスリー・シェリダンで、シェリダン家とレ・ファニュ家は三つの姻戚関係でつながっていた。オスカー・ワイルドは幼いころレ・ファニュの子どもたちといっしょに遊んだし、のちに彼を男色で起訴することになるエドワード・カーソンとも、子ども時代にダンガーヴァンの浜辺でいっしょに遊んでいた。ダブリンのうわさでは、カーソンがつくった砂の城をオスカーが叩き壊したことへのカーソンからの復讐だったとか。オスカー・ワイルドの母ジェイン・エルジーは、スウィフトの友人だった著名な内科医の子の孫娘。小説家チャールズ・マチューリンはオスカー・ワイルドの大叔父。名高きウィリアム卿の弟ヘンリー・ストークスはトリニティ・カレッジの才人ジョン・ペントランド・マハフィの義理の妹と結婚。一方、『ＤＵＭ』の共同創立者Ｃ・Ｓ・スタンフォードはエドワード・フィッツジェラルド卿の孫娘と結婚。オーブリー・ド・ヴィアの妹はウィリアム・スミス・オブライエンの弟と結婚し、ジョージ・バーナード・ショーの妻は、ショーをどちらかというと育ちが悪いとみなしていた小説家イーディス・サマヴィルのいとこだった。知的生活における親密さに関して言えば、ウィリアム・Ｒ・Ｐ・グレイヴズが編成したシェイクスピア読書会には、ウィリアムとマーガレットのストークス夫妻、ファーガソン、ダウデン、イングラム、マハフィ、サルモン、その他のアングロ・アイリッシュの名士たちがそろって出席し、たとえば『シンベリン』といった劇の役の担当をみなで分配し合っていた。小説家チャールズ・リーヴァーは、ダブリンの自宅〈テンプローグハウス〉に知識人サークルをつくっていたし、ワイルド卿夫人の文学サロンは伝説的に名高いものだ。そこにはイェイツもときおり顔を見せていた。ワイルド卿夫人の息子オスカーは親への忠義が厚く、ライバルだった社交クラブの主催者《ホステス》についてこう述べた。彼女は文学サロンを立ち上げようとして、結局レストランを開いたにすぎなかった、と。

　それは知識人たちの〈ゲマインシャフト〉で、政治的分断に広く橋渡しするものだった。それがなければ党派性の強い社会になっていただろう。血すじ、階級およびナショナリスト感情は政治よりも濃厚だった。ジョン・ミッチェルが〈青年アイルランド派〉の仲間とともに、サミュエル・ファーガソンとウィリアム・カールトンを客として迎え入れるほどまでに。[14] W・E・H・レッキーとギャヴァン・ダフィは親友で、ナショナリストのダフィが英国保守党支持者のシェリダン・レ・ファニュについて話すときは、いつも好意的だった。オスカー・ワイルドの記憶によると、ジョン・ミッチェルとウィリアム・スミス・オブライエンが、彼の父が設けた夕食会に同席していたこともあるという。かなりの数のプロテスタント保守主義者が、気難し屋のレ・ファニュを含め、『ネイション』について思いやりのある言及をしていたし、『ネイション』のほうも、『DUM』と良好な関係を育むための努力を怠らなかった。ジョン・ミッチェルは『最後のアイルランド征服（ことによると）』でこう書いている。トマス・デイヴィスは「ただの革命家などではなく」、〈ロイヤル・アイリッシュ・アカデミー〉の古物研究親睦会やダブリン市内のにぎやかな客間で、もっとも歓迎されるゲストであった、と。政治において煽動的だと思われていたにもかかわらず、デイヴィスを悪く言う人間はほとんど皆無だったようである。そこは、教養よりも性格や人間性のほうが重視されることの多い共同体だったのだ。ウィリアム・ディロンの論評では、「民衆の側につくことで、デイヴィスはすべてを失い何ひとつ得ることがなかった」[15]ということだが、ミッチェルの説明が正しいなら、そんな変節を見せながらも、デイヴィスの足が上流階級の夜会から遠ざかることはなかったようだ。アイザック・バットもトマス・デイヴィスも、ともにナショナリスト的傾向のある弁護士だったが、彼らはその国民《ナショナル》問題へのスタンスにとどまらず、非常に多くの共通点を持っていた。サミュエル・ファーガソン卿がデイヴィスを「もっとも飾らない魅力的な物腰の紳士」とみなしていたのは、彼が即座に「ダブリンの知識人社会におけるエリートの友人でありお気に入りに」なったからである。ファーガソン卿夫人は独特の社交辞令でこう付言している。「感性においても判断力においてもデイヴィス氏は生まれながらの紳士で、ジェントリー階級の合法的権力を無効にするどんな計画にも反対していた」。彼女の記述では、社会全体を農民の卑しいレベルに引き下げる願望など、彼にはなかったとか。[16] はっきりしているのは、反植民地主義などという些細な問題が良家のみなさんの絆を危うくすることはなかったということだ。W・J・マコーマックが言うように、「アングロ・アイリッシュの体制において、不都合が生じた折には、階級問題は度外視されたのである」。[17]

ファーガソン卿夫人は、ウィリアム・スミス・オブライエンについても、お褒めの言葉をくださっている。「生まれも身分も申し分なく、インチキン伯爵の兄弟にして風格と騎士道精神をそなえた人物」[18] であると。彼がティペレアリー周辺でおこなった反乱進軍も、アーサー王伝説の一挿話のようなものに聞こえてしまう。ジョン・ミッチェルは、場合によっては政治的に敵対している相手よりも、仲間のナショナリストであるダニエル・オコンネルのほうを（「生涯最悪の敵」と）はるかに嫌っていた。それとは対照的に、保守派の地主で、〈※大飢饉〉時の農民追い立てに帰結したことで悪名高い「グレゴリー条項」の責を負うウィリアム・グレゴリーは、かつて同じ地主仲間だったオコンネルと良好な関係にあった。[19]概して階級的連帯意識のほうが政治的主張より優先されたのである。ジョン・ベーニムの未亡人への年金を確保するために設立された委員会には、以下の面々が含まれていた。オコンネル、ウィリアム・スミス・オブライエン、ジョン・アンスター、シェリダン・レ・ファニュ、ギャヴァン・ダフィ、アイザック・バット、チャールズ・リーヴァー、トマス・デイヴィス、サミュエル・ファーガソン。一八四八年の〈青年アイルランド派〉による蜂起の先頭に立ったスミス・オブライエンは、激しく反民主主義的でカトリックの反動家オーブリー・ド・ヴィアと愛情あふれる手紙を交わす仲だった。『DUM』へ寄稿していたカールトンおよびマンガンの経歴が示唆するように、彼らの階級は、育ちの悪い成金を受け付けないほど排他的な階級ではなかったが、あとで見るように、つき合う範囲には限りがあった。

　それはとりわけ裕福な社会集団というわけではなかった。一八七〇年代のダブリンではメイドを雇うのに年に七ポンドしかかからなかったものの、「文化面では富裕層のレベルにある家族の多くが、家計面ではようやく最低レベルを超える程度の生活を送っていた」。[20] ロイヤル・アイリッシュ・アカデミー会長時代、ウィリアム・ローアン・ハミルトンは自分の肖像画の代金を払うこともできなかった。アーニー・オマリーはそれよりさらに後の時代についてこう記している。「アイルランドで上流階級が活躍するのは簡単だったが、それを育む富はほとんどなかった」。[21] だが彼らは足りない現金の分を文化資本で補い、紳士階級の貧困を個人の風格で相殺した。華々しい富よりもむしろこうしたことが彼らを民衆から区別させたように、金融資本より文化資本に価値を置くことが、彼らを商業ブルジョアジーと区別するのに役立った。ひとまとまりになって、彼らは恐るべき知の強豪チームを構成した。その構成員には以下の面々がいた。近代数学の巨人の一人（ハミルトン）、世界的に有名な医学校、高名な経済学者（ケアンズ）、ヨーロッパ随一の古代学者（ピートリー）、国際的名声を持つ化学者（ロバート・ケイン）、そして一九世紀ヨーロッパでもっとも著名な歴史家の一人（レッキー）。彼らが文字通りの貴族でなかったとしても、彼らは精神的な貴族主義を切望していた。彼らと野心的なカトリック中産階級の経済的政治的隔たりが狭まり始めるにつれ、このことがより重要となってきたのだった。インドではありえなかったことだが、彼らはここアイルランドにおいて、ある意味で現地人と植民地中産階級の異種交配物でありながら、それでもやはり大衆とは切り離された存在だった。イデオロギー的には、彼らは植民地主義的干渉主義とより土着指向のナショナリズムとの間に捕われていた。英国の支配階級とは異なり、彼らは宗教と民族性《エスニシティ》において民衆と分断されており、愛郷心がその埋め合わせをしなければならなかったのである。

　彼らは物質的富裕さの代わりに、例のアイルランド的代替物、すなわち言葉の豊かさにも助けを求めていた。それは目にあまるほどとんちにあふれているのみならず、口承をひどく重んじる文化であった。これを単にアイルランド的生活の一端にすぎないとみなす者もいた。「どの荘園領主の邸宅からも小屋からも、心地よいおしゃべりの芳香が立ち昇っていた」。ジョン・B・イェイツは、『アイルランドとアメリカの随想録』で大げさにそう語っている。[22] トリニティ・カレッジの数学者J・A・ガルブレイス師は、群集相手のかなり才能豊かな雄弁家だと言われていた。ファーガソン卿夫人は、「洗練された」とか「優雅な」とか「楽しい」

といった形容詞と同じくお気に入りの表現を用いて、ダブリン社交界での交際を「いたく感じの良い」と評した。彼女はこう記している。「歓迎会、晩餐会、舞踏会、音楽会は陽気さを増し、お金を循環させ、大衆に満足感を与え、アイルランドの繁栄を深刻に損なっている地主不在から生じる枯渇を減じます」。[23]言い換えれば、各人にそれぞれ少しずつ取り分があったということだ。紳士階級には陽気さが、中流階級にはお金が、大衆には満足感が。大衆にとって総督公邸前に並ぶ馬車の列は、この国にいまお金が落とされているのだという慰められるしるしなのだ。たとえその大部分が自分たちのほうへ流れることがないにしても。ファーガソン卿夫人は、いつも民衆に優しかったわけではない。他所での発言では、参政権が「訓練を受け、教育を受け、財産もある階級」から「国の負担にほとんどもしくはまったく貢献していない未熟で無知な大衆にまで」拡大することに対して、彼女は嫌悪感をあらわにしている。[24]

ジョン・ペントランド・マハフィは、自分が「話術に秀でていてあたりまえの」[25]国の出身であると述べ、自著の『会話術の諸原理』で「西洋文明の社会的帰結として……心地よい会話ができる」ロンドンデリー公爵夫人とオーブリー・バトラー卿夫人に、これ見よがしに大文字で献辞を捧げている。マハフィは会話を「人間性の最強かつ最良の特徴のひとつである社会的天分」[26]の表れとし、いかにもアイルランド知識人らしく専門的知識ではなく一般的知識がより会話術向きであると見ていた。彼は機敏な知性を称賛し、それが女性特有の資質だと思っていた。こうして専門的学識より機知に価値を置く文化は、女性を手厚く歓待する。なぜならそこは、モーガン卿夫人やワイルド卿夫人の場合ように、高度な教育を受けていない「素人」が輝ける領域なのだから。マハフィはゴシップの価値を擁護しているが、それはアングロ・アイリッシュ的なダブリンの価値を擁護するに等しい。彼の計算ずくの緩叙法では、アイルランドでは「他所のどこに比べても機知が非凡とされることが少ない」[27]ということになる。彼自身が自分の主張の最良の例となっている。実際、新約聖書で水を一杯求めた唯一の人物は地獄にいる、といっているわけだし。聖職者なのかと問われて、「そうだ、ただしその語が侮辱的意味を含んでいなければな」と彼は答えた。彼はまたこんな思い出を語っている。子供のころに鞭打たれたのは、真実を話したときの一度きりだと。神学上の反正統的見解が原因でマハフィがトリニティ・カレッジでの説教を差し止められたとき、彼はいま大学の礼拝堂で不眠症にさいなまれていると、ロバート・ティレルがぼやいていた。

パウロがアンティオキアの大学に通わなかったのは許せないとするマハフィが、聖職者として異端のふりをしているのは実は見え透いていた。紳士気取りで思い上がった反動主義者であった彼は、哀れなまでに上流社会に幻惑されており、ある銃猟の集まりで上機嫌でこういったことがある——「私を除いてここには貴族の方以外は見当たりません」。ベルファストという単語を聞くやいなや、「それはどこの近くですか」と尋ねたと言われている。数少ない著作のうち、彼が聖職者であることを思い出させるのは『近代説教の衰退』（一八八二）一冊のみだ。本書では、信心ではなく知性のほうが有能な説教師たる必要条件だと著者本人に都合よく論じられ、修辞術が強く擁護されている。即席に見える弁術のほとばしりも、慎重な計算の結果であると彼は考えており（これはリチャード・ブリンスレイ・シェリダンも共有していた見解）、修辞は人工的なので修辞的でないことが自然だという考えは、マハフィにとって我慢ならなかった。心から素直にわき出るのは、自然の声ではなく芸術の声なのだと。

かくして彼の説得力は、彼の生徒の少なくとも一人には間違いなく効果を及ぼした――オスカー・ワイルドのことである。

オリヴァー・シンジョン・ゴーガティに「ヨーロッパでもっとも洗練された話し手」と評されたマハフィは、当時のダブリンを古代ギリシャとみなしていた。ギリシャの祝宴は「概してわが紳士たちの宴会同様に整然としており、知性の面について言えば、大学人たちからなる調和ある集まりのようなもので、アイルランド人のように活発な人々の間ではとりわけそうであった」[28]と彼は記している。マハフィは社会的共感をきわめて非アングロ・サクソン的なものとみなしていた――「アングロ・サクソン人ほど、社交上よそよそしくてうちとけない民族《ピープル》はおらず、感情、とりわけ共感をあらわにするのをあれほど嫌う民族もいない」[29]。貴族に対して恥知らずなまでにへつらっていたにもかかわらず（彼は子どもの時分にドイツの諸公と懇意に付き合う環境からモナハン州の貴族的雰囲気の薄い環境へと引っ越している）、また貴族然とアイルランド語を侮蔑していたにもかかわらず（いわく「西部で鮭釣りをしたりライチョウ狩りをしたりする人にとっては役に立つこともある」）、アビー座創設の折には寄付もしたし、ヒュー・レイン問題に際しては友人のグレゴリー卿夫人を支援し、「ティペレアリーの黄金谷」を引き合いに出してアッティカの土壌を貶めたりした。ケルト人のこととなると恥ずかしげもなく人種差別的になった——古代アイルランド芸術をつくったのはフィアボルグ〔神話における初期のアイルランドへの移住民〕であって奴らではない——が、アイルランド民衆文化に関しては称賛することもあり、この国の地主や英国がおこなう行政を批判もし、ゲール人の父をもつ息子としての立場から、粗野なブリトン人に対し総じて優越感を抱いていた。「アイルランド人が彼につばを吐きかけるのを見てみなよ」と同僚の一人が皮肉なコメントを残している。自身を「アイルランド人のなかのアイルランド人」とみなし、歴史家J・B・ベリーのようなアングロ・アイリッシュ学者とはちがって、アイルランドを離れたいと願ったことはなかったし、「ピアスという名の男」にトリニティ・カレッジで学生に演説することを禁じたことで悪名高いものの、自身を「純血のアイルランド人をいつも導いてきたあの傑出した混血児のひとり」[30]だと表現している。実際は誰一人として導いたためしがなかったが、むろん害のない夢想くらいは許してやってもいいだろう。

機知とは知性の社会化された形態だと主張できるかもしれない。それは様式、流儀、娯楽へと変形された知であり、階段教室よりも夕食の席で思考を育む階級にふさわしいものだ。機知は、皮肉にも原則的に自発性が要求される「ある種の社会宗教」で、逸話を語るリハーサルのためには用いられないのだとマハフィは表現している。アイルランド知識人が、植民地領主からお下がりでもらった真実を否定的かつ寄生的に糧にするようになるのと同じで、ワイルドやショーの警句も、概して英国の慣用句を転倒させるものである。言葉遊びや空想や派手な言い回しは、アイルランドの伝統文学のみならずウルフ・トーンの趣味にも見られる。トーン自身その趣味を「腹蔵なく愛情あふれた付き合いをする人々が熱中するぎくしゃくした引用、ばかげた言い回し、突飛なしゃれ」[31]と言及していた。ヴィクトリア時代のアングロ・アイリッシュは、そうしたものの継承者である。チャールズ・リーヴァーは次から次に言葉を紡いでゆく「話し上手《ボン・ラコントゥール》で、彼に勝るのは唯一シェリダンだけ」、と友人のウィリアム・ワイルドに評された。彼は典型的なアングロ・アイリッシュで、威勢がよくて騒がしく、ものまねや冗談を大いに好み、むきだしの生気にあふれながらも、うちとけた気さくさと奮闘を要する州指定医の仕事とを両立させていた。デリーとポートスチュアートでコレラが発生した折、彼は医者として立派な仕事をやってのけた。仲間のアングロ・アイリッシュの多くがそうであるように、おふざけと道徳的良心が不思議に混ざり合った人物であった。

しかしアングロ・アイリッシュの社交性は、奇妙にも孤立を生む奇癖と混ざり合っていた。彼らが気さくな連中だったとしても、同時にその多くが内向的でわれ関せずといった態度で、精神的にもしくは文字通りに隠遁生活を送っていた。古物研究熱がこの分裂を橋渡ししてくれて、彼らは孤独な学究に打ちこみながら、同時に議論好きな公共圏の一員でいることもできた。だが彼らの政治的不安定さはある種の心理的不安定さに反響しており、アングロ・アイリッシュの団結心には不穏で不気味な影がさしていたのである。エドワード・スティーヴンズは『ジョンおじさん』で、この集団を秘密結社のメンバーのように結束していたと評したが、そこに含意される社交性と秘教性の混合は示唆的だ。詩人のウィリアム・アリンガムには文学仲間がおらず、知的会話も交わすことなく、バリシャノンの退屈な田舎要塞で孤立し、その退屈さに苦々しく不平を述べていたが、[32] 当時の文学的ダブリンがそれと対照的だったとしても、同じような隠遁者と変人はいたわけである。W・J・マコーマックの評によれば、ダブリンは「才能より奇矯で知られる街」[33]だったのだから。これは世慣れたブルジョアの実用的で現実的な側面と奇妙に混じりあった貴族的生活様式の痕跡であった。(実用性に関して言うなら、内科医のロバート・ジェイムズ・グレイヴズは、嵐の折に靴の一部を使ってポンプを修理し船を沈没から救い出したと言われている)。実用的なアングロ・アイリッシュが貧民街に出向いて捜索をおこなっていたとしても、それは驚くほど閉ざされた世界をうろついていたにすぎない。新聞社主でゴシック風幻想作家のシェリダン・レ・ファニュは自らを幽閉したし、チャールズ・マチューリンは間断なく狂ったように踊り続けることを司教から禁じられ、かたやおしゃべりを抑えきれないことで有名なホエートリー大主教は、大主教公邸前で陶製パイプをふかしながら鎖のブランコにのっているところをときおり目撃されていた。[34]小説家のエミリー・ローレスはホーム・カウンティーズの風変わりな世捨て人として生涯を閉じ、ウィリアム・ローアン・ハミルトンは酔うと暴力を振るった。マハフィは聖職者が多く集う部屋にトラ皮のラグをまとって腹ばいで入り込んだことがある。チャールズ・

リーヴァーは友好的な人柄ではあったが、思い悩む傾向があり、アイルランドから追い出されたような形でヨーロッパに渡り、作家、外交官、旅行家として、より好ましい国際的生活を送るようになった。

　イングランド出身のアングロ・アイリッシュが愛想がよく、元気がよくて、多弁だったとしても、同時に彼らは放蕩者で、気まぐれで、おばけに怯え、ひどく迷信深く、過度に自己破壊的で、精神病の初期段階と思えるほど特異だった。市民とボヘミアンの中間として、彼らはときおり大胆なまでに冷静な人間の無政府主義的ライフスタイルといったものを披露した。大酒のみで浪費癖のあるアイザック・バットは、本人が美徳の鑑であることはほとんどなかったくせに、メイドへの暴行の咎で友人のウィリアム・ワイルドを訴えた。多くの支配的集団同様、彼らは自分たちがその管理者たるべき社会的慣行を、個人的に免ぜられているとみなす傾向があった。彼ら自身は立場のある立派な人物ではあったが、陰では放浪者や変質者や屋根裏にひそむ恐怖との関係を保ち続けた。崩壊する世界、狂気、嫌悪、孤独、死にいたるまでの葛藤、生者の脳裏に悪夢のように重くのしかかる血に染まった過去への罪の意識による麻痺に起因する偏執狂的精神障害――プロテスタントが書いたゴシック小説を読めば、こうした影のサブテクストあるいは政治的無意識を垣間見ることができる。それはのちにエリザベス・ボウエンの小説群に立ち現れることになる、薄氷を踏むような感覚である。アラン島で親密でうちとけた気持ちになると同時に土地の人間から完全に疎外された気持ちにもなったJ・M・シングは、放浪者、社会のはずれ者、国にいながらの追放者《エグザイル》といったテーマにたえず立ち返る。[35] アングロ・アイリッシュは、ひとつの文明の拠点で活動していても、別な文明からは追放された気持ちになっており、その相反する感情が楽天性と不安の奇妙な交錯へとつながることになる。オーエン・ダドリー・エドワーズは彼らのことを、誰に対しても弁明義務を持たないと自認する第一級の自信家連中だとみなしていた。[36] たしかにそれも彼らの一側面を捉えてはいるが、彼らがどれほど追い詰められて困難な状況にあったかについては見逃している。彼らの自己評価が高かったとしても、かならずしも彼らが将来を楽天的に見ていたことにはならない。政治的不安に導かれてゲール人の大衆を批判することもあったが、同じ政治的不安によってその大衆とともに生きる方向にも駆り立てられたのである。

そうして伝統的知識人はもがき苦しんで有機的知識人になったのだ。

シングは民衆全般よりもむしろ特殊な変節者やはみ出し者の側と一体化することで、この両義的感情を解決しようとした。これはアセンダンシー内で中心から外れた彼の立場を多少なりとも反映しているが、一方で、人民《ピープル》全体に対する否定的で懐疑的な姿勢のいくばくかをも可能にしている。この両義的感情は、彼の劇中でアイルランドなまりの英語として表現されている。その劇は民衆向けに豊潤な英語を奪用しながらも、その特異な用法によって民衆を疎外することになる。[37]知識のあるアングロ・アイリッシュが内部に入ろうともがいている部外者だとするなら、ショーン・オケイシーは外へ出ようとしている内部者、つまり、内情に通じているがゆえにじかに知るその文化に貴族的侮蔑を向けてしまうこともある、都市の労働者階級出身の有機的知識人だった。彼のような独学の知識人たちは自分の階級に居場所がなく、まさにそれゆえにその階級を酷評すると同時に擁護することができたのである。オケイシーの精神的エリート主義は、民衆をあまりにも知りすぎている内部者のそれで、リベラルな精神の持ち主であるグレゴリー卿夫人たちとは異なり、人々を侮蔑すると同時に多かれ少なかれ人々と一体感をもつことができたのだ。内部にあまりにも通じているということは、絶望的なむき出しの真実を、大衆迎合的なアングロ・アイリッシュのインテリゲンチャのように理想化して済ませないくらいには理解しているということだ。こうして最終的には、その批評的距離においてアセンダンシーの社会的高慢さを凌駕する、文字通りの故国追放者《エグザイル》となるのだった。ケルト文化復興主義者で、かつ忘れられた知者で風刺家のスーザン・ミッチェルは、ジョージ・ムーアの辛辣な『パーネルと彼の島』を次のように鋭く評している。この本は「あまりに痛烈で外国人の作品とは思えない……イングランドから来た一介の入植者なら、各頁から上げられる悲鳴がもつ痛みをひとつとして感じることがなかっただろう」。[38]かつての内通者でありながら文字通りの故国追放者《エグザイル》に限って言えば、ジェイムズ・ジョイスは同じような適例となる。もっともジョイスの場合に見られる諸々の組み合わせがもっともありえないものではある——正真正銘の民主主義者であると同時に前衛芸術家で、ケルト文化復興主義者に比べて大胆なまでに実験的でありながら平凡な都市世界に魅せられているわけだから。対照的にイェイツ家、シング家、グレゴリー家は、地理的な意味で地元にとどまり、その一員でいようとするのである。

ここで作動しているのは、レイモンンド・ウィリアムズが「否定的同一化」と呼んだものである。故国を離れた貴族が自分の逸脱した状況の隠喩として民衆《ピープル》と手を結ぶ傾向のことである。[39] 他人への優しさに見えるものも、このようにある意味で自分自身への優しさなのだ。大衆の不安定な状態のなかに、あなたは自身の辺境性の反映を見出すことができる。あなたが英国議会《ウェストミンスター》とダニエル・オコンネルの間で板挟みになっている二流のアイルランド支配階級であろうと、平凡な中産階級の子孫の芸術家であろうとも。シングは、民族《ピープル》全体の孤独とみなすもののなかに、自分の寂しさの反響を見出すことが多かった。こうした状況とイェイツとの関係も同様に明らかである。オスカー・ワイルド同様イェイツも、自由奔放な家庭の子であるぶん、呪われていながら同時に特権的でもあった。というのも、そうした家庭に生まれたために、両者とも自分たちにふさわしいエディプス・コンプレックス的反抗のつつましい対象を奪われていたのだから。芸術に関心のない家庭においても、エスニック的宗教的観点から自己定義することの多い集団では、当時のイングランドのブルジョアジーと比べて、必然的に文化が大きな存在になることが多かった。自己同一性の危機に捕われた人々は歴史や文化に助けを求めがちなのだが、イングランドの自足した産業中産階級はこの点において幸運だった。

ダブリンのアングロ・アイリッシュの力が見出せるのは、強力な商業層は存在したものの、製造業よりむしろ政治、学問、公的事業、学識を要する職業、そして一般的な社会的専門知識においてであった。農業に夢中になっていた者もいたが、社会的に農業問題とは隔絶していたので、アイルランド聖公会の運命といったような問題を通じて政治的階級に属さざるをえなくなった。彼らの実に多くが聖職者だった。しかし、あらゆる知的職業の中でももっとも伝統的なその職業は、グラムシ的視点では、いまや政治的台風の眼となっており、伝統的知識人なら普通はごめんこうむれるイデオロギー的動乱の中に投げ込まれていたのである。イングランドの地方牧師館が政治的紛争からの避難所だったとするなら、アイルランドのそれは、十分の一税をめぐる争いや、国教廃止問題や主教区廃止、その他はげしい議論を要する一連の政治的問題の渦の中にあった。アイルランド聖公会での騒動は、化石や猿よりむしろホイッグ党に起因したのだった。

ヴィクトリア時代のアングロ・アイリッシュは、W・J・マコーマックの言葉では、「小規模だが複雑に入り組んだ社会集団であり、自分たちで思っているほど華々しくはないものの、商売や専門職や教育においては、つまり正確にはヴィクトリア時代的なものを定義付ける諸活動においては、やはり力を持っていた」。[40] 総督官邸の周りにはアングロ・アイリッシュの名士たちが隙間なく集い、しかしてより広い専門職の領域へと拡散していった。彼らは大部分がプロの作家ではなかったし、ブルームズベリーやビーアン＝カヴァナ＝オブライエン一派と違って、文芸同人でもなかった。彼らにとっての「文化」は〈純文学《ベル・レトル》〉というより社会的実体のようなもので、彼らは知識人サークルをつくりはしたが、ブルームズベリーとは異なり、物質的政治的権力に確固たる根を持つものであった。彼らの本拠地は、芸術家のアトリエだとか、いかがわしいカフェというよりもむしろサロンや学会組織だった。十分の一税戦争、選挙法改正法案、地方自治改革、教会と州におけるホイッグ党改革、オレンジ党の鎮圧などによって危機に瀕した彼らは、極端なプロテスタント至上主義者（若きレ・ファニュは狂信的トーリー党員だった）の温床となった。そのさまは、彼らの理想像のひとつである穏やかで古代ギリシア的矜持には、ひどく似つかわしくないものだった。窮地に陥った支配者グループは、以前の状態との落差ゆえに、犠牲的立場に慣れているものよりはるかに病的に反動化しがちで、ダブリンのアセンダンシーはその温厚沈着さに似合わぬ憤怒と狼狽とはげしい敵意を露呈しはじめた。個人崇拝の教育を十分に受けてきただけに、彼らは自分たちの政治的高潔さを発散させるにあたり、みごとなまでに効率よくダニエル・オコンネルたった一人だけを悪魔化して集中砲火を浴びせた。オコンネルはずるがしこく、道を外れ、好戦的で、大げさで、かつ芝居がかった愛想をふりまいているが、そうした卑しい資質を驚くほどの政治的効果へと変えるほど不遜だとみなされ、彼らがゲール人のなかでもっとも忌まわしいと思うものすべてを代表させられたのである。彼らが露呈したのは、傲慢と錯乱の交錯であり、優越性と彼らの階級に歴史的に典型的な辺境性の交錯だった。アルスターの連合主義《※ユニオニズム》が、今日それをあらためて反復している。自分を、現存する数少ない文明の砦のひとつとみなすのは、自己満足であるし、人を不安にさせる。

ヴィクトリア時代のアセンダンシーが出したもっとも荘厳な声明のひとつであり、サミュエル・ファーガソンがアイルランドのプロテスタントを代表した有名な〈心の叫び〉に、こうした相反する感情の一端をたどることができる――

ここにいるわたしたちは、よろしいか、カトリックの監督者であり、英国との関係の護衛兵であり、帝国領土保全の保証人であり、富の面でも、事業の面でも、知性の面でも、地位の面でも、絶対権力の面でも、ヨーロッパ全土で、仲間を代表してもっとも敬われるべき集団です。ここにいるわたしたちは、よろしいかな、欺かれ、貶められ、奪われ、無視されても、ひとことで言えば、英国の運命を裁決する権威者なのです……トーリー党からは見捨てられ、ホイッグ党からは侮蔑され、急進派からは脅され、カトリックからは嫌われ、国教反対者からは妬まれ、田舎の邸宅は略奪にあい、町屋敷は強盗にあい、暴力によって海外へ追いやられても、人情に呼び戻され、そうして結局、こう言われるのです。イングランド人でもなければアイルランド人でもなく、肉でも魚でもない得体の知れない輩で、ただの行商の移民にすぎず、無産階級下層民の暴動ひとつひとつに順応しなければならない前衛部隊だと。[41]

ファーガソンの感情がむき出しでとりとめのないものだとしても、それも彼の話しぶりの物腰と生真面目さによってやすやすと乗り越えられている。均整の取れた並列と対句をともなった彼のレトリックの闊達さが、その完全に統制された憤慨が、この一節を駆り立てているものが偏執狂的熱情ではないことを証し立てている。「頭《ヘッド》」と「心《ハート》」が、この苦悩の問答のなかで、かわるがわる声を上げながら、形式と内容の自家撞着的統一として和解しているのだ。アイルランド文学においてよくあるように、言葉それ自体が完璧で充溢しているおかげで、気の滅入る内容を超えた迫力が備わるのである。

・・・・・・・・

こうした難しい問題を抱えた階級が団結して知の表現の場としたのは、『ダブリン・ユニヴァーシティ・マガジン（DUM）』であった。W・J・マコーマックはその雑誌を「ヴィクトリア時代のアイルランド人の経験を記録した最高級の公文書」と呼んだ。[42]〈カトリック解放〉、選挙法改正案、十分の一税戦争、そして実施が噂される十主教区の廃止への闊達な反応として、一八三三年に創刊された『DUM』はアイルランドで初めて成功をおさめた月刊誌で、一八七七年まで存続した。歴代の編集長を務めたのは計十二名、経営者は十名、出版社は十社だった。世代で言えば、マライア・エッジワースからジョージ・ムーアにまでわたっていた。ファーガソン、アンスター、サミュエル・ラヴァー、シーザー・オトウェイ、アイザック・バットを含む六人のトリニティ学生により創刊されたその雑誌は、ある評者の言葉によれば、「解放と民主主義の勢力を撃退する」[43]べく奮闘し、偉大なる師エドマンド・バークの流儀に従い、ジェントリー階級に本質的に備わった才能を政治哲学の尊厳にまで高めようとしていた。ここまでなら、アイルランド在住プロテスタントの暗黙の常識を形づくり練り上げたという意味で、グラムシの考える有機的知識人階級に合致する。だが、グラムシの有機的知識人が主として新興集団や新興階級の代弁者だとするなら、『DUM』の場合は死滅しつつある階級の代弁者であった。この意味において、「学者の」機関誌というよりは「知識人の」機関誌であり、世論の領域を組織し、信条を世に広め、アングロ・アイリッシュのアイデンティティの新たな形を明示したのだった。トリニティ・カレッジに知的影響力を負っていたとしても、やはり正式にはカレッジからは独立していた。

『DUM』には「科学的知識に関する記録や学会会報とは違って、世間に問うというむしろ民衆向けの重要な目的があった」と、アイザック・バットは書いている。[44] 彼自身、模範的知識人として、小説、政治、法律、経済といった諸ジャンルにまたがり論文を寄稿した。そうした有機的機能を果たしてはいたが、指導者の大部分を占めていたのは、典型的な伝統的知識人すなわち聖職者だった。それによって、この雑誌の企図全体がもつ矛盾はほぼ表明されているに等しかった。雑誌はむしろ青年イングランド派に似て、保守主義を強く擁護し、進歩的新聞を発行した青年トルコ党を容易に連想させるような若々しい活力と熱意《エラン》で、現状の修正版を奨励していた。十年後には『ネイション』誌が急進主義と保守主義のいくぶん異なったブレンドを奨励することになる。『DUM』関係知識人の支配下では、ディズレーリの支配下同様、懐古的もしくは融和的な改革主義政治が、想像的な直感や洞察力の問題へと変容し、そのことが偶像破壊的迫力をまとって喧伝されたのだった。[45] おそらくこうして初めて、州地主は独善的まどろみから揺り起こされるのだろう。いまやエリートたちは、生き残るためだけに、前衛になるほかなかった。アイルランド文化に対する高尚で理解ある見方は、戦闘的立場へと変容してしまっていたのである。

『DUM』以前、アイルランドで定期刊行物が成功することはまずなかった。人々が貧しすぎて購読できなかったり、政治的に分断されすぎていたりして、まとまった数の読者層が形成できなかったのだ。アングロ・アイリッシュはお高くとまって、『フレイザーズ』、※『ブラックウッズ』、『ジェントルマンズ・マガジン』といったロンドンの主要誌を購読していた。しかしこれも、植民地人特有の無気力がかりにも読む気を起こさせた場合の話だが。『DUM』はこうした状況に新風を吹き込んだ。ある批評家が「退屈なユーモア、粗暴、反動的狂信」[46]とみなした点においてはあからさまに『フレイザーズ』と『ブラックウッズ』をモデルにしていたが、『DUM』は間違いなくアイルランド的でもあった。とりわけ好戦的なオレンジ党的論調においてそうだった。[47] チャールズ・ギャヴァン・ダフィの見解では、その雑誌はアイルランド人に対して、ロンドンの『タイムズ』以上の誹謗中傷を加えた。[48] 早熟な若き知識人が見せるような、青臭く滑稽でぎこちない冗長さがたっぷりこめられていた。[49] チャールズ・リーヴァーが編集主幹になると、雑誌はあかぬけ始め、論調は快活になって、広い関心を集めるようになり、それに応じて売り上げも伸びた。愛想がよくそこそこに教養もあったリーヴァーは、論調を弱めて、雑誌の文学的側面を拡大した。彼は雑誌に自分の小説を数多く発表し、雑誌にはその小説が持つ平和主義的陽気さのようなものが吹き込まれた。ウィリアム・カールトンも同誌に数作の小説を発表し、チャールズ・マチューリンはスタッフに名を連ねた。のちの数名の編集長のもとでは「国民《ネイション》」色が薄れ、一部の読者を失ったが、シェリダン・レ・ファニュが編集長になると、国民《ネイション》の話題が復活し発行部数も持ち直した。『DUM』は一八五〇年代は下り坂だったが、オスカー・ワイルドから二、三の寄稿を受けるくらいまでは存続した。怨念がこめられ、己に有利な陳述が見られたにもかかわらず、まれに見る質と粘り強さを備えた事業で、一九世紀アイルランドのもっとも優れた文学業績のひとつとなっている。J・C・ベケットは、同誌がアイルランドの真剣な文学的表象を促進したとみなしているし、トマス・デイヴィスは、一度も寄稿したことがなかったが、アイルランド人の才能についての信望を保持し続けた唯一の雑誌として賞賛した。[50]『アイルランド農民の諸特徴と物語』の一八五二年版の序文で、ウィリアム・カールトンは同誌をこう評している――「すべての階級の文人にとっての団結の絆であり……中立的な場として社交的感情を高め、そこではローマ教会の司祭も、プロテスタントの牧師も、ホイッグ党員も、トーリー党員も、急進派も、個々の偏見を脱ぎ捨てて友好的態度で集うことができた」。現実の対立を想像的に和解させるものとしての文化という、おなじみのアーノルド的な考えが、一九世紀アイルランドで唱えられ、しかもそれを主張したのは民衆の民主主義を軽蔑していたことで有名な雑誌だったのである。

サミュエルとモーティマーのオサリヴァン兄弟は、のちにプロテスタント保守派に転向するのだが、ゲール人カトリックで、初期の雑誌を背後で動かしていた人物だった。サミュエルをその理論的先導者としてよいかもしれない。彼らの政治的嗜好はモーティマー・オサリヴァンの『ダニエル・オコンネルへの手紙』に見出されるかもしれない。同書は、プロテスタントにも不満はあると主張し、圧政的政治手段を民衆の不満への不可欠な対応策として擁護し、オコンネルを脅迫の咎で告発している。オサリヴァンはめずらしく控えめで、〈カトリック解放〉に関する議論や、アイルランドにおいて英国人がいかに非難に値する存在であったかといった議論に参加することを拒んでいた。オコンネルは、脅しをかけてアイルランドから資本を追い払おうとしており、不平を言う正当な理由もないカトリックの不満を煽っているとされている。[51]この雑誌には、特に初期には、つねにこうした保守反動的傾向があり、それは自身の高まった「国民《ナショナル》」精神と合致しないものであった。自身の最高に素晴らしい著述の多くとも調和しないものであったように。彼らは民衆を恐れていたとしても、高い身分にともなう義務《ノーブレス・オブリージ》の意識を精一杯発揮して自分たちの理想を得ようとしていた。口の悪さでまさるイングランドの雑誌の軽薄な言動を暴きながらも、そこにはヴィクトリア時代イングランドの賢人たちに特有な生真面目さと、知的厳密さと道徳的良心がともなわれていた。

精神的かつ政治的リーダーシップをとろうとするアセンダンシーの試みすべてがそうであったように、『DUM』は自己利益的であると同時に自己犠牲的であった。それは歴史的には失敗を決定づけられた企図の英雄的段階であり、ジェノサイドの責を負わされる瀬戸際にあった支配階級を国民《ナショナル》文化復興の先頭に立たせることで、不可能ながらも、彼らを磨きなおそうとしていたのだ。アイルランド文化復興運動が、続いて同じ賭けに出たが、同じく失敗することになる。「他国では誰が革命を率いるというのだ」と、内密の書簡でウィリアム・スミス・オブライエンに問うた詩人のオーブリー・ド・ヴィアは、自身の修辞疑問文に対して「貴族だ」と自分で答え、憂鬱気にこう付け足した。それなのにアイルランドの貴族は「国外では見下され、国内では憎まれている」。[52] いずれにせよ「文化」が、狭い意味で庶民を締め出している作品群を意味し、広い人類学的意味ではアイルランド国民《ネイション》そのものがもっとも分断されている——宗教、習俗、アイデンティティ、エスニシティといった——問題そのものを指し示しているときに、どうやってその国民《ネイション》を統合できるというのだろうか。サミュエル・

ファーガソンは、「わたしたちはいまや、ひと握りの活字と植字用ステッキで闘争しなければならない」[53]と絶望的なコメントを残したが、アングロ・アイリッシュのインテリゲンチャが時代を救おうと願ったとき、文化のみを手段としたのでないことはたしかである。この雑誌は実践的な政治的経済的分析に満ちあふれており、日常的問題全般に関する計画的要求を強制していた。民衆的改革の保守的擁護者と礼賛されることはなかったアイザック・バットの著作は、アイルランドでも最良の部類に入るのだが、『DUM』の模範例である。私心なき国民《ナショナル》救済計画と、それを推進する人々が関わる分派ごとの政治的利害関係とを、うまく調停するのはいまだ困難であった。

・・・・・・・

こうした矛盾が最高の見世物となるのは、ナショナリスト感情とアングロ・アイリッシュ的恩着せがましさのまぎれもない寄せ集め、すなわちジェイン・エルジー（ワイルド卿夫人）

の著作においてである。熱狂的な筆致で書かれた『社会研究』で、彼女は人類の歴史を戦闘的フェミニストの立場で概説し、「かくしてわたしたちは女の歴史をエデンの園に始まり一九世紀までたどり終えた」と、いかにも貴族らしく告げて同書を結んでいる。[54] 彼女の政治的熱意が称賛されるべきものだとしても、彼女の学問的資質はいまひとつといったところか。だが彼女のフェミニズムは、彼女の階級がもつ冷淡な人種差別主義と織り合わされている――「顔が平たく頭が四角く目が小さいカルムイク族は、みすぼらしく邪悪な外見の民族《ピープル》ながら、女を奴隷にするくらいの知恵はあるのだが」、ほとんど言及に値しないとし、エスキモーは半人半魚だとしている。エルジーは女性が講師や教授の職に就くプランを提案しているが、同時に、彼女の夫が少しも神の使いらしいところがないことを考えると奇妙なのだが、女性は才能のある男性を神として見つめる傾向があると彼女は考えている。中国の女性による嬰児殺しを哀れみ、ヘンリー八世は妃たちの処刑において手心を加えすぎだと考え、女性なら誰でも、一日でも王妃になれるのなら喜んで頭を差し出すだろうと述べている。奇妙なまでに矛盾した主張である。〈アイルランド自治〉を軽蔑し、漠然としたものながら独立分離主義者的立場をとっていたが、アイルランド総督とも親しく付き合っていた。彼女が体制順応的でなかったとしても（「家庭が幸福になる最良の機会は、ことによると、家族全員がボヘミアンのときかもしれない」）[55]、女性は美しく見えるように口の筋肉を鍛えるべきだとも考えている。『社会研究』は機知と警句を称え個性の死を嘆いているが、そのさなかに「身分の卑しい人たち」についての言及もある。文学的女性には寒色系で淡い色のドレスが必要とされ、「どんなに硬いコルセットを着用していても、情熱的な心の激しい衝動が弱められるはずはなく」[56]、光を吸収して部屋の印象を台無しにするから黒い服を着用するのは避けるべきだそうだ。

大英帝国主義を賛美してばかりのエルジーは（「世界中に広まったイングランドによるあの驚くべき不屈の冒険的企図」[57]）、進歩と啓蒙という問題については骨の髄まで勝利主義者であった。だが一方その原理は、たえず彼女のナショナリズムと衝突することになる。何百万もの人々が路頭に迷い、「商業もなく、文学もなく、旗もなく、地位もない、ひと言で言えば自治がない」[58]アイルランドは、ナショナリズムというこの世界的潮流の不幸な例外なのである。だがアイルランド住民をオーストラリアへ送り出せば、その問題のほとんどすべてが解決するのだと彼女は言う――「四〇日間の楽しい旅だけで」解決するのだと。先住民はほとんど死滅しているのだから、かの対蹠地にはなんの争いもないし、念のため三百万のロンドン人を投入すれば、二百万のアイルランド移民も利益を得るだろうと。彼女の同胞の一部、特に〈青年アイルランド派〉のかつての同僚が、すでにせわしなくかの対蹠地へ移送されつつあったことに、彼女は気づいていなかったようである。もっとも、それら有罪判決を受けた流刑囚たちが、彼女が思い描くほど旅を楽しんだかどうかは疑わしい。

若いころのエルジーは真に勇敢な闘士で、女性の権利を求める断固たる活動家であった。女子学生の入学許可を要求して一八九二年にトリニティ・カレッジに提出された請願書に連なる一万の署名の筆頭に、彼女の名は置かれていた。また彼女の著作には、その知性を証明するような印象深いものもあった。[59]『男性と女性と書物に関する覚書』に収められている、ドイツ哲学者ジャン＝パウル・リヒターについて書かれた一九世紀アイルランドのきわめて希少なエッセイのひとつは、その一例である。しかし、彼女の生まれながらの貴族的な屈託のなさと反逆者のような因習打破とを判別するのは困難だ。女性のために声を上げたとしても、同時に女性を貶めている――「真に学識のある女は存在しませんし、女の魅力はその「軽い表面性」にあるのです」。「これ見よがしの平凡さ」に満ちた「耐えがたいまでに退屈な」ジョージ・エリオットは、『ミドルマーチ』でつまらない町のつまらない人々を描いているのだと。オコンネルに関するエッセイでは、彼が共和国支持者に向けた敵意と彼の権威への「礼儀正しい」服従とが強調され、それと並んで彼の額が「度を越して美しく白い」ことも強調されている。一般のアイルランド人は、自由で開放的で寛大であると同時に不実で残忍で悪質で、共和国には向いていないのだと。だが古代アイルランド伝説に関する作品を見ると、彼女はこう信じていたようだ――「人類の原始的信条と言語」、すなわち古代ペルシア人やエジプト人から伝えられ司祭によって大衆から遠ざけられ守られてきた秘教的真理に、アイルランド人（「飾らず、喜びにあふれ、敬虔で、無学の」）[60]が内々に関与していたと。要するに、アイルランド神話は人類の原型的無意識なのであり、アイルランド人自身がもつ愛想がよくて笑いを好む性質がもっともうまく表現されている例が、小妖精なのだと。

トナカイは薄切りブーツの味がすると記した旅行記『スカンディナヴィアからの流浪民』

で、エルジーはアイルランドの地主制廃止に反対してこう述べている――「ある階級から奪って別の階級に与えることで、どうしてその国民《ネイション》の状況が向上することがありましょうか。五百万のジャガイモ区画へ細分され各小区画がでこぼこの石垣で囲われたアイルランドを思うと、人々はぞっとすることでしょう。富さえも手に入れられることなく、絵のように美しいものが残らず犠牲にされ、すべての進歩が不可能となるでしょう。進歩には資本と文化が、学問と知識が必要なのですから」。[61] そして地主がいなければ、アイルランドは原始的沼地へと後戻りするのだと。かくして小作人による土地所有は、何よりも美学的根拠から拒否されるのである。もちろんこれらはすべて、のちの革命後のエルジーであり、『ネイション』紙に寄稿していたころの煽情的詩群とははなはだ遠い距離にある。彼女が書いているのは蜂起失敗後のことであり、当時は不快なプチブルの※フェニアン同盟員たちが、〈青年アイルランド派〉の貴族的指導者たちから革命の主導権を奪ってしまっていたのである。しかし、様式や華麗な技巧やロマンスに対する貴族趣味が右にも左にも向きを変えうるのと同じで、上流階級急進派としてのエルジーは、その風変わりな生涯を通じてイデオロギー的に揺れ続けたのだった。イェイツがそうであったように、貴族階級の屈託のなさは、こうして美学的に魅力のない中産階級を飛び越えて、弱者が持つ無政府主義的傾向に共鳴することになる。だが、この反ブルジョワ的因習打破主義が顔を赤くした両替屋に対して過激な態度に出たとしても、それを詩にするよりもずっとアイルランドの弱者の役に立てるはずの、ナショナリストの中産階級をも侮蔑していた。自分の目的は「政治や馬の話を越えた先を見通す」[62]人々に対してアイルランド思想の動向を示すことだと、『アイルランドにおける理想』の中でグレゴリー卿夫人が書いているが、この言い回しは、実利主義に対する貴族の嫌悪感と、貴族に影響を及ぼしかねない政治的実践に対する彼女の反感との間に関係があることを明らかにしている。

『ＤＵＭ』と『ネイション』からイェイツとアイルランド文芸復興にいたるまで、ロマン主義的ナショナリズムにもっとも典型的なイデオロギーは、ラディカルな保守主義である。それは同時に大衆寄りかつ同情的で、反商業主義的で、さらに反功利主義的だとしても、同時にエリート主義的かつ父親的温情主義的で、懐古的で反政治的である。それはレイモンド・ウィリアムズによる「文化と社会」の系譜を構成するコウルリッジからラスキンにいたる人々の原則であり、その両伝統の源泉に屹立するのが、アイルランド人エドマンド・バークだ。ラディカルな保守主義はヨーロッパにおける多くのモダニストたちの信条《クレド》でもあった。しかしながら、アイルランドのこの伝統にはとりわけ女性的な側面があった。スタイル、性格、社会的同情、反逆者への共感、支配権力や正統への嫌悪、政治や商業との隔絶——なぜこれらが、教育は受けながらも不利な立場に置かれた女性の本分となったのか、理解に難くはない。モーガン卿夫人はこの潮流の中に堂々と立っており、一世紀後のオーガスタ・グレゴリー卿夫人もそうである。[63]直接的な政治的闘争に魅せられるあまりより深い源流を省察しそこなっていたナショナリズムに対して、女たちは繰り返し「精神的」もしくは詩的側面を提供している。男性貴族は、もしくは（イェイツのような）擬似貴族は、そうした女性の対としての役目を果たし、無味乾燥な中産階級的問題との隔絶を、より綿密な哲学問題を喚起する機会へと転化する。[64]コンスタンス・マルケヴィッチとモード・ゴンはこの伝統がもつ華麗さとエリート主義とラディカルな衝動を受け継いでいた。ただし彼女たちの場合、時代が革命のさなかだっただけに、その伝統は激しく政治化されていた。

ジェイン・エルジーのイデオロギー的葛藤を穏当に翻案した例が、仲間の女性作家エミリー・ローレスの作品に見られる。ローレスは第三代男爵クロンカリーの娘で、その父親は〈統一アイルランド人連盟〉の蜂起、〈カトリック解放〉および十分の一税反対に巻き込まれた。彼女は非の打ちどころのないリベラル・アセンダンシーの系譜に属し、土地改革には民族主義的精神から共感していたものの、アイルランド在住の英国の政治的支配層と密接な関係を持っていた。彼女が巧みに仕上げたアイルランド史は、まずまず公正なものである。〈統一アイルランド人連盟〉については批判的だが、彼らに対する政府の残虐行為に対しては憤り、オコンネルにはこのうえなく寛容ながらも、一方で民衆の地主に対する封建的忠誠心というつながりを切ったとして、彼を非難している。クロムウェルの暴力的武力介入をやや大目に見てはいるが、彼がおこなった植民地化についてはそうではない。トマス・デイヴィスは賞賛されるが、フィンタン・ローラーは偏執狂とされる。[65]彼女の同じく当世風な歴史小説『アイルランドのエセックス伯爵』（一八九〇）は、戦闘行為の扱いが手際よく、エリザベス時代の英語の模倣も抑制が利いている。エセックス伯爵の秘書が模範的な信用できない語り手として登場するのだが、アイルランドにおけるイングランド人の蛮行にしり込みはするものの、原住民は乱暴に扱う必要があるという紋切り型の偏見に満ちた人物として描かれている。ローレスは語りよりも描写に力を発揮したが、支配者より原住民のほうをはるかに繊細に描くことができた。飢餓に見舞われたアラン島の漁村を舞台にしたお話『グラーニャ』は、語りの進行はだらだらとしていながらも素晴らしく情緒にあふれ、どこかフェミニズムのはしりのようなところもあるし、地元の方言やうわさ話には鋭敏な耳を傾けている。反抗的でひどく独立心の強いグラーニャは、漁師の娘で、酒浸りの恋人との結婚から逃れようとあがき、孤独で英雄的な死を迎える。だがローレスが書いた小説の最高傑作は、バレン地帯の貧民を描いた陰鬱な悲劇『ハリッシュ』（一八八六）で、本作をきっかけにこの作者は、グラッドストンと長きにわたる文通を始めることになる。

　ローレスによる〈大飢饉〉に関するエッセイは、英国政府が救援事業に失敗したことを非難し、救済のためのあの手この手に思いをめぐらせて民衆への思いやりを示している。[66] ジェントリー階級のもの悲しい衰退と没落もまた永続的モチーフで、「オコンネル報告書」という物語は暗殺の脅威にさらされた勇敢な地主への年老いた召使の忠誠心にまつわる話である。[67]ローレスによるマライア・エッジワースのすぐれた伝記は、意識的に彼女をアイルランドの小説家としてイングランドの批評家から奪還しようと試みるもので、対象の扱い方は機知に富み、皮肉っぽく、不遜である。従順な女性を衛星のように自分の周囲にうまく配置するリチャード・エッジワースの「家父長的」傾向については、特にそうである。彼女は辛辣にこう記している。エッジワースはマライアの最悪の欠点、すなわち想像力の欠如を、「厳粛な義務」のようなものにまで高め、その結果彼女の想像力の欠如は彼の育成のもとで増長し成長していったのだ、と。ローレスの評によると、彼はたとえ礼儀上必要とされるときであっても、決して酔うことがなかった。マライアの手紙は「イングランド女性」が書いたもののなかで最も美しいとローレスは考えているが、マライアのアイルランド小説が事実に反しているのは、子供時代にアイルランドを離れていたことに起因するとローレスは述べている。英国政府が教唆したのではないかとひそかに疑ってはいるものの、一七九八年の蜂起に関しては賢明にも公平な立場をとった。だから、その武力テロのさなかにあって、自分の周りで荒れ狂う大虐殺よりも自分の猫のことを心配しているマライアの楽天性を小ばかにしているのは当然のことである。ローレスは、道徳的関心が「驚くほど欠如」している『ラックレント館』を価値転倒的テクストとみなしており、想像力をふくらませて、デフォーの非道徳主義と比較したりしている。型通りのイデオロギー的目的をもつエッジワースののちのアイルランド小説とは異なり（ただローレスは『不在地主』には惜しみない称賛を送っているが）、『ラックレント館』は「人間のそれであろうと神のそれであろうと、あらゆる掟の外部に屹立し、完全に独立して革命的で」自由な小説に思えると。アイルランドが国民《ネイション》文学において占める場は小さすぎると彼女は考えており、自分の印象的な小説はその誤りを修復するために貢献するのだという。だがローレスの想像力に富んだ共感も、最終的には自分の階級から受け継いだ政治的偏見に追いやられ、晩年の彼女は、〈アイルランド自治〉論争に幻滅して、サリーに引っ込んで隠遁生活を送ったのである。

一九世紀アイルランドのもっとも典型的な伝統的知識人のひとりであり、カトリック詩人で地主でニューマン主義者のオーブリー・ド・ヴィアの作品を特徴付けているのも、やはり同種の緊張である。リメリック貴族の末裔であるド・ヴィアは、バークとカントの信奉者で、功利主義と唯物主義と経験主義と急進思想を敵視している。彼はF・D・モーリスに影響を受け、一時は〈ケンブリッジ使徒会〉に加わり、ワーズワスとテニソン双方の知己を得た。カトリックに転向してからは地所に引きこもり、「遠い昔のアイルランド」といった救いがたい詩を書いた。それは国民《ナショナル》の歴史の悲しみにあふれた韻文記録だが、その容赦ないほどに教会的で騎士道的な気高さでもって狡猾に現在と近過去を避けている。ニューマン大学で文学教授になったド・ヴィアは、民主主義を嫌悪し、フェニアン同盟員を罵倒し、下層階級の不敬な共産主義を嘆く教皇権至上主義の反動家であった。だが若かりしころには、当代において最良でありながらひどく見過ごされた「ナショナリズム的」テクストのひとつ『イングランドの悪政とアイルランドの悪行』を記し、その改革への熱意がイングランド上流社会の友人たちの一部を不安にさせた。それはイングランド人による誹謗中傷に対して、アイルランドを堂々と雄弁に擁護したもので、そのようなイングランドの習慣は危険だと警告している――「私の同郷の士たちには数多くの特徴がありますが、なかでもこのようなものがあります。悪口を言えば言うほど嫌われる」。(68) この頓降法は破壊的なまでに抜け目なく操作されている。イングランド人によるアイルランド人への中傷を、ド・ヴィアが当のイングランド人たちへと儀礼のように返すとき、同書の生真面目さ、皮肉っぽい機知、冷たく抑制された憤りは強い印象を残す。アイルランド人が戯言を弄するとするなら、イングランド人はおざなりの標語として知られる例のはるかに有害な虚言を弄する――「アイルランド農民が本当のことを言わないというのならお聞きしますが、「あなたの司祭はどこにお住まいですか」といった単純な質問に、アイルランド農民が明快に答えられなくなったのはなぜなのです?」(69) アイルランド人はのろいと非難するのなら、自分たちの〈カトリック解放令〉の運用は、のろいという言葉以外では特徴付けられないのではないか? (「インド征服はそんなにのろくなかったが」とド・ヴィアは付け加えている)。アイルランドの貧困は実に悲しいことだが、英国の「無限の富の中心に広大かつ拡大途上の貧困があることは」さらに嘆かわしいことだとし、彼はこう指摘する。「貴国の富と、その富を生み出す何百万人もの微賤の民の貧困との間には」(70) 直接的な関係がある、と。これらは、ジョン・ヘンリー・ニューマンというよりは、ジョン・ミッチェルの見解に聞こえるではないか。

しかし、のちのド・ヴィアは、飾らないアイルランド人の陽気な指導者ではなくなっていく。『回顧録』では、※チャーティスト運動家たちをあざ笑い、「無知な小作農」に土地の自由保有権を渡すことに反対している。[71] 一八八七年のエッセイでは、土地均分論者の鎮圧と〈アイルランド自治〉の拒否および、博識で財産をもった知識人階級からなる議会の優秀性を確保する比例代表制を擁護している。農民の土地所有権は革命をせき止めるのに役立つかもしれないが、「愛を通じた統治」が不可能な国では、反対意見を弾圧する義務がある。ド・ヴィアは、党派性の強いアイルランドには、これまで穏健で啓蒙的な世論がなかったと言うが、彼自身の見解も穏健でもなければこれといって啓蒙的でもなかった。自然主義と近代性と物質主義と退廃的官能主義とを弾劾する度を越した長広舌で、いまや当然ながら嘲笑の的となっているコヴェントリー・パトモアの詩「家庭の天使」が成し遂げた不朽の功績に肩入れするのみならず、彼はファーガソンの詩を健全で非懐疑的で病的でない芸術の手本として、信心深げに推奨している。[72]

・・・・・・・・

イングランドとアイルランドの戦いを描いた偉大なる韻文歴史物語であるサミュエル・ファーガソンの『コンガル』は、出版は一八七二年だが、それより三十年ほど前に着手されたものである。創作期間はテニソンによるアーサー王伝説『国王牧歌』の出版と並行しており、ある意味そのアイルランド版となっている。両詩人とも国民《ネイション》の叙事詩をもくろんでいるのだが、スペンサーやミルトンと比べて明らかに条件は良くない。いらいらするほど耳障りな弱強格で書かれているのだが、にもかかわらずファーガソンがそれを驚くほど巧みに処理しているさまは、トロンボーンで繊細な音を出す男さながらである。彼の「トマス・デイヴィスの死を悼んで」というすぐれた例外はあるにせよ、彼の詩の多くがそうであるように、本作も内省に欠け、その心象風景は絶え間なく客観化される。この客観化（抒情詩の才能はずいぶん以前にファーガソンを見放している）は、おそらく政治的危機という状況下で公的な詩人として声を上げる必要性を反映している。それはたんに詩と公共圏がもはや友好的に共存しなくなったということにすぎない。とりわけ小説が社会論評の役割を奪い取ったヴィクトリア時代には。『コンガル』は構成のしっかりした詩ではあるが、単調に聞こえるほど英雄詩的で、感受性は制限され、だらだらした箇所が多すぎる。オーブリー・ド・ヴィアは、明らかに被虐的気分のとき、ファーガソンの妻に『コンガル』の続篇ができるのはいつか尋ねたことがある。抑制された感情の幅とヴィクトリア時代の帝国主義的な男らしさへの賛美においてのみならず、その陽気な韻律においても、ファーガソンはアイルランドのキプリングである。その詩は、どこか昔の生産様式の時代から一九世紀の岸辺に打ち上げられた、頑丈に作られてはいるがかなり錆びついた機械の入り組んだ断片といった様相を呈している。その中心を占める争いは、アルスター王で最後の異教徒吟遊詩人の首領であるコンガルその人と、アイルランドのキリスト教徒君主ドナルとの間でおこなわれ、コンガルはその戦闘に負けて殺される。これを自由な精神のプロテスタント知識人と抑圧的聖職者との間の戦いと解読するのは難しいことではないが、その寓意は複層的である。コンガルは独立を求めて戦っているのだから、彼のアルスターは、ことによると英国に対抗するアイルランド全体を表象しているとも言える。とすると、これはアイルランド・ナショナリズムとアルスター至上主義を巧妙に混和させていることになる。

ファーガソンの反教権主義は、ぎこちなく強烈にくだらない反カトリック的駄文「トム神父とローマ教皇、あるいはヴァチカンの一夜」においては、あまり誉められたものではない形をとっている。舞台は〈カトリック解放〉前夜で、無知でうぬぼれ屋の神父トムがローマ教皇と一夜をともにし、しゃべり倒し、飲み倒し、ともに新スコラ哲学者的屁理屈をこね回すのだが、すべて不快なまでに紋切り型のアイルランド人描写である。この厳格なまでに正直なアルスター人が、ドタバタ喜劇を得意とすることはほとんどなかった。『ＤＵＭ』は総じて悪戯っぽさと誇張とが交錯しているが、その定期的寄稿者のひとりだったファーガソンの作品にも同じことが言える。

ファーガソンはアイルランド史について興味ぶかい説を唱えていた。『ＤＵＭ』に寄せたジェイムズ・ハーディマンの『アイルランドの吟遊詩人』（一八三一）への有名な批評において、それは系統立てて述べられている。[73] 彼にとって、アイルランドの歴史と英国の歴史は共時性を欠いている。というのもアイルランドは、過度の地域的信心と前封建的氏族制への部族的忠誠心を通じて結びつけられていたため、ファーガソンにとってプロテスタント的自由へいたる長き旅程において欠くことのできない段階たる封建制や君主への忠誠というものを経験することがなかったからだ。かたや封建制前かたや封建制後の二国であるがゆえ、両者がまともに相対するのは不可能だったのだ。英国はすでにそうした段階を通り過ぎてしまっているのだから。古典的マルクス主義の語法で言えば、複合的不均衡発展の問題である。すなわち、「公的な尺度に照らした中間的段階を欠いているがゆえに、なお融合することができないでいる（一方はすでに忘却し他方はまだ進んだことのない段階を抱えた）」二国家の問題である。両者は歴史の分水嶺の別々の側へ打ち上げられ、ほとんど橋渡し不可能な深淵をはさんで互いに対している。この矛盾はアイルランド内部をも引き裂いており、「未熟と成熟が混じり合った異常な特徴」をあらわにしているのだ。

しかし、それでも翻訳——ファーガソンの詩作における重要な側面であるだけでなく彼の永遠の政治主題――は可能かもしれない。必要なのは、アイルランドの「氏族《クランズマン》」を近代性のほうへ近づけ、その近視眼的信心を君主や社会全体へと向けなおすことであり、一方で、近代イングランドの功利主義者は一歩譲ってアイルランドの民衆《フォーク》との愛情の絆を再発見せねばならぬ。双方があべこべの道をたどって互いに出会えるよう、要するに、アイルランド人は〈ゲゼルシャフト〉へ向けて普遍化されねばならず、イングランド人は〈ゲマインシャフト〉に再び根を下ろしなおさねばならぬというわけだ。

　ならばファーガソン自身の手によるアイルランド詩の英語訳は、この政治的融合の縮図を提供していることになる。政治的現実においてうまくいかないことも、言語においては成し遂げられるのだから。ゲール語のテクストを近代的であると同時に宗教的な英語に翻訳することによって、英国とアイルランドの、アングロ・アイリッシュとゲール人の政治的統合が、言説レベルで再演されるのだ。英語という言語形式が、無骨なゲール的内容を普遍的近代圏へと引き寄せ、かたや当の英語自体は土地に根をおろし、ゲール詩の活力によって滋養を得る。この微妙なバランスを保つのはむずかしい。ファーガソンがハーディマンのそつがなく成熟しすぎた英語訳を正しく非難しながらも、他所ではキャロランに対して断固見下すような立場をとっていたように。ファーガソンはまた、うっとりするようなアイルランド的調べのいくつかを粗野なアイルランド単語との「不相応なつながり」から切り離したとして、トマス・ムーアを称えている。[74] ファーガソン作品において、ゲール吟遊詩人はヴィクトリア時代の賢人として再登場するが、一方で古代アイルランドの英雄たちは、大衆的カトリック民主主義時代における貴族的指導者に転化されている。またしても文化が、すべてのアイルランド人が集うべき公正不偏な領域とされる。歴史家のトム・ダンが示唆するように、それ自体が「アングロ・アイリッシュのアセンダンシーに利するかたちでのゲール文学の植民地化」だと翻訳できる。[75] にもかかわらず、偏狭文化ではなく「国民《ナショナル》」文化の詩人としてファーガソンはこう信じていた——カトリック問題への理想的な解決策は、惑わされた信者をカトリックから完全に引き離すことだと。打ちひしがれ敗北主義的になった晩年のファーガソンは、フェニアン同盟員によるフェニックス公園での暗殺について、ブラウニングが潜在ヒステリー症を発症して書いたようなモノローグを一対作った。つまるところ〈心〉が〈頭〉を凌駕していたのだった。

・・・・・・・

当時のアングロ・アイリッシュ・インテリゲンチャを、たった一人の人物に集約するとするなら、それは歴史家ウィリアム・エドワード・ハートポール・レッキーになる。グラムシのいう伝統的知識人たるレッキーは、大学教師というよりは紳士学者であり、民衆の動向からは距離を置き、民主主義の時代とはいよいよもってそりが合わなかった。貴族の御曹司で、また自身も不在地主で、一八世紀アイルランドのプロテスタント愛国主義伝統を弁護するホイッグ党員で、さらにヘンリー・グラタンの熱烈な信奉者だった。彼が擁護したのはナショナリズムというより国民性《ナショナリティ》であり、リベラルな連合主義者《ユニオニスト》として、アングロ・アイリッシュのエリートがアイルランド性の炎を守るのだと考えていた。ヨーロッパ合理主義の卓越した研究を通じて、指折りのイングランド人作家たちとの知己を得、アイルランドの国際人として、「不在文人」と評されるほど頻繁にヨーロッパを周遊した。知的関心も同様に広汎におよび、古典的人文主義者がもつ奔放なまでに広い視野をそなえていた。知識がますます専門化するなかで、彼の著作は通観的視点を好んだ。長きにわたる持続、すなわち近代文明がもつ大きく進行の遅い永続的力に彼が関心をもったという事実は、社会的なものを政治的なものの上位におく実証主義者的傾向だけでなく、けちな政治の舞台と彼の間にある慎重な距離をも反映している。[76]歴史家は「絶頂期ばかりでなく緩やかな成長の過程をも、最終的破滅だけでなく長い衰退の進行をも、研究しなければならない」。[77]「歴史が何よりも貴重なものとなるのは、高台に立っているかのように、わたしたちのつまらぬ争いから上がる煙と騒ぎのかなたを見通すことを可能にしてくれるときであり、また過去の緩やかな進行の中に、諸国民《ネイション》を着実に進歩なり衰退なりへ運んでいる大きくて永続的な力を看取することを可能にしてくれるときである」[78]と彼は記している。これは伝統的知識人の声で、同時代のアイルランド人の一部が科学や文化の中に見出した超越的に見渡せる有利な位置を、歴史の中に見出しているのである。この政治領野への侮蔑的見解には、皮肉にも政治領野内部における特権的地位が反映されている。だが、この長きにわたる持続の追究が、ある意味でアイルランド政治の視野狭窄に対する反撃だとしても、その政治という視野狭窄は、政治闘争が狭義の政治をはるかに超えた諸問題のみならず長き歴史にも根をおろしていることを反映しているのである。オーブリー・ド・ヴィアは世論の形成についてこう述べている――「たとえ結果として外形が強固で明確だとしても、それはきわめて緩やかな過程を経た一種の結晶だ。アイルランドでは、わたしたちの政治熱があまりに急激な凝結を生んでしまうのである」。[79] 右左を問わず、実に多くのアイルランド政治思想家が政治アレルギーだったという点は、注目に値する。

レッキーは最後の偉大なる在野の歴史家のひとりで、ギボンとマコーリーから始まりアクトンとフルードにまで連なる系譜に属する「哲学者＝歴史家」[80]だった。彼は通俗書も記し、公務に従事し、同時代の有力な高官たちともつきあいがあった。ドナルド・マッカートニーの指摘によると、彼の執筆時期はヨーロッパで歴史学が社会学へと移行していた時期にあたり、コントやバックル、ディルタイ、ハーバート・スペンサーが知の領野で支配的影響力を持ち始めた時期であった。[81] ロンドンの社交家として中央の社交界・知識人社会の中心に身をおき、

※アセニーアム・クラブからアイルランド問題に介入し始めた。彼は歴史家であったが、賢人でもあり、民衆向けの哲学者で、知識人指導者であった。彼は歴史家と純文学者《ベレトリスト》の境界をも越え、詩人としてはひどかったが、自分の文体を作るために計り知れない努力をした。J・A・フルードの憎悪に満ちた『アイルランドの歴史』への抑制のきいた気品ある反駁で知られるが、[82]カトリックによるナショナリズムが着実に勢力を増すにつれ、彼自身の政治も次第に憎悪に満ちはじめ、守旧的になっていった。彼はダブリン大学代表の連合主義者《ユニオニスト》に選出され、〈アイルランド自治〉法案に反対し、ナショナリズムと民主主義へ対抗するための行動をとるよう、仲間の連合主義者《ユニオニスト》を扇動した。実際、彼はグラッドストンに対抗する保守的連合主義《ユニオニズム》の指導的スポークスマンとなったのだが、グラッドストンは皮肉にもレッキーの初期の著作がひとつのきっかけとなってアイルランド問題に向き合うようになっていたのだった。一部のアングロ・アイリッシュの仲間と同じく、結局は節度という大義のもとに節度を欠くことになった。今日のアイルランドでも珍しくはない現象である。

　一九世紀アイルランドがひとりの着想豊かな偉大なる歴史家を生んだのは、かならずしも偶然ではなかった。レッキーはこう記している――「宗教的見解は、さまざまな社会状態によって育まれるもので、その文明を反映しており、その思考様式によって生成され彩られる」。[83]彼がヴィーコとヘルダーからコントとバックルへいたる伝統に連なる着想豊かな社会学者だとするなら、それはひとつに、観念の形式が政治的利害によってあからさまに左右される社会を、哲学的観念主義が支えるのは困難だったからだ。アイルランドで生活するということは、自然に唯物論者になるということである。経済学者ジョン・エリオット・ケアンズは、マルクス主義者というよりリベラルな連合主義者《ユニオニスト》だったが、次のような信念を明らかにしている――「政治的見解や政治行動を決定づけるにあたり、物質的利害はきわめて広汎に優先される」。[84]世紀末ヨーロッパの哲学のかたちを前もって示したレッキーは、こう信じていた。意見や見解が変化するきっかけとなるのは、合理的な歴史過程ではなく、深く根ざした歴史過程であると。これまたアイルランドでは信じるに難くない原則である。彼はヨーロッパ合理主義《ラショナリズム》の研究の中でこう述べている――「どんな時代どんな社会においても、〈隠れた想像力の偏り〉が作用しており」、それは合理的理由とは異なり、目立たぬ深みを流れ――フーコーのいうエピステーメーのように——思考の基盤を形成し、その中で合理性が展開されるのである。[85] このように言葉の哲学的意味においては、彼の歴史主義《ヒストリシズム》は合理主義《ラショナリズム》に異議を唱えたのだが、それより厳密さを欠く意味においては、彼の政治は理性主義《ラショナリズム》を維持しようとする戦いだった。彼はまた、歴史主義的視点が内包する相対主義から倫理的思考を救い出そうと試みていたが、確固たる道徳的立場に依拠して政治的敵対者と戦おうとするのなら、それも必然的な宗旨変えである。政治的に激動する社会が歴史を越えた価値への懐疑を育むとしても、一方で歴史を越えた価値の必要性も呼び起こされるのである。

そうしたわけでレッキーは著名な『ヨーロッパ道徳の歴史』に着手し、超越的道徳の名のもとに、功利主義に対して真剣に長々と論駁を加えることになる。序文によると、この書は「現在イングランドで絶大な影響力を持つ」哲学の一派へ強く異論を唱えるものである。彼は徳を義務論的に定義づけ、かならずしも幸福を導くものではないという。徳とは、快楽や私欲ではなく、義務であり、支配的でなければならない。『トム・ジョーンズ』におけるヘンリー・フィールディングのように、レッキーは次のように考えている。徳が現世で報酬を得るという原則にはたったひとつだけ欠点がある。つまりそれが真実でないという欠点が。たしかに歴史が示すところによれば、「一貫して強欲、野心、利己心、欺瞞に満ちた生涯を送るほうが、国民《ナショナル》の繁栄にはっきりとつながるかもしれない」。[86]だが功利主義は共通言語や常識と直接的に衝突するがゆえに、「道徳的善の絶大で超越的美点」[87]のために放逐すべきなのだ。ウィリアム・ローアン・ハミルトンのようなアングロ・アイリッシュの反経験主義者と並んで、道徳的価値は経験から導きうるという論を彼も否定し、代わりにフランシス・ハチソン的な直感論的倫理をよりどころとし、美的感覚同様に無媒介的で自明かつ特殊な道徳的能力を仮定している。道徳的義務についてなら、ヴィクトリア時代の紳士たるもの自分が何をすべきかくらいわかっているのだと。こうして気がつけば、思想としての社会学主義と倫理としての絶対論の板挟みになっており、それがうまく解消されることはなかった。道徳的原則それ自体は不変だが、どの程度まで原則に従うのかとか、各時代が強調する徳の種類が時代に応じて異なるように、その適用は時代に応じて異なる。だからレッキーはこう記すのだ——「ある意味において道徳的卓越が絶対不変であるように、別な意味において、それは完全に相対的で一時的なものである」。[88] のちの著作ではこう記している。「正邪にまつわる第一の本質的要素は変わることがないが、何よりもたしかなのは、義務の基準や理念というものはたえず変化するということだ」。それゆえ「当代ではひどく無慈悲だとみなされることをした人間が、次代では人道的な人間とされることもあるだろう」。[89] ここで「人道的《ヒューメイン》」という語がもつ含意は、注目に値する。この概念が、行為ではなく感情によって定義づけられているからだ。

　このようにレッキーはコント流に、一定の諸段階を経て進化する道徳の自然発展のようなものに固執している。アラスデア・マッキンタイアのような現代の道徳哲学者がそうであるように、彼もまた、徳は社会生活の諸形態と密接な関係があると認識している。[90] しかしこの見解は、道徳を社会の派生物にすぎない地位に下げることを彼が気高く拒否していることと矛盾し、彼は知性とイデオロギーの間で引き裂かれる。歴史の進歩に対する彼の姿勢にも、同じような緊張が見られる。彼の歴史主義に内在する進歩の概念が、彼の保守的倫理とは矛盾するからだ。進歩はたしかに起きるのだが――「火薬と軍器が未開人の勝利を不可能にした」[91]――道徳と物質的繁栄が手を取り合って進むことはけっしてない。「アイルランド農民がこれほど純潔でなければ、もっといい暮らしができただろうに」と彼は語っているが、これは明らかに、純潔なら蓄えもなく結婚することはもっと少なかっただろうという意味である。人道的感情は歴史的に高まりつつあるが、道徳心の高まりは、勇気や忠誠心や熱狂や崇敬を犠牲にする。レッキーの社会学中心主義が余すところなく進歩主義的だとしても、彼の道徳的価値は擬似封建主義的なものにとどまる。

　彼にヨーロッパでの名声をもたらした著作『ヨーロッパにおける合理主義精神の隆盛と影響の歴史』は、彼のより進歩主義的な側面をあらわにしている。ここでのレッキーは、今日なら、ホイッグ党の営業用ヒューマニズムと、J・G・A・ポーコックにならって呼べる立場で、産業の進歩が寛容と教養を育み、合理主義の歴史の到達点は自由と平和である、と考えている。[92]その最新の課題は、労働者階級に経※済学の原理を周知させ、社会主義の脅威をそらすことである。この本は知的自由の崇高な擁護だが、その教義が聖職者主義的アイルランドから発生することにはなんの驚きもない。各時代を通した迷信、抑圧、不寛容、迫害、党派的憎悪をいきいきと記述しながら論じられるということは、人類の歴史においてキリスト教ほど大きな道徳的影響力を有するものはなく、ローマ・カトリック教会ほど血塗られた組織はないということである。合理主義的で公正不偏な知的寛容の弁護も、アイルランドという条件のもとでは、このように皮肉にもそれ自体が論争を呼ぶ政治的意味を帯びる。嫌悪感をほとんど隠そうともせずに、彼はこう語っている――「アイルランドは、一時的にではなく習慣的に、世論が神学的理由に左右される、いまや唯一の文明国である」。[93]人間精神の根本的趨勢が、合理主義的かローマ・カトリック的かの二つに分類されるのだが、客観的合理主義の例とはとても思えない二分法だ。レッキーは、ニューマン風に真実それ自体を目的とした真実への愛を称えるのだが、それは不完全なものだ。「真実への愛は一方の性において一般的でないし、他方の性においてはほとんど知られてもいない」[94]――この発言もまた、公正不偏な真実への愛がもたらした結論として出されている。レッキーが不偏不党として称賛しているものは、実際は積極的に社会参加《アンガージュマン》するアイルランド有機的知識人の対型だ。彼はこう公言している――「政治においては哲学的なものの優位ほど致命的なものはないし、哲学においては政治精神の優位ほど致命的なものはない」。[95]まさにこれら二つの営みを混合しようと努めていた『DUM』精神とはまったく一致しない意見だ。「公平不偏な真実への愛は強い政治精神とはほとんど共存不能だ」[96]というレッキーの見解は、この雑誌の一貫性のなさのある側面を捉えている。ドイツ人は、政治が衰弱しているがゆえに高度に抽象的な概念を扱えると彼は考えているが、カール・マルクスももう少し控えめに同じ指摘をしたことがある。レッキー自身が『アイルランドの歴史』でアイルランド史における真実を思慮深く探求したのは、フルードのアイルランド嫌いへの暗黙の政治的応酬であったが、だからといってその質が落ちることはなかった。ここでもやはり公正不偏性それ自体が、政治的目的に奉仕し得たのである。

『一八世紀アイルランドの歴史』が明らかにしているのは、ここまでわれわれにはもうおなじみになったイングランドとアイルランドの間の緊張関係だ。レッキーは※刑罰法に強く反対し、不在地主制を酷評し、驚くほど思いやりを込めて庶民の苦しみを書き留めている。だが彼はそれをアセンダンシーのせいにはしたくなくて、英国の失政とアイルランド人の暴動を非難する。敬愛するグラタンが予見した「無知で興奮しやすいカトリック住民が、いつか地所と社会的地位の影響から切り離されて、腹黒い扇動家の食い物にされる」[97]危険を、彼はもっとも恐れている。もちろんこれは、〈土地同盟〉、〈土地法〉※(公然と行われたはなはだしい泥棒行為と彼はみなしている)、そしてパーネルによって、まさに現実となった。レッキーの見解によれば、これは(当時の彼の言葉を借りると)控えめにいっても、オコンネルからの悲しむべき後退である。相手の立場に感情移入できる想像力のみならず、そのバランス感覚と判断力とで称えられたレッキーが、連合主義《ユニオニズム》と〈アイルランド自治〉反対へ傾き始めたのは、地主としての自身の利害が危機にさらされた〈土地同盟〉以降のことである。合理的議論の陰には合理性を欠く力と利害がひそんでいるという彼の見解は、このように彼自身の行動によって公然と立証されたのだ。

「アイルランドの現状況下では、誠実な政府としての基本的条件を満たすと信じうる議会を設けることは不可能である」[98]とレッキーは記している。パーネルとその一味は、「今世紀を通じてどんな国においてもそれに比肩するものがほとんど見られない脅迫、残虐行為、個人的自由の組織的軽視」[99]といった咎により有罪とされる。政治的利害とは、もっとも気高く超越的な精神でさえをも、こうした差別的判断へと導くものである。レッキーの政治的反動への堕落の帰結は、晩年の『民主主義と自由』（一八九六）に見られる。本書に記されている簡潔でひどく否定的な社会主義の歴史のなかには、一九世紀アイルランドではめずらしく、マルクスの剰余価値論への言及がある。彼が功利主義に対して以前抱いていた反感は、ここでは、最大多数の幸福を熱く追求しながら少数派のことなどまったく考慮しない大衆を正当化する民主主義倫理への嫌悪感へと偏狭化している。約九百ページからなるこの二巻本で、彼は司祭と〈土地同盟〉と民主主義と〈新連合主義〉を叱りつけているが、驚くべきことに女性には奇妙なほど進歩的な口添えをしている。退屈でもったいぶった彼の最後の研究論文『人生の地図』（一八九九）は、実際には道徳に関する説教になっている。

　これらすべてと対照的なのが、レッキーの若さあふれる華麗な研究書『アイルランドの世論』だ。ここでの彼は、きわめて卓越した名文家であるばかりか、プロテスタントのナショナリストでもある。ひどく美化されたヘンリー・グラタンの描写にオコンネルの描写が続き、グラタン的ホイッグ党員の趣味にかなう特徴がその生涯から如才なく拾い上げられている。

オコンネルはたしかに下品で口汚かったが、扇動家でもなければカトリック聖職者の道具でもなかった。信心深い寛容主義者で、社会主義と暴動暴力に反対した。人気を博したオコンネルの会議は神秘的なまでに美しく描かれている。グラタン以前の一八世紀アイルランドとなると、レッキーの誇張には歯止めがきかなくなる。「それ以上に悪名高い合法的独裁体制を想定するのはほとんど不可能である」。[100] かつてはこのように〈青年アイルランド派〉に熱狂していた人間は、のちに英国で反〈アイルランド自治〉の壇上にのぼり演説をおこなうことになる。レッキーはのちに『アイルランドの世論』を改訂し、彼の中で高まりつつあった反ナショナリスト的見解に合うように脚色した。最終的にそこにある意見は、彼がかつてフルードやカーライルの中に見出して反論した、エリート主義的かつ帝国主義的で反自由主義的にして反民主主義的な教えと、さして変わらぬものとなっている。アイルランドには悪性の不実が存在する、と老レッキーは警告する。危険なことに、この民族《ピープル》は教育を受けて読み書きができるようになりつつある、と。[101]

アイルランドのかつては開けた思想家たち全員が、晩年になって政治的脳卒中に陥ったわけではない。ファーガソン、ローレス、ド・ヴィアその他の政治的知性が、その階級の財産が減るにともなって、段々とあからさまに紋切り型の保守主義へと身を落としていったとしても、非凡なるスタンディッシュ・オグレイディはその方向を劇的に逆転させている。彼の『アイルランドの歴史』（一八九四）は、修道院的精神に敵意を持ち、古代スカンディナヴィア人を屈強なカーライル的英雄として美化し、ドローイダの虐殺は別にして、クロムウェルを称えている。プロテスタント・ピューリタンがこの島を征服したのは、先住民よりも勇敢で誠実だったからだとしながらも、刑罰法は非難されるべきだとする。オグレイディはこの書で〈統一アイルランド人連盟〉と〈連合〉（「卑屈な裏切り」）に断固反対する。アセンダンシーは権力を卑屈にウェストミンスターに委譲せずに保持すべきだったのだと。〈連合撤回〉の動きは「詐欺的で芝居じみて」おり、オコンネルは嘘つきの詐欺師だが、勇敢な心を持っている。オグレイディは、フィンタン・ローラーを〈青年アイルランド派〉のなかでもっとも洗練されているとしながら、自分の師カーライルをその解毒剤として勧める。彼にはアングロ・アイリッシュのポピュリストに典型的な二面性が、山ほど見受けられるのである。[102]

一八八〇年代にオグレイディが書いた政治パンフレットでは、こうした矛盾がほとんど考えられないほどの袋小路に押し込められてしまっている。彼は自分の信念を次のように公表している。「見かけは強くても［アセンダンシーほど］もろい貴族も、試練の時代にあって彼らほど臆病で、機知に乏しく、愚かな貴族も、彼らほど堕落し、用をなさず、活力を失った貴族も今後現れることがないだろう」。[103] アイルランドの地主は、「数が少なく、友人もおらず、嫌われている低能だから、飢えて貪欲で無秩序な下層民に」[104]支配権を引き渡してしまった。しかしそう書いたそばから、忠実な家臣から忠誠心を獲得する大土地所有による刷新された寡頭政治という封建制支持者らしい空想をめぐらせつつ、間髪をおかずに前の文章を訂正することに余念がない。一八八二年には、地主は「アイルランドの地でもっとも高貴で最良［の階級］であり……最高の道徳的要素だった」。[105] 一八八六年に彼らはぞんざいに見捨てられ、一八九七年には「自分たちの階層からは同様の人物をあてがうことのできないこの民族《ピープル》の、正当で自然な指導者であり擁護者として」[106]再び担ぎ出されて、ほこりを払われることになった。最後の言い回しは印象的である。民衆は自分たちにふさわしい有機的知識人を育むことができないがゆえに、まさにオグレイディのような伝統的知識人が代わりに急場をしのがなければならないというのだから。あたかもダヴィットもパーネルもウィリアム・オブライエンもまったく出現しなかったかのように。オグレイディは、聡明なあまり地主を信じることができない一方で、イデオロギーに固執するあまり地主を信じないわけにはいかなかったのである。

しかし最晩年に、オグレイディはふたたびしっぽを巻くことになった。一九〇〇年以降、フーリエやトルストイ、クロポトキンやヘンリー・ジョージに興味を持つようになり、コミューンを支持し、自分を共産主義者と称しはじめる——もっとも、社会主義は近代の堕落した産物だとみなして、社会主義者とは名のらなかった（だが彼は、同様の信条のなかでも前衛度がかなり落ちるギルド社会主義の擁護者ではあった）。この奇怪な人物像の中で、新封建主義的エリート主義が近代的無政府主義と遭遇し、政治的左翼へと激しく転回した。どちらの信条も、自由主義的個人主義と産業中産階級への敵意という点では一致していた。かくしてアイルランドでもっとも保守的な新聞『エクスプレス』の代表的記者その人が、特異な左翼雑誌※『オール・アイルランド・レヴュー』を運営することになった。※クハランの賛美者が最後にはジェイムズ・コノリー陣営からほんの数ヤードしか離れていないところへ行き着いたというこの事実を見れば、アイルランドの危機がどれほど悲惨なものになっていたかがわかる。

第3章 碩学と社会

Savants and Society

愛国者と医者

W・E・H・レッキーは著書『ヨーロッパ道徳の歴史』の中で、「もっとも華々しい成果を期待しうる」学問として医学を推奨し、精神と肉体の緊密な関係に即してこう記している――「道徳病理学を科学の一部門へと昇格させる者は……おそらく人類史における大知識人の仲間入りをすることになるだろう」。[1] ジークムント・フロイトの関心が厳密には「道徳病理学」にあったわけではないとしても、そのような大知識人はおぼろげながらも実際に姿を現しつつあった。いや実は、フロイトとダブリン医学界との間にはわずかにせよ関係があるのだ。初期フロイトの知的形成にあずかったシャルコーの『神経系疾患』を英訳したのは、アイルランド人医師ジョージ・シガソンだったのだから。

　ダブリンがヨーロッパにおける主要な知の拠り所のひとつだったとすれば、その地の一歴史家がかくも医学を称えていたのは偶然ではない。事実、ダブリンは医学に関してパリ、エディンバラに次いで世界で三番目に名高い都市であった。[2]デイヴィス・コウクリーは「ダブリンの医学界は規模が大きく、活発で、相対的に力をもっていた」[3]と記しているし、ロバート・ジェイムズ・グレイヴズとウィリアム・ストークスを「英国臨床講義の創始者」とする論評もある。[4]グレイヴズは画家のJ・M・ターナーとともにヨーロッパを周遊した人物で、彼がおこなった臨床講義はヨーロッパ中で名声を博した。彼は熱病の横行していたゴールウェイで一時期医者として働き、甲状腺機能亢進症に自分に因んだ呼び名をつけた。その研究のおかげで何千人の患者が命を救われたかしれない。[5]ダブリンのインテリゲンチャには、チェーン、コリガン、ワイルド、ストークス、グレイヴズ、シガソン、リーヴァーといった、興味深いまでに数多くの医師が含まれていた。[6] 聖職や弁護士同様、医師も家柄の良い者が就く職業のひとつだったので、ダブリンのアングロ・アイリッシュの中で医師が突出していたのもさして驚くに値しない。ダブリンの医療関係者はほぼ完全にプロテスタントの支配下に置かれており、トリニティのカトリック校という唯一の例外を除き、三つの医学校のスタッフはもっぱらプロテスタントに限られていた。

しかし医学には自然科学の中でもっとも人道的で社会意識が備わり、学問的研究と人間福祉とを結びつけるものであるがゆえ、頭脳の明晰さと社会的良心を等しく備えたインテリゲンチャにとりわけふさわしいものでもある。古美術学同様、医学は学術と社会を連結し、医師は学識と世俗性を兼ね備える。健康とは身体とその環境の相互作用に関係する問題であるがゆえ、それは社会変革の諸争点を通じて政治的問題へと次第に変化してゆく。それゆえウィリアム・ワイルドが医師であると同時に古美術学者だったのは偶然ではない。端から見ればわかりにくい営みであるその両者は、社会的で政治的な生活と直接関係をもっているのだから。ワイルドがゴールウェイ州の美術品を調べてまわると同時に熱病にさいなまれた貧民街へも足を運んだのは、決して一貫性のないことではない（メリオン・スクエアはヨーロッパ一凄惨な貧民街と目と鼻の先の距離にあったので、貧困の調査をするのに彼は遠出する必要がなかった）。「民衆《フォーク》」に関心を寄せる古美術学者が庶民への応対に忙しい医師でもある。ロマン派的理想主義と実用的科学を人道主義的倫理が結びつけていた。

　医学は結果的に貧困、公衆衛生、貧民街事情、政治的利害関係等の問題を提起することになるがゆえに、アングロ・アイリッシュ知識人の「博識家」的傾向に合っていた。古典的な知識人の流儀に従い、医学は文化がもつ二つの意味――知的活動としての文化と社会生活様式としての文化――の橋渡しもおこなった。忠言、援助、慰撫を与えたりすることで、医師はある種世俗的な聖職者となり、その職務は司祭のそれより多分に貴重なものたりえた。チャールズ・リーヴァーが記しているように、「勤勉さを要する課程で修練を積んだ知性のもち主が属する階級の中で、医師ほどあらゆる身分の人間と付き合う機会をもつものはほかにない」[7]。リーヴァーの説明によると、聖職者は世事との関わりを禁じられていたし、弁護士はというと、あまりにも世事にかかわりすぎて世界を「広大な訴訟の舞台」にすぎないと見ていた。しかし、立場的に医師はどんな境遇に対しても温情と思いやりをもって関わることになったし、「世間と世間のならわしに対する深い洞察」のみならず「どんな身体の乱調の中にもひそかな心的作用があるという」洞察をも得ることができた。[8] 意外なことではないが、リーヴァーの記述を読むと医師が小説家に思えてくる。人々が「失業中の弁護士と一緒に納屋の屋根をわらで葺き、仕事のない牧師補と一緒に丸太道を作っている」国をリーヴァーは思い描いているのだが、[9] なるほど医師以外の職業が供給過多になることはあれど、医師が余っているという話はめったに聞かない。

そのうえ経済学と同じく、当時の医学はみずからを真正なる学問分野として確立させるべく奮闘しており、おのれの社会的側面を強調することがそれに役立った。医学関係でももっとも高名なアイルランド人開業医の一人ウィリアム・ストークスでさえ、医学に精密な科学としての地位を与えなかった。それゆえ、より公認されやすい他の営為と関係することによって、医学はある程度の信頼性を勝ち得ることができたのだ。法学の実践もいくぶんそれに似たところがあり、学究的であると同時に政治的でもあった。アイザック・バットのような弁護士はまさに法学者として土地保有権や保有者の権利といった政治問題へ寄与することができたのだが、一方でフェニアン同盟員を法廷で弁護するという職業的営為によって彼のナショナリスト的考えは強化されたのだった。

・・・・・・・

ストークス家は、アイルランドの強大な知識人名門のひとつを形成していた。ウィリアム・ストークスの父ワイトリー・ストークスは医師であり、政治思想家であり、ゲール語学者でもあり、アイルランド語―英語辞書を出版し、詩作をおこない、博物学や鉱物学に関心を寄せた。ダブリンのハーコート通りにある彼の家は、芸術家や知識人が気兼ねなく集う場であった。いとこの一人ジョージ・ガブリエル・ストークスはケンブリッジ大学のルーカス講座担当数学教授を務めた人物で、現代粘性流体理論の開拓者だった。また、おじの一人はトリニティ・カレッジの特別研究員を務めていた。ワイトリー・ストークスは一時期〈統一アイルランド人連盟〉の一員であり、実際にそのダブリン支部を代表して議員法改正案を起草した。〈統一アイルランド人連盟〉とかかわったことで彼はダブリン大学から制裁を受けたのだが、暴力問題をめぐって最終的には〈連盟〉と袂を分った。ウルフ・トーンは彼を「私が知るなかで最高の男」と評した。[10]〈連盟〉の蜂起より一年を経て出版された『アイルランド国内の平和と安定に向けた復興計画』の中で、ストークスは「五万の同胞が孤立させられ、五つの州の法的地所が壊滅させられた」[11]と記しているが、彼が主として扱っているのは、政治問題ではなく土地問題である。〈統一アイルランド人連盟〉の暴力と党派性におののきながらも、ダブリンの貧民街を直に知っていた医師として、彼は〈連盟〉が生まれた物質的原因を理解するよう主張している。彼らの暴動は民衆の苦難という文脈の中にしっかり据えられねばならないし、怠惰な印象を与える者も、実際は職にあぶれているだけなのである。

ばかばかしく非現実的な記事が闘争心と復讐心を呼び起こし、下層階級を致命的な暴動へと扇動した。「互いの寛容のみがアイルランドを救う」[12]と考えるストークスは、そうした危険な俗情を駆逐して、代わりに農業や博物学等に関する手引書を提供したいと望んでいた。カトリック教会はラテン語を廃棄し、代わりにアイルランド語を用い、聖職者はみずからを「貧者の友」と任じ、「彼らの家屋で暮らし、彼らとジャガイモを分かち合い、彼らの相談相手になる」[13]べきである。ダブリン労働者階級の窮状を熟知するからこそ、彼は固い信念で貧者を擁護するかくも信心深く[14]情の深い改革者となり、その窮乏を如実に描写するのである。下層階級の擁護者として、ストークスはマルサス理論にも激しく雄弁な批判を加えた。彼にとってマルサス理論はアイルランドにおける厄害にほかならなかったからである。マルサスの見解では、救貧院、病院、医療接種、その他もろもろは「ずっと前に死んでいるべき人々、つまり実際に生まれてくるべきでなかった人々の劣悪な生を延命させるにすぎない」。[15]下層階級が小気味よいほどに実務肌なのを見て、マルサス理論に与することなく、ストークスは湿地排水および農地改革の計画を提案した。

アイルランド式十字架にもダブリンの下宿屋の家賃にも同程度に通じた学者ワイトリー・ストークスは、博識な息子ウィリアムの父にふさわしい人物だった。ウィリアム・ストークスは医業に励みつつ新約聖書をアイルランド語に翻訳し、ダブリン動物園の共同設立者を務め、〈大飢饉〉の間は救貧院の惨状に医師として立ち会った。[16]彼はまた、音楽、博物学、美術、考古学にも傾倒した。マハフィによると、彼の家は「アイルランドが持っていたすべての知と学識が集結する場であった」。[17]優れた逸話家であり座談家であったウィリアム・ストークスはなかなか機知に富んだ人物で、トリニティのある教師についてこう述べたことがあった――「彼には妻と呼べるものも子と呼べるものもいるが、結婚したことはない」。トマス・カーライルがアイルランド旅行に関して不機嫌に記したなかでは、ストークス一家はいくぶん魅力を欠くものとして扱われている。ストークス自身は「才気と活気を備えてはいるが、斜視で、かなり険しく邪悪な面持ちの人物」として描かれ、妻はというと「鈍くてとことん退屈なグラスゴー出身のご婦人」[18]とされている。ストークスはグラスゴーとエディンバラで医学を学び、胸部疾患に関する論文で名声を博した。また彼は早くから聴診器の使用を唱道し、聴診器によって「耳が目の代わりになる」と考えていた。聴診器に関する説明書を初めて英訳したのも彼だった。彼はダブリン大学で欽定講座担当医学教授となり、後に〈ロイヤル・アイリッシュ・アカデミー〉会長を務めた。ファーガソン卿夫人は実に如才なく彼についてこう記した——「彼の温かい人間性、そのきわだった機知とユーモアは、さりげなく顔をのぞかせるのでした」。[19]

アングロ・アイリッシュ学者には典型的に見られることだが、ストークスは多分に人文主義的見地から自分の職業を捉えていた。彼は飽くことなく医学生向けの教養教育を唱え、[20]医学とは「孤立した学問ではなく、数多くの源を持ちさまざまな知からなる複雑な体系であり」、医学においては法学と数学、神学と物理学がもっとも重要な役割を果たすと考えていた。[21]彼の考えでは、医学関係者の主たる悪弊は教示（instruction）と教育（education）を混同すること、つまり学生に専門知識を詰め込む一方で一般教養をないがしろにすることだった。多発性硬化症よりもモーツァルトのほうに詳しい医師のほうが好まれるのかというとそれは疑わしいが、伝統的知識人たるストークスは知的職業人の実利主義的専門化を軽蔑し、そうした専門分化が自分と自分が尽くすべき人々の間に隔たりを生むと考えている。かくして人文科学教育は望ましい政治的意義を持つことになる。諸学問領域がそこに収斂することで諸階級の収斂が生まれるのだから。医学は不精密科学だが、倫理学や神学もまた不精密科学なのだから、それは別に不名誉なことではない。医学生は病棟で勇気や慈愛や思いやりを学ぶ。それは階段教室では習得できないものである。[22]

　医学が諸学問を連結したとするなら、それはまた科学と社会との間の中継点にもなった。ストークスは公衆衛生と国家医療の道を切り開き、その著作においては身体の社会学とでも呼びうるものに接近していた。予防医学理論は新たに社会を要約するものであり、その領野は国家機関から家庭まで、公衆衛生から生活水準まで、職業活動から固定資産税にまで広がりを見せている。それは「無知、利己心、貧者の搾取、富とよこしまな道楽の産出を目的とした人命の燃料的消費」を相手取って戦う。[23]要するに、予防医学理論とは不可避的に政治的営為なのである。ちょうどアイルランドの国情がその歴史研究に政治的響きを加えたように、その後進的社会状況のおかげで、医学は政治領域に関係することを余儀なくされた。ストークスに関する限り、医学はまた哲学的で神学的な問題を提起した。いったいなぜ病気が存在するのか？原罪のせいなのか？　国民の健康は、国民の道徳と繁栄と必然的に密接な関係をもつのである。「自分の取り分または利益のために隣人や使用人の健康や幸福を害することが許されない」社会秩序があってはじめて、国民の健康が十全に保証されるだろう。[24] かくして医学は政治批判へと変容するのである。とりわけ、自分たちほど人道主義的でない商売仲間を非難がましい目で見ながら民衆を慈善の目で見下ろす、貴族的心情を持つ非商業的ブルジョワジーにとっては。

けれども、ストークスのラディカリズムは、彼が属する特権階級にふさわしく、厳しく限定されたものだった。彼は教会制度廃止には反対したし、カトリック解放を支持はしたものの、アングロ・アイリッシュの間にほぼあまねく行き渡っていた反オコンネル精神を共有していた。トマス・デイヴィスを称賛し、アイザック・バットの友人でもあったが、〈青年アイルランド派〉を退廃とみなし、〈アイルランド自治〉に断固として反対した。〈大飢饉〉の真の犠牲者はアイルランド人地主だという、言語道断なまでに無神経な発言をしたこともあった。実直で明快で思慮に満ちた著作『アイルランドの初期キリスト教建築』を出版したケルト学者であるマーガレット・ストークス、著名な医師たる息子ウィリアム、まれに見る非凡さを備え、マシュー・アーノルドがその著書『ケルト文学研究』の中で大いに賛美したケルト学者兼サンスクリット学者のワイトリー・ストークス・ジュニア。こうした人びとを生みだしたことで、彼は名門ストークス家を永続させる役割を果たすこととなった。ワイトリー・ストークス・ジュニアは古アイルランド語と中期アイルランド語において、当時肩を並べられる者がいないほど桁外れの偉業を成し遂げたことで称賛を受けてきた。[25] また彼は権威ある二巻本『イングランド＝インド法典』（一八八八―八九）の著者でもあり、彼はそこでインドにおけるイングランド法の制定という、植民地主義者として桁はずれの仕事をやってのけ、その序文で注解もおこなっている。その本は、判事や法学生といった人のみならず、銀行家、貿易商、公務員、そして「賢豪明快かつ確証可能な法という天恵をインドに与えようというイングランド人政治家の努力に関心をもつすべての人」[26]の利益となった。サミュエル・ファーガソンはワイトリー・ストークスを次のように評している――「ヨーロッパ全大学の中でケルト語とアイルランド語において第一級の権威者の一人」であり、「騒々しいアイルランド人がまったく知ることのない」貴重な書物を残した。[27] どうやらファーガソンにとって、アイルランド人による背信行為は、土地法を無視するだけでは満足できずにきわめて秘教的なケルト文献学をも無視するまでに及んでいたようである。

・・・・・・

ウィリアム・ストークスとほとんど変わらぬ包容力を持った人文主義が、彼の医師仲間ウィリアム・ワイルドの仕事を特徴づけている。彼は薬局経営者だったとアルフレッド・ダグラス侯〔オスカー・ワイルドの愛人で、ボクシングで有名なクイーンズベリー侯の息子〕は悪意に満ちた記述を残しているが、おそらく彼は比肩できる者がいないほど多芸な知識人だった。ワイルドはパリ、ベルリン、ウィーン、アテネの学会に属し、彼の植物学と動物学における途方もない博識をもってすれば、博物学者としても十分に通用したであろう。生物学、特に鯨の乳頭に関して、彼は独創的論文をいくつか執筆している。専門的な話を平易に伝える能力に長けていた彼は、〈ダブリン王立協会〉で、魚類の臓腑からミイラの包帯の解きかたにいたるまで広範なテーマについての講義をおこない、中でも民俗学、考古学、文化人類学、古美術学に長けていた。『ボイン河畔の美術品』（一八四九）のような地誌学的著作には、史学と地学の自然な相互浸透が見られる。卓越した医師であると同時に医学史家として、何とか暇を見つけては季刊誌『ダブリン・ジャーナル・オブ・メディカル・サイエンス』の編集もおこなった。彼は一八四一年には国勢健康調査委員に任命され、そこでも精密詳細な記述への異常なまでの熱意を見せた。彼の調査報告書を、リチャード・バートンの『憂鬱症の解剖』やトマス・ブラウン卿の『骨壷葬論』といったバロック的な文学性がほとばしる著作と並べて目録化すべきだとテレンス・ド・ヴィア・ホワイトが考えるほどである。(28) ワイルドは一八五一年の調査にも参加し、疾病と死亡に関する二巻の報告書を細部まで正確に記述して勲爵士の称号を得た。その仕事は、それまでの統計学的研究の中で最高のものと評されている。(29)

その才覚と会話のうまさのみならず、ダブリン一みだらな男としても名を馳せたワイルドは、〈ロイヤル・アイリッシュ・アカデミー〉で古代遺物の目録を作り、女王の在アイルランド時の眼科医も務めた。また伝えによると、スウェーデン王の目の手術をおこない、王が一時的に視力を失っている間にその王后をたぶらかしたという。「ワイルド切開術」は今もなお乳様突起部手術に用いられているし、内耳疾患のひとつには彼の名が与えられている。彼は当時の耳科医の中でもっとも優秀で、耳科手術に関する重要な教科書を初めて書いたのも彼だった。オーストリア医学に関する彼の初期の著作には、詳細ながらもいくぶん単調な手術に関する記述があるが、オーストリアの歴史と文化を考慮に入れた広がりを見せているところが特徴的だ。[30]彼は青年医師として、ある紳士旅行家の主治医を務めるよう請われて随行し、海外での冒険を記録に残した。その派手でスタイリッシュに綴られた旅行記で、彼はエジプトの奴隷制を称え、奴隷は自由な身分の使用人よりも十分な衣食を与えられていると主張している。[31]

ろうあに関するワイルドの論文を読めば、当時の医学が精密さを欠いたものであったことが窺える。彼は以下のような考察をおこなっている。ろうあ者は「制御不能な激情によって退化」しており獣とさして変わらない。[32]アイルランドの「ろうあ者」の大部分は山の多い沿岸地域に集中して見られる。スイスにはろうあ者が多く見られるが、湿気の多い低地と貧しい食物事情のことを考えると意外ではない。妊娠期間に恐怖を経験することがこの病気の原因になりうるかもしれないとの憶測もワイルドは加えている。その論文は、彼の科学者としての才能と語り部としての才能を引き合わせたもので、「ろうあ者」にまつわる逸話が数多くちりばめられている。スウィフトは精神障害者と思われていたが、ワイルドはそれについても研究しており、そちらのほうが有名であるものの、医療社会学の著作としてはどちらも似たような路線だ。「医学と呼ばれるものに通常割り当てられる狭い限界をわたしたちは認めない」と彼は威勢よく公言しつつ、[33]いくぶん骨相学的に、「ケルト先住民族」の頭蓋骨に似た首席司祭〔スウィフト〕の頭蓋骨を調査し記録にとどめている。医学と愛国心はこのように都合よくくびきでつながれるのである。

　ワイルドによるケルト先住民族研究は主として民俗学の形式をとった。〈大飢饉〉の後を追って情熱的なロマン主義的精神で書かれた『アイルランド民間信仰』は、彼が失われた民衆文化と見なす華麗でにぎやかな世界を保存する記念碑的機能を担っており、彼はその世界の消滅に父権的温情主義から感じる哀惜を表明している。彼はこの死にゆく文化を、へぼな二流小説家のように、生き生きとした珠玉の場面描写を加えながら記録している。イングランドの対蹠地に熱狂する彼は、情の深さでは彼よりいくぶんか劣る妻とは違って、アイルランド人の国外移住を嘆いている。その原因がアイルランド人口の過剰ではなく生活の不平等にあると信じるがゆえだ。しかし、彼は地主に温厚な批判を加えてはいるが、革命に伴う混乱にとらわれたヨーロッパを愕然たる思いで見てもいる。彼の頭の半分がアイルランドの小妖精たちのほうへ向いているとするなら、もう半分は、彼の生地の過ちと怠惰さに終止符を打つであろう実直で寛大で勤勉なイングランド性へと向いている。文化と政治が拮抗するアセンダンシーにはおなじみの緊張感の中、冷静で統制のとれた管理体制への欲求と妖精や聖泉へのノスタルジーが、彼の中でいかにして共存しえたのかは不明である。

救貧院の死亡率は信じられないほど急増しているとワイルドは述べている。けれども彼は、そうした施設に対し進んで「怒気」を向けようとはしない。土地均分論者をだまされやすい小作人たちをだます「飲み屋の大衆煽動《デマゴーグ》家で怠惰な不平家だ」とみなすワイルドは、庶民の文化的自己表現には熱を上げるものの、その政治的自己表現にはあからさまに警戒心を示す。勇猛なケルト民族が強大な帝国をつくる一助となるからという特異な理由で、アイルランド人の国外移住を是認したこともあったが、そんな帝国主義的心情をもたずに国内に残る庶民に向けては、「真実への愛、潔癖であること、独立独行、より完全な農業方式」を学ぶよう勧める。[34] ワイルド自身は、その四つの美徳のはじめの二つを備えた模範例だとは言いがたい。世間で高まるフェニアン熱について、彼は次のようにひとりよがりなコメントを加えている。アイルランド人は「世界一穏健な政府の下に」生活しており、「誰もが市民的自由と宗教的自由という恩恵を享受している」[35]と。コリブ湖に関する後の著作は、次のような断り書きで幕を開ける。本書で扱われるのは「みすぼらしい身なりの与太者や……政治、警官や牧師……フェニアン同盟員や連合撤回論者」ではなく、自然の景観のみである。[36] ワイルドの著作の多くがそうなのだが、この著作も威勢がよくて尊大で故意に非アカデミックなスタイルで書かれている。それは楽しげでやさしげでちょっと小粋なところのあるアイルランド上流知識人特有の散文で、専門的であることを忌避し、その学識に肩のこらないのん気な装いが添えられている。

ヴィクトリア時代のダブリン医学界とアイルランド文芸復興運動とをつないでいるのは、アルスター出身のジョージ・シガソンである。彼は麻痺と聖パトリックについて、また古代スカンディナヴィア人の支配下にあったアイルランドと両手利きの利点について著述をおこなった。[37] カトリック解放の七年後にストラバンで生を受け、アイルランド自由国の上院議員に任命されるまでの長い生をまっとうした。また彼はロイヤル・ユニヴァーシティのフェロー、ユニヴァーシティ・カレッジ・ダブリンの生物学教授、さらには国立図書館協会の会長をも務めた。余暇には詩作をおこない、アイルランド文学協会員や王立監獄調査委員も務めた。彼の諸著作は、プロテスタント的リベラリズムの伝統がゲール民族主義《ナショナリズム》へと決定的に移行し始めた時期を刻印している。『近代アイルランド』は、リベラリスト風に、アイルランドにおける民族混合性《エスニック・ミックス》を主張し（シガソン自身、アイルランド系デンマーク人の家系出身だった）、アイルランドで非ゲール人の血統が政治的リーダーシップを握ることを擁護している――「シルカン・トマスからジェイムズ・スティーヴンズにいたるまで、ノルマン人やサクソン人が、クロムウェル派やウィリアム派が、しかるべき数以上の反乱軍リーダーを輩出してきた」。[38] 彼はそうした革命家の列に自身を並べることはないが、※マンチェスターの殉死者に倣って、フェニアン主義に真剣に傾倒すべきだと信じている。断固耳を貸さない英国に向かって法的手段で申し立てをおこなっても無駄ではないのかというアイルランド側の猜疑心がフェニアン主義を生んだのだから。この問題に関する英国側の迷妄をきっぱりと退けながら、彼はフェニアン運動が持つ不屈の民主的特性を指摘する。シガソンは古代の土地保有をもっぱら理想とはせずに、絶対的権限をもたぬゲール人族長の権力と現在の地主による専制支配とを対比させ、酒浸りで堕落した地主階級という偏った人物像を生き生きと描き出す。しかし、四十シリングで自由保有権を得られるというオコンネルが定めた処遇に対しては痛罵を浴びせるし、勇猛で民主的なアルスター精神をほかのアイルランド人気質の上位に置いたりもする。その仕事の範囲は法律、移民、教育から、医学やアイルランドの評決制度にまでわたり、ヴィクトリア期アイルランド人学者には珍しくない百科全書的博識主義を反映している。

　これまで見てきた人物たち同様、シガソンもまた思慮分別ある多才家ぶりを発揮しながらも、同時に党派的共鳴をも顕わにしていた。彼の場合その党派性が連合主義《ユニオニズム》ではなくナショナリズムであるというにすぎない。彼の土地問題に関する記述は控え目で、グラッドストンの〈土地法〉が階級関係融和への道を開き、地主が小作人との誠実な関係を育むようになるよう期待している。彼は小作人による土地保有を支持してはいるものの、どういうわけかそれが地主制度と安定した共存関係にあるとも思っている。一方、それに比べて彼のナショナリスト的歴史記述には手加減がない。齢八十を越えての作とされる『最後のアイルランド独立議会』（一九一九）では、舞台に登場する紋切り型のナショナリストが口にするような大言壮語が大半を占め、アイルランドの不安定さをすべて英国支配のせいにし、カトリック刑罰法を「反キリストの邪悪な法」とみなし、[39] ほかに肩を並べられる者がいない交戦歴を根拠に、アイルランド国民《ネイション》を尊大な仰々しさで褒め称えている。アイルランド文芸復興運動にもっとも重要な寄与を果たした彼の『ゲール人とゴール人の吟遊詩人』（一八九七）には、堂々たる学識と同時にゲール文学風好戦的愛国主義の進化型が見られる。彼の考えでは、押韻詩も無韻詩も騎士道物語も賛美歌も模擬英雄詩も一流の流浪詩も一流の愛国詩も、ケルト人によって古典時代以後の文学に導入されたのであり、「他国民《ネイション》の文学的才能や文芸文化を発展させた」[40]のはアイルランドなのである。カトリック刑罰法は「他民族《ピープルズ》の発展をあまねく育み、世界を惜しみなく啓蒙してきた」[41]民族《ピープル》の知性を絶滅させようとしたのだという。ケルト叙事詩がチベット詩の源となったかどうかは不問に付された。ラブレーはおそらくケルト人の著作から借用をおこなっただろうし、ラテン語はケルト的特性を取り入れている。テニソンの表現様式さえも奇妙なほどにゲール的だ。要するに、古代アイルランドが文学様式やジャンルや修辞法の源泉だということだ。このようなアイルランド文学至上主義にもかかわらず、彼は文学的コスモポリタンなのであって、世界がありがたく受け取るアイルランドの一方的な影響力のみに魅せられているのではなく、文化横断を通じて精神が豊かになることに魅せられているのである。

鋤《すき》と星

哲学的に言えば、上流階級は観念論に傾き、一方の中産階級は経験論に傾くものである。

労働にほとんど携わらない人々は、観念は実在から離れて自律していると想定することができるが、より地に足の着いた働き方をする産業中産階級者のような人々は、経験や実験に、つまり目に見えたり味わえたり手に触れたりできるものに価値を置く。前者は生得観念や先験的原理に固執し、後者は暫定的なつぎはぎを繰り返しながら、実践の埃と汗の中から考えを導き出す。中産階級が上流階級のことをお高くとまって無用なことをしているとして嘲れば、上流階級は中産階級のことを愚かで凡庸だとして軽蔑する。上流階級は実用的なものへと下降することができないし、中産階級は抽象概念へ向かって上昇することができない。

デイヴィッド・アティスは、ウィリアム・ローアン・ハミルトンに関するすぐれた評論の中で、円錐屈折に関するハミルトンの仕事のような価値判断不用《ヴァリュー・フリー》の問題にまで上記イデオロギー的コンテクストがいかに浸透しているかを示して見せている。ハミルトンの研究は、もっぱら数学的計算に基づいていたうえに実験的証拠をも伴っていたので、科学における合理論派、演繹派、つまり保守派にとっての勝利であり、ホイッグ党の非国教徒ヘンリー・ブルーアムやデイヴィッド・ブルースターのようなより進歩的な経験主義者のライバルたちに肘鉄を食らわせるものだった。ハミルトンの友人オーブリー・ド・ヴィアは、「この功利主義の時代において領袖たる鎧をまとった理性」[42]を示すものとして、ハミルトンの発見を喝采で迎え入れた。ド・ヴィアが手っ取りばやく「功利主義」と呼んでいるのは、アイルランドで政治的ナショナリズムにはけ口を見出した中産階級のイデオロギーのことである。実際、彼とハミルトンは功利主義理論に対して互いが抱いている恐怖を論じあうことが多く、形而上学的観念論だけがこの破壊的教義からアイルランドを救うという信念を共有していた。〈連合撤回〉を唱えるオコンネルは功利主義者であり、実際に一時期ベンサムと手紙のやり取りもしていたのに対し、トーリー党のハミルトンは〈連合撤回〉に断固反対していた。社会制度とは社会生活の便宜を図る装置に過ぎないという功利主義者の信条は、社会制度とは神が定めた先験的形而上学的原理に基づくものだという保守的アセンダンシーの信念を根底から揺るがすものであった。[43]

　ド・ヴィアが「領袖」という政治用語を用いたのには意味がある。すぐれて秘教的な物理学研究を通じてハミルトンが示して見せたのは、理性が経験主義的労働のうえに君臨するということだった。それは政治的には次のように翻訳しうる。時を超えた保守的原理が、経験に依拠した（それゆえ相対的な）原理に優越すると。ハミルトンはそうした研究に勤しみながら、イングランドとアイルランドの関係促進にも熱を入れ、アイルランド科学がすばらしい業績を挙げることによって、知的レヴェルにおいてイングランドとの連合を強化できることを示そうとした。円錐屈折の分野における彼の立派な功績が、科学的価値によって際立っているのはもちろんのことだし、それを成し遂げるにあたってイデオロギー的動機がわずかなりともあったとは考えられない。しかしその受容を見るにつけ、アングロ・アイリッシュの公正不偏性は必ずしも見かけほど潔白だったというわけではないということに、これまた思い当たるのである。

　たぶん誇張も入っているだろうが、ハミルトンは子供時代にヘブライ語、ラテン語、ペルシャ語、サンスクリット語、アラビア語、カルディア語、シリア語を学んだと言われている。のちに彼は詩作もおこない、友人のウィリアム・ワーズワスに「真の詩的精神に満ちた」[44]詩を書くとして称えられた。ワーズワスは、ただし技量的には欠けるところがあると言い添えている――これは一九世紀文学者の婉曲表現のひとつに数えられる。ハミルトンの招きで、ワーズワスは一八二九年にアイルランドを訪問し、かの地に到着すると真っ先にこの天文学者の観測所へと向かった。ワーズワス、コールリッジ、マライア・エッジワースと定期的に文通をしていたハミルトンは、ドイツ美学と形而上学に強い関心を示しており、哲学的に言えばある種のカント学徒だった。ワーズワスは彼のことをコールリッジに似ていると言明したが、せいぜい胡散臭いお世辞といったところだろう。ハミルトンはアイルランド王立天文台長に任命され、[45]さらに〈ロイヤル・アイリッシュ・アカデミー〉会長に選出され、そこではちょっと気取った骨相学的自己分析をおこなった。自分の勲爵士の称号についてはこう記した――「絶対に自分から求めたものではないが、いかにも当然であると思われる」。[46]

ハミルトンが果たした数学への最大の貢献は、一八四三年にダブリンのグランド・キャナルを散歩中に四元数を発見したことだった。それは実数と虚数の組み合わせを持つ、徹頭徹尾新たな数学言語を制定するものだ。それによって空間におけるいかなる方向に引かれたいかなる線も別な線へと変換できるようになったわけで、おぼろげにアインシュタイン物理学を予見するものであった。そのテーマについて書かれた彼の著作はアイルランドでは一冊も売れず、学者でもそれを理解できたのはエディンバラのテートただ一人だったと言われている。ハミルトンはまた、量子力学を発見する寸前にまで来ており、現代の数学者たちの中には、彼がそれを発見しなかったことに驚いているものもいる。[47]彼の〈大飢饉〉およびその余波のやり過ごしかたはどちらかというと罪深いもので、キリストが天国へ昇るのに要した時間だとか天国そのものの物理的位置といった火急の問題ばかりに頭をめぐらせていたのだった。[48]彼に対する理解ある諸評言の中にも、彼の超然ぶりがはからずも浸透していたようで、「彼はあまりに気高く、いやしくも彼を仰ぎ見るものは誰でもその飛びぬけ具合を理解認識した」[49]とサミュエル・ファーガソンは言っている。存命中の「彼の脳は絶えず興奮状態に」あったとも評された。[50]

　ハミルトンは、グラムシの言う伝統的知識人にみごとに当てはまる例だった。彼にとって数学的真理が永遠のものであることは信じるに難くなく、彼の頭の中で数学的真理と結びついていた認識論的合理主義は明確に保守的な含みをもっていた。彼の同僚のアイルランド天文学者ロス伯爵は、グレゴリー卿夫人に自分の望遠鏡をのぞいてもらう栄誉にあずかった人物だが、分裂した国民《ネイション》をまとめる共通基盤――ほかの者たちが文化に見出していた共通基盤――を科学に見出していた。科学においては「はかないこの世の些事をはるかに超越した世界へと精神が導かれる」とロスは記している。[51] これこそアングロ・アイリッシュのリベラリストであることを示す真正なるしるしである。それとは対照的に、自然科学者というものは、有機的知識人の範疇に入れたほうが納まりがよい。これまで見てきたように、グラムシが有機的知識人の名の下に置いているのは政治的まとめ役のみにとどまらない。物質世界とより直接的関係を持つ知識人、つまり生産の発達において重要な役割を演じるものの、自分の着想がプラトン的不変性をもつなどと思うことのなさそうな科学者や専門技術者や行政官もまた、グラムシの念頭にある。この意味において自然科学者は、新興中産階級のもっとも強力な有機的知識人としての立場にあるのである。なぜなら、彼らはみずからを正当化する先験的概念から成る世界を転覆し、社会の向上という目的のために観念を応用し、知識を生産の原動力として扱おうとしているからである。

〈陸地測量〉がおこなわれた頃のアイルランドには「有力で、楽観的で、ある意味愛国主義的な科学文化」が存在したと、ロイ・ジョンストンは論じている。[52] それは連合前のよき時代に源を発し、〈大飢饉〉前にひとつのピークを迎えた。それを象徴するように、一八四三年には〈英国学術協会〉の会議がコークで開かれた。〈ダブリン王立協会〉はパリの理工科学校に相当する科学技術大学のようなものを強く指向していたし、トリニティ・カレッジには程よく進歩的な教育課程があり、一八〇〇年代半ばまでには自然科学系と生物科学系を備えていた。ハミルトンが会長挨拶をおこなった〈英国学術協会〉の一八三五年ダブリン大会では、数学、物理学、化学の三分野における発表論文のまるまる三分の一が、アイルランド人によるものだった。測量術の一部を含む基礎数学は昔からアイルランドにある※ヘッジ・スクールで教えられていたと、ジョンストンは記している。事実、クレア出身の一八世紀詩人ブライアン・メリマンは測量士だったわけだし、物理学者ジョン・ティンダルはカーロウのヘッジ・スクールで測量術に導かれたおかげで、のちに〈陸地測量〉への徴募資格を得たのだった。しかしジョンストンの考察によれば、青年アイルランド派のロマン主義的反功利主義がのちに立証するように、ナショナリズム運動は科学技術と国家樹立との関係にほとんど関心をもたなかった。『ネイション』誌掲載の匿名記事――トマス・デイヴィスの手による可能性も強い――は、ピ※ュージー主義、メリー・イングランド、ディズレイリの〈青年イングランド派〉を、近代的功利主義者や科学技術主義者の上位に置いている。あるアイルランド司教が上機嫌に次のような主張をおこなったことがある――アイルランドは片方の手に信仰の十字を、もう一方の手には科学の灯火を掲げ、海岸線に立つと。それに答えて、飽くなき教会権力の介入に反対するウィリアム・ライアンはこう言った。「時には（科学の灯火を）子どもたちのほうに向けてくれることを、心から願う」。[53]

　そんな状況ではあったが、一九世紀アイルランドは、偉大なるジョン・ティンダルから天文学者ロス伯爵や名化学者ロバート・ケインにいたるまで錚々たる科学者たちの拠り所であった。蒸気タービンを発明したのはロスの息子だったし、誘導コイルや工業用電磁石の発明者を生んだのもこの土地だった。[54]アイルランド地質学の父リチャード・グリフィスが作成した地質図は、今日においても最高の地質図のひとつに数えられるし、ロバート・マレットが一八四六年に〈ロイヤル・アイリッシュ・アカデミー〉で発表した地震振動に関する論文は、現代地震学の基礎を築いた。ジョージ・サルモンの円錐断面図に関する論文は、半世紀にわたりその分野の研究を決定付けることとなった。二〇世紀初頭の約十年間には、アイルランド科学が急激な高まりを見せることとなり、粘管目[55]に関する出版物が相次いで刊行された。カーロウに生まれたものの生涯の大半をイングランド住民として過ごしたジョン・ティンダルは、マールブルクに学び、〈王立協会〉のフェローとなり、熱や光や氷河移動（彼は熟練登山家だった）から放射やバクテリアにいたるまで広範なテーマに関する著述をおこなった。終生ファラデーと同僚だった彼は、〈ロンドン王立研究所〉自然哲学教授として生涯を閉じた。[56]死因は、妻が誤って投与したクロラールの過剰摂取だった。

一九世紀のアイルランドにおける科学は、ほぼアセンダンシーの勢力範囲にとどまっていた。すなわち「進歩的文化人グループの後見人との自認を強めその特殊なエートスを鼓舞するひとつの強力な社会グループの文化資産」であり続けたのである。[57]要するに、アイルランドはいまだに主として有機的知識人階級ではなく伝統的知識人階級の管区にとどまっていたのだ。その主要機関である〈ダブリン王立協会〉や〈ロイヤル・アイリッシュ・アカデミー〉は、「基本的に地主階級とトリニティ・カレッジのエリートからなる、プロテスタント系植民地国家《ネイション》の知の中心」を代表しており、「カトリック新興中産階級はごく少数しか属していなかった」。[58] ティンダル本人は、その極めて異論の多い不可知論にもかかわらず、熱烈な連合主義者《ユニオニスト》で、グラッドストンを憎み、科学研究は功利主義的目的から自由であるべきだという伝統的知識人らしい主張をしていた。彼は知識人としては進歩主義的だったとしても、政治的には保守主義者だった。アセンダンシー支配に挑めるほど大規模な科学技術系インテリゲンチャがアイルランドに存在しなかったとするなら、その原因のひとつは、科学者や生物学者や工学者などからなる厚い層を育むための物理的手段が、アイルランドにはなかったということだ。田園社会が文学系の知識人を生みがちなのは、より複雑で専門化されたインテリゲンチャを育むための産業的多様性がそこにはないからであるとジョージ・ラッセルは唱えた。[59] 詩と酪農を生業としたラッセル本人が自論のすぐれた例証であった。アルスター北東部を除いて産業中産階級の地位は低く、それゆえアイルランドでは先進社会組織の通例とは異なり伝統的知識人が果たす役割が目立っていた。伝統的知識人は一九世紀のイングランドでも幅を利かせていた。ひとつには、産業中産階級が文化的（そしてある程度政治的）主導権を社会的上位にいる者の手に甘んじて委ねていたからである。けれども伝統的知識人が科学に秀でているのはまれなことであった。

　カトリック信徒が教育能力を大いに欠いていたことに加え、カトリック教会が自由な調査研究に対して神経を尖らせていたことが、カトリック・インテリゲンチャの発展を滞らせたのは明らかだ。カトリック司教がクイーンズ・カレッジを拒絶したことが、おそらくカトリック信徒の教育を二世代分後退させた。そのために、特にカトリック信徒による科学技術への貢献に関しては、散々な結果しか生まれなかった。カトリック信徒の科学者ケインとカランが教育を受けたのは、それぞれドイツとイタリアにおいてであった。また、こうも言えるかもしれない。カトリック神学は、特定の第一原理に世界を適合させその逆をおこなわない。だから経験主義より合理主義に向いているのであり、科学的仮説に必要な修正可能性は言うに及ばず、経験則に基づいた試みを特に排除するのだと。アイルランドの科学者のほぼ全員がプロテスタント中産階級の出身で、上流階級出身のアマチュアが多かったイングランドに比べ専門的なプロの数ははるかに多かった。このことは、公立機関（〈アイルランド産業博物館〉、〈科学技術省〉、〈王立科学カレッジ〉）によって、またそこを通じて中央政府によって、アイルランドの科学研究がいかに統治されていたかを示している。政府が科学に対して及ぼす支配力は英国よりもアイルランドのほうが大きく、イングランドよりはるか以前から、アイルランドでは政府が科学者に対し年次助成金を支給していた。これもまた政府財源を用い中央集権化された植民地国家インテリゲンチャ社会の一例である。植民地国家では、市民社会の後進性ゆえに政府が知的営為やらなにやらにおいてこれ見よがしな態度を取る傾向があるのだ。クイーンズ・カレッジには化学、数学、鉱物学、地質学、博物学の講座が設けられていたが、不敬で世俗主義的だと言う司教による非難の多くは科学に集中して向けられていた。のちに〈アイルランド産業博物館〉となる〈経済地質学博物館〉（一八四五年設立）は、特に「職人階級」を対象とした民間向け科学講義の開催命令を受け、一八六七年にアイルランドの〈王立科学カレッジ〉となった。[60]

・・・・・・・

とはいえアイルランド人科学者の中で最も傑出した人物の一人は、カトリック改革派中産階級出身の知識人ロバート・ケインだった。彼の名が持つ響きがゲール語的というより英語的なのは、〈統一アイルランド人連盟〉員だった父が、敗走中にその名を「キーン（Kean）」からケイン（Kane）へと変えたからである。父ケインはダブリンの化学製造業者で、息子はミーズ病院でストークスとグレイヴズに付く医療事務員として慎ましやかなスタートを切った。その五十年後、ロバート・ケインは師ストークスのあとを継いで、〈ロイヤル・アイリッシュ・アカデミー〉の会長の任に就くこととなる。〈アカデミー〉会員には二十二歳で選出されるほど早熟な人物だった。その一年前、まだトリニティ・カレッジの学部学生だった頃には、薬剤会社の化学部長に選出されていた。ロバート・ボイル卿によると、当時のアイルランドで化学器具を調達するなど、ほとんど不可能だったという。そこは「秘術的思想を持つのが困難な」[61]国だったというのがボイルの見解だ。ケインが発行した『ダブリン医化学ジャーナル』（一八三二）は、アイルランドで発行されたさまざまな科学刊行物の中で初めて成功を収めたものだったし、彼が〈ダブリン王立協会〉でおこなった講義は異常なほどの人気を博し、アンモニア化合物に関する彼の研究はヨーロッパで評判になった。彼が執筆した教科書『初歩の科学』（一八四〇）は当時の類書の中でもっとも優れたものだったが、彼の代表作はなんといっても『アイルランドの産業資源』であり、感極まった書評者が「アイルランドの出版社から出された著作の中でもっとも重要なもの」[62]と評すほどだった。それは泥炭や鉄道から運河や肥料にまでいたるすべてを網羅した権威ある学術書で、地理学、地質学、鉱物学を含むありとあらゆる学問分野を「国民の《ナショナル》」大義に役立てようとする驚くべき書物である。ケイン本人はナショナリストではなかった。というよりむしろ、パーネルと〈アイルランド自治〉に反対する連合主義者《ユニオニスト》だった。しかし彼の意図がどうであれ、アイルランドには経済的に自給できるだけの資源があると唱えることで、彼の研究は同僚のナショナリスト・カトリックによる政治的主張を支えたのだった。トマス・デイヴィスは、同書に対する熱烈な論評を

『ネイション』誌に寄せた。[63] これまた知識人と活動家との連携の一例である。

一九世紀のアイルランドではかなり一般的なことだが、ケインはある種の御用知識人だった。彼は〈陸地測量〉にかかわり、ロバート・ピール卿が設立した地質学博物館の館長を務め、〈大飢饉〉時にはジャガイモ葉枯れ病の調査員の一人にも任命された。国民《ナショナル》教育委員の一員としては、アイルランド総督の要請を受けて、ヨーロッパの高等教育に関する調査書を立案した。彼が作った報告書は、クイーンズ・カレッジ群設立の特許状および定款《ていかん》を作成するのに用いられた。要するに彼は、学究的《アカデミア》世界と公共圏との間をやすやすと行き来する融通無碍なアイルランド知識人の典型だったわけだ。※ユニヴァーシティ・カレッジ・コーク学長としての就任演説では、学生の精神を守る職務を大々的に取り上げ、クイーンズ・カレッジ群へ向けられていた「不敬」だという非難を慎重に打ち消している。いわく、教育は「われわれが住まう現実世界」のためのものでなくてはならず、科学は「無限の善が存在する輝かしき証拠」を明かすものである。[64] 永遠の生命という旗印の下に科学を召喚したこの演説は、神聖なるものと現実主義的なものとを抜け目なく融和させていた。アイザック・バットも、それと似たきわどいバランスをうまく見せたことがあった。彼はリメリックの民間教育機関へ向けた演説で、知識それ自体を目的とした知識を力説しながらも、知識の技術的利用に対して敬意を表してみせたのである。[65]

ケインは次のように主張している。「アイルランド人の文学教育および科学教育があまりにも低い水準である」ことを考え、コーク校は現代語および自然科学を中心に教育をおこなうつもりだと。[66]彼は伝統的知識人というよりも近代化指向の知識人なのであって、アンモニア化合物のみならずカトリック大衆文化の行く末にも思いをめぐらし、その二つを結びつけることに余念がなかった。彼はトリニティ・カレッジに控えめな横やりを入れ、人々の知の中核となるはずのアイルランド人学者のポジションが設けられていないことを嘆いている。[67]もっとも、そのような大衆迎合的実用主義に基づいた批判を巧妙に撤回すべく、こう付け加えている——抽象的学問はすばらしいものであり、「経験的実在といった些事に過ぎないものに専念できないのと同じで、わたしは狭小で下等なものを理解することができない」。[68]これは、ニューマンとカレンの間で、つまりレッキーとオコンネルの間で、ケインが器用に演じてみせたバランス芸なのである。この国民《ネイション》の危うい状態を修復する望みは、アイルランド人の間に実用的知識を普及させることにしかない。産業教育と民間の知識を強く指向するこの企図は、伝統的アングロ・アイリッシュのインテリゲンチャの企図とはっきり異なるものである。けれどもその政治的意図は近いものがある。クイーンズ・カレッジは、すべての宗派党派の間に統一と調和を生み、誰もが「互いを知り、互いを愛す」[69]ようになるだろう。かくも平和的展望を持っていたにもかかわらず、後に自身が学長を務める大学の一部が謎の火事で焼失した際、ケインは被告人に挙げられたのだった。ヴァチカンがクイーンズ・カレッジに対して抱いていた疑念を懐柔するために、ケインは自分のコーク大学就任演説をイタリア語に翻訳するよう手配した。けれども、その翻訳を担当したトリニティ・カレッジのあてにならないイタリア語教授が数々の誤訳をしでかしており、冒頭の挨拶「紳士淑女諸君」は、「両性の紳士諸君」と訳されていた。これを読んだヴァチカンの枢機卿《すうききょう》は、驚いてこう言った。「コークとは奇妙な市《クイア・シティ》であるに相違ない」。この形容詞の使用法が、将来の使用法を予期していたとは知るよしもなく。[70]八十歳のケインは、スコット作『アイヴァンホー』のスペイン語訳に勤しんでいた。

ケインの先達たる要素を持つ人物が一八世紀にもいた。偉大なるラヴォアジェに優るとも劣らぬ尊敬を得た化学者、リチャード・カーワンである。彼はアイルランド鉱物学研究の草分けであり、[71]ベルリン、ストックホルム、ウプサラ、フィラデルフィア、エディンバラ、イエーナ、ディジョン各地のアカデミーで名誉会員に選出された。彼は〈ロンドン王立協会〉のフェローや〈ロイヤル・アイリッシュ・アカデミー〉会長をも務め、さらに――これは最大の敬意に値することだが――〈ゴールウェイ親善協会〉の終身会員でもあった。また彼は、トリニティ特別研究員資格審査の際、帽子着用を許可された唯一の人物でもあった。エドマンド・バーク、マライア・エッジワース、ジョゼフ・プリーストリーとも面識があったカーワンは、ユニテリアン派信徒となり、ウィリアム・ジェイムズ・マクネヴィンに誓いを立てて〈統一アイルランド人連盟〉員となった。ルソーや理神論や一八世紀フランス啓蒙思想家《フィロゾフ》にも詳しい彼は、ダブリンに移り住み、博識な科学者としてもっとも早くからカトリック系ナショナリズムを唱える有機的知識人のひとりとなった。彼の目的は、後のケインの目的がそうであったように、科学を国民《ネイション》の産業発展に愛国的に利用することであった。ケイン同様、彼もアイルランドの経済的自立が可能だと思っていた。[72] さまざまな関心事を持つ人文主義的知識人として、人間の幸福についてのエッセイを執筆したこともあった。それは、ベンサム風に人間の幸福を快楽と同一視したもので、きわめて凡庸な道徳的見地から、アダム（九三〇歳まで生きた）以降の幸福の歴史を簡潔にまとめている。[73]

　ケインの先駆的要素を持った著名人がカーワンだとするなら、ケインの後裔的要素を持った著名人にはウィリアム・K・サリヴァンがいる。コークの製紙工場主の息子としてカトリック系ナショナリスト中産階級に生まれ出たサリヴァンは、ドイツで化学を学び、ケインの私設助手となった。彼は〈アイルランド産業博物館〉の館長、博物館付化学者を務め、のちに師のあとを継いで〈クイーンズ・カレッジ・コーク〉の学長となった。彼もまた御用知識人であり、〈地質調査局〉といった行政部門のために仕事をし、〈王立農業改善協会〉付化学者を務めた。しかし彼の政治思想は、ケインのそれとは異なっていた。一八四八年の蜂起の幕開けにはかかわっていたものの、実際に蜂起が起きたときにはリウマチ熱の発作のため参加できなかった。彼はまた、発禁処分を受けた『アイリッシュ・トリビューン』紙の後継紙でこれまた発禁処分を受けた※『ユナイテッド・アイリッシュマン』紙の出資者でもあった。彼はケインと、特に甜菜《てんさい》[74]について共同執筆をおこなったが、それよりおもしろいのは、ドイツ人が書いたケルト研究書の彼による部分訳のほうである。彼はまた、ユージーン・オカリーによる画期的な三巻本『古代アイルランド人の風俗習慣』(一八七三)を編集した。事実、彼は化学者であると同時に歴史家でもあった。彼はオカリーの遺作を編集するにあたり、出典不明な引用先を見つけるために、アイルランドの写本文献のほとんどすべてを読み尽くしたと言われている。彼はおそらくアイルランド語のネイティヴスピーカーで、文献学のみならず、初期アイルランドの社会政治制度についても際立った知識を有していた。彼の言語学的知識は圧倒的で、フィンランド語やトルコ語やマジャール語まで網羅していた。

　要するに、サリヴァンはアイルランドにとって欠くことのできない学者だったわけで、カーワンやケイン同様、知識を国民《ナショナル》の発展という文脈に据える「有機的」知識人であった。連合主義者《ユニオニスト》のケインが国民《ナショナル》の発展を経済の領域に限定したのに対し、カーワンとサリヴァンが新興カトリック中産階級の代弁者として、国民《ナショナル》の発展にはラディカルな政治的含意が伴うと考えていたのは至極妥当なことであった。「進歩的」科学者知識人なら、化学や生物学のみならず教育や政治や社会にも関与しないでいることは不可能だった。自分が属する階級の溌剌たる擁護者として記した『アイルランドの大学教育』において、彼は「カトリックの科学者」というフレーズがほのかに撞着語法を臭わせることも意識している。だがカトリックは「あらゆる人間科学の十全かつ自由な発展」と両立するのであり、アセンダンシー側は気づいているのだ、「アセンダンシーがかつては保守主義の名の下に守ろうとし、現在はリベラリズムと啓蒙という名の下に維持しようともくろむ（文化の）独占が、適切な教育を受けたカトリック中産階級によってじきに剥奪されてしまうだろう」[75]と。サリヴァンは挑発的にそう主張する。彼の考えでは、政治的平等と宗教的平等を基盤としてはじめて、カトリックとプロテスタントの真の共学が可能になる。それなのにクイーンズ・カレッジは、実質的にすべてプロテスタントのものだ。アイルランドの新興中産階級は伝統的な修養を欠いているがゆえに必ずや欠陥をもつことになり、その欠陥は慣習的な体制順応主義や自立的思考の欠如といったかたちで現れる。科学的知識の普及によって修復されるのは、まさにこうした政治的かつ知的欠陥なのである。

別の著作でサリヴァンは、アイルランド人の教化モデルとして、ベルギーの産業訓練制度を社会学的に詳述している。アイルランドでは、熟練を要する産業がただひとつのグループによって独占されている、と彼は主張する。熟練工の大半がプロテスタントで、一方「アイルランド人口のまるまる四分の三は、単純な加熱処理の初歩さえ教えられていない」[76]。こうした植民地としての歴史がアイルランドの経済発展を遅らせてきた。サリヴァンの見解によると、アイルランドの学校が抱える大きな問題に常習的欠席というものがある。「アイルランド人が度を越えて貧しい」あまり、子供を家に置いて働かせてしまうのがその原因である。こうした欠陥を矯正するために、産業訓練設備を学校に付属させて生徒の動機付けとすることをサリヴァンは提案している。そうした作業場があれば、学業が雇用によって報われるだろうというのである。

『マンスリー・ジャーナル・オブ・プログレス』誌の編集者として、サリヴァンは芸術、教育、衛生、図書、社会改革といった公共心に関わるトピックを扱った一連の記事を世に送った。ケインはその雑誌に寄稿し、くだらない新聞記事や政治的党派性に対抗する健全な世論育成のために、ダブリンの公立図書館設置と村落の読書室設置を訴えた。サリヴァンは政府と〈ダブリン王立協会〉の共同後援を受け、有機的知識人らしい民間普及型の公開講座を開き、一八五六年にはカトリック・ユニヴァーシティの化学教授となった。サリヴァンがその地位を得たことに対し、カレン枢機卿は憤慨した。彼のナショナリスト的見解を嫌っていたがゆえである。驚くほど科学に造詣の深かったニューマンは、サリヴァンのために高価な実験室を用意した。それはアイルランドでも最高レヴェルのものだった。ふたりはともに、地域の生徒全員が入学できる総合制中等科学学校の創成を目指していた。[77]

ニューマンとサリヴァンは、カトリック・ユニヴァーシティの機関誌『アトランティス』の共同創刊者でもあり、一八五八年にはサリヴァンがその編集主任となった。[78] 同誌が扱うテーマは広範で、ジャンヌ・ダルクやベネディクト会史に関するものもあれば、ユージーン・オカリーによる古代アイルランドについてのエッセイも含んでいた。精子の卵子への浸透を扱うものまであったが、ありがたいことにその作者はアイルランド人ではなかった。同誌は学問ジャンルの境界を大胆に無視しており、D・F・マッカーシーがカルデロンについて書いていたり、ヨブ記の日付についてのエッセイやアッシリアとバビロニアの多声音楽についてのエッセイがあるかと思えば、聖書のアラビア語訳もあり、サリヴァン本人はドロマイト石灰岩について書いていた。サリヴァンはまた、「物理的要因が言語、神話、その他に及ぼす影響」というタイトルで、高度に学問的かつ奇矯かつ秘教的な記事を寄稿していた。その記事はウィリアム・ワイルド流に、物理的地形が言語に及ぼす影響を調べることで「音の地理学」のようなものを創成することを目指していた。山岳地方の音声は平野部に比べて低いほうに抑制され、一方、都市部の発音は鋭くて母音の音程が上がるという（サリヴァンの出生地コークがこの見解に影響を与えたのかもしれない）。ある意味で唯物論者として、彼は、自然科学と言語および文化との関係に魅せられていたのかも知れない。ハミルトンやド・ヴィアのような保守派アセンダンシーが好んだ「観念が感覚に及ぼす影響」とは対照的に、彼は経験主義者らしく「感覚が観念に及ぼす影響」に関心を持った。[79] サリヴァンはアイルランドのナショナリズム史に寄与する論考も残している。[80] 彼はアイルランドの知識人史上もっとも並はずれて多芸な人物の一人だった。それに見合った彼の知的伝記が待たれて久しい。

第4章

陰気な学問

The Dismal Science

一九世紀アイルランドは、経済学の領域においてもっとも際立った知的貢献を果たしていた。当時のアイルランドのように地代や土地所有形態や土地保有権等が最重要問題とされる社会においては、それもさほど驚くべきことではない。経済学は、古代史学や美学に比べ、公共の営為がおこなわれる世界にずっと近い位置にある。それゆえ知識人は、経済学を通じて学問の世界と政治的社会との間にある裂け目に橋をかける機会を得るのだ。経済学を真正なる学問研究として信任しうるのかという疑念が呈されたのは、日常生活とこのように親近性をもつがゆえであった。それは必ずしも上流階級人向きの仕事ではなかった――サミュエル・ファーガソンによる劣悪な詩「継承者と経済学者」では、〈経済学者〉は、家柄もよく教養豊かな「継承者」とは対照的に、イングランド流自由放任《レッセ・フェール》主義を狂信する育ちの悪い人物として描かれている。医学同様に、経済学もまたおのれの領分を越えて、より広範な重要性を持つ社会的かつ政治的問題へ向かうことはほとんど避けられなかった。それゆえ「博識家」アイルランド知識人は、ここにもまた新たな拠り所を見出すことになった。

　当時の経済学は、あるジレンマにとらわれていた。真正なる知的営為としての資格を得るには、物質世界から自立していることを主張する必要があった。しかし経済学的言説ほどあからさまに世俗的なものなどほかにありえなかった。言い換えるなら、経済学に携わる者の中には、はなはだ「有機的」知識人でありながらも「伝統的」知識人たる地位を求める者もいたのである。自分たちの学問を、学究的世界にふさわしい真に公正不偏なものとして打ち出せば、生計のみならず人間の生活と潜在的に関わる現場に対して冷たく無関心だという非難にさらされる。だからといって、自分たちの学問が抜きん出て実用的含みのあることを認めれば、商人や工場主の代弁者にすぎなくなる危険性があった。

一九世紀アイルランドの経済学に特徴的なのは、その研究成果の不可避的有用性を否定しなかったことである。あとで見るように、この規則にも例外はあった。しかし、全般的に見てアイルランド経済学は、経済危機が耳元で騒ぎ立てていたせいで、具体的な人文主義的目的と引き換えに、学問的公正不偏性と普遍的妥当性とを率先して手放したのだった。なかんずくこの特徴が原因で、イングランド経済学との間にいさかいが生じた。イングランド啓蒙思想が持つ普遍的抽象概念は、かようにアイルランド思想の歴史的政治的傾向と相容れないものだった。一九世紀アイルランドのおそらくもっとも偉大でラディカルな思想家ウィリアム・トムソンは、軽い皮肉を込めつつ、この軋轢を明確に言い表している——

［経済学に従事する］知的な思索家たちは、共感と知的教養という絶えず穏やかに湧き出る自足的なおのれの喜びの感情をみなぎらせており、その動物的欲求はすべて心地よく充足し、それゆえ自然の物理的法則や人間の身体的構造や人間を取り巻く生き物に対し

て、ことによるとほとんど注意や研究心を喚起されることがなく、わたしたちの自然状態について彼らが粗悪だと見なす諸性質を抑制し規正する力を自分たちが持っていると思っている。そこで高らかにこう言い放つのだ。人間は下位の物理的作用からほとんど完全に独立して、知力のみにより幸福を達成することができるのだと。[1]

哲学的観念論者を指すのに用いた「知的な」という単語に、トムソンがこの時点ですでに軽蔑的含みをもたせているのは印象的である。高邁なモラリストたちへの彼の反応は、彼らを唯物論的分析の対象にして、彼らの観念論をその特権的地位と結びつけることだ。かくして、彼らの思考を取り巻く社会状況が、彼らの実際の主張と背反することが示される。トムソン自身のねらいは、「[経済学という]重要な真理を、少数の人間の精神を喜ばせ高めてくれる哲学的探究という平穏なクローゼットから導き出して、暮らしや行動の世界へと導き入れること」にある。[2]このように彼は、その超俗的世界に風穴を開けることによって、伝統的知識人を打ち負かすつもりなのだ。しかし、「人間を思考のみに還元することを願い、労働を機械的で卑しいものとして蔑むふりをする」[3]経済学者を彼が受け入れないとすれば、知性を無視し人間を動物に還元する機械的な唯物論者に対しても、彼は同様に厳しく当たっている。経済学は一対の誤りを回避せねばならない。それは、社会的利害関係から断絶するという誤りと、社会的利害関係を反映し続けているという誤りである。この一対の誤りは、それぞれ伝統的知識人と有機的知識人を惹きつけるものだと言えるかもしれない。同書にて、「抽象作用」という呼び名を用いマルクスに先んじて疎外論を展開していたトムソン本人は、次のように確信していた。経済学的原理が普遍的道徳原理と相容れない場合、前者が後者に屈服しなければならないと。彼がここでおこなっている意思表明は、以後のアイルランド経済学史を通して反響し続けることになった。

　実際、一九世紀経済学のいわゆるダブリン学派を際立たせているのは、その高潔な精神にあふれた人文主義であり、人間一般の福祉という問題から経済問題を引き離すことを拒否する姿勢である。いくつかの点において、イングランドで同じような姿勢をとっているのは、スミスやリカードやバジョットではなく、ミルやラスキンやモリスである。[4]イングランド経済学に対する的を射た批評の中で、ウィリアム・ディロンは次のように不満を呈している。イングランド経済学は、「ほとんど理論家だけの手によって入念に作り上げられ、記述されてきた――自分で教える学問上の諸問題の実践的処理に、積極的に加担することのない人たちの手によってである」。彼はこう続ける――イングランド経済学者が「アマチュア批評に対する憎悪」を抱いているのには共感できるが、たとえそうであっても、そうしたアマチュアリズムにも相応の言い分があるのだと。経済学においては、同等に不適切な考えをもつ学派が二つある、と彼は考える。その二つとは、物質的世界に直接かかわる学問はすべて「高邁な知」の称号に値しないとする学派と、ジョン・エリオット・ケアンズのように、経済学もそうした威厳ある地位に値すると認めるものの、その実用性は否定する学派である。[5]要するに伝統的知識人は、経済学を自分の掌中から放逐するか、その実用的意義を否認したうえで自陣に取り込むかのどちらかをとる。ディロンの声は、伝統的知識人が実践理性に向ける侮蔑に抵抗する、アイルランドの人文主義者の声である。それはまた、公正不偏な経済学などただの神話にすぎない社会において、学問的専門性に向けて加えられる平手打ちでもある。経済学は、それを取り巻く文化的環境に応じた色をまとわざるをえないのだから。ディロンは小ばかにした口調でこう述べる――アダム・スミスは『国富論〔諸国民の富〕』についての書をしたためたが、そこではまるで国民など存在しないかのように話が進められていると。スミスによる抽象的普遍化の理論は、国の発展は一様ではないという現実を、つまり文明の違いや産業事情の違いに応じて存在する不均等を、ないがしろにしているにすぎない。発展途上にある植民地の視点から書くことは、かくして経済学の普遍主義的主張を問いただすのである。

　経済問題を追及したアイルランドの博識家の一人に、アイザック・バットがいた。彼は、法律家で、小説家で、アイルランド議会党党首でもあったダブリン通で、教育や政治的連邦主義から国定教会や遠洋漁業にまでわたる幅広いテーマで時事小論を書いた。[6] カーライルは彼のことを、「ひどく色黒で無愛想な、土から生まれた者……野牛のように大きな図体は黒く、獣じみたところがなきにしもあらず」と描写している。[7] カーライルは、彼をアングロ・アイリッシュというよりカリブ人奴隷と見なしているのである。カーライルはその両者を等しく軽蔑していた。バットはトリニティ・カレッジで経済学教授の職に就いていたにもかかわらず、かつて英文学教授の職に就いていた人たちが文学批評の専門家でも学者でもなかったのと同じで、今日なら経済学の専門家と呼ばれることのなさそうな人物だった。たとえば、経済問題を社会問題や政治問題から切り離すことなど、バットには思いもよらないであろう。いやむしろ、土地均分論を唱えるアイルランドの状況を考えれば、どうすればそんなことを思いつけるのか理解するほうが難しいというわけだ。彼の土地問題に関する論考が、この意味において専門化された経済学の登場に先立っていたとするならば、それはまた後代のより総合的な社会研究のかたちをも先取りしていた。バットの経済学独特の「道徳性」は、アイルランド社会自体のいわゆる道徳的経済を反映している。というのも当時のアイルランド社会では、前近代に特有なかたちで、経済学の抽象的パラダイムが歴史や社会や習俗からまだ完全に切り離されていなかったからである。このように、諸言説はひとつになって特定の社会状況を反映するのである。[8]

ホイッグ的放任主義《レッセ・フェール》政策を痛罵していることからもわかるように、そもそもバットを経済学的言説へと駆り立てたのは、〈大飢饉〉時の行政だった。「イングランドが食料の欠乏した国に軍隊を送る場合、その政治家たちは兵士に正しく給与が支給されているのを確認するだけで満足し、あとは必要な食料を持って兵士について行く私企業のもくろみを信用するとでも言うのだろうか」。[9] アイルランドでは私有財産制そのものが、「大多数の人々からなじみのない制度だと見なされており、そうした権利すべては征服によって強制され、異国の軍隊によって維持されているものとみなされている」。[10] 確かに、これはナショナリストがよく使うレトリックであり、なによりも小作地に見られる服従文化を見逃している。また、彼は別なところで、アイルランドの小作人は「農奴」か「奴隷」のいずれかだと主張し、地主が「絶対的権力」をもつとしているが、それもおかしい。[11] いずれにせよ、バット自身、土地保有の定着という念仏を長々と唱える以外ほとんど何の提言もしていない。まるで、いわゆるアルスター慣習が普及すればこうした事態すべてにけりがつくとでもいうかのように。しかし当時にしてみれば、それは必ずしもよくあるレトリックではなかったのだ。「基本的に変わることのない制度に従わせられていた土地保有形態を、その文脈から引きずり出し、議論の組上に載せた」のはバットである。フィリップ・ブルはそう主張し、土地均分論を唱えたバットの文章の中に「土地に関する新たな言説の要素」を見出している。ブルの考察によれば、土地問題が、それ固有の重要性を根拠としてのみならず、「アイルランドのアイデンティティの象徴であり顕れであるとして」強調される端緒をつけたのは、バットその人なのだ。[12]

いかにも進歩的連合主義者《ユニオニスト》らしく、バットは地主階級に対してまったくアンビヴァレントな評価を与えていた。それはたぶん、アングロ・アイリッシュ中産階級がアングロ・アイリッシュ貴族階級に対して抱くアンビヴァレントな感情でもあるだろう。〈大飢饉〉の際に立派な仕事をしたといって、彼は地主階級を熱く擁護し、彼らは貧者に対して冷淡ではないと弁明する。しかし彼は別な文脈で、地主階級についてこう述べている——

> アイルランドのどこを見ても、アルスターのいくつかの地域を除き、彼らの周りに互いに共感しあう植民地住民が集ったためしはない。アイルランドの昔ながらの素質や伝統が、彼らには強烈すぎるのだ。その国民《ネイション》の中にいながらも、その一員にはなれないまま、

彼らは自分の領地に立っている。孤立して、たった一人で。その二つの階級の習慣、思考様式、伝統、宗教的しきたりは、それぞれまったく異なった、相反することさえある起源に由来する。地主と借地人の間に、真の共感はひとつもない。[13]

けれども、バット率いる『ダブリン・ユニヴァーシティ・レヴュー』同人の革新的青年たちが、活気ある国民《ネイション》の指導者に変貌させたいと願っている人材は、まさにそうした気が滅入るほど絶望的な階級なのである。

　アングロ・アイリッシュの仲間の多くと同じで、バットも文化を大いに強調しており、彼自身小説作家で、徹底してロマン主義者である。しかし、国民《ネイション》の中に亀裂を生み、それゆえ階級間の調和という彼の政治綱領を頓挫させかねないと彼がみなしているものも、まさに文化にほかならないのである。〈大飢饉〉は、社会的もしくは経済的災厄であるのと同様に、民族《エスニック》的かつ文化的破局でもある。「取り壊された住居群の屋根のない壁の内側に、「繁栄」のあかしを見てはならない。「繁栄」とは、数多くの小農場をひとつの大農場に統合することにあるのだから。これらは古い国民《ネイション》の廃墟である。その国民《ネイション》の特質は、田畑や平地といった土地の地勢的区分に存したのではなく、この土地で暮らし働いた人間の血すじに存していた。その血すじはいま消えゆきつつある」。[14]ここで進歩に対して向けられている冷淡な視線は、なかんずく、イングランド経済学の専門的正統性と相容れない人文主義的「経済学者《エコノミスト》」からイングランド経済学に向けられた嘲弄である。風習や感情に対する感受性があるという点で、バットは後代の小バークであり、政治的調停主義と道義的憤激とに両側から引っ張られている。『アイルランドの民とアイルランドの土地』は、その栄誉ある系列に属する重要作だ。バットは同書でこう宣言している――「わたしは、「感傷的」と呼ばれうる苦情はそもそも苦情などではないと信じる者の一人ではない」。[15]正統的経済学者に対抗して、彼は次のように認識している。文化は商品生産と同じくらい現実的なものであり、社会科学は主観を「括弧に入れて」済ますわけにはいかないと。しかし、このように伝統的習慣や感情に訴えかけることは、保守的な訴えかけにもなる。アイルランド人の心を読み取ることができ、それゆえ彼らを自分の統治下にまとめようと望むことができるのは、ロマン主義的アングロ・アイリッシュ知識人なのであって、気の抜けたイングランド人功利主義者ではない。

アイルランドで経済学に寄与した皆がみな、バットの包容力のある人文主義を共有していたわけではない。一八三一年にダブリン大司教になるイングランド人でホイッグ党の聖職者リチャード・ホエイトリーは、オックスフォード大学でドラモンド講座担当経済学教授を務め、その職に就くことで、いまだ学問的に疑わしいと思われていたこの分野に神学的な、ことによると神からの、お墨付きを与えようと思っていた。しかし、経済学に関する彼の教えは経済学的問題とそのほかの問題をはっきり区別しており、アイルランドの経済学全般とは相反する。場合によってはやや偏狭に聞こえるだろうが、人間は「〈交換〉する動物」だと定義づけられる。ほかの動物は、わたしたち自身に近い合理性を持っているものでさえ、交換取引という概念をもつことはない。ホエイトリーは満足の意をほとんど隠そうともせずにそう書き記している。経済学の領域は、特定され、限定され、厳密に定義づけられねばならないとされる。[16] レッキーが評しているように、「重要な著述家の中で、彼ほど一般の情念や広い共感に訴えかけなかった者はほとんどいない。彼の著作に強く現れる唯一の情念は、仮にそれを情念と呼べればの話だが、真理のための真理へと向けられた愛であり、あらゆる情念の中でもっとも稀有かつ高邁なものである」。要するにホエイトリーは、知と公共圏を切り離す伝統的知識人の純然たる見本なのである。[17] 経済学の真理と道徳的もしくは宗教的真理とは別物であり、それゆえ経済学という純粋に専門的な分野は、たとえば富は善か悪かといったような、道徳的判断を慎まねばならない。だが道徳的判断を禁じたかと思った矢先に、彼は続けて、自分なりに若干の道徳的判断を下して見せる——富めるものと同じく、貧しきものもまた悪徳に支配されうるし、「贅沢」とは相対的な用語である——彼はわれわれにそう念を押すのである。

　貴族的思想家らしく、ホエイトリーは経験主義に批判的であり、そうした経験的常識への批判を巧みに用いて、理論というよりむしろ金儲けという現実的な営みとして経済学を捉える実利主義者たちを論駁する。価値判断に左右されない《ヴァリュー・フリー》観察などないと彼は認識しており、次のように指摘する――患者であろうと看護人であろうと、理論を知らずに知覚したものをはっきりしない言葉で捉えるだけでは、病状を説明することはできないであろう。彼はまたかなり抜け目なく、社会慣行が崩壊して初めて理論が大いに必要とされるのだと予見している。経済学が必要とされるのは自由な交易が滞ったときだけなのだと。それは、身体機能が停止してから医学が腰を上げるようなものだ。しかし経済学的事柄と神学的事柄をはっきり区別したうえで、彼はその両者を改めて統合させる。経済生活をまったく道徳規準をもたないものと定義しながらも、同時にそれに形而上学的後ろ盾をも与えることは、彼が代表する階級の利益にかなっているのである。そして彼はその矛盾の中で手も足も出なくなる。神の英知が人間社会の発展をお導きくださり、私的利害は、動物本能と同じで、この壮大な宇宙図の中で定められた役割を演じる。要するに資本主義は、神の御座に置かれているというわけだ。そうして帝国主義は正当化される。「未開の状態」にある者は、独力ではその状態から抜け出せないという理由で。[18] かくして植民地主義は解放という偽りの名を語ることになる。

トリニティ・カレッジにホエイトリー経済学講座が設けられたにもかかわらず、当時のアイルランドでもっともすぐれた経済学者ジョン・エリオット・ケアンズは、概して、彼の見解を共有することがなかった。(19) ホエイトリーが経済学を倫理学から切り離す一方で形而上学と連結させたがるのに対し、ケアンズはその正反対を望んでいる。他方、ケアンズは経済学の部門を拡大させて社会福祉にかかわるものすべてを含ませることには反対している。いわく、その学問は実地の政策から距離を置くべきであり、同様に哲学的思弁からも距離を置くべきであると。けれども、ケアンズにとって純粋に経済学的問題というものは存在しない。なぜなら、経済学的問題には公衆道徳の問題が絶えずかかわってくるからだ。だからといって、自律的政治学という概念は幻想に過ぎないとする実証主義哲学の陣営に、彼が取り込まれることはなかった。オーギュスト・コントにとっては、政治学と道徳は統一された調和を形成すると言う。自己の専門分野を保守しようとする専門的経済学者として、ケアンズはそうした見解を拒絶する。しかし彼は、経済的なものの文脈を説明することには同意し、コント主義者にも受け入れられる姿勢でこう論じる——わたしたちは経済的なだけの人間にも、政治的なだけの人間にも、宗教的なだけの人間にも出会うことはないと。[20] アルチュセール風に言うなら、彼にとって経済学は相対的に自律した研究であり、社会生活は常に重層決定されている。その学問は通商と財務のみに狭く限定されるべきではない。そうすることが、人によっては不信を感じる源になってきたのだから。それは一般教育の一部であり、歴史研究に必要不可欠な補助なのである。なぜなら、富創出の原理は、人間の行為にもっとも重大な影響を与えるもののひとつであり、そもそも大半の男女が生涯を労役に費やすのだから。富の原理は、諸国民《ネイションズ》の歴史の鍵なのである。たとえ唯一の鍵ではないにしても。

このようにしてケアンズは過度の単純化を慎重に避けつつ、自分の学問分野に基礎的な地位を与える。歴史家が同時に経済学者を兼ねないとすれば、その歴史家は概念的説明抜きに物語を語っているにすぎない。しかしケアンズはまた、自分の学問に過度に価値を置くことも拒絶する。彼はヴェーバー風の区別をつけて、その学問は道徳的目的については何も言えないとしている。社会的もしくは政治的問題に関しては、経済学が唯一の審判ではない。それは倫理的命令を発するのではなく、事実の陳述をおこなう。カント的な事実と価値の区別、つまり理論理性と実践理性の区別は、このようにしっかり保たれる。こうしてケアンズは、一方で経済学の領土をうまく拡大しつつ、他方でそれに反駁する。道徳の領域が自律的であり続けるのなら、ケアンズ流に道徳を締め出すほど経済学を狭く定義するか、ジョン・ラスキンやジョン・ケルズ・イングラムのように倫理学の領域を広げて経済学もそこに含ませるかのどちらかしかない。[21]

ケアンズにとって経済学という学問は、物理的原理と精神的原理の両方を包含するものであって、その両者の間の定まらぬ地点をうろついているものである。富とは、純粋に物質的なものでもなければ、完全に精神的なものでもない。それはむしろ、ジョン・ラスキンにとってそうであったように、その両者からなる複雑な合成物なのである。それは農事の物質的構成にのみかかわるものではないし、農民の私欲にのみかかわるものでもない。たとえその両者を包摂するものではあるとしても。経済学は、「富に関する科学であり、富に依拠する限りにおいて人間の幸福に関する科学である」。[22] こう定義することにより、ケアンズは精密であると同時に大雑把であることができる。それに加えて、人間の幸福はそれぞれの国民《ネイション》によって異なる。経済学は量化できる問題とあわせて欲求や欲望を扱うがゆえに、そしてそうした欲望は「ほとんど限りがない」がゆえに、それは常に不確定な科学であり続けるだろう。確かに、富を欲したり、働くのを嫌がったり、安楽や目先の快楽を望んだりといったような、ゆるぎない心理学的法則はある。それに経済学の究極の真理は、自然科学の真理とは異なり、われわれの意識に直接立ち現れるものであり、その意味において絶対確実なものである。しかし、このように一般的な、つまり先験的な法則は、文化ごとに絶えず修正を加えられるのであり、各社会でそれぞれに異なったかたちで現れる。たとえば愛国心が、特定の国産製品しか買わないよう訴えるというかたちで現れるのは、法則の力がそうした修正を受けた一例である。同様に引力の法則にも摩擦作用によって制限が加えられると、ケアンズは指摘している。いずれにせよこうした法則は絶対的現実というより仮説的傾向なのであって、「他の条件が同じなら適用される」という条項を常に伴っているのである。[23]

　このようにケアンズの思考は、友人ジョン・スチュアート・ミルの思考と同じように、自然主義と歴史主義との間で宙吊りになっている。経済学は、あるがままの非歴史的なホモ・

エコノミクスだとか、絶対的に不変な人間心理に還元することはできない。だからといってそれを完全に歴史化してしまうこともできない。アダム・スミスは歴史に訴えながらも、それを自分の経済学的原理の土台にすることはない――ケアンズは賛意を込めてスミスをそう評している。[24] ケアンズ本人は、古典派経済学者のなかでは演繹主義者であり続け、情況の変動がどうであろうと特定の心理学的原理は不変であるとする。たとえそうだとしても、幾何学的真理でさえも普遍的もしくは絶対だということはないとする数学者ヘルムホルツの意見を支持した小論「仮想幾何学と公理の真実性」で、彼はこう述べている。たとえば四次元空間に住む者にとって、幾何学的真理は普遍的でも絶対でもないであろうと。

ケアンズは、決定論的傾向を潜在的に含み持つ自然主義に対してこのような反感を持っていたために、ハーバート・スペンサーの社会学とも意見を異にすることになる。スペンサーの決定論に対し、彼は文化と人格の多様性を強調する。社会生活の個々の単位がその全体を決定すると信じるスペンサーには失礼ながらと前置きして、彼はこう主張する。そうした個々の単位は互いを変容させる相互関係を取り結ぶわけだから、そのふるまいは予測不可能なものになりうる。社会の諸要素は多価的であり、必ずしも「その構造を特定の形態に限定」することはない。[25] スペンサーは、このように部分と全体との間で交わされる自由な動きだとか弁証法といったものを見すごし、社会構造は固定されているという運命論的決めつけをおこなう。ケアンズは、開かれた改革主義者として、その見解が「哲学的には根拠が薄く、実践的には有害である」と見なす。[26] なぜならそれは社会の現状を物象化し、わたしたちから政治的希望を奪うからである。ケアンズ自身は社会工学の可能性を信じており、その実りある例として〈アイルランド十分の一税納付法〉を挙げている。彼は型どおりのヴィクトリア時代的態度をとって、しっかりとした科学的基盤に基づいた社会研究をおこなおうというスペンサーの試みに同意してはいるものの、スペンサーのように社会という有機体と個人という有機体を相同関係に置くのはあまりにも思弁的であると考えている。それはまた論理的に欠陥のある類推《アナロジー》だと彼は考える。なぜなら、個々の有機体ならば外的な力の影響を受けるとしても、一方で、社会の「外部」が何かということは想定し難いからである。「別な社会」というのが答えにならないのは明らかだろう。スペンサーが、実証主義者らしく、心理的法則と動物学的法則を歴史と文化へと不法に置き換えるのに対し、ケアンズは、部分的な「文化主義者」もしくは「歴史主義者」として、そうしたコント的還元主義に抵抗せんとするのだ。

その還元主義は、コントとスペンサーの場合、よく練り上げられていない科学的進歩主義と手に手を取って進む。それは、ケアンズがまたしても激しく反駁するドグマなのである。彼は植民地知識人として、いくぶん宗主国の知識人主流派の側に立ちながらも、線的で連続した進化というイデオロギーに疑問を投げかける。アイルランドが自然の法則による恩恵を示す好例となることはまずない。それどころか、彼の主張では、歴史的に見て多くの国が退行しており（彼はトルコを例に挙げている）、東洋全体はというと停滞したまま変化がない。このように均質性を欠く諸社会に強引に適用できる全世界的法則などひとつもない。逆に、異なる歴史様式が区別されねばならない。人間社会を動物界になぞらえるのはばかげている。ひとつには、動物の進化は、（ラマルク派の異端者は置いておくとして）それにかかわるものの努力によって起きるわけではないからだ。それとは対照的に、人間の進化は、その行為主体が社会目標を個々の目的として受けとめ、意識的で集団的な行動を通じて進化を計画立てたり方向転換をおこなったりできる段階にまで達している。ケアンズの社会的協調組合主義は、ハーバート・スペンサーよりもトマス・ハクスリーの思想に近い。スペンサーのひとりよがりの勝利主義とは異なり、その社会変革に向けられた開放性は、再建を希求する社会で育った人間の姿勢を反映している。それはまた、イングランドの知識人階級《カースト》に比べて、全般により「国家統制主義」的な知識人階級《カースト》の姿勢を反映していると同時に、イングランドに比べ政府介入という考えにより慣れている植民地の姿をも反映している。

ここでケアンズは、社会発展を説明するのにスペンサーが用いた「自然発生的」という運命論的言葉づかいに異議を唱える。民間企業が「自然発生的」であるのに、政府介入がどういうわけかそうでないのはなぜか。ケアンズが人文主義者らしく人間という行為主体を強調するのに対し、スペンサーは自然法則の目的論的推進力のおかげで社会改良はいずれにせよ起きるのだから、意識的にそれをもたらそうとする試みは良くて不必要、悪くて有害なものになると、コント風に考える。しかしケアンズの見解では、そうした意見を際立たせているメタファーは偽りのものである。それは、社会の成長様式が植物のそれとほとんど同じだという考え方を際立たせるものだ。先天的衝動にしたがってオークの木が生い茂るように繁栄しているなどとはまず言えない社会に生まれた人間なら、そんなたとえ話に感じ入ることはないだろう。ケアンズが認めるように、そのような学説は、政治的なものを廃することに成功するのである。それはベルファストよりロンドンで生じるにふさわしい動向だろう。ケアンズとミルの両者から見れば、社会的変化が上方へ向かうのか下方へ向かうのかを決めるのは政治的力であるという点において、社会的なものは政治的なものに左右されるのである。そう考えると、政治がもたらす結果は常に不確かであるがゆえに、ゆるぎない歴史の法則への信頼に対して一撃を加えることにもなる。だが人間という行為主体に対する信頼と、すべての行為は諸誘因が連鎖的につながったものだという準決定論者的な信念とに、ミルと違ってケアンズが折り合いをつけることができないのは確かだ。イマニュエル・カントがそうだったように、ケアンズはその二つの領域が現に存在することを受け入れるにとどまり、なんとかしてそれらを分離しようとはしない。けれども、スペンサー自身の言い分が論理的にみずからを無効にするものであるという点については、ケアンズの見解ははっきりしている。

というのも、社会決定論という教義を説くスペンサー自身の行為そのものが、あらかじめ決定されたものということになるからだ。ならばそもそもそんな教えなど説く必要はない。自分が自分で説明する過程の一部にすぎず、外部から啓発的な解説を加えているのでないなら、そんな教えを聞く必要もない。[27]

　ケアンズはバークのように文化の特異性を力説し、そうした個別主義がアイルランドに関するミルの進歩的路線に影響を与えたのだが、その源はケアンズのアイルランドでの経験にある。[28]一九世紀も終わりに近づくにつれ、〈アイルランド土地法〉が次から次へと破綻してゆき、古典派経済学の原理とそのアイルランドでの実践――地主と小作人の間で交わされる契約に関する政府規定――の間に生じる矛盾を見過ごすことが、ますます困難になりつつあった。不変であると想定されているイングランド経済学が文化的に相対的なものであるということを、イングランド在住のアイルランド人学者として、イングランド内部の人間にはなかなか得がたいかたちで、ケアンズは心に刻み込むこともできた。アイルランド社会に固有な特徴が、みずからをイングランドの経済学的パラダイムの外部へと押し出していることも、ケアンズには理解できた。イングランド人のジョージ・キャンベル卿は、ジョン・スチュアート・ミルの精神にのっとり、次のように断言した。「世界の現状を見るに、異例なのはわれわれのほうであって、アイルランドの体制のほうがより一般的である」。[29]

J・A・フルードが人種主義的に記したアイルランドの歴史に対して、ケアンズは威風堂々、雄弁かつ致命的な反撃を加え、フルードに絶対主義者の烙印を押してこう述べている――自分が調べている社会の「伝統や習俗や文明のおおよそのありさま」を一顧だにすることなく、〈実証主義者〉流に人間の法則と自然の法則を混同しているのは致命的であると。[30] フルードの著書と現実の歴史との関係は、道徳臭い小説と最高級の創作品との関係とほぼ同じであると、ケアンズは考える。ケアンズの指摘によると、フルード本人は連合主義者《ユニオニスト》であるにもかかわらず、フルードが書いた歴史は、危機的な局面でナショナリスト感情をただ再燃させるだけの働きしかしないだろう。彼の書評は正確な意味でテクストの脱構築をおこなっており、フルードのテクストを統制している論理をそのテクスト自身が無意識に侵犯するさまを暴いている。フルードによる植民地主義の正当化は、みずから宣言しているとおり実用主義的であり、カーライル流の力は正義なりという等式のもとに、統治しているものが事実上支配する権利があるとしている。それならば、フルードが描くイングランドのアイルランドに対する目も当てられないほどの失政は、彼自身の論拠を事実上切り崩していることになる。その植民地におけるイングランドの権力が失墜しているのなら、イングランドは手を引いてしまうべきだし、アイルランド人には反逆する権利がある。彼の論理に従えば、そうなるだろう。アイルランド人は言語道断な統治権を略奪された犠牲者として描かれ、続いて、自然な統治権を何ひとつもたぬ支配者に対して蜂起すると、無骨者だとか殺人者だとして世にさらされる。矛盾したことに、アイルランド人の謀反心は失政の当然の結果であるとされながらも、同時にいわれなき裏切りであるとされる。そうしてフルードは、アイルランド人による政治的平等の要求を、その本質にある特異な異常性によるものだとみなすのである。

ケアンズは後に記した評論のいくつかで、彼にとっての重大関心事である、事実と価値という問題に再び着手している。それは経済学の場合、学問的理論と政治的実践の関係に置き換えられる。その学科に属する学生数をロンドンとゴールウェイ（「あの辺鄙で、残念ながら衰退しつつあると言わざるを得ない、アイルランドの町」）とで比較してみると、その学問の発祥地の人間に比べ、アイルランド人のほうがはるかにその問題に関心をもっているように見える。ケアンズの推測では、経済学研究がイングランドで人気を博さないのは、それが自由放任主義《レッセ・フェール》の原則を成文化したものにすぎないと思われ、それゆえ政治的に偏っているとの悪評を得てしまったからである。とにかくその原則が社会において幅を利かせているのなら、なぜそんな学問にわざわざかかずらうのか。しかしケアンズはというと、自由放任主義《レッセ・フェール》の原則を「何の科学的根拠も持たない」と見なしている。それは「せいぜいお手ごろな実践規定に過ぎず……まったく科学的に信頼できないものである」。[31]そのように語るケアンズが情に厚い社会改革者だとしても、そこには商人や事務員に権限を奪われたことを認めたがらない知識人としてのケアンズもいる。彼の信じるところでは、人間の利害は基本的にひとつであるが、階級の利害は必ずしもひとつではない。いずれにせよ、人々が自分の利益になると思うものは文化によって異なるわけで、その点においてわたしたちは互いに理解しあえないという近代的原理を、ケアンズはすでにわかっていた。英国では、他のどこと比べても産業の自由度が高いのだが、一方で貧富の差もどこよりも大きい。だからこそ、自由放任主義《レッセ・フェール》という聖域に疑問が投げかけられるのである。イングランドを特徴付けているのは貧困状態であり、エリートによる土地所有であり、救貧院になだれ込む農業人口であり、定期的に職人たちを襲う「恐るべき商売の破綻」である。ある人にとって一回分の食事が、別な人にとっては一ヶ月間家族全員を養えるものになる。「このもっとも苛酷な社会状況が緩和される兆しはどこにもない」とケアンズは断言する。[32] もっともその後で、自由放任主義《レッセ・フェール》はその悪弊にもかかわらず政府による統制に比べればはるかに良いものだと付言してはいるのだが。

しかしアイルランドに関しては、政府が土地取引を規制する役割を果たすべきだとケアンズは考えている。土地をほかの商品と同列に扱うことはできない。なぜなら社会状況によっては、生産者の労働によって本来より高い価値が生産品に与えられる場合があるからだ。またアイルランドの地主に、自由に地代を上げる許可を与えてはならない。しかしそうした政治的判断を口にしながらも、ケアンズは自分が経済学者として発言しているとは必ずしも思っていない。経済学自体は絶対的に中立的なものであって、共産主義に肩入れすることもなければ自由放任主義《レッセ・フェール》に肩入れすることもない。化学がさまざまな公衆衛生計画に対してそうであるように、この点においては経済学も私情をはさまない。彼はこのように、伝統的知識人に倣って何とか自分の学問の自律性を守るのだが、一方で伝統的知識人に倣うことなく、それと現状肯定とは別だという立場を慎重に取っている。経済学とは、現在の生活様式を理論的に正当化するだけのものではない。要するに、それはイデオロギーではないのである。[33]彼がカント流の事実と価値の区別を、つまり記述的なものと規範的なものの区別を擁護しているとしても、それは主として、「存在するものはそれ自体正しい」というライプニッツ的もしくはボリングブルック的教義に抵抗したかったためである。そうすると今度は、皮肉なことに、価値判断を交えない科学へのケアンズの傾倒が、その公正不偏性をもっとも支持するはずの人たちにとって、場合によっては不快な政治的含意を伴うことになるのである。

ならば、彼が今も『奴隷労働力』の著者として国際舞台においてもっともよく知られているのは故なきことではない。同書はアメリカの奴隷制に対する熱のこもった非難であり、英国の世論に深大な影響を与え、存命中の彼の名を高めた書である（彼の名声のもうひとつの要因は、金《ゴールド》に関する著作であり、それは一九世紀の貨幣理論の中でもっとも影響力のあったもののひとつである)。『奴隷労働力』は、当時のもっとも重大な問題のひとつに対して植民地の周縁から加えられた鋭く鮮やかな介入だった。[34] 同書はアメリカの南部諸州に対する英国側の態度の甘さに反対することを目的として書かれ、奴隷制は道徳的に不快なものであるうえに経済的な成長を生むものでないことを明らかにしていた。それは道徳に関する書であると同時に経済に関する書でもあるという点で、「ダブリン学派」最良の伝統に属する著作である。それはまた、イングランド気質と反りがあわないアイルランド人学者の作品でもある。別な著作での彼の主張によれば、イングランドでは、南北戦争の核心である奴隷制という問題がはぐらかされ、言いつくろわれている。そこは、『サタデイ・レヴュー』のような機関紙が、アメリカの黒人の大多数は「自分たちが奴隷であるという事実をのぞけば何の不満も持っていない」などと公表できる国なのだから。[35] それとは対照的にケアンズは、「奴隷という労働力に不自然に夢中になっている」英国の目を覚まして、英国の伝統である「奴隷の解放者、虐げられた者の擁護者、どんなかたちであれ自由の友人」としての役割を思い出させたいと思っている。[36] ケアンズが英国のどこを指して虐げられた者の擁護者だったと考えているのかは定かでないが、彼が何よりも植民地の知識人として言葉を発し、「地球上に影を投げかけてきた最大の呪い」と彼がみなす問題に関する英国のごまかしとためらいにいらだっているのは明らかである。[37] ダーウィンは『奴隷労働力』に深く感銘を受けたし、マルクスの奴隷制に関する考察のいくつかはその研究に基づいている。ケアンズはその序文に「歴史の道筋は主として経済的要因の作用によって決定付けられる」と記したが、マルクスならそこに満足げに下線を施したことだろう。アイルランドの経済学者は無意識のうちに唯物論に傾かざるをえなかった。ひとつには経済学者という理由で、またひとつにはアイルランド人だという理由で。このことは、唯物論者とはほど遠いレッキーにさえ当てはまる。と言うのも、彼はこんなことを書いているからだ――「資産の相続、なかでも所有地の集積分割を規定する法律ほど、社会型の形成に寄与するものはほとんどない」。[38] アイルランドで所有地問題が突出していたことの偶然の帰結として、彼は知らず識らずのうちにマルクス主義者になっていたようである。

ケアンズによる植民地主義への抵抗は、当時にしては印象深いほど際立っていた。彼は植民地政府の実際の歴史については概して好意的に見ているのだが、その歴史ももはや危機的な時点にまで到達し、そのピークを越えて功用を失い始めていたのである。彼は植民地の歴史を三つの段階に分ける。まずは重商主義的植民地主義。これは貴金属への渇望によって駆動されると彼は見ている。次に近代植民地主義。この段階では、前段階での商業的動機が、過剰人口の問題や産業労働者の新たなはけ口といった問題の下位におかれる。最後が現代植民地主義。この段階では、カナダのような植民地が彼のいう完全に合理的な独立へと向かっているように、前二段階に見られる植民地主義の理論的根拠がもはや通用しなくなりつつある。〈アイルランド自治〉に反対している者として、彼はそのような独立をアイルランドには許容しようとしない。それはことによると、そもそも彼がアイルランドを植民地とみなしていないからかもしれない。大英帝国はしかるべきゴールに到達してしまった。しかしだからといって、その権力と影響力が減ずることはないだろう。いやむしろ、それは〈植民省〉の指示によって縛られることなく、血や言語や法律や文学や宗教の絆によって結び付けられた新しい「道徳共同体」という形を取ることになるだろう。ケアンズのこうした見解を知ると、イギリス連邦を予測したという注目すべき項目を彼の業績リストに加えてよいとも思われる。[39]

ケアンズの見解では、経済学は堅固な学問ではなかった。人格および制度に影響を与えるものすべてが経済学に新たな問題を投げかけるのだから、その研究対象は絶えず変化し続ける。たとえば彼はこう信じていた。協同組合運動が起きたためにこの学問は混乱へと投げ込まれたのだが、その理由は、労働者と資本家の区別に確固たる中心を持つ理論体系では、小作農の土地所有といったような、労働者と資本家の両者の役割が一体となる課題を解明するのが困難だったからであると。ケアンズは社会主義を「経済学的無知が肥大しすぎたもの」[40]と見なし、これに反対した。経済学が科学的に中立的なものだったとしても、その中立性は必ずしもパリコミューンにまでは適用されなかった。ケアンズにとってそれは「おぞましい破局」を表わしていたのだから。しかし彼は、地代は市場の力ではなく法によって統制されるべきだと信じており、一八六五年という早い段階で小自作農を奨励して世論を驚かせたのだった。彼はまた、自分が携わる学問がなぜ労働者階級を不快にするのかもよくわかっていた。それは、経済学と自由放任主義《レッセ・フェール》との悪名高い一体化のせいである。J・M・ケインズはケアンズを、「自由放任主義《レッセ・フェール》一般に対して正面切って攻撃を加えたおそらく最初の正統派経済学者」[41]と見なしていた。ケアンズは次のように述べている。経済学者は「現行の産業上の取り決めに」際限ない称賛を表明しがちだが、それを「しかるべき理由ゆえに重宝しない」[42]人々がいるのだと。そうした人々に対するケアンズの共感は、ある程度彼のアイルランド性と結びついていた。「何世紀にもわたる産業的な不安定のせいで混乱しきった」アイルランドの「悲惨な小作農階級」[43]について彼は著述を残している。アイルランドの小作人に対するこうした同情は、イングランドの労働者階級にまで向けられ、彼はこう述べている。資本の蓄積に同意してストライキや協同組合を非難する経済学に対し、彼らが気を許さないのは驚くべきことではない、と。

そうはいっても、連合主義者《ユニオニスト》のケアンズが史的唯物論者でなかったのは確かで、彼は『経済学の主要原理』において、各人の必要に応じた分配というマルクス主義者のスローガンをはっきりと拒絶している。この領域での政府権力の使用は、「災厄と破滅」しか生み出さない。彼は労働組合に限られた役割があることは認めても、それが賃金原理に影響を及ぼす力に対しては懐疑的である。しかしフランスの経済学者バスティアとその一派に同意して、現在の経済状態が公正なものだと思い込む理由もない。実際、産業が事実上生み出す結果と「人々が一般に受け入れている標準的権利」[44]との折り合いをつけることは困難である、とケアンズは考える。彼の考えでは、共産主義はミルによって片をつけられたし、私利追求は、「下等な」動機ではあるが、利他主義や慈善では成し得ぬほどの効果を生むことがわかった。しかし、私有財産はやはり不動のものでも絶対的なものでもない。労働者階級の「苛酷で希望なき宿命」に与えられる唯一の癒しは、自分たちで労働者の数を減らすこと（ケアンズはこれが実行されるべき動きだと狭量な観点から信じている）と、無産階級から這い出て自身が資本投資家になることである。目下彼らがアルコールに費やしている驚異的な金額を貯蓄し、協同組合に投資しなくてはならない。もっともそれが私有財産に取って代わることはないだろうが。ケアンズはそうした協同組合をアイルランドの小自作農にたとえ、労働者階級を統制し道徳的に高めるものだと主張する。資本への依存状態からのし上がることが、労働者のもてる唯一の望みであると。彼は冷徹な現実主義的観点から次のように述べている。資本主義の「発展」がこれまでに労働者の多くに利益を与えたことはなかったし、これからもないであろう。つまり、社会的不平等の増大が予想できるのだと。かくも荒涼たる見通しをもつ点において、彼はコントやスペンサーのような人が抱く進歩主義的楽観主義からは遠く隔たった位置にいる。

　ケアンズは自由主義的人物として公的重要性を担っており、カトリック支配層には敵対していた。彼の考えでは、カトリック支配層はクイーンズ・カレッジ群の拡充としてではなく、分離主義的選択肢としてカトリック・ユニヴァーシティの設立認可を望んでいたからである。カレンの支配下にある教会は、精神的にローマ・カトリック的であってアイルランド・カトリック的ではなくなっていた。彼は頑迷な考えに対する解毒剤として、異なる宗派が出会い互いを尊重することを学ぶ中立的場としての大学を擁護する。ニューマン風な観点から、彼は大学の目的を、「国民《ナショナル》精神をあらゆる方向へともっとも広くもっとも自由に発展させること」[45]とみなしている。しかしニューマンとは異なり、彼は知に関する唯物論的理論とでも呼べそうなものを展開しており、それに従うかたちで、身体が直接的に必要とするものから始め高等教育にまで至る過程を描きだす。身体は自らが物質的に必要とするものを本能的に知っており、それを満たすための行動をとる。それに比べて、精神が必要としているものを確定するのは容易ではない。そこで、わたしたちを教育することを目的とした政府の介入が必要になる。知識への欲求は、すでにいくらかの知識を持っていることからしか生まれないので、それを欠く者には政府の手引きが必要である。しかしそれに続く段階で、知識には市場価値が付加されることになり、政府による援助が必要でなくなる場合がある。けれども、科学や哲学といった市場価値を見出せないより高度な知識となると、大学というかたちでの政府介入が再び欠かせなくなる。

　そのような学術機関の役割とは、こうした無駄で利益も生まないように見える知の諸形態を育成することにある。政府が無知なあまり知識への欲求を持てない人々や、貧しいあまりそれを獲得できない人々を援助する必要があるのとちょうど同じように。ミルを引きながらケアンズは次のように述べている。大学の目的は「哲学を生かし続けること」であり、そうすることで市場に対し斜に構えることであると。真理とはそれ自体が報酬である。しかし、わたしたちの行動の基盤となる倫理的かつ政治的原理を提供するという意味においても、それは有用である。ここまでくると、実用的知識と無用な知識との区別は取り除かれる。はじめに身体の物質的欲求という真理が実用的であったのとちょうど同じように、この教育課程の最終目的において真理は実用的な問題となるのである。ユニヴァーシティ・カレッジ・コークの学長就任演説で、ケアンズはすこぶる仰々しくこう宣言している。大学の務めとは、「諸学問を経験主義へと堕落させないこと、またこの職業を神秘的教義へと堕落させないこと、そしてわれわれの専門知識を偽者の恥知らずな気取りへと堕落させないこと」(46)である。「自由の名の下に、数多くの卑しむべき行為がおこなわれてきた。しかし、わたしたちはこう思うのである。教皇権至上主義の司教たちがロバート・ピール卿によって制定された大学制度に反対して唱えるときほど、自由という神聖な言葉が破廉恥に悪用されたことがかつてあったであろうかと」。(47)

経済学者、教育者、哲学者としてのみならず公民権の擁護者として、ケアンズはアイルランドにおける人文主義的知識人の栄誉ある系列に属している。彼が新たに専門化された学問世界に所属し、アマチュアリズムであるという批判やイデオロギー的であるといった批判に抗ってその学問の科学的地位を擁護したとしても、彼は同時に公共圏に参与した学者でもある。実際に彼の著作の多くは――とりわけ経済学に関する人文主義的視点は――イングランドでもっとも傑出した学者のひとりジョン・スチュアート・ミルを手本として形作られている。ミルのほうもアイルランドに関する記述の多くをケアンズに負っていた。[48]彼の人道的で改革主義的な政見は、民衆への共感と資本主義の優先事項とを連結させたもので、リベラルな連合主義者《ユニオニスト》の伝統における最良の部分を代表している。[49]

・・・・・・・・

その進歩的見解にもかかわらず、ケアンズはこれまで「古典派経済学者の中でも一番の正統派」と呼ばれてきた。[50]理論の面で言うならリカード派だった。一方、ホエイトリー講座担当教授の任に就いた最初の四人――ロングフィールド、バット、ローソン、ハンコック――は、生産原価による価格規定というリカード派の正統的理論から離れ、価格をより主観的に捉える概念へと移行した。実際、経済学のダブリン学派は、イングランド経済学の正統に対する主観的な挑戦として名をはせていた。[51] 法律学者でホエイトリー講座担当教授に就いた最初の人物マウンティフォード・ロングフィールドは、その著書『救貧法に関する四講義』で、経済学が冷酷だという陳述に対して論駁しようとしており、経済学は貧者の境遇を改善しようとしていると主張している。しかしだからといって、彼が健常者に対しては容赦なく厳しく限定的な救貧法に賛同するのをやめるわけではない。それは、「労働者を落胆させることなく、救貧法の適用を受ける貧困者を救い上げることは不可能だ」という理由による。[52] しかし彼は老齢者と障害者に対しては寛大で、彼らに年金を支給するよう要求し、その誰もが政府援助を受ける資格があると断言している。実際に、彼は近代福祉国家を早くから予見した人物と言われている。[53] 皮肉なことに、ヴィクトリア時代のイングランドの先進的社会体制よりも、社会的・経済的に遅れていて積極的な政治介入を必要としたアイルランドのほうが、現代を先取りしていたのだった。

ケアンズよりも純度の高い歴史主義者に、トマス・エドワード・クリフ・レズリーがいた。彼はリチャード・ホエイトリー同様、富の定義に関しては反本質主義者であった。金銭欲は道徳的に非難されるべきではないと、彼は主張する。なぜなら事実上それは、金銭が媒介している膨大な数に上るさまざまなものを欲することにほかならないからである。富は多様で、富のさまざまな形態の進化の法則もその個々の文化的慣行もまた多様である。こうしたことすべてが、イングランドのリカード派経済学者の哲学的実在論によって隠蔽されている。と言うのも、彼らはそうした複数性をひとつの抽象名詞の下に均質化させているからだ。クリフ・レズリー本人はその問題についてむしろ唯名論的立場を取っており、金銭欲には知識、健康、品位、平和、文化、自由といったものに対する欲求が含まれるとしている。かくも典型的なまでの「ダブリン」流儀で、彼は富という狭義の経済学的概念を「社会化」し、その文化的諸含意を解き放つ。アダム・スミスの基礎原理は利己心ではなく自由にあると信じるがゆえに、レズリーはスミスを擁護し、ケアンズに関しては当代指折りの経済学者と見なし、その反奴隷制運動を強く支持している。ケアンズ流の歴史主義的で個別主義的なやり方に倣って、彼は経済学を「自然の真理の総体」ではなく「個々の歴史が生み出した思索や学説の集合」[54]とみなしている。ことによるとこの視点は、彼の同朋ケアンズの歴史主義を、ケアンズ本人が辿り着きたいと思っていた地点の少し先まで推し進めているかもしれない。いわく、もし歴史の流れが違っていたならば、わたしたちの道徳的かつ哲学的学説は、すべて今とは異なった様相を呈することだろう。クリフ・レズリーの見解では、アダム・スミスはそのことを認識できなかったとされる。もっとも、スミスは自分の著作を歴史的なものと合理主義的＝演繹的なものとの混合物だと考えており、自然を経験的もしくは歴史的に研究することがある永続的な先見的原理を明らかにするという信条に基づいて、その両者を一体化させているのだが。いやむしろ、クリフ・レズリーはスミスを歴史化しているのであって、スミスの著作をスコットランドの産業生産の後進性と関連づけ、それが理由でスミスには自然の法則という考えのほうがもっともらしく思われたのではないかと判断しているのである。スミスがあと二世代後に生まれていたなら、彼は違った書き方をしていたであろうと。

クリフ・レズリーは、ケアンズの『経済学の主要原理』を「文学作品としては完成されている」と称賛し、ケアンズには趣向的にイングランドの非歴史的学派に近すぎる嫌いがあるとして、その発見や方法論の多くに反対している。けれども彼の『奴隷労働力』に関しては、そのテーマに光彩を加えてきた論考の中で最も優れたもののひとつだとしている。アイルランドの諸大学が教皇至上主義の支配下に置かれずに済んでいるのは、主としてケアンズのおかげであると、クリフ・レズリーは断言する。歴史的かつ哲学的経済学を研究するドイツの学派を強く信奉する者として、彼はケアンズよりずっと包括的に社会を捉えており、ジョン・ケルズ・イングラムにはるかに近い。つまり、経済学は社会に関する総合的科学に組み込まれているのである。ミルは生産に関心を寄せすぎているし、ホエイトリーは交換に関心を寄せすぎている。それに対して、クリフ・レズリー本人はより変動的な消費の諸条件を吟味しようと、実証主義者らしく経済学的なものとその他の社会生活との最終的な区別を退ける。彼は次のように記している――経済的影響力は、「道徳的影響力や知的影響力と関係があるだけでなく、それらと同一のものである。……わたしたちの国民《ナショナル》の経済全般は歴史的構築物である……この土地に寄せられる感情の背後に、そして現在の流通機構のみならず市場の価格の背後に、どれほど長い歴史が横たわっていることか！」[55]。植民地では財産としきたりとが、そして価格と社会慣行とが緊密に絡み合っているので、イングランドに比べてアイルランドでは、経済学的に見て純粋な牛乳などというものが手に入ることはまれであった。英国より後進的で伝統的な社会で著述をおこなう「ダブリンの」経済学者たちは、「経済学的」なものと呼ばれる抽象概念が文化的歴史という複合体から丸ごと完全に抽出できる段階に、まだ到達していないのである。彼らとイングランドの学派との衝突は、このように二つの島の歴史が同時性を持たないことの帰結なのだ。けれども、ダブリン学派が十分に意識的だったように、こうしたアイルランドの「後進性」は同時に一種の進歩性でもある。「経済学的」なものは常に特定の社会的諸関係の網の目に絡め取られていると主張するのは、政治的左翼勢力なのだから。

　このように、ミルやケアンズによって強く主張されている自然主義的な仮定、つまりとにもかくにも出発点となる「利欲」という名の現象が存在するという仮定を、クリフ・レズリーは退ける。たとえば「夫婦愛や親の愛情」は、彼にしてみれば生産と消費に最も強い影響を与える力である。しかし彼の唱えるところによると、家族というものはこれまでの経済学においてただの空白としてしか登場してこなかったのである。イングランド人経済学者の思考の背後に工場が潜んでいるように、彼の経済学的思考の背後にはアイルランドの小さな農家が存在する。彼の主張では、あらゆる労働者のなかで貧者の妻ほど酷使されている者はいない。それは一九世紀の経済学においてほとんど知られていない情報である。彼は次のように力説する。経済学者は「人間の心にある最も非実際的な情念や感情にまでも入り込んでゆかねばならず」(56)、感情に起因する結婚がなければ、家屋建築士も聖職者も弁護士も貧困に陥るという事実を忘れてはならないと。(57)いずれにせよ、欲求とは文化に応じて変動するものだ。フランス人が財産を欲するとき、イングランド人はビールを渇望する。欲と目的は歴史に根ざす共同体から発生するのであって、先天的な気質から発生するのではない。文化の諸形態は経済的な力を能動的に変容させるのであって――フランスの決闘が拳銃生産に及ぼす影響という風変わりで面白い例を彼は提供している――先天的怠惰といった法則性などひとつもない。経済学的還元主義は、社会生活における宗教や家族や愛や道徳性といったものの意義のみならず、たとえば中世における戦争のもつとてつもない意義といった現象を見すごしているにすぎない。

文明が発達するように努力それ自体を目的とする努力欲も発達し、幸福には仕事が欠かせなくなるというクリフ・レズリーの見解がある。古典派経済学のいう本能的欲望をもつ人間というのはひとつの虚構であるとして、イングランドの経済学はこの時代のイングランド人男性にしか当てはまらないというウォルター・バジョットの言葉を、彼は喜々として引き合いに出している。歴史および集団的作用を、すなわち当時のアイルランドではおそらく即座に感知できる諸現実を、個人に近視眼的関心を寄せる経済学は無視している。それが科学的精密さに寄せる信奉も、同様に勘違いしたものだ。クリフ・レズリー自身の認識論は、経済的事象の不透明で不確定な性質を、すなわち変わりやすくとらえどころのない性質を考慮に入れる。知が科学的であるためには、絶対的であったり一義的であったりする必要はない。古典派経済学が仮定するのは明瞭で秩序のある、平等で有機的な世界だが、それとは対照的にわたしたちが実際に抱え込んでいるのは、混乱や無駄や曖昧さや偶然性なのである。古典派経済学は、「おのれの分類と一致する非現実的な世界の均質性や秩序を想定するよう人を導く」[58]。ケアンズ同様、彼もハーバート・スペンサーが唱える不均衡増大化の法則に懐疑的である。たとえば、それは言語には当てはまらない。言語は、はじめは散乱した状態だったものがより均一で中央集権的になってゆくのだから。

　クリフ・レズリーの著作がもつラディカリズムが、このポストモダン時代においてたたえられずにいるのは奇妙なことだ。ポストモダン時代が価値を置くものは彼と同じく、複数性、非決定性、歴史主義、反本質主義、文化や性現象の持つ求心性、それに欲望の「構築性」であるのに。彼ははるかに時代を先取りしており、ある意味で驚くほど独創的である。それに加えて彼には、ほとんどの場合間違ってはいないという長所がある。けれども、彼のラディカリズムは単に理論的なものではない。ドイツ、ベルギー、イングランド、アイルランドを扱った著作『土地制度と産業経済』で、彼は「アイルランドの現状に対して完全かつ正確な説明を加えられる人間はいない」[59]と主張している。イングランドの土地制度は、なぜアイルランドでうまくいかなかったのか？　それはイングランドでもうまくいったためしがないからであると、クリフ・レズリーは辛辣に答える。ケアンズ同様、彼は小作農による土地所有を強く提唱し、アイルランドへの資本投下を阻む主要因は下層階級の暴力だという神話をさっさと片付けてしまう。これまでのアイルランドの歴史においては、「天然資源が長きにわたって膨大に浪費されてきた」。そしてアイルランドの地主は、「先住者の所有権を暴力的に侵犯した連中である」。[60] しかしクリフ・レズリーのラディカリズムには、彼と同じ特権階級者のラディカリズムのほとんどがそうであるように、厳しい限界がある。彼は親英派であるばかりか、反分離主義者で反フェニアン主義者であり、英国との緊密な連合を求めている。そうすれば、アイルランドが「長きにわたる麻痺状態」から抜け出せるのだと。植民地の惨状について語りはするものの、彼は同時に植民者の母国の栄光をも褒めたたえるのである。

経済学者ジョン・ケルズ・イングラムはおおよそこれまで、その若き日の詩「死者の記憶」の作者としてのみ覚えられてきた。それははっとさせる一行で幕を開ける――「〈九八〉[※]について語るのを恐れるのは誰だ」。その問いには「ジョン・ケルズ・イングラム」と答えてもいいだろう。彼は世間と隔絶した残りの生涯の大部分を、その詩を忘れようとして過ごしたのだから。ドニゴールで生まれたものの、ジョン・ミッチェル同様ニューリーで教育を受けたイングラムは、〈ロイヤル・アイリッシュ・アカデミー〉学長とトリニティ・カレッジ副学長を務め、そこで膨大な著作を残した。トマス・カーライルは彼のことを好意的に評し、「情緒の面で完全にイングランド的人物（つまり道理をわきまえたアイルランド人）」と呼んでいる。[61]カーライルにとって「道理をわきまえたアイルランド人」とはまさに選り抜きのグループを意味している。トリニティ・カレッジの教師としてのみならず「公的」知識人として、彼は〈大飢饉〉の影響を受けて一八四七年に設立された〈ダブリン統計協会〉の職務においても中心的役割を演じた。バット、ホエイトリー、ケイン、ワイルドそれにファーガソンもまた、同協会の職務にかかわっていた。彼はまた優れた幾何学者でもあったし、シェイクスピアに関する著述もおこなった。ティレルは彼のことを「おそらく世界一教養のある人物」[62]といって褒めたたえた。彼はまた、実証主義を信奉する数少ないアイルランド知識人のひとりで、[63]オーギュスト・コントの生家に参詣もおこなった。〈人道教〉のかなり神秘的な儀式もいくつか実践していたようである。彼はその著書『実践道徳』で、〈人道教〉の司祭長が統轄し、司祭学校や社会的礼典やその他コントが考えた設備を備え持つ、世界規模の教団ができることを期待している。[64]社会的なものと政治的なものと経済的なものとが不可分であることを強調したコントの学説は、ダブリン経済学の人文主義的傾向に合っていた。けれども彼の認識論的確信と容赦なき史的進歩主義は、これまで見てきたように、総じてアイルランドの状況にそれほどうまく適用できなかった。コント同様、イングラムも人間性が社会を通じて完成されうると信じていた。それは一九世紀アイルランドを信じるという英雄的身振りであった。

イングラムは著書『経済学の歴史』で、この※陰気な学問の人道主義版を精神構造の研究として推薦している。つまりそれは生産の歴史というより意識の歴史に属するというわけだ。これもまた、ダブリン学派の主観論的傾向にうまく調和するものである。社会生活全般から経済学を抽象的に引き出すイングランドの学派に、クリフ・レズリー同様、彼も敵対した。イングランド的抽象化に対する彼の反論はかなり巧妙で、経済学理論それ自体の盛衰を歴史的に説明し、かくして歴史的作用を受けないことを教義の中核とする現象を歴史化してしまうのである。同書は、いわば経済学の精神《ガイスト》を研究したものだ。それは、レッキーが言うような歴史という意識の大きな潮流に関する研究で、そこでは個々人はたんにその意識の運び手でしかない。彼は、そうした歴史主義から派生する倫理的相対主義に気後れすることもなく、涼しい顔をしている——古代奴隷制はおそらく「一時的に必要なもの」だったろうし、「相対的に見て望ましいこと」でさえあった[65]（イングラムは奴隷制に賛同するにあたり、やや抑制がきかなくなることがある。その著書『奴隷制と農奴制の歴史』では、奴隷制は「野蛮への計り知れない進撃」であり、少なくとも勤勉さの基準を定めるものであるとされている）。[66]集団的生活と歴史的進化に関心を持つ実証主義は、ここに来て古典派経済学の非歴史的利己主義と肩を並べ、「国民的利己心と私的貪欲」[67]という時間を超越したドグマを持つに至った。彼は、社会発展の自然法則を発見した人物としてモンテスキューを推賞し、コント流の勝利主義に倣ってこう考えている――経済の歴史は、時に嘆かわしいこともあるが主として定めに従っており、彼の時代において「総合」という最高点に達したのだと。

ここで言う総合とは、なによりも一般法則と特定現象の総合である。社会的諸事実を観察しようという実証主義的熱意を持つイングラムによれば、アダム・スミスによる経済学へのアプローチは、合理主義的というより経験主義的であるがゆえに賞賛に値するのだが、今はそうした諸事実を一般法則に従って整理し直すときであり、それは合理的=演繹的というより歴史的=帰納的なものとなろう。スミスの著作は、自然権といったような形而上学的概念の痕跡をいまだ残してはいるが、その歴史精神に対する〈スコットランド啓蒙主義〉的感性において、コント的総合を先取りしている。彼の否定的で批判的な企図は不可欠とはいえ不十分だった――いまだ個人主義的で、反干渉主義的だし、道徳性が足りない。スミスは、富が人生のより高度な目的に達するための手段であることを把握し損ねているし、経済的発展の諸段階が社会的進化のさまざまな局面に一致することを認識できていない。もっとも彼の著作それ自体は歴史的文脈に置かねばならない。それは産業社会が全面的に開花する以前に書かれたものだし、その嘆かわしい結果がわかっていれば、スミスの楽観的すぎる見通しも抑制されていたかもしれないのだから。

一方、イングラムはミルに対して、経済学を社会と切り離して扱うことを拒んだとして喝采を送ってはいるものの、ミルの著作にはコントからの影響が十分に浸透しきっていないという。ミルはまた、「女の「従属」だとか女の能力だとか女の権利といった、大いに誇張され曲解された概念を受け入れすぎ」[68]だとされる。フェミニズムは実証主義の主眼点ではないのだと。それと関連した実直さゆえの過ちを犯し、ミルは「男たち」の中の反逆精神をも助長したとされる――イングラムが「男たち」といっているのは、要するに労働者階級のことである。ケアンズは演繹的方法にあまりにも厳密に固執しすぎており、方法論的に不健全だとされる。スミスとリカードの伝統主義的帰依者であるケアンズは、「歴史学派」(イングラムによる暗号で、コント主義を指す)以前の人物で、その他の古典派経済学者と同じく時代遅れになってしまったとされる。[69]それとは対照的にクリフ・レズリーは、英語で体系的に歴史的方法を言明した最初の人物として賞揚されている。

イングラムのプログラムは、認識論的にも政治的にも執拗に実証主義的である。経済学は「法律学者や文士」の支配から抜け出さねばならず、権利、天賦の自由、目的論、楽観論などといった神学=形而上学的残滓を一掃し、真正なる社会科学のひとつへと変容しなければならない。要するに、上流階級のアマチュア人文主義者が、いまや現実主義的なプロの学者にその拠点を委譲しつつあるのだ。もっとも、皮肉なことにイングラムの実証主義は、社会に関するその通観的見解において、上流階級のアマチュアが持つ高潔な視野を保持している。それが文人やホエイトリーのような神学者やバットやロングフィールドのような法律学者の不器用な手の中に預けられることなく、科学的な信頼性をもつレヴェルにまで引き上げられねばならないというだけの話である。[70] このようにイングラムの予定表は、ケアンズのがそうであったように、その科学的な信頼性を慎重に擁護しつつ、経済学をすくい上げて歴史社会学へと移し変えようとするもので、その過程で経済学の領域を拡張させたり収縮させたりするわけだ。かくして、「博識家」的知識人とスペシャリスト的学者との結合が成し遂げられ、後者は専門的職業人としての地位に支えられ、なおかつこの世のありとあらゆることについて発言する権利を損なわれずにすむ。科学的経済学は社会学と道徳学の両方に属してはいるが、道徳学はそれ自体が客観的科学なので何の矛盾もない。

政治的に言えば、この総合的科学は階級間の総合をも目指している。パリの先生〔コント〕と同じように、イングラムは社会革命と自由放任主義《レッセ・フェール》に断固反対する。彼はコント同様に、権利に関する議論は革命時代の形而上学的名残であって、いまや機能に関する議論に道を譲らねばならないと考える。社会を復興させる――これもコントの常套句――のは、立法措置ではなく、社会的義務への深い自覚の養成であると。皮肉なことに、この威勢のいい反形而上学的信条も、結局はもうひとつのありきたりな観念論となる。と言うのも、ジョン・スチュアート・ミルにとってそうだったように、時代を救うのは教育と世論だというのだから。このように、その解決は問題の定義づけほどうまくはいかない。

一八八〇年にロンドンで開かれた〈労働組合大会〉での演説で、イングラムは自分の実証主義的概念を公共圏に投げかけるというめったにない機会を得た。彼はコント流に、労働争議への道徳的解決法を提案する。必要なのは「社会的義務という規約が一般的に受け入れられること」であり、それが最終的には、労働者への父親的温情主義者の気遣いと労働の尊さへの礼賛を伴った、社会的責任のある資本主義へ至るのだと。資本家は陸軍将校のように振る舞い、自分を「社会の統治者」と見なさねばならない。被雇用者の友となるよう努め、彼らを商品として扱うことをやめ、「富に伴う義務」をモットーとせねばならない。この新封建主義的万能薬は、その時代で最も前衛的だと自認する潮流のひとつから提案されたものだが、スタンディッシュ・オグレイディの思想と必ずしもかけ離れたものではない。主人と使用人は、立場は異なるが等しく不可欠な役割を果たすのであり、使用人はコント的利他主義の最良の手本である。彼は「他の人びとのために生きる」のだから。ここで他の人びととして言及されているのが、コントの〈人道教〉を指すのか雇用者たちを指すのかは定かでない。イングラムは、彼の師の反個人主義的プログラムによく当てはまるという理由で、労働組合の共同的性質には賛同するのだが、そのプログラムにうまく当てはまらないという理由で、組合員が自分の物質的幸福に傾倒することには否認の意を表わす。彼は中等教育を労働者階級にまで広げることに反対していた。それが「[自分たち」より上の階級へのし上がろうという悪しき努力」[71]を助長する政策だという理由で。大会に集まった組合代表者たちの前では、彼はそのことに触れなかった。如才ないことである。

知識人が諸観念を政治的な形に変えるための媒体だとしたら、イングラムは間違いなくその名にふさわしいと言える。伝統的知識人には失礼ながら、科学的正確さは単にそれ自体が目的ではない。それどころか、「科学的正確さは、社会的諸現象を統制する法則を立証することにより、精神を落ち着かせ安定させる。なぜならそれは、現実生活の根本的構造がわれわれの力を超えていることを証明し……広く合意を得ている主権在民主義も事物の本質を変えることはできないことを証明するからである」。[72]認識論的精密さからラディカルな政治への不信任へと、イングラムは大胆にも一気に移行する。社会学の目的は、わたしたちが完全に無力であることを思い出させることだとされる。その結果、わたしたちの知識が増せば増すほど、わたしたちは行動を取れなくなることになる。これが社会学から発せられた声なのか、それともトリニティ・カレッジから発せられた声なのかは定かでない。社会学者は、いまや産業中産階級の主要な有機的知識人となり、その専門分野をより広範な政治的目的という名の下に展開し、科学という聖油で市場を清めるというのだ。その宿命論がイデオロギー的に危険な暗雲をもたらすとまずいので、イングラムは即座に高邁なヴィクトリア時代的意思表明を声高に唱えるのである――改革と「希望に満ちた努力」はいつだって可能であると。これはヴィクトリア時代人におなじみの、陰鬱な決定論と不屈の能天気との結合である。わたしたちの行動を支配する法則に順応することによって、わたしたちはいつでもそれを自分に有利になるように操作できるというわけだ。

　一八六四年のアイルランドに関するイングラムの見解を特徴付けているのは、陰鬱《グルーム》さというよりむしろ能天気である。彼はアイルランド人の国外移住を、まったく自然な現象で歴史の進歩という偉大なる行進の一部であると見なしている。実際、アイルランド人は積極的に移住を望んでいるのであって、この集団的大移動を嘆くのは潮の流れを嘆くようなものだと。労働者が最高賃金にひきつけられるのは自然の法則であるからして、アイルランド人移住者は歴史の宿命を担っているだけである。ケアンズやクリフ・レズリーとは異なり、イングラムは小規模な小作農の行く末を確認したがっている。土地の整理統合により、彼らは農場労働者へと転身するはずであると。英国はこうして土地均分社会の範例《パラダイム》を提供するのだと。〈連合〉から〈カトリック解放〉を経て現在に至る一九世紀アイルランドは、歴史の進歩という現実を証明しているのだと。もっとも〈大飢饉〉のことは、外交上ここでは伏せられる。この楽天的な語りが教えてくれるのは、「大英帝国の支配階級は証拠と論証を徹頭徹尾うまく使うことができる」[73]という事実である。彼らがそれに基づいた行動を取れるかどうかが吟味されることはない。

　イングラム本人に形而上学的傾向がまったくなかったわけではない。彼の著書『オーギュスト・コントによる人間性と道徳』では、人間の脳が持つ十八の機能が特定され、そこでは感情的機能が知的機能に優先するとされる。政治的には、心の変化が制度の変化に優先するということになる。彼はお決まりのホッブズ的な一文で、個人は主として本能に動かされるもので、知性はそれを促進するための計算器械にすぎないとしている。科学的進歩が最終的に出す結論は、このように古臭いものである。諸本能の中には戦闘衝動や労働衝動といったものが含まれ、イングラムは、クリフ・レズリーとは違い、適宜それらを自然化する。〈人道教〉の目的は、家族、民族、人類の順で上がる階梯に基づいて利他主義を教え込むことである。かくして「先進的」で科学的な心理学は、不思議なことに伝統的中産階級の価値観に同意することとなる。イングラムの考察によると、母性本能は「脳の下位後葉正中に位置する小脳の上に」[74]位置するとされる。この世間をあっと言わせる情報を彼がどうやって手に入れたのかはいまだ不明である。権力欲は労働本能のそばに位置し、「〈不動（すなわち堅忍）〉は以前には何もなかった空間にある正中の器官で、〈慈善〉の後ろ、〈称賛欲〉の前面に位置する」。[75]これらはすべて、あまりにも長い間トリニティ・カレッジの自分の部屋に隠遁することの危険性を、悲惨なかたちで立証している。人は〈人類という大いなる存在〉に身を捧げなくてはならないとされる——女性に向けた意思表示がほとんどないイングラムだが、〈人類という大いなる存在〉にはうやうやしく女性の性を付与している。いわゆる利己本能とは、入念に練られた心理学的暗号であり、事実上無産階級を意味する。イングラムはこの本能の「突然の予期せぬ襲撃」について敵意ある書き方をしている。一方、「利他主義」が意味するのは、中産階級の行政官、官僚および彼のような社会学者の統治によって、そうした荒々しい衝動を馴致し統合することである。人間性に仕えることがすべての道徳の目的であり、それはまず母たるものが子たるものに畏敬と尊敬を教え込むことによって育まれるのだという。アイルランドの知的生活の中で、コント主義が結局小さな潮流にすぎなかったとしても、それは必ずしも悔やまれることではないだろう。

第5章 青年アイルランド派その他

Young Irelanders and Others

一九世紀アイルランドの主要な学問的功績の一部は、至極当然なことだが、ケルト研究の分野で生まれた。ゲール系アイルランド人が、アイルランド知識人社会の大部分を占めていたイングランド系アイルランド人〔アングロ・アイリッシュ〕と肩を並べられると考えたのは、何よりもこの領域においてであった。ケルト族の古物はそもそも彼らゲール系アイルランド人の文化的伝統だったし、彼らがアイルランド語を読めることがこの領域ではきわめて有利に働いた。それに科学と違って、ケルト古物研究はアマチュアや独学者に開かれていたのである。ジョン・オドノヴァンは、『四人の師による暦』を編纂翻訳するという記念碑的仕事をおこなった「五番目の師」として知られる人物である。彼は幼少期にはヘッジ・スクールに通い、その後限られた財力しかないカトリックが得られる教育のなかで最良のものを提供するダブリンの古典学校に通った。ユージーン・オカリーとともに※ブレホン法の編纂という労を要する計り知れない仕事もやりとげ、アイルランド語の重要な文法書を記し、トリニティ・カレッジ所蔵のケルト写本の目録も作った。その労苦に報いて、トリニティ・カレッジはオドノヴァンに名誉博士号を授与したのだが、彼としてはそれなりの報酬をもらったほうがうれしかったのはまちがいない。彼は生涯を通じて経済的苦境が続き、落胆のあまり国外への移住を考えたこともあったし、政府からの奨励金支給も拒否されていた。ケルト語教授の職を得てやっと、のどから手が出るほど欲しかった年間百ポンドの給与をもらえることになった。(1)政府がオドノヴァンの驚異的な働きを支援するにふさわしいものだと判断できていたなら、彼はどれほど名を成したか知れない。

アイルランド最高の歴史地形学者であるオドノヴァンは、アイルランドの地名の正式名称を確かめながらアイルランド諸州を踏査して回ったのだが、その際に〈陸地測量〉局と交わした膨大な数にのぼる書簡を後世に残した。その機知に富み愛想よくかつ皮肉も込められた書簡はいくぶんピカレスク小説といった風情があり、この書簡には、文献学的正確さを追究する旅程で遭遇した博学な教区牧師や意地が悪く了見の狭い上流階級者や、頭のいかれた聖職者[2]といったさまざまな人物が登場する。いきなり劇的対話を挿入することもあれば、アイルランド詩の一節をおどけた狂詩へと翻案したり、ダブリンにいるよりアルスターの村落にいるほうが心地良いと宣言したりする。自分より地位の高い相手に〈パディ〉というアイルランド人への蔑称で呼ばれると、「わたしの血管にはアイルランド人とノルマン人とクロムウェル時代に入植してきたイングランド人の血が流れております。願わくはその混血具合が理性的人間を形成せんことを」と自己紹介するのである。[3]衒学には断固として敵意を燃やし、自分の古物研究上の省察には小説家というに足る筆致の描写を織り込む。どんなことにも注意力を働かせ、ダウンパトリック近辺で蛇が目撃されたといううわさがあれば、ダブリンの先生方のために出費の節約を心がけつつ追跡調査をおこなうといった具合だ。

一九世紀ケルト研究の第一人者ジョージ・ピートリーは、おおよそオドノヴァンと変わらぬ経済状態にあった。彼は、社会的にはいくぶん魅力に欠けるゲール系アイルランド語学者の先導者として定評があり、ヴィヴィアン・マーシアによれば、「長い目で見るとトマス・デイヴィスやダグラス・ハイドより、そしてことによるとイェイツより重要」[4]な人物である。一九世紀アイルランドの文化において、ピートリーの瞠目すべき影響を受けなかったものはひとつもない。実際、学問領域の広さを措いても、同時代の知識人で彼の功績に匹敵できる者を思い浮かべるのは難しい。一九世紀アイルランド知識人の中でピートリーこそが唯一の重要人物だったという説もあることから、彼が当時の最重要古文書学者だったことは確かである。マシュー・アーノルドは著書『ケルト文学研究』の中で、彼を「大物集団」の一員と称賛している。画家、考古学者、古物研究者、地形学者、音楽学者、そして疲れを知らぬ文化行動主義者であった[5]ピートリーは、〈陸地測量〉局地形学部門の監督者であった。その先駆的著書『アイルランドの円塔に関する試論』(一八三三)および『タラ丘の歴史と古物考』(一八三九)に対しては、〈ロイヤル・アイリッシュ・アカデミー〉が金の勲章を授与した。

また、コン十字や『四人の師による暦』の自筆の写しといった値踏みできないほど貴重な代表的作品を提供するなどして、〈ロイヤル・アイリッシュ・アカデミー博物館〉の所蔵品を増大させた。彼が科学の分野に手を伸ばしていたら、偉大な科学者になっていた可能性は十分にあると考える者もいる。

ピートリーが収集したアイルランド音楽は、アイルランド文芸復興運動において大きな役割を果たした。また彼の『アイルランドの古代音楽』（一八五五）は知の記念碑と呼ばれている。その作成は、ある種の正統的知識人に特有の社会公開的共同作業を伴っていた。公衆は、いまだ書き記されたことのない歌を写し取ってダブリンの中央駅宛に送るよう求められ、ピートリーがそれを調査分析した。[6] こうして文化が民間から伝達され、知識人の手によって保存されたのだった。そうしたプロセスの中には、キャロランが作曲したプランクスティ（アイルランドの三拍子のハープ曲）をケリーのフィドル奏者ロッシュが演奏し、それをリストウェルのアマチュア音楽研究家ジョン・シャノンがアイルランド歌曲の稿本に写し取り、リストウェルでそれを発見した〈陸地測量〉局のジョン・ケリーがピートリーに渡したのち初めて出版されるといった例もある。トマス・ムーアはピートリーの歌曲を数多く利用したし、ダニエル・オコンネルがその数曲を歌ったことも知れわたっていた。それは政治的含意を伴わない事業ではなかった。ウィリアム・ストークスはピートリーについて次のように述べている。彼は「洗練された知性および忠誠心とアイルランド人の希望および共感とを調和させるという、この時代の大きな難題を片付けるのに存分に貢献した」と。[7] 現実の政治において達成し難かったことが、一曲の歌を共に歌うだけでいつでも成し遂げられた。ピートリーの著作は、上流階級古物研究者の気楽なアマチュアリズムが厳密な専門性にその陣地を引き渡しつつある時点を刻印している。ある評者の意見によると、彼は「ヴァランシーによるケルトマニアのなごりを一掃し、厳格さと現実主義において公然と過ちを犯すアイルランド研究のプログラムを作成した」。[8] 要するに、彼はアイルランド人初の重要な考古学的修正論者であり、冷静沈着な判断力を備えた人物であった。それを彼のアイルランド系スコットランド人という半分よそ者としての身分と関連付ける者もいる。

仲間の多くがそうであったように、彼も基本的には御用知識人で、英国政府に雇われて〈陸地測量〉に従事したし、〈ロイヤル・アイリッシュ・アカデミー〉、〈ロイヤル・ヒベルニアン・アカデミー〉（彼はそこで定期的にスケッチや水彩画を展示した）、〈アイルランド考古学協会〉といった組織のメンバーであった。〈陸地測量（一八三三―四六）〉は、錚々たる伝統的アイルランド知識人――詩人、聖職者、学者、芸術家――が一堂に会し、途方もなく野心的な植民地主義事業に加担させられながら、政府の保護の下で親密な共同研究を楽しめる場であった。ここから生じた学識の一部が後のナショナリスト作家たちに影響を与えたことを考えれば、アイルランド文芸復興運動に英国政府が部分的に資金提供していたと言えるかもしれない。たとえば、ブレホン法の出版を請け負ったのは英国政府であった。しかし、〈陸地測量〉事業における政府と伝統的インテリゲンチャとの出会いは、完全にうまくいったわけではなかった。調査が打ち切られた理由のひとつは、学者たちが半ば強迫観念にとらわれたようにおこなった事細かい記述が途方もない分量にのぼったため、つまり几帳面さが高じて事業が「カゾボン的規模」(9) に達したためであった〔カゾボン (Issac Casaubon, 1559-1614) は、フランスの神学者・古典学者。当代のヨーロッパでもっとも博識な人物として知られていた。〕。

しかしこの選抜きの学者からなる一団の仲間意識の中にも、ある階級構造の縮図が見受けられる。サミュエル・ファーガソンは次のように記している――「ピートリーの調査で、私はオドノヴァンやカリー（このときはオがついていない）やマンガンの知己を得たし、「ユニヴァーシティ」の編集室ではスタンフォード、ウォーカー、バット、オサリヴァン、そして後にはワイルドの知己を得た」。[10]けれども、ファーガソンがバット宅やワイルド宅で開かれる晩餐会で、マンガンやオドノヴァンにばったり出会ったなどということはありそうにない。またテレンス・ド・ヴィア・ホワイトの説に従えば、オドノヴァンやオカリーといったゲール系アイルランド人学者がR・P・グレイヴズ宅で開かれたシェイクスピアの夕べに招待されることはなかっただろう。[11]〈陸地測量〉に加わったカトリックの学者たちは、主にジェントリー階級者の属官として働いた。たとえば、ピートリーにアイルランド語を教えたオドノヴァンは、その初対面の時の印象を「農民の身なりをしている」とピートリーに評されている。[12]サミュエル・ファーガソンは、政治的和解の原型たるその事業に徐々に夢中になっていく。「党派や信条にかかわらず、すべてのアイルランド人が、もっとも高い地位にある者とももっとも際立った才能を持つ者が、熱く力をあわせ、共に住まう郷里に利益をもたらすというひとつの目的に向かう光景を目にするのはうれしいことではないか」。[13] 文化的協調は社会的ユートピアの前触れであり、「未来の幸福や平和を示す吉兆である」と。だが実際には、〈陸地測量〉と階級間融和という二つの企図はともに頓挫することになる。〈陸地測量〉局の裏部屋に詰め込まれたピートリーとその助手たちの印象を、ファーガソンは次のように描写している――「そこにはわたしたちの尊敬に値する上官がいて、絶えず笑みをこぼし愛想の良い言葉を発していた。またそこにはみすぼらしいクラレンス・マンガンもいて、風変わりで小さなマントと素敵な帽子を身に着けて、奇矯な駄洒落や冗談を口にしていた」。[14] それは社交的であると同時に、「上官」という単語が示すように、階級性の強い集まりであった。ウィリアム・ストークスはピートリーについて次のように述べているが、その言葉に見られる庇護者ぶりが内情を露わにしている。ピートリーは「最愛の主人であり先生であった……この土着で生粋のアイルランド人たちの」。[15]

ピートリーの周辺の研究仲間は丹念に事実を尊重することをよしとしていたが、その取り巻きのひとりジェイムズ・クラレンス・マンガン以上に、彼らの事実尊重主義とははっきり対照をなす作品を書いた人物を思い浮かべることは不可能だろう。アルフレッド・グレイヴズが著書『文学と音楽の研究』で指摘するように、マンガンは翻訳が食い扶持だという理由で、翻訳に際し原典に改良を加えるのが常であった。学者がテクストに忠実であるのに対し、芸術家は自分の誤った目的のためにテクストを自由奔放につくり替えるといった相違がそこにはある。亜麻色のかつらをつけ、顔色はアンディ・ウォーホルのように青白く、緑色レンズの大きすぎる眼鏡をかけ、歯は入れ歯で、奇抜な帽子とマントをまとい、タール水溶液、それに薬とウィスキーを携帯し、そのうえばかでかい傘二本（両手に一本ずつ）を持ったゴシック風マンガンのどぎついさまは、彼の手による数篇の「翻訳」同様に出所が定かでなく、呪われた詩人の原ポストモダン的パロディのようなものだった。彼の異種交配的な詩と同じで、彼のいかがわしい人物像もまた、植民地主義下に置かれたアイデンティティがもつ不安定で「相互テクスト的」な性質への、ゆがんだかたちでの批評と見なすことができるだろう。[16]アイデンティティの欠落をうまく利用したかのように、極貧生活に始まり熱病で死ぬという彼の不運な生涯は、彼が生きた時代を丸ごと縮約している。まさにそこまで常軌を逸していたがゆえに、彼はむしろ一般的な零落状況の代弁者たりえたのだった。

マンガンの文学における経歴もまた、事実を崇拝する学者へのパロディめいた批評だった。というのもアイルランド人にとって、事実というものはそもそも無条件の価値をもつものではなかったからだ。社会に関するデータを実直に集めることが社会的啓蒙のみならず政治的支配にも役立っていた社会においては、学者の事実に対する情熱がイデオロギー的に完全に無垢であると見なすことは不可能だった。いずれにせよ、問題とされる事実はきわめて不愉快なものであることが多かった。そこからは中立的研究精神の名の下に隠蔽された人間の不幸が取り除かれていたからである。政治革命家が事実を変えようと考えるのとちょうど同じように、マンガンも事実は自由に作り直せると思っていた。学者たちが事実はどうなのかということに精力を傾けるのに対し、急進派たちは事実をひょっとしたらあるかもしれない姿に変える。ひとつにはこの急進派による仮定法に疑念を持つがゆえに、大学の学問の多くが政治的に保守的な傾向を帯びるのである。ジョン・ミッチェルの洞察力に満ちた言葉を借りるなら、マンガンはもとの素材を「ひっくり返し」て、そのマンガン版を作るという解釈学的自由を実践したのだった。それは皮肉なことに、アイルランドの文学史においては至極伝統的な所作であった。[17] マンガンの詩集の編者の言によれば、彼の翻訳のなかには、ワインを鉛の器から見慣れぬ優美な金杯へと注ぎいれるようなものもあったという。[18]

マンガンは作家であると同時に反作家でもあり、出版した自作は一冊のみで、その他の作品の多くは自分で入手した素材からの盗用であった。彼は「自分の大いなる努力を卑下して茶化すことに、いたずら好きの妖精のような喜びを感じていた」と、ミッチェルは評している。[19] 彼のドイツ語からの翻訳には、原文に忠実なものもあれば奇想を凝らしたものもあり、原作者自体が存在しないものも二、三あった。彼の詩は、内面生活を蕪雑な筆致であいまいさを残すことなく派手に表現するもので、絶望は芝居がかりすぎだし、希望は喜び勇みすぎである。芝居じみたかと思えばいきなり卑小に転じ、笑いを誘うかと思えばいきなり悲しげにみえる。そこには中間地帯がほとんどない。彼の言語使用域の片方に誇張されたナショナリズムの修辞法があるとすると、その反対側には極端に無目的な表現様式がある。無目的をひとつの社会状況と見なすなら、ナショナリズムはそれに対する一つの政治的な応答なのである。真剣さとしゃれっ気を両立させることが彼には困難で、それゆえ、真剣さは極端に物々しくなることが多すぎるし、しゃれっ気は滑稽でくだらない冗談に堕ちてしまう。[20]彼のユーモアは本当は、逆上した自暴自棄のあらわれで、そこに植民地のむなしさと困難さを見て取るのは難しいことではない。彼の初期の詩はおどけて、バイロンがやるようなしたり顔の自己言及をおこなっているが、苦心に満ちた労作のほうには、遊び心が少なく力のない自意識が見られる。彼の作品が埋め草にも狂詩にもいびつな文飾にも自滅的な言葉遊びにもならないでいるには、固定された韻律形式や雛形となる対象テクストといった抑制が必要なのである。マンガンとピートリーは同じ測量局にうまく収まっていたかもしれないが、ふたりの感受性は、その政治思想と同じで完全にかけ離れたものであった。

・・・・・・・

近代アイルランド学のなかには、『ダブリン・ユニヴァーシティ・マガジン』の思慮分別のある高度な沈着さと『ネイション』の若々しい理想主義とを対比させるのを通例とするものがある。トマス・デイヴィスの懐古的ロマン主義、ジョン・ミッチェルの激しいイングランド嫌いや奴隷制にかける熱意、ウィリアム・スミス・オブライエンの気取りすぎたたどたどしい話し方、チャールズ・ギャヴァン・ダフィの物々しい尊大ぶり、トマス・フランシス・マーの当惑させられるほどの華麗な演説。これらを『ダブリン・ユニヴァーシティ・マガジン』の威厳ある知的内容と同列に並べることはほとんど不可能である。しかし実際は、これまで見てきたように、『ダブリン・ユニヴァーシティ・マガジン』に偏狭さや党派性がなかったわけではないし、〈青年アイルランド派〉は時に提唱される以上にかなり穏健で寛大なプロジェクトであった。それゆえ、その運動に関する修正主義者の見解には多少の修正が必要である。

〈青年アイルランド派〉は、無条件に文化的ナショナリズムに熱を上げていたわけではない。ジョン・ミッチェルとギャヴァン・ダフィは控えめながらもその信条を軽蔑していた。オコンネルがアイルランド語に対してより実用主義的な態度を取ったのとは対照的に、トマス・デイヴィスはアイルランド語に献身的な愛情を示した。デイヴィスにとって、英語はケルト人が話すには堕落した言語であるだけでなく「不自然な」言語であった。さらに彼はナショナリストの生理学を記した風変わりな記事で、アイルランド人の発声器官は英語に適していないと示唆している。しかし、同時に彼は英語をアイルランドの第一言語と――少なくとも商業的用途に関しては――みなしていた。オコンネルのほうも自分からアイルランド語を話すことがあったし、門弟の前でアイルランド語について「君たちの本来の言語だ」と語ったこともあった。〈青年アイルランド派〉の政治的視野もまた、必ずしも地域を限定するものだったわけではない。デイヴィスはインドに関する洞察力にあふれた論考を記しており、それはインド―アイルランド間のナショナリスト同盟の長い歴史の一角を占めることとなった。また彼はアフガニスタンにも大いに関心を寄せていた。フィンタン・ローラーは、アイルランド内での闘争を植民地主義一般に対する闘争として普遍化し、その声明では第一インターナショナル的言い回しを用いて「人類はいまだ地上の支配者ではない」と言っている。[21]〈青年アイルランド派〉は、その国民《ネイション》の歴史についてこちらが当惑するほど夢想的だったり激変説支持者だったりすることもあるのだが、ギャヴァン・ダフィのように辛辣な書き方のできる人物もいる。いわく、「これまでアイルランドという劇場では、上演目録に忠実に歴史が繰り返されてきた。そこでは世代から世代へと役者が変わるだけで、ほかは何ひとつ変わることがない」。[22]

『ネイション』はその寄稿者予備軍に、暴力を美化したりアイルランド人の能力を大げさに評価したりすることのないよう戒めていた。真の政治的自由のためには長期間にわたる国民《ネイション》教育が欠かせないと、同紙は信じていたからである。人々は政治的独立に向けた自己訓練のために文学や教養科目や自己修養のための学問を学ぶ必要があると、トマス・デイヴィスは記している。もっとも彼はその点について、独立それ自体が「最も偉大なる教師」であるという賢明な理解を持ってはいたのだが。要するに、植民地主義そのものがアイルランド人を未熟なままにしておく第一の原因であることを顧みずに、アイルランド人には自分たちの問題を自主管理する準備ができていないとする植民地主義者の古典的な見解を、彼は退けるのである。国民《ネイション》に狡猾かつ巧妙に取り入ったオコンネルに反感を覚えた〈青年アイルランド派〉は、大衆《マス》に迎合することもなかったし、大衆を傲慢に見下すこともなかった。[23] アイルランド国民《ネイション》は植民地主義の歴史に傷つけられてきた自分たちの能力への信頼を見出す必要があるという論旨が、トマス・マーの著作には繰り返し登場する。少なくともこの意味においては、〈青年アイルランド派〉は決してロマン主義的理想主義者ではなかった。共和主義を主張するメンバーは一八四八年まで、ジョン・ミッチェルを含め一人もいなかった。革命に伴う暴力に関しては、軍用鉄道線路を撤去するよう奨励したミッチェルの悪名高き新聞記事さえも、純粋に防衛手段としての行為にかかわるものだった。彼は、アイルランド人に先に血を流すことを避けるよう警告し、アイルランド人はそのようなことはしないだろうと自身が発行する新聞『ユナイテッド・アイリッシュメン』紙上で断言し、武器の携帯は擁護するが交戦は擁護しないとの綱領を出していた。もっとも実際は、英国政府を挑発してナショナリスト運動に対する暴力を行使させ、それによって自分たちの武装行動を正当化しようと考えていたのだが。

けれども、〈青年アイルランド派〉が防衛手段としての暴力の正当性を強調したとしても、それは大部分においてオコンネル自身の非暴力主義とほとんど変わるものではなかった。デイヴィスのような育ちのいい紳士が大衆暴動という考えを歓迎するなどということはありそうになかった。ナショナリスト闘争において武力を用いるもっともな理由について、マーは有名な騎士道的演説をおこなったが、それは武力という選択肢を手放さないように訴えていただけで、熱烈に信奉すべき戦略として口にしたのではない。この演説では、一八四〇年代のアイルランドにおいて武力闘争がうまくいく見込みは少しもないと明確に述べている。「戦闘を煽動するのはばかげているし、それゆえ邪悪である」。[24]ミッチェルの逮捕後、マーは彼を救出するために当初は武力行動を提唱していたが、考え直してその案を撤回した。暴力を非難して手放すことを拒否する構えは、〈青年アイルランド派〉の血に飢えた精神の反映というよりは、オコンネル派への対抗的戦略であった。たとえば、〈青年アイルランド派〉にとって〈緑紐会主義〉は異端であった。マーは口では武力を絶賛しても行動が伴わなかったとして嘲笑を受けてきたが、これもまた疑わしい。彼は後にアイルランド人部隊の勇敢な将校としてアメリカ南北戦争に加わったし、一九世紀においてもっとも多くの血が流れたこの戦場に何度か立ち会い、自分の周りで部下たちが虐殺されるのを目にしていたのだから。[25]ミッチェルが最終的に武力行動を信奉したのは、政治的計画というより自暴自棄な無償の行為としてであった。彼はローラーに次のような毒々しい手紙を送った――「卑劣なやつらが住まう暗い泥沼に堕するくらいなら、この島は灰塵に帰してしまったほうがましだ」。[26] ミッチェルの暴力礼賛は、つまるところ実存主義的な問題だったのであり、臆病な国民《ネイション》を刺激して自尊心を取り戻させようとする無謀な試みだったのである。こうしたソレル的理論を持っていたことで彼をとがめるのならば、後のイェイツにもまた同じ訓戒を与えるべきだ。英国が軍隊という選択肢に固執する限りにおいて、ローラーもそれに固執するのだった。「監獄や流刑船や絞首刑を使ってこの問題を論じることのないようイングランドに誓わせよう。そうすれば、いかなるかたちの物質的強制力も用いずにその問題を論じることを、わたしも即座に誓うだろう。こちらの犬をつながせておいてあちらは石を投げるというのでは取引にならない」。[27]

宗教に関する限り、印象的なまでに〈青年アイルランド派〉は概ね寛容で多元主義的だった。彼らは、いわゆる不敬なクイーンズ・カレッジ群も含め、各宗徒の混成教育を支持していた。いやむしろオコンネルその人が、そもそも信仰にこだわらぬ共学に好意的だったのである。彼らは概して、どんなかたちであれカトリックの狂信的排他主義やカトリック至上主義に反対していた。彼らはまた、連合主義《ユニオニズム》にも寛大だとして描かれていた。政治的に見ても、彼らがとりわけラディカルだったということはない。オコンネルが〈チャーティスト運動〉をその暴力性と社会綱領を理由に公然と非難したとするなら、『ネイション』はその人民憲章の条項のいくつかに対して「忌まわしいもの」という非難を与えた。デイヴィスは社会主義者ではなかったが、一時期〈チャーティスト運動〉との同盟を提案したことがあった。しかしマーとミッチェルの両者は〈チャーティスト運動〉そのものを拒絶した。けれども、〈青年アイルランド派〉「古典」期の後釜に就いた〈同盟〉は、実際に〈チャーティスト運動〉にかかわり、一八四八年中頃までにはイングランドにおけるその二つの潮流はほとんど区別のつかないものになっていた。オコンネル本人が徹底した自由貿易主義者でなかったとしても、『ネイション』はオコンネルの哲学的ラディカル趣味を笑い草にすることがあった。マーは、アイルランドの貴族階級や保守派を〈青年アイルランド派〉の事業に協力させることを望んでおり、女王には敬意を払い、社会的階級や特権の必要性を擁護していた。自分は共和主義者ではないし、貴族制を伴わぬ国家など想像できないと、彼は主張した。[28] その代わり、彼はすべての階級を統合する国民《ナショナル》運動を希求していた。彼は所有地へ危害を加える意図が一切ないことを誓っており、ウィリアム・スミス・オブライエンは一八四八年の暴動にあたって、その誓いどおりの行動を取り、私有地に侵入することを自軍に禁じたのだった。〈青年アイルランド派〉は、結集して国民《ネイション》を先導するよう地主階級に呼びかけ続けた。こうした呼びかけが露骨にユートピア主義的である時期ですらそうだった。トマス・デイヴィスは「民衆《ピープル》を救う」よう貴族階級に求めたし、ミッチェルもまた、一八四七年になってもまだそうした錯覚を共有していた。ミッチェルはまた次のように宣言していた。アイルランド君主制に反対するつもりはないし、自分は民主主義者でもなければ共和主義者でもないと。

こうして見ると、アイルランドのほかの多くのラディカルたちと同様に、〈青年アイルランド派〉も全般にかなり保守的な集団だったのである。彼らを特徴づける言葉としては、頑迷と狂信よりむしろ妥協と混乱のほうがふさわしいのかもしれない。彼らは、政府に迫害されたせいもあって、飢饉に襲われ打ちのめされた社会に不幸をもたらす時期尚早な蜂起へと到ったのであり、その冒険主義的叛乱が大きな実を結ぶと考える者は、メンバーの中にはほとんどいなかった。ダフィはオブライエンに次のような皮肉な手紙を送っている。われわれは、新たなマラーやロベスピエールのような連中の敵として、ジャコバン派の断頭台で出会うことになるだろうと。不気味にも、この予言は後にアイルランド自由国の共和国軍対抗勢力裁判で実現されることになった。オブライエンが革命に対してきわめて慎重な態度を取ったことや、政府打倒に非の打ち所がないほど丁重な態度で臨んだことを考えれば、それはジャコバン的熱狂というより身分に伴う徳義上の義務《ノーブレス・オブリージ》と言うにふさわしい。メンバーの中では社会的ラディカルの最たるものだったジェイムズ・フィンタン・ローラーでさえ、ジェイムズ・コノリーの原型だなどということは決してなかった。アイルランドのナショナリストの多くがそうであったように、ローラーは政治を尻目にかけず、土地問題にすべてを賭けていた。政治は「紙の上の出来事」であるのに対して、彼自身の目的は遠慮がなく、「英国による征服を無効にすること」であった。しかし実際は、ロバート・ピールに手紙を出して〈連合撤回〉に反対する旨を告げ、ピール首相に力を貸すと申し出たこともあった。賢明にも土地問題と国民《ナショナル》問題を連結させたという点で、彼はパーネルを先取りしていた。と言うのも、〈連合撤回〉は多分に都市的原理によるものであり、それ自体が小作農を決定的な政治行動に駆り立てることはないだろうと、彼は踏んでいたからである。アーサー・グリフィスは、彼のことをそれほどナショナリスト的ではないと見なしていた。一八四九年にティペレアリーで起きたものの失敗に終わった一揆という装いをとって、政治は最終的にローラーの身に降りかかってきた。彼は現地で夜通し陣営を張っていたのだが、これといって目立った戦闘的効果は何ひとつなかった。

　ローラーの地主に対する立場は、〈青年アイルランド派〉全般がそうであったように、著しく一貫性を欠いたものである。はじめのうちは階級横断的国民《ネイション》同盟を擁護していたものの、後には地主階級自体を全廃する必要があると述べている。けれども彼が考えるアイルランドの未来像とは、土地資産をすべて政府に委譲したのちに国民《ネイション》に忠誠を誓う人々にそれらを賃借させるというもので、場合によっては賃借者に地主たちが含まれるようにも見える。『ネイション』宛の手紙で彼は地主たちに向かって、君たちには新憲法を立案する能力があると告げている。

だが同じ文書の中で、ロック風の言葉を用いながら、その能力は民衆の側にあるとも言っている（ブラックストンの信奉者だったローラーは、アイルランド・ナショナリストにしてはめずらしく、慣習や伝統といったバーク風の言葉を用いずに、自然権に基づいた言説を口にしている――「現在生きているどの世代の人間も、まだ生まれていない世代に義務を負わせることはできないし、人間の権利を売りさばいたり浪費したりすることもできない」[29]）。〈大飢饉〉とともに現行の社会秩序が消滅したいま、「新たな生活様式と労働様式」の形成は地主階級の手にかかっているという。しかし、〈青年アイルランド派〉に特有なアンビヴァレンスをあらわにしつつ、彼は階級間調和に関する小論を記した手紙を次のように閉じている。新たな人民憲法の下では、地主の権利と利害が完全に保護されるであろうと。しかし一方で、ミッチェルに送った手紙では、地主は外国人であり敵であるという信念を自分は生涯持ち続けていると宣言し、さらに、地主にリーダーシップを取るよう訴えかけているときでさえ自分はその見解を保持していると主張し、一貫性を持たないというか、二枚舌を使うことを選んでいる。

このようにアイルランドの貴族階級に批判的な見解を持っていたにもかかわらず、国民《ネイション》に対する忠誠を誓う者にはやはり土地所有権を付与するだろうと、彼は断言している。著書『重罪犯の手紙』の中で、彼の立場はいま一度変わる。地主はいまや追い払うべき「駐屯兵」とされるのである。「奴らかわれわれのどちらかがこの島を立ち去らねばならない」。[30]

ローラーは自覚的な革命家で、ミッチェル流の暴動を無政府主義的だとして批判していた。彼は、アイルランドが英国と同盟を結びながら同時に英国から独立するのは不可能だという理由で、〈連合撤回〉はばかばかしく実行不可能なものだと考えていた。〈連合法〉が法制上無効だなどということは決してないと、彼は主張した。しかし彼は、〈連合撤回〉という提案に論駁しようと思うほどその問題に関心を持っていたわけではなく、『重罪犯の手紙』の中では、〈連合撤回〉それ自体には反対していないと言明している。熟練労働者には受けても一般労働者には受けないエリート主義的なものにするつもりでないのならば、〈連合撤回〉は土地問題とあわせて考えるべきだというだけの話である。〈同盟〉は貴族制の保持を、また民主的ではない国民《ナショナル》の革命の成就を願っているのだと考え、ローラーは〈同盟〉を部分的に正当化した。彼の判断は〈土地同盟〉に関しては確かに当たっていた。トマス・デイヴィスは社会的平等に対して（政治的平等に対してではなく）不信の目を向けていた。ダフィはというと、小作農は政治的に団結して組織を作ることができないだろうという、エリート主義的で都会派的な意見を持っていた。工業化は不可欠かつ望ましいものだとローラーが考えていたとしても、それが本質的に有益なものだという彼の見解が、〈青年アイルランド派〉のよりナロードニキ的なメンバーたちに共有されることはほとんどなかった。

　ジョン・ミッチェルのラディカリズムめいたものの大半は、実は保守主義をかろうじて偽装したものであった。クリストファー・モラッシュが言うように、彼は「啓蒙主義を拒絶していた」。[31] 彼が社会革命の必要性を信じるようになっていたとしても、同時に彼はそれを必要悪だと見なしていた。彼は地下組織による秘密の謀議には断固反対していたし――機密事項などおのずとばれてしまうものだと彼は考えていた――パリでフェニアン同盟員のためにちょっとした働きをしたことはあったものの、フェニアン主義とは意見を異にしていた。〈アメリカ・フェニアン協会〉の最高責任者の地位に就くよう申し出があっても、彼はそれを断り、とりわけ北アイルランドのプロテスタントもナショナリズムの大義のために結集すべきだという信念において、フェニアン同盟員と意見を異にしていた。彼のアイルランド・ナショナリズムの大部分がそうであったように、彼のイングランド嫌いは、ある意味でイングランド人に対する憎悪というより、近代性そのものに対する嫌悪感だった。それは商業や製造業に対する、また進歩と博愛といった右にも左にも容易に振れる「おざなりの標語」に対する、カーライル的な侮蔑であった。近代性はミッチェル本人をも左右の両方向へ同時に導いたのだった。貧者を見捨てて富者のなすがままにさせてはならないという信念に振れることもあれば、独裁制的反リベラリズムのほうに振れることもあったのだから。ミッチェルの著書『監獄日記』は、イングランド人と彼が「あれ」と呼ぶものとを区別している。「あれ」とはその政治体制のことである。自分はイングランドの敵というよりむしろ友だと彼は言明しており、イングランドの民衆《ピープル》自身が大英帝国に苦しめられてきたのだと信じている。

ミッチェルの産業資本主義に対する敵意は、アメリカ南部諸州の奴隷制に対する彼の狂信を説明（弁明ではないにしても）する一助となる。と言うのも、彼は愚鈍にもその奴隷制を主人と奴隷のゲマインシャフト的絆の一形態だと誤解して、産業資本主義の無情な金銭的結びつきと対比させているからだ。かくして南部諸州がある意味でアイルランドに置き換えられ、イングランドに似て産業の発達した〈北部〉に対峙するのである。ミッチェルの息子のうち二人がアメリカ南北戦争で――そのひとりはゲティズバーグで――戦死した。ミッチェル本人は、敗軍側の宣伝要員兼野戦病院助手として積極的に関与した。南北戦争終結後に彼は逮捕されて数ヶ月間投獄されたのだが、その際、自分はイングランドとアメリカ合衆国で続けて投獄された唯一の人間だと語っていた。人柄としては、彼はやさしく、人当たりもよく、情け深いと言われていた。[32]

〈青年アイルランド派〉の諸メンバーが、アイルランドの政治思想家のもっとも首尾一貫している部類には入らなかったとしても、もっとも優れた文章家の部類に入っていたのは間違いない。例として次に挙げるのは、ミッチェルによる飢饉の犠牲者の描写である。

> 石山の上で物憂げにこつこつ働く子どもたちが目を向けたが、彼らの燃えるような瞳に血は通っておらず、顔は痙攣し、老人のようにしなびていた。働く一団の中からは、つ

ぶやきも、口笛も、笑い声も聞こえることがなく、目に映るのは、亡霊のような、声なき影であった。女たちでさえ女らしくあることをやめていた。もはや鳥たちが空でさえずることもなく、飛んでいたミヤマガラスやワタリガラスが死んで落下した。毛を失い、首を垂れ、背骨をのこぎりの刃のように突き出させた犬までもが、どぶの傍らから狼のような貪欲な目で睨みつけたかと思うと、顔をしかめて臆病気にこそこそと立ち去っていった。[33]

この一節にはお決まりの文学的特徴が見られ、その収まりの悪い言い回し（「狼のような貪欲な目」「顔をしかめて臆病に」）の中でついつい大仰で陳腐な表現が使われてしまっているとしても、二つ目のセンテンスに見られる破綻した統語法や「声なき影」のイメージが示唆しているのは、現実の幽霊じみた断片であり、あからさまに写実的であると同時に頭から離れないほど超自然的である。どうやっても影が声を持つなどとは考えられないわけだから、ある意味で「声なき影」というのは同語反復だ。しかし、そこでは二つの身体機能が共におぼろげになってゆく様が絶妙に融合されていて、目に映るからだの実体と共にからだが発する音も消失する。「もはや鳥たちが空でさえずることもなく、飛んでいたミヤマガラスやワタリガラスが死んで落下した [The birds of the air carolled no more, and the crow and the raven dropped dead upon the wing]」というセンテンスで、音律的対称性と象徴的で擬聖書的含みが示されたかと思うと、それに続いて即座に、のろのろよたよた歩く背骨の曲がったセンテンスが対置されており、忠実な描写のために意識的に文学的均衡を犠牲にしているように見える。

トマス・マーは〈青年アイルランド派〉の雄弁さを承知しており、警察の報告書の中でそれがぶち壊されている様を諷刺している。「雄弁な演説それ自体が、アイルランドの警察を撹乱させるにたるものである。隠喩が脳をくらくらさせ、アキレスの盾やアーレークトーの喇叭への言及が、最悪の呼吸困難症状を引き起こす。無韻詩は彼らの動きを止め、対照法は筋肉をぴくりとさせる。それに頓呼法ときたら！ それは間違いなく彼らを坐骨神経痛にする。さもなくば開口障害だ」。[34] これは言葉対身体という問題である。ちょうど〈青年アイルランド派〉自体が能弁と行動の矛盾にとらわれていたのと同じ問題だ。ここでのマーの要点のひとつは、彼や彼の同僚はただのうわべだけの雄弁家ではないと示すことにある。つまり、彼らは自分たちの大げさな言葉のほとばしりと日常世界の間にある乖離を反語的に意識しているものの、だからといってその雄弁術を冷笑に値するものにすぎないとして即座に捨て去るつもりはないということを示すことにあるのだ。社会が彼らの美文に見合わないとしたら、それは彼らに対する批判というよりはむしろ社会に対する批判になるのである。ちょうど〈大飢饉〉の最中に現実感が薄れてゆくのをミッチェルが感じたように、一八四八年の蜂起の最中、〈青年アイルランド派〉の叛徒がキャリックの町へ進軍する様を見て、マーも似たような幻覚をおぼえている。

人間の奔流が、路地や狭い小道に押し寄せ、それを取り囲む白い建物の下部へ向かって波打ち沸き立つ。目もくらまんばかりに円陣が渦を巻き、黒いうねりが激しく揺り動く。激怒の声、復讐の声、抵抗の声。起伏する黒い水面を破って、握り締められたこぶしが高く突き上げられ、激しい混乱とともに、空中で波打つ。瞳は怒りと絶望で赤く染まり、逆巻く大波の中から上方へ飛び出し光を放つ。垂れ下がった長い髪は乱れ、ぐしょぐしょで、もつれからまり、うなりをあげる声のあおりにたなびきながら、難破したかのように、泡立つ海とともに浮き沈みしている。[35]

政治的動乱を表わすおなじみの比喩表現の中で、世界は、その現実性がもっとも強い瞬間に、まとまりのない夢へと溶解する。マーのたどたどしい統語法は、この分裂の感覚を再現している。この民衆暴動に立ち会った中産階級ラディカルの中で、恐怖と興奮、魅惑と拒絶が混じり合う様には、ちょっとした崇高も見て取れる。街路が海景と化し、人間が泡立つ奔流へと自然化され、寸断されて四肢や仕草の断片と化すこの場面は、隠喩的置換を通した全景としてのみ把握できる。垂れ下がった長い髪が声のあおりにたなびき、まとまったひとつの身体であると同時にばらばらの諸感覚器官の寄せ集めとして、みずからが引き起こした動きの波間に漂う浮き荷と投げ荷として群集が姿を見せるなかで、諸感覚は分裂する。統一された意思の感覚と混沌の感覚が、かくも奇妙に融解する。ある意味では、群集の暴動は制御不能であり、傍観者の目には見えない深海によってどうしようもなく押し流されている。別な意味では、その群集の行為自体がこの底知れぬ深海に他ならないのであり、それゆえ群衆を浮かび上がらせるのはその群集自身なのである。この場面全体が、強烈に現前していると同時に美学的に距離を置かれている。と言うのも、観察者が嵐と難破という隠喩を用いて場面を「構成」しているわけで、その結果、その破壊力の効果が高まると同時に遮られているからだ。人間の奔流そのものが、当然の話だが、沸き立ってはいるものの、狭い路地のなかに封じ込められているのである。

　これまでに、〈青年アイルランド派〉ほどめざましい影響を政治に与えた知識人集団は、ほとんどない。ジョン・ミッチェルの主張によると、「この文学的革命家集団は、オコンネル本人に負けず劣らず徹底して人々に耳を傾けてもらえた」[36]し、『ネイション』ほど歴史的動乱を生んだ新聞もさほど多くはない。最後に、〈青年アイルランド派〉のメンバーの多くがストークスやワイルドとは異なる背景から出てきたということを、わたしたちは心に留めておいてもよいだろう。ミッチェルはデリー州ダンギヴン近くで生まれ、ダフィはモナハン出身、ローラーは田舎の農民中産階級の出で、トマス・デイヴィスはというと、父親はウェールズ系イングランド人、母親はゲール人とクロムウェル時代に入植したイングランド人の両系につながる女性で、民族《エスニック》的多様性の歩く象徴であった。他の二人のメンバーは、例外的に名門出身であった。マーはウォーターフォード市長兼下院議員の息子で、クロンガウズ・カレッジとストーニーハースト・カレッジで教育を受けた。ウィリアム・スミス・オブライエンはオックスフォードで教育を受け、その文化的スタイルは上流階級イングランド人的であった。社会階級であれ、民族《エスニック》性であれ、宗教であれ、教派であれ、何らかの点で、このメンバーたちは、アングロ・アイリッシュが優勢なダブリンという支配的環境に対して、対抗的位置に立っている。また以下の事実も心に留めるに値する。一九世紀アイルランドの知識人の歴史において、ミッチェル、ダフィ、ファーガソン、カールトン、ジョン・ケルズ・イングラム、シガソン、ジョージ・ラッセル、そしてオーエン・マクニールの全員がアルスター出身で、一方のピートリー（アバディーン生まれの古銭学者の息子）とハミルトン（さらに田舎の出）

はスコットランド系であった。だが、ダブリン界隈でアルスター知識人たちが見せた不思議なほど強力な存在感については、また別な論考が必要であろう。

▼訳者解説

イーグルトンのアイルランド文化研究三部作について

梶原克教

序文に記されているとおり、テリー・イーグルトンは本書『学者と反逆者――一九世紀アイルランド』(*Scholars and Rebels in Nineteenth-Century Ireland*, 1999)を彼のアイルランド文化研究三部作の最終巻と位置づけている。第一作は一九九五年出版の*Heathcliff and the Great Hunger*(邦訳『表象のアイルランド』)で、第二作が一九九八年出版の*Crazy John and the Bishop*(未邦訳『いかれジョンと主教』)である。

イーグルトン自身が述べているように、本書は、規範的なアイルランド研究の趨勢に抵抗している点、とくに従来見過ごされてきた「マイナーな人物」をピックアップしている点において前二作と共通している。マイナーな人物というのは、たとえば第一作におけるフランシス・ハチソンであり、第二作におけるウィリアム・ダンキンやフレデリック・ライアンを指す。ただし、ハチソンの場合は、アイルランド研究において重要視されていないだけであって、倫理における「道徳感覚」の理論を提唱した一八世紀の哲学者としては名高い。だがイーグルトンは、ハチソンを抽象的な理論を提示した哲学者としてではなく、アイルランドに生まれスコットランドで学び、両地で研究教育をおこなった思想家として認識し、その思想的背景にアイルランド社会の強い影響がある点に光を当てているのである。いっぽう二作目で取り上げられた一八世紀詩人のダンキンと二〇世紀の社会主義者ライアンについては、文化史の周縁に追いやられた文字通りマイナーな人物を歴史の忘却から救出し、再評価する形になっている。それでは本書で扱われる従来は重要視されてこなかった「マイナーな人物」はどうかというと、その両方に当てはまる。たとえばW・E・H・レッキー、ウィリアム・ローアン・ハミルトン、ジョン・ケアンズ、トマス・クリフ・レズリーらは前者と同様の扱いで、ウィリアム・トムソン、ロバート・ケイン、そしてとりわけウィリアム・K・サリヴァンは後者の例に属するといえよう。その中間的ポジションにあるのが、オスカー・ワイルドという「メジャー」な人物の両親たるエルジー（ジェイン・ワイルド）とウィリアム・ワイルドだろう。両者ともある程度の知名度はあるものの、それは息子オスカーの足元にも及ばない。けれども本書では、両親に相当数の紙幅が費やされているいっぽうで、その放蕩息子についてはおざなりの言及しかなされていない。三部作の第一・二作ではオスカーにもそれなりの言及がなされていたことを考えると、「マイナーな人物」を取り上げるというイーグルトンが序文で記した方針は、本書においてもっとも徹底しているといえるであろう。

　三部作の相違点についても、イーグルトンは序文で明言している。いわく、本書は個々の作家や人物よりむしろ文化の総体的動向を扱っている点で、前二作とは大きく異なっており、文学にとどまらず医学や経済学を主要トピックとしている点においても差異が存在するのだと。たしかにその通りで、前二作が刺激的ながらも散漫な印象を与えていたのは、イーグルトンの一貫した思想的立場というより糸を陰に追いやるほどに、作品論、作家論、時局論などが各章ごとに乱立していたからだ。もちろん前二作にくらべて分量が少なく、しかも一九世紀という時代区分があらかじめ定められているせいでもあるが、本書は個別の作家や作品を突出させることなく、文化動向を総体的に論じているために、読者がより全体像をつかみやすいのではないだろうか。言い換えるなら、作家や作品ではなく、文学、経済学、医学、哲学といった異領域を横断する一九世紀アイルランドの言説編成そのものを記述の対象としている点において、本書はきわだった統一感を呈しているのである。しかし、その言説編成が一九世紀アイルランドに限定されることなく、「近代性《モダニティ》」にかかわる問題系として、イーグルトンが書きつつある現代におけるアイルランドの言説編成と地続きである点が明らかになる点において、本書は最終巻としての特別な地位を有しているともいえる。それゆえ本解説の目的は、イーグルトン本人が明示している三部作の間にみられる差異と類似性をたんに追認することにはなく、彼のアイルランド研究三部作にノイズを孕みながら通底する問題系から、イーグルトンが書きつつある一九九〇年代のアイルランドおよびアイルランド研究の現況を逆照射することにある。そのために、まずはイーグルトンによるアイルランド問題への介入のコンテクストを追うことから始めたい。

　知られるように、イーグルトンはプロテスタント・イングランドのソルフォードに生まれたカトリック・アイルランド移民三世であり、右記三部作のほかにもアイルランドと関係の深い著作は複数存在する。しかしアイルランド問題に決定的にコミットすることになったのは、いうまでもなく〈フィールド・デイ劇団〉の事業へ参与し始めてからのことである。まず彼は、一九八八年に〈フィールド・デイ〉の論文パンフレットシリーズの第五弾として出版された『民族主義・植民地主義と文学』（一九九〇年にミネソタ大学出版局より再刊）に、フレドリック・ジェイムソン、エドワード・サイードとともに論文を寄せた。イーグルトンとアイルランド問題との関わりあいの端緒たるその論文「民族主義——皮肉と現実参加」は、すでにアイルランド文化研究三部作を先取りする形で、以後も継続される問題提起をおこなっている。それは、イギリス人とアイルランド人、プロテスタントとカトリックといった分類を超越しなければならないのはたしかだが、そのためには「アイロニカルに」その分類に拘泥し続けることが必要だという主張である。続く一九八九年には、オスカー・ワイルドをテーマとしたイーグルトンの戯曲『聖オスカー』が、トレヴァー・グリフィスの演出により〈フィールド・デイ〉の舞台にかけられることになる。ちなみに、アイルランド文化研究三部作の第二作『いかれジョンと主教』も〈フィールド・デイ〉のクリティカル・コンディションズ・シリーズの一環として出版されている（同書出版前に彼はダブリンに居を移した）。さてここで何気なく発せられた〈フィールド・デイ〉なる固有名詞だが、これこそが二〇世紀最後の二十年にアイルランド文化研究における議論の磁場を形成した存在にほかならない。ゆえにイーグルトンが書きつつある現在のコンテクストを見るにあたり、まずは〈フィールド・デイ〉とは何か、そしてさらには〈フィールド・デイ〉誕生のコンテクストにまで思いをはせる必要がある。

〈フィールド・デイ〉は北アイルランドの都市デリーで一九八〇年に、劇作家ブライアン・フリールと俳優スティーヴン・レイにより設立された劇団で、設立後まもなく、詩人で文学者のシェイマス・ディーン、映画制作者デイヴィッド・ハモンド、詩人のシェイマス・ヒーニー、詩人で批評家のトム・ポーリンが代表として迎え入れられた。アイルランド共和国でなく、英国（連合王国、以下ＵＫ）の一部である北アイルランドで設立されている点とその設立年を見ればすぐにわかるように、〈フィールド・デイ〉は設立当初から明白に（北）アイルランド問題への政治的な介入を意図していた。それゆえ、劇団設立前後の北アイルランド情勢について、まず簡単におさらいをしておく。

一九二一年にイギリス-アイルランド条約によって、積年のイギリス支配を覆す形で、イギリス連邦自治領としてアイルランド自由国の成立が承認されたが、いっぽうでプロテスタント・アセンダンシー人口の多い北アイルランドの六州はＵＫにとどまり、独自の議会を持つことが認められた。この六州に関する妥協をめぐってアイルランド自由国では議論が紛糾し、内戦が勃発し、その混乱をよそに北アイルランド議会は一九二三年にアイルランド自由国からの離脱を決定し、その旨をイギリス政府に公式に通告した。そのために自由国と北アイルランドとの境界線には税関が設置されることになった。一九四九年にアイルランド自由国がＵＫ自治領からの離脱を宣言し、アイルランド共和国が成立したものの、これに対してイギリス政府が提出したアイルランド法案では、北アイルランドはＵＫの一部としてとどまるとされ、北アイルランド議会の同意なくしてはＵＫから離脱することはできないと規定された。もちろん北アイルランド議会の決定は正当な手順に従ったものだったろうし、カトリック・アイリッシュの人口とプロテスタント・アングロ・アイリッシュの人口比から考えても、議会の多数派が後者によって占められることはいたしかたないことだったろう。だが問題は、議会の決定を後ろ盾にしたプロテスタント側の制度的横暴であり、そこからカトリック側の暴力的対抗措置が誘発され、北アイルランド社会をひどく不安定にしていった。

　一九六〇年代後半には、北アイルランド社会にアメリカから公民権運動の影響が及ぼされる。アフリカ系アメリカ人たちと同じように、北アイルランドのカトリック住民は当時「二級」市民として扱われ、就職、住居、選挙等の面で明白な制度的差別を受けていた。たとえば、カトリック住民が人口の六割を占める州においてすら、プロテスタントとカトリックの公務員の比率は９対１だったし、公営住宅の割り当ては７対３だった。選挙ではプロテスタントに有利な選挙区の設定（ゲリマンダー方式）が採用され、たとえばカトリック二万人地区から議員が八名しか選出されないのに対し、プロテスタント一万人地区からは十六名も選出されるといった、あきれるような選挙がおこなわれていた。それゆえアメリカの公民権運動にならう形で、北アイルランドでも一九六七年に「公民権協会」が発足し、右記のようなさまざまな差別撤廃および議会改革を求めたデモ行進を開始した。だが以降、それに対抗したプロテスタント側からのテロ活動も増加することとなった。

　アイルランドにおけるテロ組織というと、なぜかナショナリスト（ＵＫから分離しアイルランド共和国に属することを志向する立場）側のＩＲＡ（アイルランド共和軍）ばかりが取り上げられるが、ユニオニスト側（ＵＫとの連合維持を志向する立場）にもテロ組織は存在する。そもそもＩＲＡが七〇年代以降に過激化するきっかけをつくったのは北アイルランドにおける諸々の不正と差別であり、ユニオニスト側からのテロ活動であった。しかもそれは政府管轄下にあるＲＵＣ（ロイヤル・アルスター警察隊）らによってもおこなわれていた。北アイルランド公民権運動の要求項目のひとつには、ＲＵＣの解散があげられていたことからもわかるように、ＲＵＣは以前よりあからさまなカトリック弾圧をおこなってきた組織だ。無抵抗のデモを暴力的に制圧するさまがテレビで放映されたことがきっかけで、世界的な批判も受け、結果としてナショナリストによるさらなる暴動を生んだこともある（ロドニー・キング事件の放送がロス暴動につながったのと同じである）。一九六九年にＲＵＣがアプレンティス・ボーイズ（ユニオニスト一派）らと共にデリーの中心ボグサイド地区に侵入して民家を破壊し民間人を攻撃したのを受け、ＩＲＡ暫定派は軍評議会を開き、ナショナリスト住民の防衛と徹底抗戦を準備し、それをさらに鎮圧しようとするイギリス軍の介入に備えアメリカやリビアから武器を調達した結果、一九七〇年に激戦が繰り広げられることになった。それに対し、一九七一年には「非常拘禁法（インターンメント）」が制定され、逮捕状なしに容疑者を逮捕・抑留することが可能になり、無実の者まで投獄され、不当な拷問をかけられはじめた。北アイルランドで三五〇人近くの運動者が逮捕され、ナショナリストの怒りはさらに高まり、ＩＲＡ支持者が増え、デモ行進がますます活性化した。そうした流れのなか、一九七二年一月三〇日、デリーのデモ行進でイギリス軍が非武装の市民に発砲して、カトリック系住民十四人を虐殺した「血の日曜日」事件が起こったのである。非武装市民によるデモ行進への発砲であったにもかかわらず、また二〇〇七年にはＢＢＣニュースで当時の現場副指揮官が「無実の人々が撃たれたのは明白だ」と告白しているにもかかわらず、事件直後の裁判ではイギリス軍が無罪とされた。しかも、この事件をきっかけに北アイルランド地方議会および行政庁は停止され、イギリスによる直接統治体制が始まることになる。以後七〇年代の北アイルランドでは、ナショナリスト側とユニオニスト側の間で抗争が激化の一途をたどり、収拾がつく気配すら見えなかった。その火に油を注ぐかのように、一九七九年には当時のイギリス首相マーガレット・サッチャーがＲＵＣを一〇〇〇名増員し、ＩＲＡ撲滅を誓ったのだった。

　それゆえ、フリールたちが一九八〇年に〈フィールド・デイ〉を立ち上げたのは、必ずしもナショナリスト的信条に依拠して北アイルランドのUKからの分離という単純な主張をおこなうためではありえなかった。それは、ナショナリストとユニオニストの間で繰り広げられる泥沼のような闘争を整理し、問題の所在を再定義するための文化的介入を試みざるを得ないという、逼迫した状況へのリアクションだったのである。北アイルランド問題を整理するということは、当然ながら歴史を遡行する作業を伴うわけで、アイルランド史自体もおのずと問題化されることになる。それゆえ、シェイマス・ディーンは「アイルランドの経験において決定的な役割を演じてきたイデオロギーの歴史と機能を暴く」ことを、〈フィールド・デイ〉の目標の一つとしてあげたのだった。ディーン自身も認めるように、〈フィールド・デイ〉は北アイルランドの現況を「植民地的危機」とみなしており、それゆえたしかにナショナリスト的傾向はあるが、それは排他的なものではなく、ディーンも述べているように、起源としての「アイルランド性」を回復するためのものでもない。たとえば同劇団で上演されたスチュワート・パーカーの『聖霊降臨祭』（一九八七）は、一九七〇年代初頭にデリーで生きることについて、プロテスタント側からの視点を提供するものだったし、懐古的な意図よりもむしろ過去を介した新しい未来像の提示に主眼点がおかれていることは、同劇団を象徴する初公演作『トランスレーションズ』に明らかだ。というのも、フリールによる同作は一九世紀アイルランドを舞台とし、〈大飢饉〉や〈ヘッジ・スクール〉といったいわゆる「アイルランド的」モチーフを多用しながらも、「自分の居場所」という問いに、ヴァルター・ベンヤミンの歴史観にも似た次のような答えを与えているからだ――「わたしたちは言語のなかにある過去の姿というものを新たに作り出すことをやめてはいけない。一度やめてしまうと、われわれは化石になってしまうのだから」。

そもそも〈フィールド・デイ〉は、当時の分断されたアイルランドを超克するために、「第五の地域 fifth province」という架空の空間を創造することを意図していたといわれている。フリールの諸作を見てもわかるように、アイルランドの地名と地域分類には明確に植民地主義の歴史が刻印されている。北アイルランドとアイルランド共和国を合わせたアイルランド全土はアルスター、レンスター、コノート、マンスターの四地域に分類されており、「第五の地域」というのはこの四地域を前提にした表現である。このうちアルスターには北アイルランドの六州（UK）のみならずアイルランド共和国のドニゴールが含まれている。それゆえ、同じアルスター地域に属すドニゴールと北部六州を分断する国境近くの都市デリーが〈フィールド・デイ〉の本拠地とされたのは、宗主国と植民地の歴史を示唆する点できわめて戦略的な選択だったといえる。しかも「第五の地域」は、フリールの作品がしばしば舞台とする「バリベーグ」と同じく架空の空間であるがゆえに、アイルランドの緊迫する現況を外部から探査することを可能にする装置であり、過去に遡及すると同時に未来にも開かれているのである。それにもかかわらず、〈フィールド・デイ〉はナショナリスト的イデオロギーに偏向しているとの批判を受けることになった。攻撃の主体はコナー・クルーズ・オブライエンらの歴史修正主義者たちである。同時にイヴァン・ボーランドらのフェミニストからも男性偏重主義的ナショナリズムとして攻撃を受けるのだが、イーグルトンによるアイルランド文化研究三部作は、〈フィールド・デイ〉からのこれらの（特に前者からの）批判への応酬という意味を持っている。

　アイルランドの歴史修正主義の動きは一九六〇年代頃から顕著になってきた。その主張は、従来のアイルランド史観がナショナリズムのイデオロギーに汚染されているというもので、たとえば一九一六年の復活祭蜂起が国家の起源的出来事として神話化されすぎているといって論難をあびせる。彼らは〈大飢饉〉に関する従来の史的記述にも、同様に異を唱えている。従来は、土地所有者としてアイルランドで小作農経営をおこなっていたイングランド人とその後ろ盾であったイングランド政府が、飢饉に苦しむアイルランドを放置し、救援策が後手に回ったために被害が拡大したとされてきた。しかし、ある修正主義者は、「〈大飢饉〉では誰も責めを負わされるべきではなく、たんに運が悪かっただけだ」と述べるし、別な修正主義者によると、「〈大飢饉〉について研究することは、ナショナリスト的プログラムに加担することになるから、〈大飢饉〉は厳格な史的研究の対象には不向きであるし、まじめな歴史家なら手を出さない」とされる。こうなると、〈大飢饉〉が存在しなかったことになるまであと一歩だ。こうした修正主義者たちの特徴は、自分たちこそ客観的に、「公正不偏」に政治性を持たずに歴史を見ていると主張する点にあり、彼らは〈フィールド・デイ〉の活動を、ナショナリスト・イデオロギーにまみれていて政治的で「公正不偏性」に欠けるとして指弾するわけだが、イーグルトンも繰り返し指摘するように、「公正不偏」への志向性こそがイデオロギーがらみなのである。実際、先のコナー・クルーズ・オブライエンは、パレスチナのナショナリズムをも批判してイスラエルを擁護する徹底した修正主義者だが、ユニオニスト党員としてイデオロギーにまみれた政治的発言をしているにもかかわらず、ナショナリスト的歴史観をイデオロギーがらみだとして攻撃するのだ。

それではイーグルトン自身による実際の反駁を具体的にみてみよう。イーグルトンのアイルランド文化研究三部作の最初の二作の場合、明示的なぶん容易に修正主義批判が読み取れる。以下、そのいくつかをピックアップしてみる。〈大飢饉〉をタイトルに据えた第一作は、『嵐が丘』というフィクションを史実のアレゴリーとして読むという刺激的な章で幕を開けるが、それは歴史修正主義者による文学作品の等閑視に抗う読みでもある。ヴィクトリア時代の経済学者たちが資本主義的関係の枠組みを批判の及ばないものと想定したのと同様に、アイルランドの歴史学者たちは一九世紀アイルランドにおける所有関係を疑問の余地のない文脈として当然視していると指摘したうえで、イーグルトンはこう記している――「アイルランドの歴史学者たちは、ナショナリズムの神話の先入観的な思い込みには目ざとく噛みつく。そのくせ彼らは自然化という自分たちの精神的習慣には、不思議にまったく気づいていないようなのだ……彼らは実際に起こらなかったことに照らして、実際に起こったことを理解するというようなことは、なかなかしたがらない……文学的証言が信頼すべき歴史資料といえないことは間違いない。しかし、膨大な量にのぼるそれらの文献とまったくあべこべのことをいうのでは、奇矯な歴史的判断と呼ばざるを得ないのである」。イーグルトンは必ずしも文学的資料のみを重要視しているわけではなく、当該章では〈大飢饉〉に関する資料に基づいた歴史的事実をひとつひとつ挙げている。そうして、文学作品と資料の双方を駆使して、〈大飢饉〉におけるイギリス政府とイングランド人地主の責任を免除しようとする歴史修正主義者たちの「寛容の心」と相対主義の背後にあるイデオロギー性が暴かれるのである。

ウィリアム・バトラー・イェイツの詩「いかれジェーンと司教」をもじったタイトルを持つ第二作『いかれジョンと主教』は、「修正主義再訪」という章で幕を閉じている。その章に特徴的なのは、修正主義批判がアイルランドという文脈をこえて、ポストモダニズムという世界的な潮流にまで及んでいる点だ。その意味では、アイルランド三部作と同じ一九九〇年代に出版された、彼の『ポストモダニズムの幻想』とも関心事を共有している。そもそも同書はあらかじめ、「現代のアイルランド研究の偏狭性に抗う」と宣言しているのだが、その「偏狭性」というのはアイロニカルな表現で、実は北アメリカという一地方で人気の研究趨勢（ポストモダニズムというアジェンダ）が世界的な潮流を作り、アイルランド研究までもがそれに追従していることを指している。その「偏狭性」はジェンダーや人種といった「周縁性《マージナリティ》」に関わる問題を扱いながら、ほかの問題を周縁化する傾向を持つ。そのメニューに従うことで、アイルランドにおいて重要度の高い宗教や教育という問題系がないがしろにされている――イーグルトンはそう危惧しているのである。

「修正主義再訪」の章では、「ナショナリズム」と「修正主義」の対立が「伝統《トラディション》」と「近代性《モダニティ》」の問題につなげられている。アイルランドにおける近代性の意味作用にはあるねじれが存在している。そこでは、近代性が社会的多元主義やフェミニズムや世俗主義など広い意味を持つ一方で、ポストモダニストなら歓迎するであろう自国の歴史的文化的特異性＝伝統を恥ずべきものとみなして蔑むことまでも意味することになるからだ。それゆえ前近代的な聖職者主義や家父長制や愛国心といった伝統の重圧から逃れるために、過去をいっさい忘却して近代的ヨーロッパ（ＥＵ）の一員になろうとする。しかしそれは、アイルランド的共同体を根絶させ、アイルランドの労働者階級や小農家をネオリベラリズム的暴力に売り飛ばすことになりはしないか――近代主義者たる修正主義者たちは、ここで生じる自身の主張の矛盾に一顧だにしない点が奇妙だ――イーグルトンはそう首をかしげる。文化多元主義、社会的多元主義を唱えるリベラルな修正主義者たちは、アイルランドの近代化によって彼らが推し進めたいポストモダン的文化多元主義の基盤たる各文化の独自性が、グローバルな多国籍企業の勢力によりなぎ倒され均一化されることに気づかないのだろうかと。ただし、イーグルトンは近代性を捨てて伝統やナショナリズムにつこうとしているわけではない。なぜならナショナリズムもまた近代を仮想敵とするあまり反近代的指向性を帯びざるを得ないからだ。つまり、両者は互いを必要とする一対の組み合わせなのであって、対立するというより支えあっているともいえる。「近代性」と「伝統」という対立そのものが誤った問いであるからには、「ナショナリズム」と「修正主義」という対立も脱構築されるべきだ――イーグルトンはそう指摘しているのである。近代主義（アイルランド史の忘却）とナショナリズム（起源たるアイルランド性への懐古）は恐るべき双子なのだから、修正主義者のように〈大飢饉〉や〈復活祭蜂起〉を忘却することで「解放」されようとするのではなく、またナショナリストのように過去を神話化して退行するのでもなく、歴史をフェティッシュ化することなく想起し、ナショナリストのリーダーたちを正典化することなく讃えることが必要なのだと。そしてそれはアイルランド文化研究三部作の最終巻で実践されることになる。

　本書『学者と反逆者』を読むと、イーグルトンが書きつつある一九九〇年代アイルランドと一九世紀アイルランドが類似した問題を抱えているようにみえてくる。それを確認する前にまず本書の構成を概観しておく。第一章ではグラムシによる知識人の定義を確認しつつ本書の全体像を提示し、第二章で『ＤＵＭ』を中心としたアングロ・アイリッシュ・プロテスタントの言説編成を追い、第三章、第四章で、それぞれ医学者をはじめとする科学者たち、経済学者たちの姿を描き、第五章で『ネイション』とその担い手たる〈青年アイルランド派〉について『ＤＵＭ』同人と比較しつつ論じている。三章と四章が学者の世界を対象にし、二章と五章が論壇を対象にしている点で、それぞれカップルになっているといえるだろう。

二章と五章をあわせ読むときに留意したいのが、通常の歴史記述においては、『DUM』と『ネイション』が対立させられる点だ。前者はイギリスとの連合維持を主張し、後者は連合撤回を求めたと。だがイーグルトンはそうした正史とは異なり、両者の言説における類似点を挙げている。それは両ナショナリスト・インテリゲンチャが掲げる「公正不偏性」を求めて文化と政治を切り離そうとする点であったり、ともにラディカルな保守主義者だという点であったりする。事実を尊重すること自体が党派的で、「公正不偏性」自体が偏向性を帯びることに両者とも気づいていなかった点が指摘されているが、ならばその廉価版が現在の修正主義者ということになるだろう。また、〈フィールド・デイ〉と深く関わるイーグルトンならナショナリスト的史観が重要視する『ネイション』のほうを支持してもよさそうなのだが、マコーマックの「ヴィクトリア時代のアイルランド人の経験を記した最高級の文書」という評を肯定的に引用しているように、『DUM』のほうを評価している点も見逃せない。同様に五章では、「修正主義再訪」における自分の言を実践するかのように『ネイション』に寄稿したナショナリストのミッチェルやマンガンの脱神話化をおこなっている。

『表象のアイルランド』で提起された刺激的な問いに「一九世紀ヨーロッパでもっとも後進的だったアイルランドから、なぜもっとも前衛的な文学が生まれたのか」というものがあったが、本書の三、四章を読むものは同じような驚きを覚えるだろう――「一九世紀ヨーロッパでもっとも後進的だったアイルランドから、なぜこれほどすぐれた医学者、化学者、哲学者、経済学者が数多く誕生したのか」と、そして「彼らはなんと多才であったことか」と。また、各学問にたずさわる者たちが価値判断をともなわない研究を志向する伝統的知識人であろうとしながらも、一九世紀アイルランドに生きる以上、意識しないままに、広範な社会的・政治的問題に関わる有機的社会人としてふるまわざるを得なかったという分裂を、イーグルトンが引用する膨大な資料からひとは痛感することだろう。

　本書を読むことで、わたしたちは一九世紀アイルランドの諸相を知ると同時に、近代の学者・論者には、思考の内部における無知の核を、おのれの知にとって不可欠な条件である無知の核を、意識するだけの理解力が欠けていることを認識する。そうして、本作の実証的歴史記述の手法がミシェル・フーコーのそれと似ていることに気づき、フーコーによる「一九世紀の〈ブルジョワ〉社会、それは今なお我々の住む社会であろう」という言葉を想起してもよいのかもしれない。

　最後に索引注を作成した者としてひと言。索引注は、原書のインデックスをベースに、固有名詞を中心に「事項注」と「人名注」にわけて作成した。原書インデックスには「文化」や「知識人」や「小説」なども含まれているが、「ハビトゥス」といった学術的専門用語や「経済学」といった用法的に説明を要するものを除き、「事項注」に普通名詞や抽象名詞は収録していない。原書のインデックスからは抜けているが本文中に登場する固有名詞については、共訳者および編者から指摘があったものを含め、適時索引注を追加している。いっぽう、注をつけるほどの情報量を得られなかった人物（特に現在存命中の学者）については、割愛した。

わたしはアルスター大学大学院でアングロ・アイリッシュ文学を学んだが、現在はアイルランドに特化することなくポストコロニアリズム全般を研究対象としていることもあり、アイルランドに特化した知識にはさまざまな欠落もある。しかし幸い日本におけるアイルランド研究の歴史は長く、索引注作成に当たりさまざまな先達の研究成果を参考にさせていただくことができた。とりわけ、松村賢一（編）『アイルランド文学小事典』（研究社）と水之江有一『アイルランド』（研究社）には多くを負う。同じく、アルスター大学時代の恩師Robert Welch氏が編集した*Oxford Companion to Irish Literature*にも何度も助けられた。あわせて謝意とともに記しておく。サバティカルでダブリンにご在住中の早稲田大学の三神弘子氏には、アルスター時代にも散々お世話になったうえに、今回もメールで送りつけた質問にお答えいただいた。お詫びとお礼を申し上げる。

二〇〇八年八月

われら植民地知識人

大橋洋一

二〇世紀後半の西欧の思想界における最大の詐欺のひとつは「知識人は死んだ」という言明だった。その証拠に、本書もそのひとつである知識人論は、その後も、かえって／それゆえに、増えつづけ、いまやこう述べても過言ではない――知識人論は、二一世紀が前世紀から継承した主要な課題のひとつである、と。

もちろんこの「知識人死亡」宣言は、知識人でしかなしえないし、また誰であれ「知識人死亡」宣言を出した瞬間にその人は知識人なのである。いやそのようなパラドックスを指摘しなくても、ただ思い出すだけでいい。そもそも知識人は、これまでいくつ死亡宣言を出してきたか、と。イデオロギー死亡宣言が出されたのはずいぶん前であるが、いまなおイデオロギーは強固である。階級も消滅宣言を出されたのだが、いまほど階級が問題になっている時はない。資本主義も社会主義も何度死亡宣告がなされたことか。これまで数々の偽りの死亡宣言を出してきた知識人がみずからの死亡宣言を出しても、誰が信ずるというのだろう。

となるとやはり知識人は信用を失い死んだのか。だが知識人による知識人死亡宣言が却下されたとすれば、知識人は死んでいない、存続していることにもなる——ああ、パラドックス。

現在では知識人の対極に位置するのは、専門家、エキスパートだといわれる。そのエキスパートが知識人死亡宣言を発したとすれば、その段階でエキスパートではなく知識人になってしまう。この場合重要なのは、死亡宣言が存続宣言ともなるパラドックスもさりながら、特定の一分野に留まらず複数の分野を横断するという、知識人の条件である——その最たる横断行為が、専門分野から公的一般への越境である。自分の専門分野にとらわれず、あるいは多分野において発言するとき、境界横断者となるとき、専門家は知識人となる。専門家ではなく全般家、いや専門家でもなければ一般人でもなく、両者を媒介する存在、そう知識人となる。

こうした存在は、いまや稀少なものになったかもしれないが、同時に、いま、たとえばメディアで活躍する数多くの得体の知れないコメンテイターのことを考えれば、ありあまるほどいるとも言えるかもしれない。問題は、境界横断的・媒介者的知識人の活動が、その可能性を十分に発展させていないということだろう。

だが、過去に眼を転ずれば、そのような知識人の活動が、政治的文化的に緊急な課題と結びついて沸騰していた時代が、そして場所が、あった。それが本書で取り上げられる一九世紀のアイルランドである。横断的媒介的知識人の活動を必然化する条件が、アイルランドにはあったのだ。すなわち当時のアイルランドはイギリスの植民地であり、両者の狭間で思索し発言するアイルランド人は、必然的に知識人となる。また宗主国と植民地の狭間で引き裂かれることで植民地知識人の使命は困難を極めるとともに活性化する。その熱い戦い、知の沸騰状態こそが、本書の魅力的な語りの原動力となっていることは言うまでもない。

　この植民地知識人は、植民地なきあとの現代においても、重要な意味をもつ。なぜならグローバル化が進展し、複数の帝国主義がしのぎを削る時代は過ぎ去り、全世界が「帝国」として一元化されるとするなら、そしてその一元化された帝国の中枢が、アメリカであってもなくても、アメリカもふくむ全世界の国々が、グローバル化のなかで、超越的・拡散的グローバル権力のもとですべて植民地化するといってもいい。帝国主義なきあとの「帝国」化は、また未曾有の植民地化とも連動している。地球、グローバル、普遍との対立のなかで、植民地化する国家・民族そしてローカル。わたしたちは全員が植民地人となる運命に直面している。いやそもそも西洋と東洋、西洋と非西洋の狭間にあって、両者に架橋していたわたしたちは歴史的・政治的に植民地人ではなくても思想的・文化的に植民地人だったし、いまその文化的植民地人としてのあり方にグローバル「帝国」時代に生じた重要な変質が付加されようとしているのである。その意味で当時のアイルランド植民地知識人は、地域、文化、時代を超えて、まさにわたしたち――歴史と文化を再考せんとする「植民地知識人」としてのわたしたち――の同時代人である。

　もちろん、こうした唖然とするような抽象化と普遍化には、批判も向けられよう。そもそも本書は、歴史書でもあり、アイルランドの文化と歴史を物語る著者の試みとして、『表象のアイルランド』そして『いかれジョンと主教』(未訳)の後に来るコーダ的文献——前二著で扱えなかったアイルランド植民地知識人を扱う付録的補足的存在——であるがゆえに、その個別的特殊性は前二著をはるかにしのぎ、抽象的普遍化を排除するかのような具体性と濃密な歴史情報を誇るのであるから——

*

と、ここでわたしは困惑気味に口ごもらずにはいられない。おそらく本書を普遍的同時代的評言に変換して読める可能性は、歴史的個別具体性重視の本書の記述(もちろん理論的考察も多いのだが)によって、妨害されるのではなく、むしろ高められると思われるのだが、残念ながら、アイルランド史の専門家ではないわたしには、本書の現代的妥当性を保証する歴史的具体的な部分についての知識が不充分である。わたしが、アイルランドの歴史と文化について充分に情報を蓄積すればいいのだが、わたしの付け焼刃の勉強ではどうにもならないことは明白である。本書で言及される知識人は、わたしには見知らぬ顔ばかりなのだが、むしろ馴れ親しんだ顔《ファミリア・フェイス》と感ずる人物が存在した。それが、わたしの若き畏友、梶原克教氏(愛知県立大学准教授)である。

　結局、梶原氏の協力がなければ、本書の翻訳は、わたしがアイルランド史の専門家になるという遠い未来まで頓挫したままで、原著者、出版社、読者の方々に多大の迷惑をかけつづけていたはずだが、梶原氏の高度な知識と洞察が、この翻訳を完成へと導いた。本書の第一章「植民地知識人」については序論として理論的な考察が多いので、アイルランドの歴史と文化に詳しくないわたしでも担当できたのだが、残りの章は、梶原氏にお願いすることになった。わたしのようなアイルランド文化の非専門家が翻訳していても、こうした翻訳にありがちな初歩的なミスなり違和感のある表記がないのは、梶原氏のおかげである。また氏には本書を受け入れやすくするように、詳細な訳注をかねた索引を用意していただいた。貴重なガイドとして活用していただければと思う。

*

本書の著者テリー・イーグルトンについては、多言を要しまい――と語りたいところだが、ここでもまた口ごもらざるをえない。本書によってアイルランド三部作が完成したあと、著者は小説、悲劇、詩、批評などをめぐる啓蒙的（だが本格的）な論考を本として刊行するいっぽう（そのなかでは『甘美なる暴力――悲劇の思想』（森田典正訳、大月書店、二〇〇四年）、『文化とは何か』（大橋洋一訳、松柏社、二〇〇六年）が翻訳されている）、自伝『ゲートキーパー――イーグルトン半生を語る』（滝沢正彦・滝沢みち子訳、大月書店、二〇〇四年）などからもうかがえるように少年時代の宗教的環境から一時は司祭になることを目指したともいう著者の宗教的転回がみられ、また『アフター・セオリー――ポスト・モダニズムを超えて』（小林章夫訳、筑摩書房、二〇〇五年）などにみられた倫理的考察も目につくようになった（現時点で最新刊は

Trouble with Strangers: A Study of Ethics (Blackwell, 2008) である）。西欧の人文学において倫理的転回はすでに起こって久しいが、二一世紀になって顕著になった宗教的（キリスト教的）転回と著者の志向は、奇しくも同調しているのである。

　そして二〇〇六年、『イデオロギーとは何か』（大橋洋一訳、平凡社ライブラリー、一九九九年）の新版に寄せた新たな序文のなかで、著者イーグルトンは、マンチェスター大学の同僚である作家マーティン・エイミスのアラブ人への差別的発言を取り上げ批判した。わたし個人としては、引用されたエイミスの発言（ポール・ド・マンの戦時中のユダヤ人差別発言など顔色なからしめるもの）は、どのような文脈であれ批判されてしかるべきものと考えるが、エイミス側からの反論もあり、また同僚との論争を興味本位でメディアが取り上げたこと、さらにテロとの戦い以後、アラブ世界への差別発言をかえって擁護するようなイギリスの言論界からの反発もあって、二〇〇七年には一般が注目する一大事件へと発展した。しかし著者イーグルトンにとって、もうひとつの試練がこの年には待ち受けていた。二〇〇八年に六五歳になる著者が、所属しているマンチェスター大学から定年に達したことにより退職することを求められたのだ。定年だから当然のことというなかれ。英米の大学では、定年に達しても本人が辞めるといわない限り大学に留まるのは、ごくふつうのことなのだ。原因は、エイミスとの論争ではなく、大学側の財政難によるポスト削減のようだが、詳しい事情はともかく、イーグルトンは二〇〇八年七月三一日をもって大学を去ることになった。

世界的に著名な批評家であり、イギリスを代表する公的知識人のひとり、それも対抗的知識人のひとりであっても、あるいはそうであるがゆえに、大学の職を追われるという厳しい現実に直面することになった。二一世紀における「植民地知識人」のひとつのありかたを、著者は図らずも身をもって示していることになる。二〇〇八年九月の時点では、イーグルトンの今後の去就、あるいは次の所属はまだ決まっていない。

*

しかし最後のパラグラフでは口ごもることなく、感謝の言葉を伝えられることを、わたしは幸運に思っている。梶原克教氏に対しては、丁寧かつ正確な翻訳を提供していただいただけでなく、有益な索引を準備していただき、全編にわたってチェックをしていただいたこと、また有益かつ重厚な解説をいただいたことを、わたし（大橋）は、心から感謝したい。そして梶原氏とともに、わたしが心から感謝を捧げたいのは、松柏社編集部の森有紀子氏である。表記から表現にいたる厄介な問題すべてを明晰な判断によって処理していただいたことに対して、適切な助言を数々いただいたことに対して、わたしたちふたりがおかけしたご迷惑にもかかわらず、つねに暖かい励ましをいただいたことに対して、どのような感謝も不充分であることを知りつつ、心から感謝したい。

二〇〇八年九月

(36) John Mitchel, *The Last Conquest of Ireland (Perhaps)* (Dublin, 1861, reprinted Glasgow, n.d.), p. 33.

(London, 1890) も参照。デイヴィスに関する近年の研究には、John N. Molony, *A Soul Came into Ireland: Thomas Davis, 1814-1845* (Dublin, 1995) がある。

(23) Richard Kearney, 'Between Politics and Literature: the Irish Cultural Journal', *The Crane Bag*, vol. 7, no. 2 (Dublin, 1983) を参照。

(24) Arthur Griffith (ed.), *Meagher of the Sword* (Dublin, 1917), p. 35.

(25) アイルランド人部隊が勇猛果敢だったという評判については、Simon Winchester, *The Professor and the Madman* (London, 1998), p. 56 に記述がある。

(26) James Fintan Lalor, *Collected Writings*, p. 123 に引用。ローラーに関する現在から見た貴重な記述が、David N. Buckley, *James Fintan Lalor: Radical* (Cork, 1990) に見られる。

(27) James Fintan Lalor, *Collected Writings*, p. 4.

(28) *Meagher of the Sword* 所収のマーによるエッセイ 'On the Union' と 'The O'Connellites' を参照。

(29) Lalor, *Collected Writings*, p. 102.

(30) 同書、p. 63。

(31) Morash, p. 59.

(32) ミッチェルの生涯については、William Dillon, *Life of John Mitchel* (London, 1888), 2 vols を参照。

(33) John Mitchel, *United Irishman*. William Dillon, vol. 1, p. 211 に引用。ミッチェルが書く散文の文体に関するもっとも優れた分析が、Christopher Morash, *Writing the Irish Famine* (Oxford, 1995), pp. 66-75 に見られる。

(34) Arthur Griffith (ed.), *Meagher of the Sword*, p. 202 を参照。

(35) 同書、pp. 227-28。

味で支援されていたと言える。しかし彼はまた、〈アイルランド考古学協会〉に対するより大衆的代替組織として〈オシアン協会〉を設立し、その世界の排他的環境に異議申し立てをおこなった。ヴィヴィアン・マーシアは〈オシアン協会〉を「これまでに組織されたアイルランド研究機関のなかで最も民主的な団体」と評している (*Modern Irish Literature*, p. 22)。

(16) David Lloyd, *Nationalism and Minor Literature: James Clarence Mangan and the Emergence of Irish Cultural Nationalism* (Berkeley, CA, 1987) を参照。マンガンによるアイデンティティに関する省察については、D. J. O'Donoghue, *Prose Writings of James Clarence Mangan* (Dublin, 1904), p. 285 を参照。

(17) アイルランドの翻訳におけるこの実験的で不敬な傾向については、Michael Cronin, *Translating Ireland* (Cork, 1996) を参照。

(18) D. J. O'Donoghue (ed.), *Poems of Mangan* (New York, 1859), p. xv.

(19) 同書、p. xliv。

(20) マンガンの力のない苦しい洒落に関しては、D. J. O'Donoghue, *Prose Writings of James Clarence Mangan* 所収の 'Treatise on a Pair of Tongs' を参照。

(21) James Fintan Lalor, *Collected Writings* (Washington, DC, 1997), p. 97.

(22) Richard Davis, *The Young Ireland Movement* (Dublin, 1987), p. 259 に引用。Charles Gavan Duffy, *Young Ireland: a Fragment of Irish History 1840-1850* (London, 1896) および *Thomas Davis: the Memoirs of an Irish Patriot 1840-46*

Fleischman, 'Petrie's Contribution to Irish Music', *Proceedings of the Royal Irish Academy*, vol. 72, section C, no. 9 (Dublin, 1972) を参照。また Harry White, *The Keeper's Recital* (Cork, 1998), pp. 63-5も参照。

(6) Grace J. Calder, *George Petrie and the Ancient Music of Ireland* (Dublin, 1968), p. 16を参照。

(7) William Stokes, *Life and Labours of George Petrie* (London, 1868), p. 396.

(8) David Greene, 'George Petrie and the Collecting of Irish Manuscripts', *Proceedings of the Royal Irish Academy*, vol. 72, section C, no. 7 (Dublin, 1972).

(9) この表現は Joep Leerssen, *Imagination and Remembrance* (Cork, 1996), p. 104 にある。彼の細部にわたる研究は、このテーマに関する解説の中で群を抜いて優れたものである。

(10) Lady Ferguson, *Sir Samuel Ferguson in the Ireland of His Day*, p. 60 に引用。

(11) Terence de Vere White, *The Parents of Oscar Wilde*, p. 178

(12) Lady Ferguson, p. 63 に引用。それより少しあとに組織された〈ゲール語同盟〉をダグラス・ハイドが統括したのは、ゲール研究においてジェントリーの知識人が支配的立場に立てた最後の輝かしい瞬間だった。

(13) 同書、p. 66。

(14) 同書、p. 61。

(15) Stokes, *Life and Labours of George Petrie*, p. 98. 書店を営んでいた古物研究者オデイリーは、歓呼して迎えられた『マンスターの詩人と詩』の編者だった。彼はケルト研究の後援者から経済的援助を受けており、これはかなり肯定的な意

(73) John Kells Ingram, *Considerations on the State of Ireland* (Dublin, 1864), p. 17.

(74) John Kells Ingram, *Human Nature and Morals According to Auguste Comte* (London, 1901), p. 43.

(75) 同書、p. 45。

第5章　青年アイルランド派その他

(1) Patricia Boyce, *John O'Donovan 1806-1861, a Biography* (Kilkenny, 1987) および『ダブリン・ユニヴァーシティ・マガジン』から再録され、彼の生涯における主要な事実を提供する *Life and Labours of John O'Donovan* (Dublin, 1862) を参照。Charles A. Read, *The Cabinet of Irish Literature* (London, 1880), vol. 3 にもオドノヴァンに関する評釈がある。

(2)「ドラムグーラン辺りのどこかに気の狂った聖職者がいて、私は会いたくてたまらない。彼が土地の人間で、造詣の深い学徒だからだ。彼がワイン好きだということで、クロウリー博士が彼に説教を禁じてしまった。私が聞いたところでは、彼は決まった住まいを持たずさまよい歩いているそうだ」。John O'Donovan, *Letters Containing Information Related to the History and Antiquities of the County of Down in 1834* (Dublin, 1909), p. 50. *The Sligo Letters* (Dublin, 1926) や *Meath Letters* (Dublin, 1927) や他の州にまつわる数多くの記述も同様に博識で面白い。

(3) 同書、p. 51。

(4) Vivian Mercier, *Modern Irish Literature* (Oxford, 1994), p. 13.

(5) ピートリーの音楽学者としての活動に関しては、Aloys

(65) John Kells Ingram, *History of Political Economy* (Edinburgh, 1888), p. 9.

(66) John Kells Ingram, *A History of Slavery and Serfdom* (London, 1895). イングラムは、奴隷制を道徳的には「大いなる逸脱」であるとみなしているが、同時に、それなしには生産的産業が発達しなかっただろうから、実質的には不可欠のものだったとみなしている。それゆえ進歩を経た今日ではそれが良くないものになっているとしても、当時は容認できるものであったと。しかし彼は、奴隷制から農奴制への移行が「偉大で慈悲深い革命」の構成要素であったことを認めている。

(67) 同書、p. 34。

(68) 同書、p. 153。

(69) イングラムはケアンズを「イングランド人」と呼ぶ。

(70) もっとも、経験主義的認識論を実証主義者風に奉じると、実証主義の科学的野望の基盤が危うくなる恐れがあるのだが。われわれが絶対的な確かさを持って知りうることは何もないと、イングラムは別なところで書いている。ヒューム風に、われわれが世界について知りうるのは、世界がわれわれに与える影響のみであると。因果律に関する彼の見解も同様にヒューム的である。彼の著書 *Human Nature and Morals According to Auguste Comte* (London, 1901), chapter 1 を参照。

(71) *Practical Morals: a Treatise*, p. 43.

(72) John Kells Ingram, *Practical Morals: a Treatise*, p. 17. イングラムはこの著書で子供の「哲理」は「フェティシズム的」だと言っている (p. 21)。つまり子供はおもちゃ遊びが好きなものだと。

(55) Cliffe Leslie, *Essays in Political Economy*, p. 178-79.

(56) 同書、p. 240。

(57) ジェイムズ・ハーディマンは、著書『アイルランド吟唱詩歌集』所収の「上品でしとやかで純粋な」アイルランドの恋歌についてこう記している。「この国における早婚や過剰な人口の多くは、こうした人をうっとりさせる歌の影響に起因する。このことは、経済学という学問における明らかに新しい発見とみなされることになるだろうし、実際、マルサス派やホートン派が考慮すべき問題として恭しく差し出されているのである」(*Irish Minstrelsy*, Dublin, 1831, p. 202)。

(58) T. E. Cliffe Leslie, *Land Systems and Industrial Economy* (London, 1870), p. 90.

(59) 同書、p. 7。

(60) 同書、pp. 115, 128。

(61) Thomas Carlyle, *My Irish Journey of 1849*, p. 53.

(62) 1907年の死亡記事にある表現。C. L. Falkiner, *Memoirs of John Kells Ingram* (Dublin, 1907) に引用。

(63) ディクス・ハットンもそのうちの一人で、アイルランドの土地均分問題についてのみならず、コントについての著述もおこなった。彼の*The Religion of Humanity* (London, 1870)、*Comte, The Man and the Founder* (London, 1891) および *Comte's Life and Work* (London, 1892) を参照。ハットンはコントと手紙のやり取りもしており、その何通かは Frederick Harrison (ed.), *Auguste Comte: Letters to Henry Dix Hutton* (London, 1901) に見られる。

(64) John Kells Ingram, *Practical Morals: a Treatise* (London, 1904), p. 9.

た、ケアンズの *Some Leading Principles of Political Economy* への彼の書評を参照。それとは反対に、ある匿名の評者は同書に関して、アイルランドの地主を全廃するのは不可能で、そうした種族はこれまでも存在してきたしこれからもずっと存在するだろうと主張している。(*A Few Remarks on Professor Cairnes's Recent Contribution to Political Economy*, London, 1875)。

(50) R. D. Collison Black, p. 54.

(51) R. D. Collison Black, 'Trinity College, Dublin, and the Theory of Value, 1832-1863', *Economica* (12 August 1943), p. 431 および Laurence S. Moss, 'Mountiford Longfield's Supply-and-demand Theory of Price and Its Place in the Development of Brecon Theory', *History of Political Economy*, vol. 6, no. 4 (Winter, 1974) を参照。

(52) Mountiford Longfield, *Four Lectures on Poor Laws* (Dublin, 1834), p. 35. Antoin E. Murphy, 'Mountiford Longfield's Appointment to the Chair of Political Economy in Trinity College Dublin, 1832', Antoin E. Murphy (ed.), *Economists and the Irish Economy* および R. D. Collison Black (ed.), *The Economic Writings of Mountiford Longfield* (New York, 1971) を参照。

(53) R. D. Collison Black, 'The Irish Dissenters and Nineteenth-century Political Economy', Antoin E. Murphy (ed.), *Economists and the Irish Economy*, p. 133 を参照。

(54) Thomas Edward Cliffe Leslie, *Essays in Political Economy* (Dublin and London, 1888), p. 21 および *Journal of the History of Economic Thought*, no. 17 (Spring 1995) 所収の G・ムーアのクリフ・レズリーに関する小論も参照。

(37) 同書、p. 39。

(38) W. E. H. Lecky, *Political and Historical Essays* (London, 1908), p. 11.

(39) 'Colonisation and Colonial Government', John Elliot Cairnes, *Political Essays* (London, 1873) を参照。

(40) *Essays in Political Economy*, p. 264.

(41) Boylan and Foley, p. 111 に引用。

(42) 同書、p. 262。

(43) 同書、p. 263。

(44) John Elliot Cairnes, *Leading Principles of Political Economy Newly Expounded* (London, 1874), p. 321.

(45) John Elliot Cairnes, *University Education in Ireland* (Dublin, 1866), p. 30.

(46) *Political Essays*, p. 37 に再録。

(47) 同書、p. 39。

(48) ケアンズはミルの『経済学原理』第六版にアイルランドに関する資料を提供した。また、二人はフェニアン同盟のリベラルな方針に関しては意見を共にしていた。George O'Brien, 'J. S. Mill and J. E. Cairnes', *Economica*, vol. 10, no. 40 (November 1943)を参照。E. D. Steele, 'John Stuart Mill and the Irish Question', *Historical Journal*, vol. 13, no. 2 (1970) も参照。

(49) 書評家ロバート・エリス・トムソンは、デイヴィッド・リカードのことを「ユダヤ人の株屋」と呼んでいるにもかかわらずアメリカの急進論者なのだが、ケアンズを批判してこう言っている——彼は政治的に妥協しており、イングランドの経済学は根本的に覆される必要があることを実際に認めたがらない。*Penn Monthly* (September 1874) に掲載され

(29) R. D. Collison Black, p. 55 に引用。ブラックによるこの権威ある研究は、そのタイトルが約束するものを裏切って、アイルランド経済学者による経済学理論よりも、実際の歴史的な事柄のほうを多く扱っている。

(30) John Elliot Cairnes, Review of Froude's *The English in Ireland*, *Fortnightly Review* (1 August 1874) を参照。

(31) John Elliot Cairnes, *Essays in Political Economy, Theoretical and Applied* (London, 1873), p. 244.

(32) 同書、p. 249。

(33) ケアンズは、社会主義の「いかめしい顔」に反対して自由貿易を唱えたフランスの経済学者バスティアを称賛しているが、彼を特定のイデオロギーの推進者として批判してもいる。バスティアは経済の仕組みを説明するにとどまることなく、それを正当化したがる。一方のケアンズは、自分が「初めからわかりきっている結論」など何ひとつ持たないと思っている。要するに、バスティアは非カント的態度で事実と価値を混同するのに対し、ケアンズはその区別を強く支持する。'Mr Comte and Political Economy', pp. 307ff を参照。彼の時事小論 *England's Neutrality in the American Contest* (London, 1864) も参照。これは、法律学教授という彼のもうひとつのペルソナによって記された、法律に関する無味乾燥な論考である。

(34) John Elliot Cairnes, *The Slave Power* (London, 1863) を参照。同書は当時のイングランドにおける最大のリベラリスト、ジョン・スチュアート・ミルに捧げられている。

(35) John Elliot Cairnes, *The Revolution in America* (Dublin, n.d.), p. 14.

(36) 同書、p. 44。

and Colonial Ireland (London and New York, 1992) を参照。

(20) John Elliot Cairnes, 'Mr Comte and Political Economy', *Fortnightly Review* (May 1870) を参照。

(21) *Political Essays* 所収の 'Political Economy as a Branch of General Education' を参照。

(22) John Elliot Cairnes, *Political Essays* (London, 1873), p. 7.

(23) 科学哲学における「他の条件が同じなら(*ceteris paribus*)」という言葉は、次のような意味をもつ。すなわち、他の状況が同じだと仮定された特定の条件の下でのみ、科学的仮説は真と呼びうると。たとえば、実験時にマウスも実験者も酔っ払っていない、と人は仮定する。ケアンズの弟子の一人の回想によると、ケアンズはいつも「状況が事例を変える」と強調しており、「'他の条件が同じなら'という断りを忘れることがなかった」と言う(R. D. Collison Black, p. 55nに引用)。

(24) John Elliot Cairnes, *The Character and Logical Method of Political Economy* (London, 1857) を参照。

(25) John Elliot Cairnes, 'Mr Spencer and the Study of Sociology', *Fortnightly Review* (1 February 1875), p. 205.

(26) 同書、p. 9。

(27) John Elliot Cairnes, 'Mr Spencer on Social Evolution', *Political Essays*.

(28) 同様に抽象的普遍概念に我慢がならないさまが、レッキーの著作をも特徴付けている。彼は次のように記している。「諸制度を抽象的価値のみから評価し、その制度が当てられる国民の特異な状況や願いや性質を一顧だにしない政治的衒学ほど、通俗的で致命的な過ちはない」(*Leaders of Public Opinion in Ireland*, New York, 1889, p. viii)。

(17) もっとも、著書の売り上げによってあるつながりは認められる。彼の *Easy Lessons on Money Matters* は、19世紀の経済学書の中で、群を抜いたベストセラーだった。Thomas A. Boylan and Timothy P. Foley, *Political Economy and Colonial Ireland* (London and New York, 1992), p. 4 を参照。

(18) Richard Whately, *Introductory Lectures on Political Economy* (London, 1831) を参照。多才なホエイトリーには、修辞学に関する著作もあり、興味深いことに、彼はそこでヴィトゲンシュタイン風の反本質主義的アプローチを採っている。「修辞学」という語は対象を何ひとつ外示しない。その語の使用法は論理的にさまざまである。ちょうど言葉に「自然な」秩序がないように、その語に関してわれわれが抱く概念から独立した「真の」指示対象はそこに存在しない。*Elements of Rhetoric* (Oxford, 1828) を参照。リベラルな精神を持ったあるアイルランドの評者は、ホエイトリーをこう描写している。「われわれの体の上を這わせてしまった外国産害虫の見事な標本」。T. A. Boylan and T. P. Foley, 'J. E. Cairnes, J. S. Mill and Ireland', A. E. Murphy (ed.), *Economists and the Irish Economy* (Blackrock, 1984), p. 114に引用。

(19) のちに彼は、ユニヴァーシティ・カレッジ・ゴールウェイの経済学および法律学教授のみならず、ユニヴァーシティ・カレッジ・ロンドンの経済学教授も務めた。ケアンズは1823年にラウス県で生まれ、トリニティ・カレッジに学び、1875年にロンドンで死去した。彼の著作に関する批評については、R. D. Collison Black, *Economic Thought and the Irish Question 1817-1870* (Cambridge, 1960) および Thomas A. Boylan and Timothy P. Foley, *Political Economy*

特殊な条件に過ぎないものを偽って普遍化したのである。

(5) William Dillon, *The Dismal Science* (Dublin, 1882), p. 13.

(6) バットは、アイルランド政治囚の恩赦を求める運動で主導的役割も担っていた。彼の時事小論 *Ireland's Appeal for Amnesty* (London, 1870) を参照。彼はまた、大学問題についても書いており、ダブリン大学にカトリック校を追加設置するよう唱えていた。*The Problem of Irish Education* (London, 1875) を参照。

(7) Thomas Carlyle, *My Irish Journey in 1849*, p. 54.

(8) クリストファー・モラッシュはこう述べている。ジョン・ミッチェルにとって、経済学とは「植民地におけるヘゲモニーを意味するに過ぎず」、その学問上の地位は「当座の権力行使における道具的役割に隷属していた」(*Writing the Irish Famine*, Oxford, 1995, p. 66)。

(9) Isaac Butt, *A Voice for Ireland: the Famine in the Land* (Dublin, 1847), p. 11.

(10) *Land Tenure in Ireland: a Plea for the Celtic Race* (Dublin, 1866), p. 42.

(11) これらは、*The Irish People and the Irish Land* (Dublin, 1867) でバットが繰り返しおこなっている主張である。同書は、ダファリン卿とロス卿から彼の初期の著作に加えられた批判に答えるべく書かれた。

(12) Philip Bull, *Land, Politics and Nationalism* (Dublin, 1996), p. 67.

(13) *Land Tenure in Ireland*, pp. 43-4.

(14) 同書、p. 101。

(15) *The Irish People and the Irish Land*, p. 24.

(16) W. E. H. Lecky, *Political and Historical Essays*, p. 93.

no. 133 (March 1945), p. 25 を参照。

(78) *Atlantis: a Register of Literature and Science by Members of the Catholic University of Ireland* (London, 1858), 4 vols を参照。

(79) *Atlantis*, vol. 2 (1859), p. 127 を参照。

(80) William K. Sullivan, 'From the Treaty of Limerick to the Establishment of Legislative Independence', R. Barry O'Brien (ed.), *Two Centuries of Irish History 1691-1870* (London, 1907) を参照。ジョージ・シガソンがその後を受け、連合までの歴史を綴っている。

第４章　陰気な学問

(1) William Thompson, *An Inquiry into the Principles of the Distribution of Wealth Most Conducive to Human Happiness* (London, 1824), p. xxix.

(2) 同書、p. xxvii。

(3) 同書、p. xx。

(4) ダブリンのナショナル・ユニヴァーシティで国民経済学教授を務めたトマス・ケトルは、後にこの系統を受け継いだ人物である。彼の人文主義的で洗練された論文は、その学問を一般的な人間の福祉という問題から切り離すことを拒否している。特に、*The Day's Burden* (Dublin, 1910) 所収の 'The Economics of Nationalism' を参照。彼はそこで、国民数学だとか国民生物学というものが明らかに不合理である一方で、経済学の場合、各国が独自の「植物相や動物相」を持つと認識するのは理にかなっているとしている。彼の意見によると、古典派経済学を生んだ自己充足的イングランドは、健康な人間が消化機能に無意識であるのと同様にその国民性について無意識で、それゆえ実際は極めて

(66) 同書、p. 9。

(67) その世紀の変わり目以降、トリニティ・カレッジは徐々に近代化を図り、カトリックが学生の約10パーセントを占めるようになっていた。しかし、彼らは学者になることができず、フェローはいまだ英国教会信徒に限られていた。

(68) 同書、p. 12。

(69) 同書、p. 15。

(70) T. S. Wheeler, 'Sir Robert Kane: His Life and Work', Part 2, p. 325 を参照。

(71) Richard Kirwan, *Elements of Mineralogy* (London, 1784) を参照。これは、そのテーマについて英語で書かれた初めての論文である。

(72) P. J. McLaughlin, 'Richard Kirwan: 1733-1812', *Studies*, vol. 28, no. 109 (March 1939) および John Wilson Foster (ed.), *Nature in Ireland* (Dublin, 1997), pp. 124-25 を参照。カーワンの兄はロンドンのコーヒーハウスでの決闘で死亡したと言われている。

(73) Richard Kirwan, *An Essay on Human Happiness* (Dublin, 1810) を参照。

(74) サリヴァン本人による小論 *The Manifacture of Beet-root Sugar in Ireland* (Dublin, 1851) を参照。

(75) William K. Sullivan, *University Education in Ireland* (Dublin, 1866), p. 5. 最後のフレーズは、「不敬」なクイーンズ・カレッジをプロテスタントが支持していることをほのめかしている。

(76) Tristram Kennedy and William K. Sullivan, *Industrial Training Institutions of Belgium* (Dublin, 1855), p. 8.

(77) T. S. Wheeler, 'Life of William K. Sullivan', *Studies*, vol. 34,

ドナーだった。彼はそれに関する133もの著作を残し、ジョン・ロックから蒸気エンジンにいたるまであらゆることに関して講義をおこなった。劇作家ディオン・ブーシコーは、ほぼ間違いなく彼の非嫡出子だろうが、聴衆の心をつかむセンスを父から受け継いでいた。

(61) D. O. Raghallaigh, *Sir Robert Kane*, (Cork, 1942), p. 7 に引用。ダブリン城で土地均分論者による秘密結社にかかわっていた人々がこの見解を共有していたかどうかは疑わしい。

(62) T. S. Wheeler, 'Sir Robert Kane: His Life and Work', *Studies*, vol. 33, no. 129 (March 1944), Part 1, p. 167 に引用。

(63) この記事は C. P. Meehan, (ed.), *Literary and Historical Essays by Thomas Davis* (Dublin, n.d.)に 'The Resources of Ireland' として採録されている。

(64) Sir Robert Kane, *Inaugural Address, Queen's College, Cork* (Dublin, 1849), p. 6. ウィリアム・K・サリヴァンの義理の兄ヘンリー・ヘネシーは、著書『教育の自由について』(Dublin, 1859) で、両宗派は各々独自のやり方で自由に教育を組織しなければならないという、リベラルなカトリックの論を展開している。発行者不明の小冊子『アイルランドの大学教育』(Dublin, 1861) は次のように主張している。中等教育における確固たる基盤なしにはクイーンズ・カレッジが隆盛を極めることはないだろうから、「アイルランドの学校をイングランドのグラマー・スクールに比肩するものにする」(p. 29) ために、クイーンズ・カレッジ設立のための助成金は、中等教育制度にまわすべきであると。ヘネシーは、ほぼ独学で王立科学カレッジの数学教授になった人物である。

(65) Isaac Butt, *Intellectual Progress*, p. 9 を参照。

(49) Lady Ferguson, *Sir Samuel Ferguson in the Ireland of His Day*, vol. 1, p. 70 に引用。

(50) Terence de Vere White, *The Parents of Oscar Wilde*, p. 128 を参照。

(51) James Bennett, 'Science and Social Policy in Ireland in the Mid-nineteenth Century', in Bowler and Whyte, p. 44 に引用。

(52) Roy Johnston, 'Science and Technology in Irish National Culture', *The Crane Bag*, vol. 7, no. 2 (1983).

(53) W. P. Ryan, *The Pope's Green Island* (London, 1912), p. 230.

(54) G. T. Wrixton, 'Irish Science and Technology: the Changing Role of the Universities', *Irish Review*, nos 17/18 (Winter 1995) を参照。

(55) この言葉に不案内な人のために。これはトビムシ類の陸生昆虫を意味する。

(56) A. S. Eve and C. H. Greasey, *The Life and Work of John Tyndall* (London, 1945)およびJohn Tyndall, *Fragments of Science* (London, 1879), 2 vols を参照。

(57) James Bennett, 'Science and Social Policy in Ireland in the Mid-nineteenth Century', in Bowler and Whyte, p. 40.

(58) Wrixton, p. 119.

(59) Liam O'Dowd, 'Intellectuals in 20th Century Ireland: the Case of George Russell (AE)', Richard Kearney (ed.), *The Crane Bag*, vol. 9, no. 1 (Dublin, 1985), p. 11を参照。

(60) Gordon L. Herries Davies, 'Irish Thought in Science', Richard Kearney (ed.), *The Irish Mind* (Dublin, 1985) を参照。科学を民間に普及させるための潜在市場を見抜いていた最初のアイルランド人は、牧師のディオニシウス・ラー

(39) George Sigerson, *The Last Independent Parliament of Ireland* (Dublin, 1918), p. 10.

(40) George Sigerson, *Bards of the Gael and Gall* (London, 1897), p. 41.

(41) 同書、p. 76。

(42) David Attis, 'The Social Context of W. R. Hamilton's Prediction of Conical Refraction', in Peter J. Bowler and Nicholas Whyte (eds), *Science and Society in Ireland* (Belfast, 1997), p. 24 に引用。

(43) エドマンド・バークの政治的イデオロギーは、この両方の言い分を支持しようとするきわめて巧妙な試みとみなせるかもしれない。いわく、社会制度は究極的には神聖な拘束力を持つが、進化する人間環境に現実的に順応されねばならない。

(44) Robert Perceval Graves, *Life of Sir William Rowan Hamilton*, 3 vols (Dublin, 1882), vol. 1, p. 267.

(45) アイルランドの天文学に関しては、Nicholas Whyte, 'Lords of Ether and of Light: the Irish Astronomical Tradition of the Nineteenth Century', *Irish Review*, nos 17/18 (1995) および Patrick Moore, *The Astronomy of Birr Castle* (London, 1971) を参照。

(46) Terence de Vere White, *The Parents of Oscar Wilde*, p. 134 を参照。

(47) ハミルトンが数学にもたらした利益について話し合ってくれた同僚、オックスフォード大学セント・キャサリンズ・カレッジのジョン・オッケンドン博士に感謝する。

(48) Graves, *Life of Sir William Rowan Hamilton*, vol. 2, pp. 330-33 を参照。

(30) William Wilde, *Austria: Its Literature, Science, and Medical Institutions* (Dublin, 1843).

(31) William Wilde, *Narrative of a Voyage to Madeira, Teneriffe, and along the Shores of the Mediterranean* (Dublin, 1844), p. 222.

(32) William Wilde, *On the Physical, Moral, and Social Condition of the Deaf and Dumb* (London, 1854), p. 5. また当時の医学がいくぶん原始的性質だったことを例証しているのが、〈大飢饉〉時にウィリアム・ストークスが赤痢および下痢に処方した万能薬だ。それは、2ガロンの水で希釈したウィスキーとアヘンチンキからなる混合飲料で、これにロッグウッドの細片2ポンドが加えられるという代物だった（Cormac Ó Gráda, *Black '47 and Beyond*, Princeton, NJ, 1999, p. 96 を参照）。当時の専門医学は感染症のメカニズムを理解しておらず、〈大飢饉〉時にはほとんど役に立たず、時には害を及ぼすこともあったと、オグラダは注解している（p. 95）。

(33) William Wilde, *The Closing Years of Dean Swift's Life* (Dublin, 1849), p. 4.

(34) William Wilde, *Ireland, Past and Present: the Land and Its People* (Dublin, 1864), p. 40.

(35) 同書、p. 50。彼は同書で自分をイングランド人と呼んでいる。

(36) William Wilde, *Lough Corib, Its Shores and Islands* (Dublin, 1872), p. 4.

(37) シガソンの医学文書の一部については、*Collected Pamphlets* (Dublin, 1866-1904) を参照。

(38) George Sigerson, *Modern Ireland, by an Ulsterman* (London, 1868), p. 384.

(19) Lady Ferguson, *Sir Samuel Ferguson in the Ireland of His Day* (Edinburgh and London, 1896), vol. 1, p. 69.

(20) William Stokes, *Medical Education: an Address* (Dublin, 1861) を参照。

(21) William Stokes, *A Discourse Delivered at the Opening of the School of Physics in Ireland* (Dublin, 1864), p. 5 を参照。同著者による *Introductory Address to the Royal College of Surgeons* (Dublin, 1855) も参照。当時の匿名の小冊子 *University Education in Ireland* (Dublin, 1861) では、次のように論じてある。人文学教育を奪われた医学生は「職業的偏見と利害によって、自分が暮らす社会のほかの市民たちから切り離され、自分のいる狭く限られた特権階級の外の話題に関して部分的で偏った見解しか持ち得ない」(p. 45)。

(22) この人文主義的見解は、Henry W. Ackland, *William Stokes: A Sketch* (London, 1882) に記録されている。

(23) William Stokes, *State Medicine* (Dublin, 1872), p. 4.

(24) 同書、pp. 35-6。

(25) Vivian Mercier, *Modern Irish Literature* (Oxford, 1994), p. 29 を参照。

(26) Whitley Stokes, *The Anglo-Indian Codes* (Oxford, 1888-9), vol. 1, pp. ix-x.

(27) Lady Ferguson, *Sir Samuel Ferguson in the Ireland of His Day*, vol. 2, p. 85 に引用。

(28) Terence de Vere White, *The Parents of Oscar Wilde* (London, 1967), p. 72.

(29) Davis Coakley, *Oscar Wilde: the Importance of Being Irish* (Dublin, 1994), p. 19 を参照。

の問題に関する入念な記述をおこなった。

(7) 同書中 p. 79 に引用。

(8) 同書、pp. 80-1。

(9) 同書、p. 81。

(10) William Stokes, *William Stokes: His Life and Work* (London, 1898), p. 21.

(11) Whitley Stokes, *Projects for Re-establishing the Internal Peace and Tranquillity of Ireland* (Dublin, 1799), p. 44.

(12) 同書、p. 44。

(13) 同書、p. 47。

(14) 彼の*A Reply to Mr Paine's 'The Age of Reason'* (Dublin, 1795) を参照。同書はペインの政策ではなくその一神論に向けられており、幾分説得力のない議論が展開されている。

(15) Whitley Stokes, *Observations on the Population and Resources of Ireland* (Dublin, 1821), p. 10.

(16) ストークスは〈大飢饉〉中の医者の重労働を強調し、より高額の報酬を求めた。彼の *Address Delivered in the Theatre of the Meath Hospital* (Dublin, 1847) を参照。

(17) Stokes, *William Stokes: His Life and Work*, p. 87.

(18) Thomas Carlyle, *My Irish Journey in 1849* (London, 1882), p. 41. この著作に見られる意地の悪い論調は明らかに以下の事実に起因している。すなわち、無秩序、不実、不精、怠惰、カトリック的迷信、下層階級の暴動といった、カーライルの世俗的カルヴァン主義が最も忌み嫌うものすべてを代表しているのがアイルランドであるという事実に。事実、真実、労働、秩序、農奴制、努力といったものを信じる人間にとってもっとも恐ろしい悪夢を紛うかたなく要約したのがこの国だということだ。

第3章　碩学と社会

(1) W. E. H. Lecky, *History of European Morals from Augustus to Charlemagne* (London, 1869, reprinted New York, 1870), vol. 2, p. 167.

(2) David Riesman, 'The Great Irish Clinicians of the 19th Century', *Johns Hopkins Hospital Bulletin*, vol. 24, no. 270 (August 1913), p. 2.

(3) Davis Coakley, *The Irish School of Medicine* (Dublin, 1988), p. 141. 同著者による*Irish Masters of Medicine* (Dublin, 1992) を参照。こうした人物が登場する以前の、ダブリンにおける医学研究の混乱については R. B. McDowell and D. A. Webb, *Trinity College Dublin, 1592-1952: an Academic History* (Cambridge, 1982), pp. 41-4, 87-9 を参照。

(4) T. G. Wilson, *Victorian Doctor: Being the Life of Sir William Wilde* (London, 1942), p. 28.

(5) グレイヴズは、トリニティ・カレッジで神学、法学およびギリシア語の教授職に就いていたリチャード・グレイヴズの息子である。

(6) ジョン・チェーンはミーズ病院のきわめて名高いスコットランド人医師であった。一方、ドミニク・コリガンは大動脈弁に関する重要な論文の執筆者だった。〈大飢饉〉が深刻になりつつあったとき、飢餓と熱病の因果関係は一般に認められていなかったのだが、彼はアイルランドの民衆にその警戒を促した。民衆に食料が配給されなければ必ずや「疫病」が随発すると、彼は警告した。彼の *On Famine and Fever as Cause and Effect in Ireland* (Dublin, 1846) を参照。彼の同僚である知識人たち同様、コリガンもまた大学教育ーがこれを皮肉として言っているのかどうかは判断しがたい。

(92) J. G. A. Pocock, *Virtue, Commerce, and History* (Cambridge, 1985) を参照。

(93) W. E. H. Lecky, *History of the Rise and Influence of the Spirit of Rationalism in Europe*, vol. 2, p. 17.

(94) 同書、p. 93。

(95) 同書、p. 132。

(96) 同書、p. 33。

(97) W. E. H. Lecky, *History of Ireland in the Eighteenth Century*, 5 vols (London, 1892-96). 本作はレッキーの記念碑的 *History of England*, 8 vols (London, 1878-90) からの抜粋である。

(98) W. E. H. Lecky, *Political and Historical Essays*, pp. 87-8.

(99) 同書、p. 88。

(100) W. E. H. Lecky, *Leaders of Public Opinion in Ireland* (London, 1861, reprinted New York, 1889), p. 126.

(101) 同書、p. viii。

(102) ここで言う「アングロ・アイリッシュ」とは、ファーガソンやド・ヴィアがそうであるように、民族的出自ではなく政治的立場を指している。

(103) Standish O'Grady, *Toryism and Tory Democracy* (Dublin, 1886), p. 213.

(104) 'Irish Conservatism and Its Outlooks', Standish O'Grady, *Selected Essays and Passages* (Dublin, 1918), p. 166.

(105) Standish O'Grady, *The Crisis in Ireland* (Dublin, 1882), p. 50.

(106) *Fortnightly Review*, no. 67 (February 1897).

る。Bury, *Selected Essays* (Cambridge, 1930) の中でもとりわけ　'The Science of History' を参照。

(77) W. E. H. Lecky, *Political and Historical Essays*, p. 11.

(78) 同書、p. 41。

(79) Aubrey de Vere, *English Misrule and Irish Misdeeds*, p. 221.

(80) この表現は James Johnston Auchmuty, *Lecky: a Biographical and Critical Essay* (Dublin, 1945), p. 2. にある。

(81) Donal McCartney, *W. E. H. Lecky: Historian and Politician 1838-1903* (Dublin, 1994), p. 45.

(82) 二人の歴史家の相違点だけでなく類似点も指摘している。Anne Wyatt, 'Froude, Lecky and the Humblest Irishman', *Irish Historical Studies*, vol. 19, no. 75 (March 1975) を参照。

(83) *A Memoir of the Right Hon. William Edward Hartpole Lecky, by His Wife* (London, 1909), p. 35. に引用。

(84) John Elliot Cairnes, 'Mr. Comte and Political Economy', *Fortnightly Review* (May 1870).

(85) W. E. H. Lecky, *History of the Rise and Influence of the Spirit of Rationalism in Europe* (London, 1865), vol. 1, p. xx.

(86) W. E. H. Lecky, *History of European Morals from Augustus to Charlemagne* (London, 1869, reprinted New York, 1870), vol. 1, p. 60.

(87) 同書、p. 37。

(88) 同書、p. 113。

(89) W. E. H. Lecky, *Political and Historical Essays*, p. 14.

(90) Alasdair MacIntyre, *A Short History of Ethics* (New York, 1966), *After Virtue* (London, 1981) および *Whose Justice? Which Rationality?* (London, 1988) を参照。

(91) W. E. H. Lecky, *Political and Historical Essays*, p. 131. レッキ

(65) Emily Lawless, *Ireland* (London, 1912).

(66) *Traits and Confidences* (London, 1898) 所収の 'Famine Roads and Memories' を参照。

(67) このエッセイも *Traits and Confidences* に収められている。

(68) Aubrey de Vere, *English Misrule and Irish Misdeeds* (London, 1848), p. 36.

(69) 同書、p. 142。

(70) 同書、p. 206。

(71) Aubrey de Vere, *Recollections* (London, 1897), chapter 16.

(72) Aubrey de Vere, *Essays, Chiefly Ethical and Literary* (London, 1889) を参照。

(73) *DUM*, vol. 4, no. 22 (October 1834) を参照。

(74) Lady Ferguson, *Sir Samuel Ferguson in the Ireland of his Day*, vol. 2, p. 187 参照。

(75) Tom Dunne, 'Haunted by History: Irish Romantic Writing 1800-50', in R. Porter and M. Teich (eds), *Romanticism in National Context* (Cambridge, 1988), p. 83.

(76) レッキーの友人であるアイルランド歴史家のＪ・Ｂ・ベリーはケンブリッジ大学の教師で初期のアイルランド歴史修正主義者だったが、歴史研究を政治的修辞から解き放ち、代わりに堅実な学問的基盤に基づいて確立すべきだと主張している。彼はナショナリズムがランケの歴史判断を鈍らせたとみなしており、実証哲学者でも決定論者でもなかったが、偶然性と偶発性が歴史において果たす役割を信じていたところを見ると、ある程度はコントとバックルの影響下で書いていたと言える。彼が歴史記述を修辞家から救い出そうとした試みは、ある意味でジョージ・ピートリーが考古学を素人や政治から奪還しようとした努力に似ていた。この矛盾については、彼女の政治における同志ウィルフレッド・ブラントがのちに言及することになる。1893年に〈アイルランド自治〉に反対する匿名の小論文を発表したものの、5年後には転向した。〈ゲール語連盟〉のために熱心に働きはしたが、それを非政治的なものとみなしていたし、シングの『西国の伊達男』を個人的に嫌っていながらも擁護した。ロンドンの貧困者たちの中で勇猛に働きつつも、流行の貴族的晩餐会で貴族ナショナリストのおしゃべりにふけることに多くの時間を費やした。彼女の『回顧録』のトピックはクリケットからボーア戦争にまでわたり、神智学からオーバーシューズを履くべきか否かという問題にまでわたっていた。彼女はイェイツよりもはるかに明確にイースター蜂起を支持しており、市民戦争において共和主義者にいくばくかの共感を持っていたのだが、彼女の戯曲には、とんまとして描かれるアイルランド人の紋切り型と甘やかされたごろつきが多く登場する。無産階級のショーン・オケイシーをいささか高慢な態度で起用しながら、彼の劇を見ると生まれてよかったと思える、と言っている。Ann Saddlemyer and Colin Smythe, *Lady Gregory: 50 Years After* (Gerrards Cross, 1987) および Lady Gregory, *Our Irish Theatre* (London, 1914), *Journals 1916-30* (London, 1946) および Elizabeth Coxhead, *Lady Gregory: a Literary Life* (London,1961) を参照。

(64) アイルランド文芸復興期におけるこの一例は、貴族で唯美主義者で禁欲主義者で劇作家で芸術のパトロンで女嫌いでシンフェイン党首だった、異才エドワード・マーティンである。D. Gwynn, *Edward Martyn and the Irish Revival* (London, 1930) を参照。

読むことのできない人のもとにあり、本当の安全は読むことのできるひとのもとにある」と言っている (p. 36)。この意味でも、文化は政治への解毒剤なのである。

(54) Lady Wilde, *Social Studies* (London, 1893), p. 13.

(55) 同書、p. 45。

(56) 同書、p. 111。

(57) 同書、p. 161。

(58) 同書、p. 172。

(59) 彼女の著作を扱った希少なものとして、Tadhg Foley and Sean Ryder (eds), *Ideology and Ireland in the Nineteenth Century* (Dublin, 1998) 所収の Marjorie Howes, 'Tears and Blood: Lady Wilde and the Emergence of Irish Cultural Nationalism' を参照。ダブリン城を焼き払いたいという彼女の欲望を記録している Horace Wyndham, *Speranza: a Biography of Lady Wilde* (London, 1951) も参照。

(60) Lady Wilde, *Ancient Legends, Mystic Charms and Superstitions of Ireland* (London, 1887), vol. 1, p. 11.

(61) *Driftwood from Scandinavia* (London, 1884), p. 225.

(62) Lady Gregory (ed.), *Ideals in Ireland* (London, 1901), p. 11.

(63) グレゴリーのナショナリスト的良心が最初に掻き立てられた場は、彼女が初めてイェイツに会った場がダブリンでなくロンドンだったように、アイルランドではなくエジプトであった。シングがナショナリスト的考えに初めて出会ったのはフランスにおいてだったし、モード・ゴンが明らかに不快に思っていたはずの右翼的ナショナリスト政治に初めて紹介を受けたのも、同所においてだった。しかしエジプトのナショナリズムを経験していたにもかかわらず、グレゴリーはパーネルと〈土地同盟〉に感服することがなかっ

Papers (Dublin, 1852) として収められた、貴重で、不器用に「機転の利いた」John Francis Waller の寄稿文を参照。

(50) イングランド系アイルランド人知識人の生活については J. C. Beckett, *The Anglo-Irish Tradition* (London, 1976) を参照。同誌に関するさらに貴重な学術研究については、*The Long Room*, nos 14-15 (Trinity College Dublin, Autumn 1976 to Summer 1977) を参照。

(51) Mortimer O'Sullivan, *Letter to Daniel O'Connell, Esq, by a Munster Farmer* (Dublin, 1824). パニックに陥った政治的反動に関するもうひとつの研究としては、彼の *Remains*, ed. J. C. Martin and M. O'Sullivan, 3 vols (Dublin, 1853) を参照。オサリヴァンは〈刑罰法〉を擁護し、〈カトリック解放〉はアイルランドにおける宗教改革のプロセス全体をくじかせたと主張し、アイルランドの扇動家を悪意を持ってインドの殺し屋にたとえ、アイルランドのプロテスタントは自分たちが見捨てられたと思っているのだと述べている。トマス・ムーアへの不毛な返答 *Guide to a Gentleman in His Search for a Religion* (Dublin, 1833) および、ローマカトリック信徒の貧困はその背信を説明できるほどのものではないと論じている *Case of the Protestants in Ireland* (London, 1836) も参照。

(52) Wilfred Ward, *Aubrey de Vere* (London, 1904), p. 137 に引用。

(53) Peter Denman, *Samuel Ferguson: the Literary Achievement* (Gerrards Cross, 1990), p. 4 に引用。John Wilson Croker は以前に、「政治において、言葉は物である」と述べたことがある (*A Sketch of the State of Ireland Past and Present*, Dublin, 1808, p. 55)。クローカーは同著作で「真の危険は

(39) Raymond Williams, *Culture and Society 1780-1950* (Harmondsworth, 1958, reprinted 1963), pp. 178-80, 264 を参照。

(40) McCormack, *Sheridan Le Fanu and Victorian Ireland*, p. 7.

(41) Samuel Ferguson, 'A Dialogue between the Head and Heart of an Irish Protestant', *Dublin University Magazine*, Reprinted in Seamus Deane (ed.), *The Field Day Anthology of Irish Writing* (Derry, 1988), vol. 1, pp. 1178, 1183.

(42) McCormack, *Field Day Anthology*, vol. 1, p. 1176.

(43) Walter E. Houghton (ed.), *Wellesley Index of Victorian Periodicals* (Toronto, 1987), p. 194 にある、雑誌への匿名の紹介文を参照。

(44) *DUM*, 6 December 1835.

(45) この点に関してさらに類似したケースは、シェリーの『アイルランド人への挨拶』(1812) だ。当該書でこの革命的無政府主義者は、ダブリンの聴衆に庇護者ぶった態度で、飲酒と秘密結社に気をつけ、節制を旨とし善をなせば、解放はおのずとついてくると言っている。また、「イングランド憲法と両立する限りにおいて」アイルランドの自由回復を望み、緩やかな変化を主張し、アイルランド人に「畏敬と警戒」の精神を持つよう訓告している。彼はまた、自分を追放したカトリック教会を断固否定した。これらの大部分は『DUM』の有名人たちが言及してもよかった話だ。

(46) Michael Sadleir, p. 63.

(47) Barbara Hayley, 'Irish Periodicals from the Union to the *Nation*', *Anglo-Irish Studies*, no. 2 (1976) 参照。

(48) Charles Gavan Duffy, *Thomas Davis: Memoirs of an Irish Patriot 1840-1846* (London, 1890), p. 55 参照。

(49) たとえば、Jonathan Freke Slingsbyという筆名で*The Slingsby*

ら認識論的距離を保っており、よそ者感と同時に奇妙な一体感を覚えている。島民たちは島に暮らしながら、アメリカや戦争といった外の世界の話ばかりしており、あたう時には子供たちに英語で話しかける。シングは彼らを一貫した視点では見ていない。彼らを熱帯の海鳥とみなしたりする一方で、海水で洗濯するからリウマチになると記したりしている。何の罪も犯さないとか、手芸品が「中世的」美しさを湛えていると、島民を理想化しているが、物質的状況や動物に対する残虐性については口を閉ざす。本書の全体的スタイルは遠慮がちで誇張もなく、劇的な局面よりもむしろ日常生活の些事に焦点が当てられている。同様にウィックローに関する著述でも、浮浪者を自然界の貴族だと理想化する一方で、田舎の階級格差も強く意識している。

(38) Susan Mitchell, *George Moore* (Dublin, 1916), p. 68. ミッチェルに関する研究は、Richard M. Kain, *Susan Mitchell* (Lewisburg, PA, 1972) を参照。シャノン出身のプロテスタント銀行家の娘ミッチェルは、バーナード・ショーについて「絶対に間違えることがない」と言っており、アイルランド人の高潔さを見せるがゆえに、アイルランド人のたがのはずれた獰猛性を失ったお芝居に対する抗議をやめさせるために劇場に呼び入れられた警察について空想をめぐらせている。ジョージ・ムーアに関する研究では、ムーアが『ようこそそしてさようなら』を書いたのは実のところアイルランドへ来る前だったかどうかについてあれこれ思いをめぐらしている。Robin Skelton, 'Aids to Immortality: the Satirical Writings of Susan L. Mitchell', in Robin Skelton and Ann Saddlemyer (eds), *The World of W. B. Yeats* (Dublin, 1965) も参照。

た。彼の *With Sir Horace Plunkett in Ireland* (London, 1935) に書かれたこの時期の陽気な逸話風描写を参照。

(30) Standford and McDowell, p. 191.

(31) Marianne Elliott, *Wolfe Tone: Prophet of Independence*, p. 145 に引用。

(32) この詩人の研究書については Alan Warner, *William Allingham: An Introduction* (Dublin, 1971) を参照。Alfred Perceval Graves によるこの詩人に関する洞察力に富んだ *Irish Literary and Musical Studies* (London, 1913) も参照。同書によれば、アリンガムをラスキンが称賛し、エマソンが事細かに引用している。詩人のライオネル・ジョンソンの所見では、アリンガムの詩のいくつかはアイルランドに言及することなくアイルランドを反響している。

(33) W. J. McCormack, *Sheridan Le Fanu and Victorian Ireland* (Oxford, 1980), p. 9.

(34) ホエイトリーの生涯については、William John Fitzpatric, *Memoirs of Richard Whately* (London, 1864), 2 vols を参照。

(35) ジョゼフ・ホロウェイは、場合によっては教養のある知的俗人によるアビー座の記録ともなったであろう日記中で、シングについて「ねじ曲がった冷笑的傾向がある人物」と語り、彼を「邪悪な天才」と、その作品を「不快な掃き溜め」とみなしている (*Joseph Holloway's Abbey Theatre*, Carbondale, IL, 1967, p. 81)。

(36) Owen Dudley Edwards, 'Impressions of an Irish Sphinx', in Jerusha McCormack (ed.), *Wilde the Irishman* (New Haven, CT, and London, 1988), p. 50.

(37) *The Aran Islands* (Dublin, 1907)〔シング『アラン島』栩木伸明訳（みすず書房、2005)〕で、シングはアラン島民か

(Oxford, 1980), p. 12.
(18) 同書、p. 145。
(19) William Gregoryの*Autobiography* (London, 1894), p. 64-74を参照。しかしグレゴリーは徹底した保守主義者ではなかった。英国政府が〈大飢饉〉の際に民間の事業にひどく依存していたことを、彼は本書中で批判しているし、土地同盟には反対したが、小作人の所有権については支持していた。
(20) Terence de Vere White, *The Anglo-Irish* (London, 1972), p. 181. ダブリンの上流中産階級に関する後半の説明に関しては、Enid Starkie, *A Lady's Child* (London, 1941) を参照。
(21) Ernie O'Malley, *On Another Man's Wound* (London, 1936), p. 24.
(22) John B. Yeats, *Essays Irish and American* (Dublin and London, 1918), p. 34.
(23) Lady Ferguson, vol. 1, p. 268.
(24) 同書、vol. 2, p. 232。
(25) John P. Mahaffy, *The Principles of the Art of Conversation* (London, 1887), p. vii.
(26) 同書、p. 3。
(27) 同書、p. 84。
(28) John Pentland Mahaffy, *Social Life in Greece* (London, 1874), p. 299.
(29) Mahaffy, *The Principles of the Art of Conversation*, p. 69. ここで問題となっているケースは、R・A・アンダーソンのことかもしれない。彼はホレス・プランケットの部下として過ごした45年にわたるアイルランドでの生活において、マハフィをファーストネームで呼んだことは一度もなかっ

(9) もっとも、こうした徳がダブリンにも広まっているというのは、イェイツの買いかぶりである。

(10) 同書、p. 87。

(11) 同書、p.92。

(12) この言い回しは Perry Anderson による *The Origins of Postmodernity* (London, 1998), p. 85 にある。アンダーソンにとって、この古典的ブルジョアジーというのは現在ほとんど絶滅している。トマス・マンの堅実な商人は、第2次世界大戦後のヨーロッパで長く生き延びてはいたが、「水槽のなかで浮かんでは消える諸形態」に取って代わられてしまった。「立案者と経営者、監査役と管理人、現代資本の管財人と投機家に」。

(13) ロバート・ボール卿はケンブリッジの天文学者で、弟のヴァレンタインはダブリン国立博物館館長だった。さらに下の弟はダブリンの著名な医者。父親は高名な博物学者で、アイルランド王立美術資料館で、時代物の青銅製トランペットを吹き鳴らそうとして、血管を破裂させて死んだ。アイルランドでの骨董趣味は危険をともなう代物にもなりえたということだ。

(14) David Thornleyの*Isaac Butt and Home Rule* (London, 1964, p. 17) の引用によると、Thomas McNevin はバットとファーガソンを「オレンジ青年アイルランド派」と表現している。

(15) William Dillon, *Life of John Mitchel* (London, 1882), vol. 1, p. 64.

(16) Lady Ferguson, *Sir Samuel Ferguson in the Ireland of His Day* (Edinburgh and London, 1896), vol. 1, p. 141.

(17) W. J. McCormack, *Sheridan Le Fanu and Victorian Ireland*

'Thomas Maguire and the Parnell Forgeries', *Journal of the Galway Archaeological and Historical Society*, no. 67 (1994) ならびに Thomas Duddy, 'The Peculiar Opinions of an Irish Platonist: the Life and Thought of Thomas Maguire', Foley and Ryder (eds), *Ideology and Ireland in the Nineteenth Century* 参照。

(113) Lady Ferguson, *Sir Samuel Ferguson in the Ireland of His Day* (Edinburgh and London, 1896), vol. 1, p. 239.

第２章　ある知識人階級の肖像

(1) Noel Annan, *Leslie Stephen* (London, 1951), p. 1.

(2) Raymond Williams, 'The Bloomsbury Fraction' in *Problems in Materialism and Culture* (London, 1980), p. 149 からの引用。

(3) 同書、p. 154。

(4) 同書、p. 155。

(5) Vivian Mercier, *Modern Irish Literature* (Oxford, 1994), Chapter 3.

(6) Williams, p. 159.

(7) 同書、p. 160。

(8) John Butler Yeats, *Early Memories* (Dublin, 1923), p. 88. ダブリンと古代ギリシアの親近性については、オスカー・ワイルドが師のジョン・ペントランド・マハフィの *Greek Life* に関してこう書いている。「その著作はヘレニズム世界を、拡大したティペレアリー［アイルランド南部の県］として扱おうとしている」。マハフィの生涯については、W. B. Standford と R. B. McDowell による *Mahaffy: A Biography of an Anglo-Irishman* (London, 1971) を参照。

語を教えるだけでも大逆罪に問われるのである。

(105) *Prison Notebooks*, p. 6.

(106) 同書、p. 10。

(107) 同書、p. 3。グラムシの区分がぐらつくもうひとつの理由は、もし伝統的知識人が社会的利害から独立しているように見えても、それがうわべだけのことであったら、彼らは実際には、有機的知識人かもしれないのだが、彼らはこの微妙な立場を、他人からも、またおそらく自分自身からも、見えないようにしているということである。また勃興する社会階級に対して、現在の眼から見れば伝統的に見える者たちも、おそらく、彼らの時代では有機的知識人であったのだ。

(108) Horace Wyndham, *Speranza: a Biography of Lady Wilde* (London, 1951), p. 160 に引用。

(109) 同書、p. 334。

(110) 同書、p. 60。

(111) Sean O'Faolain, *King of the Beggars* (London, 1938), p. 38.

(112) マグワイアは、アイルランド自治の悲惨な結果を警告する内容の、かなり風変わりな黙示録的な小冊子を書いている。Thomas Maguire, *The Effects of Home Rule on the Higher Education* (Dublin, 1886) 参照。このなかで彼は、アイルランド自治によってイギリスが経済的に苦境に陥ると主張しているのだが、それは敵勢力がアイルランドを攻撃拠点として利用する場合には、軍事費を増額せねばならないからだった。彼の哲学をのぞいてみたければ、Thomas Maguire, *The Parmenides of Plato* (Dublin, 1882) と *The External Worlds of Sir William Hamilton and Dr Thomas Brown* (Dublin, 1868) を見よ。また Timothy P. Foley,

Nationalism (Oxford, 1983)〔ゲルナー『民族とナショナリズム』加藤節監訳（岩波書店、2000)〕参照。ゲルナーはさらに、ナショナリズムを、インテリゲンチャにおける伝統派と近代化派との葛藤を解決する方式であると、あまり説得力のない議論を展開している。類似の議論としては、ゲルナーの *Thought and Change* (London, 1964) 参照。

(100) Benedict Anderson, *Imagined Communities* (London, 1983)〔アンダーソン『定本　想像の共同体――ナショナリズムの起源と流行』白石隆・白石さや訳（書籍工房早山、2007)〕参照。

(101) Elie Kedourie, *Nationalism* (London, 1960), p. 70〔ケドゥーリー『ナショナリズム』小林正之・栄田卓弘・奥村大作訳（学文社、2003)〕。

(102) Anthony D. Smith, *Theories of Nationalism* (London, 1971), p. 124.

(103) グラムシ自身は、有機的知識人を、彼らが代表する集団なり階級の出身者であると見ることが多いし、事実、往々にして、これが有機的知識人概念の理解のされ方でもある。しかし、もし機能という概念が充分に理解されるなら、このような規定は不要であるように、わたしには思われるのが。

(104) ダヴィットは、労働者階級出身で、典型的な独学の知識人だが、様式的で洞察力に富む作家でもある。とりわけ以下の文献で、その絶妙な風刺の冴えを見てほしい――Michael Davitt, *Leaves from a Prison Diary* (London, 1885)。この作品のなかではイギリスとアイルランドの政治的立場が逆転し、イギリスがアイルランド人総督によって統治され、学校で「ルール・ブリタニカ」を歌ったり、英

Imaginations and Reveries (Dublin and London, 1921) は、アルスターのプロテスタント政治を鋭く見抜いている。アルスターに関して、これに匹敵する認識を示すのは、かなり驚くべきことながら、アイルランド系アイルランド人 Arthur Clery, *The Idea of a Nation* (Dublin, 1907) である。

(98) バーナード・ショーの社会主義的組合協調主義のなかに、産業革命以前の、個人主義イデオロギーに汚染されていないアイルランド文化とのほのかな共鳴を確認することは可能かもしれない——もっともベルトルト・ブレヒトはかつて、わが人生において、ショーが社会主義者だと聞かされたときほど大笑いしたことはなかったと述べたことがあるのだが。情動に対する同じような斜に構えた取り組みが、なんらかのかたちで見え隠れするのがアイルランド演劇全体であって、その典型的な特質とは、熱く燃えるようなロマンティックなものというよりも、様式的で距離を置こうとするものである。それはまさに展示の劇場であって、親密な情念の探求の場ではなく、形式には厳格にこだわり、生《なま》の感情には懐疑的である。サミュエル・ベケットの細部にいたるまで綿密に段取りをつけられた演劇は、こうした傾向を、パロディとも言えるほど極端に推し進めたものにほかならない。またフランク·オコナーの次の発言も参照のこと——「言語が似ていることによって、[アイルランドの] 作家たちは、より高度に進化した文学の形式に取り込まれる危機に直面しているゆえに、作家は、それに対して距離を保つべく、ありとあらゆる技巧を駆使せねばならない」(Frank O'Connor, *The Backward Look,* London, 1967, p. 146)。

(99) この方式の議論として、Ernest Gellner, *Nations and*

(92) William Steuart Trench, *The Realities of Irish Life* (London, 1869) もまた、この潮流を逆転させる傾向にある。なにしろその社会的・政治的分析は、たえず虚構と想像的対話へと逸れてゆくのだから。

(93) L. Fogarty (ed.), *Fintan Lalor: Collected Writings* (Washington, DC, 1997).

(94) Vivian Mercier, *Modern Irish Literature* (Oxford, 1994) におけるシングに関する議論を参照。

(95) とはいえオグレイディ自身、以下の文献に依拠していた。Eugene O'Curry, *Lectures on the Manuscript Materials of Ancient Irish History* (1861). この著作は――ファーガソン、イェイツ、ハイド、シング、ジョージ・ラッセル、グレゴリー夫人に影響をあたえたこともあって――ヴィヴィアン・マーシアによって「文芸復興の第一義的材源＝教科書」に指名された (Vivian Mercier, *Modern Irish Literature*, p. 16)。

(96) オグレイディに関する有益な研究としては、Edward A. Hagan, *High Nonsensical Words: a Study of the Works of Standish O'Grady* (New York, 1986) 参照のこと。また Philip L. Marcus, *Standish O'Grady* (Lewisburg, PA, 1970) も参照。

(97) とはいえ、これはまた政治に対して、精神的あるいは哲学的深みをもたせ、往々にして見られるその反省を欠いた政治の直接性を打破しようという、称讃に値する努力の一部でもあった。同じことはT・S・エリオットの雑誌『クライテリオン』がのちにイギリスで試みることになろう。またさらに文芸復興は、感銘深い知的記録文書を生み出すことになった。George Russell, 'Thoughts for a Convention',

Macklin) は、カトリックからプロテスタントへの転向者であった。「マックリン」の姓に変える前は「マクラフリン McLaughlin」であった。Christopher J. Wheatley, '"Our own good, plain, old Irish English": Charles Macklin (Cathal McLaughlin) and Protestant Convert Accommodations', *Bullaun*, vol. 4, no. 1 (Autumn 1998).

(83) この移行に関して、Luke Gibbonsはうがった評言を残し、アイルランド人がその気質からして抽象思考を受け付けないという考え方を正しく論破している。Seamus Deane (ed.), *The Field Day Anthology of Irish Writing* (Derry, 1991), vol. 2, p. 950.

(84) Duffy, p. 43.

(85) Mercier, p. 44.

(86) またさらにこうした学校は、土着の文化遺産からカトリック的な要素を切り離すよう画策し、このようにしてカトリックの文化的許容力をも削ごうとしたと見ることができる。David Fitzpatrick, 'The Futility of History: a Failed Experiment in Irish Education', Ciaran Brady (ed.) , *Ideology and the Historians* (Dublin, 1991).

(87) 有益な記述として、Norman Atkinson, *Irish Education* (Dublin, 1969) を参照。

(88) T. J. McElligott, *Education in Ireland* (Dublin 1966), p. 13.

(89) Richard J. Finneran (ed.), *Letters of James Stephens* (New York, 1974), p. 151.

(90) Alan Warner, *William Allingham* (Lewisburg, PA, 1975), p. 46.

(91) W. E, H. Lecky, *Political and Historical Essays* (London, 1908), p. 2.

由々しき関心を抱いていると、威嚇的に警告している。

(72) Patrick Pearse, *Political Writings and Speeches* (Dublin, 1922), p. 240.

(73) 同書、p. 241。

(74) Charles Gavan Duffy, *Thomas Davis: Memoirs of an Irish Patriot 1840-1846* (London, 1890), p. 120.

(75) John Mitchel, *The Last Conquest of Ireland (Perhaps)*(Dublin, 1861, reprinted Glasgow, n.d.), p. 83.

(76) トムソンの著述については、Dolores Dooley, *Equality in Community* (Cork, 1996); Richard K. P. Pankhurst, *William Thompson* (London, 1954); Desmond Fennell, 'Irish Socialist Thought', Richard Kearney (ed.), *The Irish Mind* (Dublin, 1985) を参照。

(77) Ernest A. Boyd, *Appreciations and Depreciations* (Dublin and London, 1917), p. 115.

(78) Norman Atkinson, *Irish Education* (Dublin, 1969), p. 123 に引用。

(79) W. E. H. Lecky, *History of European Morals from Augustus to Charlemagne* (London, 1869, reprinted New York, 1870), vol. 2, p. 206.

(80) *The Autobiography and Life of George Tyrrell* (London, 1912), vol. 1 by Tyrrell, vol. 2 by M. D. Petrie 参照。アイルランドのカトリック教会における知識人弾圧の生々しい記述としては、W. P. Ryan, *The Pope's Green Island* (London, 1912) を参照。

(81) Boyd, p. 115.

(82) 18世紀においてアイルランド出身のもっとも著名な劇作家のひとりであるチャールズ・マックリン (Charles

Components and Bibliography', *Bibliographical Society of Ireland,* vol. 5, no. 4, Dublin, 1938, pp. 54 and 67.

(64) Thomas Davis, 'Ballad Poetry of Ireland', *Literary and Historical Essays,* pp. 221-22.

(65) Terry Eagleton, 'Culture and Politics in Nineteenth-century Ireland', *Heathcliff and the Great Hunger* (Oxford, 1995)〔イーグルトン『表象のアイルランド』鈴木聡訳（紀伊國屋書店、1997)〕参照。

(66) Hutchinson, p. 79 に引用。

(67) しかし不運なアーノルドが、今日の文化左翼にとって、予想どおりの〈嫌われ者〉となったために、ここで付け加えるべきは、彼の文化的関心は、文化左翼のほとんどが想定しているよりもはるかに現実的であり、また彼のアカデミックな英語英文学観は、はるかに懐疑的であることだ。

(68) Smith, *The Ethnic Origins of Nations,* p. 157〔スミス『ナショナリズムの生命力』〕参照。

(69) Marianne Elliot, *Wolfe Tone: Prophet of Independence* (New Haven, CT, and London, 1989), p. 65.

(70) Thomas Bartlett, 'The Burden of the Present: Wolfe Tone, Republican and Separatist', David Dickson, Daire Keogh and Kevin Whelan (eds), *The United Irishmen: Republicanism, Radicalism and Rebellion* (Dublin, 1993).

(71) M. F. Cusack (ed.), *The Speeches and Public Letters of the Liberator* (Dublin, 1875), 2 vols 参照。また O'Connell, *Memoir on Ireland* (Dublin, 1843) 参照——この本は女王に献呈されているとはいえ、女王に対して、アイルランドにおけるイギリス人による略奪と虐殺についてなかば扇動的に注意を喚起し、アイルランドはイギリスの弱みに深く

論争や党派争いから自由でいられるような、いまアイルランドに増えつつある避難所をもうひとつこしらえることになる」と (Thomas Davis, 'National Art', T. W. Rolleston (ed.), *Thomas Davis: Selections from his Prose and Poetry* (London, 1914), p. 167)。デイヴィスが言及し忘れていること、それは論争と党派争いの多くは、彼自身から生じているということである。なお留意しておいてよいのは、後年ナショナリストになるパトリック・ピアスは、こうした普遍的包括的ヴィジョンのなにがしかを共有していたことである。彼は、ハンガリーやベルギーやオーストリアといった国々を、異なる言語や信条や宗教が共栄共存している国として熱く語っている。ピアスは、往々にしてレッテルを貼られているような、狂信的民族純血主義者では決してないのである。

(59) Isaac Butt, 'Past and Present State of Literature in Ireland', reprinted in Seamus Deane (ed.), *The Field Day Anthology of Irish Writing* (Derry, 1991), vol. 1, pp. 1200-212.

(60) Jürgen Habermas, *Strukturwandel der Öffenlichkeit* (Neuwied, 1962)〔ハーバーマス『公共性の構造転換——市民社会のカテゴリーについての探究』細谷貞雄・山田正行訳（未来社、1994)〕。

(61) 対抗的公共圏の考え方については、Oskar Negt and Alexander Kluge, *Öffentlichkeit und Erfahrung: Zur Organisationsanalyse von burgerlicher und proletarischer Öffentlichkeit* (Frankfurt-am-Main, 1972) を参照。

(62) W. J. McCormack の文章。Seamus Deane (ed.), *The Field Day Anthology of Irish Writing* (Derry, 1988), vol. 1, p. 1176,

(63) Michael Sadleir, '*Dublin University Magazine*: Its History,

訳（名古屋大学出版会、1999)〕。

(53) Jean Archer, 'Scientific Loners: the *Journal of the Geological Society of Dublin* and Its Successors', B. Hayley and E. MacKay (eds), *300 Years of Irish Periodicals* (Dublin, 1987), pp. 50-1 参照。また Gramsci, *Prison Notebooks,* pp. 6, 60, 334 参照。グラムシの以下の獄中からの手紙のなかにも、知識人に関する評言が散見される。Gramsci, *Letters from Prison,* ed. Frank Rosengarten and Raymond Rosenthal (New York, 1994).

(54) *Nations and Nationalism,* p. 31.

(55) Thomas Davis, *Address Read before the Historical Society* (Dublin, 1840), p. 44.

(56) Thomas Duddy, in Tadhg Foley and Sean Rider (eds), *Ideology and Ireland in the Nineteenth Century Ireland* (Dublin, 1998), p. 145 参照。

(57) この表現は、フランシス・マルハーンのもの。Francis Mulhern, *The Present Lasts a Long Time* (Cork, 1998), p. 91. マンハイムの公正不偏の知識人という考え方は、『イデオロギーとユートピア』のなかで説かれている。サルトルのインテリゲンチャ観としては Jean-Paul Sartre, *What Is Literature?* (London, 1950)〔サルトル『文学とは何か』加藤周一・白井健三郎・海老坂武訳（人文書院、1998)〕ならびに 'A Plea for Intellectuals', *Between Existentialism and Marxism* (London, 1974)〔サルトル「知識人の擁護」、『シチュアシオンVII』岩崎力・平岡篤頼・古屋健三訳（人文書院、1974）所収〕参照。

(58) デイヴィスはまた、芸術のための社会は、あらゆる地位や階級や信条の個人を抱擁して迎え入れ、「かくして、人が

ドのカトリックには危険なものであると記述していた。Michael McInerney, *Peadar O'Donnell* (Dublin, 1974), p. 84.

(40) 同書、p. xxii。

(41) 同書、p. 101。

(42) John Henry Newman, *My Campaign in Ireland* (Aberdeen, 1896) 参照。ただしニューマンは、カトリック・ユニヴァーシティに、ただちに化学科、工学科、医学科、近代語学科を創設したが、これは伝統主義者にあるまじき行動だった。

(43) Karl Mannheim, *Ideology and Utopia* (London, 1936), p. 136〔マンハイム『イデオロギーとユートピア』鈴木二郎訳(未来社、2000)、『イデオロギーとユートピア』高橋徹・徳永恂訳、中公クラシックス(中央公論新社、2006)〕。

(44) O'Dowd, p. 8.

(45) Anthony D. Smith, *National Identity* (London, 1991), pp. 64 and 84〔アントニー・D・スミス『ナショナリズムの生命力』高柳先男訳(晶文社、2007)〕。

(46) David Cairns and Shaun Richards, *Writing Ireland* (Manchester, 1988), pp. 42-57 参照。

(47) Tom Nairn, *The Break-up of Britain* (London, 1977), p. 102.

(48) 同書、p. 340。

(49) *Prison Notebooks*, p. 453.

(50) George Petrie, *The Ecclesiastical Architecture of Ireland* (Dublin, 1845) 参照。

(51) Herry White, *The Keeper's Recital* (Cork, 1998), p. 64.

(52) Anthony D. Smith, *The Ethnic Origins of Nations* (Oxford, 1986), p. 161〔アントニー・D・スミス『ネイションとエスニシティ——歴史社会学的考察』巣山靖司・高城和義他

Proceedings of the Royal Irish Academy, vol. 72, section C, no. 6 (Dublin, 1972).

(34) John Tyndall, *Address Delivered before the British Association at Belfast* (London, 1874), p. 64. この所信表明は、ダーウィン主義と無神論的唯物論を裏付けるものとみなされ、またスコラ哲学もどきであることもあって、物議をかもすことにもなった。

(35) W. K. Sullivan, 'On the Influence of Physical Causes on Languages, Mythology Etc.', *Atlantis*, vol. 2, London, 1859.

(36) Liam O'Dowd, 'Intellectuals and Political Culture', pp. 155-56.

(37) カトリック・ユニヴァーシティの、およそありそうもない熱烈な擁護者は、左翼の青年アイルランド党員ジョン・ミッチェルである。John Mitchel, *History of Ireland* (Dublin, 1869) 参照。

(38) John Henry Newman, *The Idea of a University* (London, 1881), pp. xv-xvi. 詩人のシェリーは、1812年にダブリンでおこなった演説で、ニューマンのアイルランド人理解と同じものを披瀝していた。すなわちアイルランド人は血気にはやり節度がない、と。グラムシは、その獄中ノートに、ニューマンの『大学の理念』からの一節を書き写していた。それは明晰かつ体系的で節度ある思考の必要性を説く一節で、マルクス主義とカトリックとを自然なかたちで連関させている。Derek Boothman (ed.), *Antonio Gramsci: Further Selections from the Prison Notebooks* (London, 1995), p. 151. グラムシはまた、聖職者を知識人階層として研究する必要性のあることを注記している (pp. 8-12)。

(39) Peadar O'Donnellはカトリックの階層秩序を、アイルラン

の機能——ポストモダンの地平』大橋洋一訳（紀伊國屋書店、1988)〕を参照。

(24) O'Dowd, p. 8.

(25) カントの主要な思想のいくつかについて、簡便かつ明晰で知的刺激にも事欠かない解説として John Pentland Mahaffy, *Kant's Critical Philosophy* (London, 1874) 参照。

(26) Alfred Perceval Graves, *Irish Literary and Musical Studies* (London, 1913), p. 37.

(27) Owen Dudley Edwards, J. McCormack (ed.), *Wilde the Irishman* (New Haven, CT, and London, 1998), p. 51.

(28) J. B. Bury, *Life of Saint Patrick and His Place in History* (London, 1905) 参照。

(29) Terence de Vere White, *The Road to Excess* (Dublin, 1946) 参照。

(30) John Kells Ingram, 'On the "Weak Endings" of Shakespeare', *Transactions of the New Shakespeare Society*, series 1, no. 2, (London, 1874) 参照〔weak endingsとは「弱行末」と訳され、シェイクスピア劇などに見られる無韻詩の行末に、本来あるべき強勢のある語が来ないこと。一種の「字余り」現象〕。イングラムは、典型的な実証主義者の情熱でもって、論文の最後に、シェイクスピア全戯曲の弱行末の数の一覧を、個々の戯曲の韻文行の数の一覧とともに添付している。

(31) この講義は、以下の文献にまとめられている。Arthur Houston, *Afternoon Lectures on English Literature at the Museum of Industry in Dublin* (Dublin, 1863).

(32) Vivian Mercier, *Modern Irish Literature* (Oxford, 1994), p. 1.

(33) Joseph Raftery, 'George Petrie, 1789-1866: a Reassessment',

'Higher Jounralism and the Mid-Victorian Clersity', *Victorian Studies*, no. 13 (1969) 参照。

(18) カーライルと青年アイルランド派については、Christopher Morash, 'Imagining the Famine: Literary Representations of the Great Irish Famine' (Trinity College, Dublin, 1990、未公刊の博士論文) 参照。

(19) Heyck, p. 41参照。

(20) ジャクリーン・ヒルは1840年代のアイルランドにおけるインテリゲンチャの数を、労働者人口の1パーセントにすぎないと計算している。これは読み書きできるアイルランド人の数が全体の半数を下回っていた時期のことである。Jacqueline Hill, 'The Intelligentsia and Irish Nationalism in the 1840s', *Studia Hibernica*, no. 20 (1980). アイザック・バットは、アイルランドにおける肉体労働者部門の後進性を、文明開化度の低さの第一原因と考えていた。個々の小作農が、多かれ少なかれ自足的になってしまうと、わたしたちが「洗練された文明」へと「前進」するのに必要な相互依存状態が生まれなくなってしまうという理由で。Isaac Butt, *A Voice for Ireland: the Famine in the Land* (Dublin, 1847), p. 32.

(21) Liam O'Dowd, 'Intellectuals in the 20th Century Ireland: the Case of George Russell (AE)', *The Crane Bag*, vol. 9, no. 1, Dublin, 1985, p. 9.

(22) この評言は、Donal McCartney, *W. E. H. Lecky: Historian and Politician 1838-1903* (Dublin, 1994) に付された W. J. McCormack の付録に見出される (p. 201) 。

(23) イギリスの文人に関する概観として、Terry Eagleton, *The Function of Criticism* (London, 1984)〔イーグルトン『批評

かつては社会の基軸であり、ゲーテ流に、枢要な社会的機能を果たしていたのだが、近代において知識人は、おのが〈存在理由〉を、おのれ自身のなかに見つけるほかなくなったのである。

(13) 19世紀のアイルランドの学者ディオニュシオス・ラードナーは、アイルランドと合衆国との間を蒸気船で航行することは不可能であると、純粋に数学的手段を用いて証明したと言われている。折りしも、蒸気船航行が軌道に乗り始めていた、その時期に。W. J. Fitzpatrick, *Life of Charles Lever* (London, 1879), vol. 1, p. 50.

(14) Gramsci, *Prison Notebooks,* pp. 5-8 参照。

(15) バークと心情に関しては、Terry Eagleton, *Crazy John and the Bishop* (Cork, 1998), chapter 3, pp. 133-39 参照。もちろん、だからといって、バークの伝統主義がすべからくアイルランド起源だと言っているわけではない。むしろ英国の伝統主義を訴える彼のレトリックが、アイルランド起源であることによって強度を高めたのである。

(16) こうした逆説をもっとも緻密に把握するもののひとつとして、Seamus Deane, 'Edmund Burke and Liberalism', Richard Kearney (ed.), *The Irish Mind* (Dublin 1985) 参照。

(17) 文人に関する広く知られた研究は John Gross, *The Rise and Fall of the Man of Letters* (London, 1969)〔グロス『イギリス文壇史——1800年以後の文人の盛衰』橋口稔・高見幸郎訳（みすず書房、1972)〕である。また A. J. Beljame, *Men of Letters and the English Public in the Eighteenth Century* (London, 1931) ならびに Louis Dudek, *Literature and the Press* (Toronto, 1960) 参照。また英国ヴィクトリア時代の言論界に関する有益な記述としてChristopher Kent,

は監督省庁に対して、閑職に任命されている職員は、確実にその職務を全うできるような資格を有するよう適正な処置をとることを指示している」(p. 23)。実に革命的な刷新であったわけである。

(10) グラムシは、その著作のなかで、「伝統的」知識人を、聖職者や大学人や哲学者のように、ある種の自律的・歴史横断的な立場をとる者とし、いっぽう「有機的」知識人については、(通常、勃興的な) 社会階級を代表して、結束を固め、活動に参加し、組織化をおこなうのを自らの責務とする者と区分している。Quintin Hoare and Geoffrey Nowell Smith (eds), *Selections from the Prison Notebooks of Antonio Gramsci* (London, 1971), pp. 5-23〔グラムシ「知識人の形成と機能」、『知識人と権力――歴史的・地政学的考察』上村忠男編訳、みすずライブラリー (みすず書房、1999) 所収、pp. 46-62〕参照。

(11) 陸地測量に関しては、John Andrews, *A Paper Landscape* (Oxford, 1975)とJoep Leersen, *Remembrance and Imagination* (Cork, 1996), pp. 101-06 参照。測量計画に関する、もっと批判的な観点としては、Mary Hamer, 'Putting Ireland on the Map', *Textual Practice,* vol. 3, no. 2 (1989) 参照。

(12) この現象に関して、好戦的ゲール・ナショナリズムの時代における反抗的かつアーノルド的なアングロ・アイリッシュの知識人によって書かれた近代アイルランド的見地からの擁護として、John Eglinton, *Two Essays on the Remnant* (Dublin, 1894) 参照。この優雅で陰鬱な論考は、市民社会からいまや完全につまはじきになった知識人エリートにとって残された道は、ただ荒野に赴き「不適合者、失業者」になることでしかない、と主張している。このエリートは

(8) 知識人／インテリゲンチャ〔intellectual/intelligentsia〕の区分は、やっかいなものである。リアム・オダウドは「インテリゲンチャ」という語を専門的なスペシャリスト階級という意味で保存し、一方「知識人」のほうは、インテリゲンチャのなかでも、「彼ら自身の守備範囲である専門的知の分野を超えた社会問題に関心を寄せる」メンバーとしている（Liam O'Dowd, 'Intellectuals and Political Culture: A Unionist-Nationalist Comparison', Eamonn Hughes (ed.) *Culture and Politics in Northern Ireland 1960-1990* (Milton Keynes, 1991)）。これは知識人のほうを「批判的」人間とし、インテリゲンチャのほうを特定の社会秩序の侍女とするものだが、それは語源となったロシア語の「インテリゲンチャ」の意味とは正反対である。トム・ボトモアはインテリゲンチャのなかでも教育を受けた専門家と、思想の創造や伝達のほうに関心を限定させる「知識人」とを区別している (Tom Bottomore, *Elites and Society,* London, 1964, p. 64)。アントニー・D・スミスはインテリゲンチャを、「知識人によって生み出された文化資本だけを食いつぶしてゆく」職業人あるいは専門家グループとして見ている——言うなれば思想の創造者のなかでも重役グループというわけだ (Anthony D. Smith, *The Ethnic Revival,* Cambridge, 1981, p. 108f)。

(9) John Hutchinson, *The Dynamics of Cultural Nationalism* (London, 1987), p. 261 を参照。また R. B. McDowell, *The Irish Administration 1801-1914* (London, 1964) は、19世紀初頭におけるアイルランドの公務員組織の大規模な改革と拡充と専門分化を跡付けている。マクダウェルは、以下のように注記している——「1833年の時点ですでに、大蔵卿

原 注

第１章　植民地知識人

（１）カール・マルクスが『資本論』第一巻で、肉体労働と精神労働の分離を議論する際に依拠したのは、アイルランドの著述家で、社会主義者にして女性解放論者のウィリアム・トムソンであった。マルクスが引用しているのは、知識人が生産労働者から分離するというトムソンの言及である。この分離によって、知は「労働から乖離できる道具と化し、労働に敵対する」ようになる。

（２）Isaac Butt, *Intellectual Progress* (Limerick, 1872), p. 22.

（３）W. E. H. Lecky, *Historical and Political Essays* (London, 1908), p. 105.

（４）どちらの特徴も、わたしたちの時代の、以下の主要な知識人たちに見出せる。すなわちハーバーマス、チョムスキー、ウィリアムズ、クリステヴァ、ジェイムソン、フーコー、ブルデュー、アンダーソン、サイード、デリダら。

（５）ダウデンに関する貴重かつ有益な議論は、以下の文献に見出せる。Terence Brown, *Ireland's Literature* (Dublin, 1988).

（６）T. W. Heyck, *The Transformation of Intellectual Life in Victorian England* (London, 1982), p. 24.

（７）Reymond Williams, *Keywords* (London, 1976), pp. 140-02〔ウィリアムズ『完訳　キーワード辞典』越智博美・椎名美智・武田ちあき・松井優子訳（平凡社、2002)〕参照。

35, 83, 95, 97, 114, 117, 175, 186, 219

古物研究家であり眼と耳の治療を得意とする外科医。1844年にアイルランドで公共診療所を開設。医学のみならず、地形学や民俗学、古物研究などさまざまな領域ですぐれた業績をあげていたと言われる。オスカー・ワイルドの父。

ワイルド、オスカー Oscar Fingal O'Flaherty Willis Wilde (1854-1900)……67, 70, 81, 101-03, 112, 121, 130, 186

アイルランド生まれの詩人、劇作家、小説家。ロンドンの社交界ではその機知と耽美趣味で注目を浴びる一方で、アメリカでの講演ではアイルランド問題に言及する（英語のフルネームを見よ）など、戦略家でもあった。男色事件のために入獄し、出獄後はフランスに渡るものの貧窮のうちに死んだ。ある意味で早すぎたポストコロニアル・クイアと言える。著作には、「若者への毒」として英国で発禁になった『ドリアングレイの肖像』(1891)、『サロメ』(1893)、『まじめが肝心』(1895) などがある。両親はウィリアムとジェーンのワイルド夫妻。

ワイルド、ジェイン／エルジー／ワイルド卿夫人 Jane Francisca Wilde (born Jane Francisca Elgee) / Lady Wilde (1821-96)……95, 102-03, 110, 134, 142, 135-37, 139

アイルランドのナショナリスト運動を支持した詩人であり、「スペランザ (Speranza)」の名で『ネイション』に寄稿していた。女性の権利を求める活動家でもあったが、彼女のフェミニズムは、その反英ナショナリズム同様、彼女が属していた階級特有の偏向性と混じりあっていた。マリオン・スクエアで彼女が開いていたサロンはダブリンで盛名をはせていた。オスカー・ワイルドの母。

ワーズワス、ウィリアム William Wordsworth (1770-1850)……146, 198-99

英国の詩人。1798年に英国ロマン主義の開幕を告げる『叙情歌謡集』をコウルリッジと共同で発表。

正」に反対の立場をとった。連合主義者である一方、J・A・フルードのアイルランド観に異を唱える点ではナショナリストであり、カトリックのための大学創設にも尽力した。

レ・ファニュ、シェリダン Sheridan Le Fanu (1814-73)……75, 101, 103, 106, 116, 123-24, 130

ダブリン生まれのアイルランド作家、ジャーナリスト。英国近代怪奇小説の先駆者の一人とされる。代表作に『サイラス叔父』(1864) がある。1861年に『DUM』を買い取り編集主幹となる。

ロス(伯爵)、ウィリアム Earl of Rosse / William Rosse (1800-67)……201, 203

アイルランドの天文学者。息子は蒸気タービンを発明した。

ローラー、ジェイムズ・フィンタン James Fintan Lalor (1807-49)……12, 61, 77, 84, 142, 170, 297, 301, 304-08, 316

青年アイルランド派のメンバーで、土地改革者。身体的にさまざまな不自由をもっていたローラーは、当時の政治思想家のなかでもっともラディカルだったと言われている。アイルランドの名前Leathlbhainを英語化した際、表記はLalorかLawlerとなり、発音は「ローラー」とされていたが、近年は英語寄りの発音が主流で、「レイラー」と発音されることもある。

ロールストン、トマス・W Thomas William Rolleston (1857-1920)……31

アイルランドの翻訳家、詩人。1885年に『ダブリン・ユニヴァーシティ・レヴュー』を創刊し編集した。1908年にはロンドンへ移住し『タイムズ文芸補遺』のドイツ語担当として働き始める。第1次大戦中は検閲局でアイルランド語で書かれた手紙の翻訳をおこなった。

ローレス、エミリー Emily Lawless (1845-1913)……116, 142-45, 169

アイルランドの小説家、詩人。愛国者を自称する一方でアイルランド人を軽視するところがあり、アイルランド人に自治は無理だと考えていた。その意味では当時の典型的なアングロ・アイリッシュだと言える。代表作は、アラン三島のうちでもっとも荒涼としていると言われるイニシュマーンに住む女性の悲劇『グラーニャ』(1892)。

ワ行

経済問題に取り組み、批評をおこなった。
- **ラッセル、ジョージ** George Russell (1867-1935)……205, 316

    アイルランドの詩人、随筆家、ジャーナリスト。筆名はAE。アイルランド文芸復興運動では指導的役割を果たした。
- **リーヴァー、チャールズ** Charles Lever (1806-72)……75, 80, 102, 106, 114, 116-17, 130, 174, 176-77

    アイルランドの小説家。医学を学び、1832年には医者としてダブリンでコレラの流行と闘った。その後ブリュッセル、フィレンツェへと移動し、67年にトリエステの英国領事となる。喜劇小説『ハリー・ロリカー』(1839)や『チャールズ・オマリー』(1841) などでは、紋切り型として描かれる「ステージ・アイリッシュマン」のみならず、アングロ・アイリッシュをも紋切り型に描いた「ステージ・アングロ・アイリッシュ・マン」を登場させ、アセンダンシーをも笑いの対象にした点が斬新であった。シリアスさを強めた後期の代表作に『ロード・キルゴビン』(1872) がある。
- **リカード、デイヴィッド** David Ricardo (1772-1823)……225, 261-62, 274

    英国の経済学者。アダム・スミスの『国富論』に接し影響を受け、彼と並んで古典派経済学の代表となった。価値と分配の理論および経済政策面において、現在まで大きな影響を及ぼし続けている。
- **レイン、ヒュー** Hugh Lane (1874-1915)……113

    グレゴリー卿夫人の甥。自分が所蔵していた絵画コレクションをダブリンに寄贈する予定だったが、市当局の対応に気分を害し、それらをロンドンのナショナル・ギャラリーに寄贈した。ドイツ潜水艦の魚雷を受けて戦死。
- **レズリー、トマス・E・C** Thomas Edward Cliffe Leslie (1827-82)……262-69, 272, 274, 279, 281

    アイルランドの経済学者。経済学の歴史的方法論を創始したひとり。
- **レッキー、ウィリアム・E・H** William Edward Hartpole Lecky (1839-1903)……3-6, 12, 27, 59, 66, 75, 103, 107, 155, 157-68, 173, 212, 234, 252, 272

    アイルランドの歴史家で、18世紀研究家。アイルランド、英国、ヨーロッパの宗教・道徳に関する研究を相次いで発表。ダブリン大学から英国の下院へと選出され、自由統一派としてアイルランドの「自治法」「選挙法改

人名索引

モーラン、デイヴィッド・P　David Patrick Moran (1869-1936)……11-3, 83
　新聞『リーダー』の社主で編集者。ロンドンでジャーナリストとして働いていたが、ゲール語同盟を作って文化的・経済的民族主義を形成するためにアイルランドに戻る。アイルランドの本質はゲール的かつカトリック的だと唱えた。アイルランドを「非英国国教化」することを主張した点で、ダグラス・ハイドと一致するが、ハイドより過激な言い方をしていたという。アングロ・アイリッシュのアイルランド文芸復興には反対していた。

モリス、ウィリアム　William Morris (1834-96)……33, 77, 225
　英国の詩人、工芸美術家、社会改革家。ラファエル前派に属し、晩年は空想的社会主義を奉じた。

モリヌークス、ウィリアム　William Molyneux (1656-98)……62
　アイルランドの哲学者、政治家。科学の業績も多いが、政治家としてアイルランドの立法上の独立を訴え、植民地独立運動の先駆者とみなされた。

モールズワス、ウィリアム　William Molesworth (1810-55)……62
　イギリスの政治家。流刑に反対、アイルランドの植民地自立を訴えた。

ラ行

ライアン、ウィリアム　William Ryan (1867-1942)……203
　アイルランド生まれ、英国のジャーナリスト、小説家。社会主義的見地からロンドンでジャーナリスト活動をおこなう。1905年に土地同盟の機関誌発行のためにアイルランドへ戻るが、中流階級の読者に受け入れられず、1911年にロンドンへ戻った。

ラヴァー、サミュエル　Samuel Lover (1797-1868)……127
　アイルランドの歌謡作者、画家、小説家。ダブリンの雑誌にアイルランドの民話を寄稿し、後にそれらを編纂して2巻本の『アイルランドの伝説と物語』(1831; 1834)を発表した。1833年にロンドンにわたり成功するが、その小説も歌詞も紋切り型のアイルランド人を表象するものが多かった。歌や話を盛り込んだアイルランド人のワンマンショーを作って人気を博し、アメリカにまでツアーに出た。

ラスキン、ジョン　John Ruskin (1819-1900)……3, 23, 33, 140, 225, 238
　英国の画家、芸術批評家、社会思想家。芸術と社会の関係から社会問題、集した『マンガン詩集』が愛国詩人としてのマンガンの名声を確立したことでも知られている。

ミッチェル、スーザン Susan Mitchell (1866-1926)……120

アイルランドの編集者、詩人。1890年にロンドンでイェイツ家に滞在するなど、アイルランド文芸復興運動のメンバーに囲まれてすごした。それが実を結んだ『あるアイルランドの人たちに不朽の名声を与えるために』(1908)は、風刺を利かせて当時の文壇を描写している。ジョージ・ムーアに関しては、単独の評伝を残している。

ミル、ジョン・S John Stuart Mill (1806-73)……30, 225, 239, 244-46, 256, 258, 260, 264-65, 274, 276

英国の思想家、経済学者。狭義の功利主義から脱して、ドイツの人文主義、大陸の社会主義、コントの思想などに関心をもち始める。1865年から68年には下院議員として社会改革運動にも参加。古典派経済学を独自の方法で整理し、生産法則と分配法則を切り離して労働者階級の将来を論じた。

ムーア、ジョージ George Moore (1852-1933)……68, 76, 120, 127

アイルランドの小説家。パリ滞在時にフランス自然主義文学の影響を受け、ロンドンの文壇に登場。その後アイルランドへ戻り、文芸復興運動に参加した。著書に『エスター・ウォターズ』(1894)などがある。

ムーア、トマス Thomas Moore (1779-1852)……63, 69, 72, 154, 288

アイルランドの詩人。アイルランド古謡の調べに合わせて作詞した叙情詩集『アイルランド歌曲集』(1808)によって、アイルランドの国民詩人と称された。

メリマン、ブライアン Brian Merriman (?1745-1805)……202

アイルランドの詩人。本人はさほど詩に入れ込んでいたわけではないが、アイルランド語の韻律を用いる才能は高く評価されている。ヘッジ・スクールの経営者・教師として有名で、現在も彼の名を冠したサマースクールがある。

モーガン卿夫人 Lady Morgan (1776?-1859)……71-2, 110, 141

アイルランドの小説家、社交界の花形。英国のみならずヨーロッパ諸国でも喜んで受け入れられるロマンティック・アイルランドの典型としての『奔放なアイルランド娘』(1806)で広く知られる。

ル左派に属したが、エンゲルスとともに唯物史観を確立、科学的社会主義の立場を創始し、従来の観念論や空想社会主義および古典は経済学を批判した。著書『資本論』における透徹した分析は、剰余価値論を中核とした資本主義の経済分析のみならず、社会、政治、歴史、哲学をも包含する壮大な理論となっている。

マルケヴィッチ、コンスタンス Constance Markiewicz (1868-1927)……141
アイルランドの民族主義者。旧姓はゴア＝ブース(Gore-Booth)。1916年の復活祭蜂起に参加し、死刑の宣告を受けるが釈放された。のちにアイルランド議会の議員となる。

マレット、ロバート Robert Mallet (1810-81)……204
アイルランドの地質学者で土木技師。地震学の父とも呼ばれる。

マンガン、ジェイムズ・C James Clarence Mangan (1803-49)……106, 290-95
アイルランドの詩人。自学自習で数ヶ国語を習得し、古アイルランド語、ドイツ語、イタリア語、スペイン語からの翻訳にすぐれた資質を見せている。陸地測量局で働いたり、大学図書館に職を得たりしたが、アルコール中毒や麻薬が原因で、職を失い健康を損なって赤貧のなかに夭折した。ジョイスにとっても重要な作家で、『ユリシーズ』のブルームと『フィネガンズ・ウェイク』のH・Eを結びつける人物とも言われる。

マンハイム、カール Karl Mannheim (1893-1947)……40, 49
ハンガリー生まれの社会学者。ナチに終われドイツから英国へ渡った。マルクス主義のイデオロギー論の克服を目指しながら知識社会学を創始し、知識の存在拘束性を指摘した。時代診断学としての社会学を唱え、「自由のための社会計画」を提唱。著作に『イデオロギーとユートピア』(1929)、『現代の診断』(1943) などがある。

ミッチェル、ジョン John Mitchel (1815-75)……13, 61, 64, 77, 83, 88, 103-05, 147-48, 270, 293-94, 296, 299-303, 306-10, 313, 315-16
北アイルランドのデリー生まれ、アイルランドのジャーナリスト、独立運動家。トマス・デイヴィスとともに週刊誌『ネイション』の編集にかかわった後、1847年に週刊誌『ユナイテッド・アイリッシュメン』を創刊。書いた記事が原因で14年間国外追放となるが、脱獄し、ニューヨークへ逃れ74年に帰国。本人の代表作には『監獄日記』(1854) があるが、1859年に編イギリスの歴史家、政治家。国会議員、インド総督顧問、陸軍大佐などの要職についた。他方、古代ローマ民謡を復元する試みである『古代ローマの歌』(1842)、5巻本の『英国史』(1848-61)、『ミルトン論』(1825) などの著作がある。Z・マコーリーの息子。ジョージ・O・トレヴェリアンの伯父。

マーシア、ヴィヴィアン Vivian Mercier (1919-89)……33, 72, 286
アイルランドの文学史家。トリニティ・カレッジで博士号を取得した後、アメリカの大学を教鞭をとり、最終的にカリフォルニア大学サンタ・バーバラ校でヒュー・ケナーの跡を継いで学科長となった。自らもアイルランド語を習得しているが、アイルランド語の英訳が文芸復興期の作家たちにどれほど影響を与えていたかを『近代アイルランド文学』(1994) で詳説している。

マチューリン、チャールズ・R Charles Robert Maturin (1782-1824)……102, 116, 130
アイルランドの劇作家、小説家。代表作は、悪魔に魂を売り150年にわたって自分の身代わりを探し続ける男を描く『放浪者メルモス』(1820) で、ゴシック小説の系譜の最後に位置すると言われる一方で、アイルランド作家的「故国追放 exile」の主題も併せもつ点で、ジョイス等と比較されることもある。

マッカーシー、デニス・F Denis Florence McCarthy (1817-82)……219
アイルランドのジャーナリスト、詩人。『ネイション』等に詩を発表した。

マッケイル、ジョン John MacHale (1791-1881)……37
アイルランドの大司教、翻訳者。オコンネルの連合撤回運動を支持し、英国の行政を批判した。

マハフィ、ジョン・P John Pentland Mahaffy (1839-1919)……28, 30, 102, 109-16, 181
スイス生まれ、アイルランドの古典学者。当初はカント学者であったが、トリニティ・カレッジでは古代史教授となるほど多芸で、その後トリニティでは学長を務めた。

マルクス、カール Karl Marx (1818-83)……18, 42, 68, 77, 152, 159, 165, 167, 225, 252, 255
ドイツの哲学者、経済学者、革命家。1849年以降ロンドンに居住。ヘーゲ

ホワイト、ハリー　Harry White……45

アイルランド、ユニヴァーシティ・カレッジ・ダブリンの音楽教授。アイルランドで音楽学をひとつの学問領域として確立した人物と言われている。著書に『アイルランドにおける音楽の発展』(2005) がある。

マ行

マー、トマス・F　Thomas Francis Meagher (1823-67)……77, 296, 299-300, 302, 312-14, 316

アイルランド生まれ、米国の政治家、軍人。青年アイルランド派の一員だったが、1848年に追放され、52年に米国へ逃亡した。61年に北軍アイルランド旅団を組織した。

マクダナ、トマス　Thomas MacDonagh (1878-1916)……83

アイルランドの詩人、民族主義者。ダブリンのユニヴァーシティ・カレッジで英文学を講じた。1916年復活祭蜂起で逮捕され、処刑された。

マクニール、オーエン　Eoin MacNeil (1867-1945)……316

アイルランドの歴史家、アクティヴィストの民族主義者。ダグラス・ハイドとともにゲール語連盟を創設した。

マクリース、ダニエル　Daniel Maclise (1806-70)……55

アイルランド生まれの画家。ウォルター・スコットに勧められてロンドンへ移住したが、当時アイルランドをテーマにした文学作品の挿絵に関しては第一人者であり続けた。

マコーマック、ウィリアム・J　William J. McCormack (1947-)……26, 54, 105, 116, 123, 127

現代アイルランドの詩人、批評家。詩集に『石たち』(1970) など、評論に現代のナショナリストーリヴィジョニスト間の文化論争に介入した『本の抗争』(1986) などがある。⇒**「アセンダンシー」の項参照。**

マコーリー、ザッカリー　Zachary Macaulay (1768-1838)……93

イギリスの文筆家、政治家。博愛主義者で、イギリスの奴隷貿易廃止を主張し、機関紙の編集やハンド冷静協会の設立に尽力した。T・B・マコーリーの父。

マコーリー、トマス・B　Thomas Babington Macaulay (1800-59)……93, 157

ドイツの文学者、哲学者。人間を自然の頂点とした汎神論的世界観を説き、民族の詩と言語が歴史において占める重要性を強調した。ロマン主義的ナショナリストとして民謡を収集した。著書に『言語起源論』(1772)、『民族歌謡』(1778-79) がある。

ボイド、アーネスト　Ernest Boyd (1887-1946)……65-6, 68

アイルランドの批評家、ジャーナリスト。『アイリッシュ・タイムズ』のスタッフであり、『アイリッシュ・レヴュー』などにも寄稿した。著書『アイルランド文芸復興』(1916) はアイルランド文芸復興に初めて加えられた考察と言われる。同書にて、彼はアイルランド文芸復興における神智学の影響を指摘している。

ボイル、ロバート　Robert Boyle (1672-91)……34, 208-09

アイルランド生まれ、英国の化学者、物理学者。元素を実験的分析によって証明した。

ボウエン、エリザベス　Elizabeth Bowen (1899-1973)……118

ダブリン生まれ、英国の小説家。アイルランドの「ビッグ・ハウス」を舞台にした『過ぎし9月』(1929) も有名だが、彼女の名声を確立した作品が第2次大戦下のロンドンを舞台にした『日盛り』(1949) のため、アイルランド作家とみなされることは少ない。

ホエイトリー、リチャード　(Archbishop) Richard Whately (1787-1863)……233-34, 236, 261-62, 264, 270, 275

英国の論理学者、神学者、オクスフォード大学教授を経て、1831年にダブリン大主教になる。カトリック解放を支持し、非宗派的教育プログラムを作成した。

ボール、ロバート・S　Robert Stawell Ball (1840-1913)……100

アイルランドの天文学者。らせん理論に貢献した。

ホワイト、テレンス・ド・ヴィア　Terrence de Vere White (1912-94)……187, 290

アイルランドの小説家。1961年から77年まで『アイリッシュ・タイムズ』の文芸編集をおこなった。基本的な作風は、イングランドの社会喜劇をアイルランドの状況に置き換えたものだった。『オスカー・ワイルドの両親 』(1967) をはじめ伝記も多く発表した。

『トランスレーションズ』(1980)、『歴史を書く』(1988)、『ルーナサの踊り』(1990) などがある。

ブルデュー、ピエール　Pierre Bourdieu (1930-2002)……25
　フランスの社会学者。「ハビトゥス」という概念を用いて、人間が常に社会の権力関係のなかに巻き込まれた存在であることを指摘している。また、社会的格差は、経済的不平等や個人の才能の差だけでなく、親から相続する「文化資本」にも起因すると論じた。代表作は『ディスタンクシオン』(1979)。

フルード、ジェイムズ・A　James Anthony Froude (1818-94)……157-58, 165, 168, 246-47
　英国の歴史家。ニューマンの影響を受けてオックスフォード運動に参加したが、カーライルの影響から高教会派に批判的になった。1882年から84年までオックスフォード大学欽定近代史講座教授。

フロイト、ジークムント　Freud Sigmund (1856-1936)……173-74
　オーストリアの精神医学者。精神医学を越えて社会学、さらには現代思想にまで大きな影響を与えた。

ベーニム、ジョン　John Banim (1798-1842)……69, 73, 106
　アイルランドの小説家、詩人。ケルト神話に基づいた長編詩『ケルト人の楽園』(1821) は、ウォルター・スコットから称賛を受けた。兄のマイケルとの共作に農民生活を描いた『オハラ家の話』(1825-26) がある。

ベーニム、マイケル　Michael Banim (1796-1874)……69, 73
　アイルランドの小説家。弟のマイケルとの共作に農民生活を描いた『オハラ家の話』(1825-26) がある。

ベリー、ジョン・B　John Bagnell Bury (1861-1927)……31-2, 113
　アイルランド生まれ、英国の古典学者、歴史学者。主著に『ローマ帝国史』(1893) や『ギリシア史』(1910) がある。

ベル、クライヴ　Clive Bell (1881-1964)……96
　英国の美術・文芸批評家。妻のヴァネッサ・ベルは、レズリー・スティーヴンの娘でヴァージニア・ウルフの姉にあたり、ブルームズベリー・グループの中心人物だった。著書に『セザンヌ以降』(1922) などがある。

ヘルダー、ヨハン・G　Johann Gottfried Herder (1744-1803)……159

人名索引

ピール、ロバート Robert Peel (1788-1850)……210, 259, 304
　英国の政治家、首相（1834-35, 1841-46）。内相時代に警察制度を確立した。

ファーカー、ジョージ George Farquhar (1678-1707)……70
　アイルランドの劇作家。トリニティ・カレッジ・ダブリン中退。俳優時代にあやまって仲間を負傷させてからは、劇作に転じた。代表作に『募兵官』(1706) などがある。

ファーガソン、サミュエル Samuel Ferguson (1810-86)……31, 51, 80, 91, 102-06, 108-09, 125-27, 134, 148-54, 169, 181, 185, 200, 222, 270, 290-91, 316
　ベルファスト(アルスター)生まれのプロテスタント・アイルランド詩人、ケルト語学者。『DUM』創設者の1人。『コンガル』(1871) など古代アイルランド伝説の英訳をおこなった功績が高く評価されており、後のアイルランド文芸復興運動をはじめとするアイルランド文学へ与えた影響は大きい。

フィッツジェラルド、エドワード Edward Fitzgerald (1763-98)……71, 102
　アイルランドの政治家。フランス革命さなかのパリに赴き、爵位を放棄した。1796年に統一アイルランド人連盟に参加。

フーコー、ミシェル Michel Foucault (1926-84)……159-60
　フランスの歴史家・哲学者。レヴィ＝ストロースと精神分析学の影響のもとに、科学史および思想史における認識論の分野を開拓し、西欧文明の歴史における思考形式の構造を探った。

ブーシコー、ダイオン Dion Boucicault (1820/22-90)……70
　アイルランド出身の劇作家で、英国ヴィクトリア時代演劇を代表するひとり。アイルランドに背景をおく作品に『ショーロン』(1874) などがある。

フラッド、ヘンリー Henry Flood (1733-91)……92
　アイルランドの政治家。反英国派の指導者。

プリーストリー、ジョゼフ Joseph Priestley (1733-1804)……213
　英国の化学者、神学者。酸素を発見し、ソーダ水を発明した。

フリール、ブライアン Brian Friel (1929-)……70
　北アイルランドの劇作家。フィールド・デイ・シアター・カンパニーの一員。20世紀末のアイルランド演劇における第一人者と言われる。作品の多くは、北アイルランドのデリー州と南アイルランドのドニゴール州の境に位置するとされるバリベーグという架空の土地で展開される。代表作にアイルランドの数学者、物理学者。力学における「ハミルトンの原理」を確立し、四元数を発見した人物。十代のうちに幾何光学に関する論文を書き、ロイヤル・アカデミー会長から称賛される。トリニティ・カレッジ在学中にして天文学教授に任命された。作家のマライア・エッジワースの友人でもあり、英国詩人のワーズワスのアイルランド周遊に同伴した。

バンヴィル、ジョン　John Banville (1945-)……67
アイルランドの現代小説家。キャリアの初期においてはジョイスに言及することが多かったが、小説にはベケットからの影響のほうが色濃く出ているとも言われる。著作『コペルニクス博士』(1976)、『ケプラーの憂鬱』(1981）は、科学のパラダイムを本質的に想像力の問題としてとらえている点で、トマス・クーンの影響を受けているとされる。『バーチウッド』(1973）は、伝統的ビッグ・ハウス小説の枠組みにひねりを加えて、語りの問題に迫っている。

ピアス、パトリック　Patrick Pearse (1879-1916)……11-3, 60-4, 84, 113
アイルアンドの詩人、教育家、ナショナリスト。IRB（アイルランド共和国同盟）の一員としてアイルランド独立へ向けて尽力した。1916年に復活祭蜂起を指導したが、英国軍に鎮圧され処刑された。

ビーアン、ブレンダン　Brendan Behan (1923-64)……123
ダブリン生まれのアイルランド劇作家。家庭環境の影響で15歳にしてIRAに参加。16歳のとき、爆発物の不法所持でリヴァプールにて逮捕され、3年間ボースタル少年院に収容される。そのときの経験が自伝的作品『ボースタルの少年』(1958）に記されている。警官射殺の罪で18歳のとき再び逮捕服役。大赦で釈放の後、処女作『へんな奴』(1954）を発表、『人質』(1958）でアイルランド演劇に新風を吹き込んだとされる

ピートリー、ジョージ　George Petrie (1790-1866)……33, 44-5, 56, 107, 286-91, 295, 316
アイルランドの考古学者、風景画家。アイルランド各地の歌・旋律を収集した。**⇒「陸地測量」の項参照。**

ヒーニー、シェイマス　Seamus Heaney (1939-)……70
北アイルランド生まれ、アイルランド共和国在住の詩人。フィールド・デイ・シアター・カンパニーの一員。1995年にノーベル文学賞受賞。

バックル、ヘンリー・T　Henry Thomas Buckle (1821-62)……157, 159
　英国の歴史家。個人、戦争、政治のみを扱う伝統的歴史観を捨て、人民、文化、環境などを重視する歴史哲学を唱えた。

バット、アイザック　Isaac Butt (1813-79)……3, 5, 32, 53-4, 59, 83, 97, 101, 104, 106, 117, 127-28, 134, 177, 184, 211, 227-33, 261, 270, 275, 290
　アイルランドの法律家、政治家。英国の下院議員であり、青年アイルランド派の指導者でもある。アイルランド自治運動を展開し、アイルランドの立法権を英国から分離することを目指した。

パトモア、コヴェントリー　Coventry Patmore (1823-96)……148
　英国の詩人。長く大英博物館に勤務した。テニソン、ラスキンらと親交を結び、ラファエル前派の機関紙へ寄稿をおこなった。

バートン、フレデリック・W　Frederick William Burton (1816-1900)……55
　アイルランドの画家。ジョージ・ピートリーとともに、考古学的遺物のスケッチをおこない、〈ロイヤル・アイリッシュ・アカデミー〉の評議員にもなり、1874年からは20年にわたり、ロンドンの〈ナショナル・ギャラリー〉でディレクターを務めた。

パーネル、チャールズ・S　Charles Stewart Parnell (1846-91)……63, 85, 89, 166, 171, 209, 305
　アイルランドの政治家、独立運動の指導者。ケンブリッジ大学に学を中退してアイザック・バットの「自治法運動」に参加、1875年から英国下院議員となり、アイルランド自治の合法化を目指した。アイルランドでは小作人の土地所有のための運動に参加した。議事妨害や扇動的演説をおこなったために81年には禁固刑に処せられたが、その後も自治党のリーダーとして自治法案の成立に尽力した。しかし同法成立直前に不倫疑惑をかけられ、自治党の分裂を招き、政界から失脚した。

ハーバーマス、ユルゲン　Jurgen Habermas (1929-)……37, 54
　ドイツの哲学者、社会学者。フランクフルト学派による批判理論を継承するのみならず、言語行為論や生成文法、発達心理学、社会システム論などを統合し、「公共圏思想」を基調とした包括的な社会哲学を展開している。

ハミルトン、ウィリアム・ローアン　William Rowan Hamilton (1805-65)……12, 32, 101, 107, 116, 161, 196-200, 202, 219, 316

てカトリックに改宗した。52年に大学の理念についてダブリンで講義を始め、54年から58年までアイルランドのカトリック大学長を務めた。79年には枢機卿となった。宗教詩集として『アポロギア』(1864) を残した。

ハ行

ハイク、トマス・W Thomas William Heyck (1938-)……9, 24
アメリカの歴史学者。著書に『ヴィクトリア時代イングランド知識人の生活の変容』(1982) がある。

ハイド、ダグラス Douglas Hyde (1860-1949)……286
アイルランドのナショナリスト、学者、作家、政治家。アイルランド独立運動の中枢に位置し、ゲール語同盟初代総裁、共和国初代大統領(1938)を務めた。

バーク、エドマンド Edmund Burke (1729-97)……15, 20-1, 65, 77, 127, 141, 146, 213, 232, 245, 306
ダブリン生まれ、英国の哲学者、政治思想家、政治家。1757年に『崇高と美の観念の起源』を発表し、まもなくホイッグ党の領袖の秘書となり政治に転じ、1765年に下院議員となる。アメリカ独立運動においては植民地側を支持したが、フランス革命には反対し、1790年に近代保守主義の古典となる『フランス革命の省察』を著して、伝統と経験に基礎を置くイングランドの国政を擁護した。

ハクスリー、トマス・H Thomas Henry Huxley (1825-95)……243
英国の生物学者。ダーウィンの進化論を擁護し、神学者や聖職者と対立した。息子に文学者、進化論生物学者のレナード・ハクスリーがいる。生物学者ジュリアン・ハクスリー卿、生理学者アンドリュー・L・ハクスリー、小説家オルダス・ハクスリーはともに孫にあたる。

バジョット、ウォルター Walter Bagehot (1826-77)……225, 267
英国の政治学者、経済学者。『エコノミスト』誌の主筆として経済、政治、文学から生物学にいたるまで、広範な執筆をおこなった。

ハチソン、フランシス Francis Hutcheson (1694-1746)……161
スコットランドの哲学者でスコットランド学派の創始者と言われる。人間は善悪を弁別する生得の能力をもつとする。

トムソン、ウィリアム　William Thompson (1785-1833)……65, 223-25
　アイルランドの経済学者、社会改革運動家。土地均分論者の組合を自宅敷地内に設けた。「工業の発達は、勤勉な者の状況を悪化させ、反対に怠惰な階級に利する」といっている。

トレヴェリアン、ジョージ・M　George Macaulay Trevelyan (1876-1962)……93
　英国の歴史家。著書に『イギリス史』(1926)、『イギリス社会史』(1942) がある。父親は歴史家、政治家のジョージ・O・トレヴェリアン。兄は自由党員時代に文部政務次官を、労働党員時代に文部大臣を務めたことのあるチャールズ・P・トレヴェリアン。

トレヴェリアン、ジョージ・O　George Otto Trevelyan (1838-1928)……93
　歴史家、政治家。アイルランド相、スコットランド相を歴任。T・B・マコーリーの甥。グラッドストンのアイルランド自治法案に反対して辞任。伯父マコーリーの伝記『マコーリーの生涯と書簡』(1876) は英国伝記文学の代表的傑作とも言われる。歴史家のジョージ・M・トレヴェリアンは息子で、インド行政官やインド蔵相として公共事業計画や社会改革に尽力したと言われるチャールズ・E・トレヴェリアンは父親。

トレンチ、リチャード・C　Richard Chenevix Trench (1807-86)……100
　ダブリン生まれの文献学者、詩人。1864年から84年はダブリンのプロテスタント大主教を務めた。著書に『言葉の研究』(1851) や『英語の過去と現在』(1856) がある。

トーン、ウルフ　Wolfe Tone (1763-98)……60-3, 88-9, 114, 179
　アイルランドの民族主義的革命家。アメリカ独立革命とフランス革命の影響を受け、ベルファストで統一アイルランド人連盟を創設した。アメリカやフランスにも支援を求め、フランス軍の協力を得て武装闘争をもくろんだが英国政府軍に鎮圧され、大逆罪で絞首刑を宣告されたが自決した。

ナ行

ニューマン、ジョン・H　John Henry Newman (1801-90)……35-40, 53, 66-7, 145-47, 164, 212, 218, 257-58
　英国の神学者、詩人。当初は英国国教会内の指導者だったが、後に孤立し

71, 83, 103, 106, 130, 296-97, 304, 308, 316

アイルランド独立運動の闘士。トマス・デイヴィスらと『ネイション』を創刊。青年アイルランド派結成時の1人でもある。土地問題でカトリックとプロテスタントの連合を図ろうとしたが果たせず、オーストラリアに渡って政治家となった。

チェーン、ジョン　John Cheyne (1777-1836)……174

スコットランド生まれの英国の医師。ダブリンのミーズ病院にも務めた。

デイヴィス、トマス　Thomas Davis (1814-45)……6, 46-55, 61-4, 85, 88-9, 104-06, 131, 142, 149, 184, 203, 210, 286, 296-99, 302-03, 307, 316

アイルランドの詩人、政治家。民族主義的週刊誌『ネイション』を創刊し、政治的には、連合撤回、土地の奪還、宗教の自由、アイルランド人自身による立法・行政、教育の自由、新聞の無料化などを訴え、文化的には民族の歴史に誇りをもつよう訴え、「国民文学」の確立をもくろんだ。彼が同誌に寄せた数多くの詩は、その後の民族主義運動者たちに口ずさまれ続けた。

ディルタイ、ヴィルヘルム　Wilhelm Dilthey (1833-1911)……78, 157

ドイツの哲学者。生の哲学の立場に立ち、精神科学の基礎付けを試み、歴史世界をとらえるための方法として体験・表現・了解を基礎とする解釈学を提唱した。

ティレル、ジョージ　George Tyrrell (1861-1909)……67

アイルランドの神学者。近代主義の提唱者。

ティレル、ロバート　Robert Tyrrell (1844-1914)……31, 111, 271

アイルランドの古典学者。トリニティ・カレッジ・ダブリンでギリシャ語の欽定講座担当教授を務めた。学内誌『カタボス』の編集もおこなった。

ティンダル、ジョン　John Tyndall (1820-93)……34, 202-05

アイルランドの物理学者。巨大分子、微粒子による散乱光(ティンダル現象)の研究で知られる。熱や光に関する研究にとどまらず、氷河移動やバクテリアにいたるまで広いテーマを扱い、科学の普及に貢献した。

テニソン、アルフレッド　Alfred Tennyson (1809-92)……3, 31, 146, 149, 195

英国ヴィクトリア朝を代表する詩人。作品に『イノック・アーデン』(1864)、『国王の牧歌』(1859) などがある。

に『聖パトリックの三裂の生涯』(1887) などがある。ウィリアム・ストークスの息子。

ストレイチー、リットン Lytton Strachey (1880-1932)……96, 99
英国の批評家、伝記作家。ブルームズベリー・グループの一員。著書にはフランス文学概説書『フランス文学の里標』(1912) や伝記作品の『エリザベスとエセックス』(1928)、『ヴィクトリア女王』(1921) などがある。従来とは異なるアプローチの伝記制作によって伝記文学の芸術的地位を高めたとも言われる。

スペンサー、ハーバート Herbert Spencer (1820-1903)……157, 240-45, 257, 268
英国の哲学者。進化論の立場に立ち、大著『総合哲学』(1862-96) で広範な知識体系としての哲学を構想した。哲学的には不可知論の立場に立ち、かつ哲学と宗教を融合しようとした。社会学的には社会有機体説を唱えた。

スミス、アダム Adam Smith (1723-90)……225, 227, 240, 262-64, 273-74
英国(スコットランド)の経済学者、哲学者。古典派経済学の祖。『国富論』(1776) を10年の歳月をかけて完成した。今日の近代経済学であれマルクス主義経済学であれ、ひとしくこの『国富論』を出発地点としている。

スミス、アントニー Anthony Smith (1928-)……41, 45, 59, 83
ロンドン大学教授。ナショナリズムと民族性について学問領域横断的な研究をおこなっている。

タ行

ダヴィット、マイケル Michael Davitt (1846-1906)……84, 171
アイルランドの民族運動家。1879年に「土地連盟」を創立し、小作農の地代軽減、小作権売買の自由を求めて戦った。

ダウデン、エドワード Edward Dowden (1843-1913)……6, 26, 31, 102
アイルランドの批評家。シェイクスピアの研究で知られる。

ダディ、トマス Thomas Duddy……49
アイルランドの学者。2008年現在、ゴールウェイのナショナル・ユニヴァーシティで哲学を教えている。

ダフィ、チャールズ・ギャヴァン Charles Gavan Duffy (1816-1903)……63,

スウィフト、ジョナサン　Jonathan Swift (1667-1745)……77, 92, 102, 189
　アイルランド生まれ、英国の作家、ジャーナリスト。辛らつな風刺で文壇・政界に活躍したが、のちにアイルランドに退き、大聖堂首席司祭となる。精神錯乱のうちに死去。『ガリヴァー旅行記』(1726) が一般的には代表作とされる。

スティーヴン、レズリー　Leslie Stephen (1832-1904)……72, 93
　イギリスの文学史家、思想家。小説家ヴァージニア・ウルフの父。著書に『18世紀イギリス思想史』(1876) などがある。

スティーヴンズ、ジェイムズ　James Stephens (?1880-1950)……74, 192
　アイルランドの詩人、小説家。父親の死と母親の再婚とともに孤児院へ送られたために、出自や生年に関しては不明な点が多いと言われる。1907年からナショナリスト新聞『シン・フェイン』に詩や小説を寄稿し始める。ジョージ・ラッセルが関心をもち、W・B・イェイツやグレゴリー卿夫人らに紹介した。多才・多作な作家で、ジェームズ・ジョイスとも親交をもった。リアリズムとファンタジーと神話が織り合わさった作風をものとしていた。

ストークス、ウィリアム　William Stokes (1804-78)……12, 83, 98, 102, 174, 177-86, 208, 288, 291, 315
　アイルランドの医師でダブリン大学教授。ケルト文献学者の (小) ワイトリー・ストークスの父。(大) ワイトリー・ストークスの息子。

ストークス、ジョージ・G　George Gabriel Stokes (1819-1903)……178
　アイルランド生まれ、英国の物理学者、数学者。スペクトル分析で先駆者として蛍光発光の本質を発見し、重力変化の研究では測地学の創始者とみなされている。

(大) ストークス、ワイトリー　Whitley Stokes (1763-1845)……178-80
　アイルランドの医師、政治思想家、ゲール語学者。ダブリン大学教授。ウィリアム・ストークスの父。

(小) ストークス・ジュニア、ワイトリー　Whitley Stokes Jr. (1830-1909)……98, 184-85
　アイルランド生まれのケルト文献学者。行政官としてインドに赴き、サンスクリット語を研究したのち『ヒンズー法学書』(1865) を編集した。著書ンシス・シェリダンの息子。処女作は『恋敵』(1775)、代表作は『悪口学校』(1777)。両作品とも英国社交界の恋愛風俗を描いた風習喜劇。1780年に国会議員となり、雄弁で知られたが、晩年は貧困と病苦に苦しんだ。

シガソン、ジョージ George Sigerson (1836-1925)……174, 192-93, 316
アイルランドの翻訳家、医者。コークのクイーンズ・カレッジで医学を学ぶと同時に、独学でアイルランド語も学んだ。パリでシャルコーのもとで学んだ後、ダブリンに戻り大学で教える。シャルコーの著作の英訳だけでなく、アイルランド語で書かれた詩をも多数英訳した。

シャルコー、J・M Jean-Martin Charcot (1825-93)……174
フランスの神経学者。フロイトに影響を与えた人物。

ジョイス、ジェームズ James Joyce (1882-1941)……69, 86, 120
アイルランドの小説家。カトリックの家庭に育つが、16歳で信仰を捨てる。ダブリンの知的雰囲気に飽き足らず、生涯の大半をトリエステやパリなどの大陸で過ごした。「意識の流れ」をはじめとした斬新な表現によってヨーロッパの文壇に衝撃を与え続けたが、作品には濃密なアイルランド性が刻印されていると言われる。著書に『ユリシーズ』(1922)、『フィネガンズ・ウェイク』(1939) などがある。

ショー、ジョージ・B George Bernard Shaw (1856-1950)……70, 81, 102, 114
アイルランド生まれ、英国の劇作家、批評家。フェビアン協会に属する社会主義者。思想性と機知に富む喜劇を得意とした。代表作に、『マイ・フェア・レディ』としてミュージカル化、映画化された『ピグマリオン』(1913) や、『人と超人』(1905)、『キャンディダ』(1894) などがある。

ジョンストン、デニス Denis Johnston (1901-84)……70
アイルランドの劇作家。ナショナリストのロバート・エメットの生涯を劇化した『老夫人のおことわり』(1929) が代表作。

シング、ジョン・M John Millington Synge (1871-1909)……70, 77, 118-21
アイルランドの劇作家。ダブリンとパリを行き来して活動していたところ、パリでW・B・イェイツからアイルランド庶民の生活を描くことを勧められ、アラン諸島での見聞をまとめ『アラン島』(1907) を発表。そのほかの代表作に『西国の伊達男』(1907)、『海に騎り行く者たち』(1904)、『谷間の蔭』(1903) などがある。

する伝記的情報はあまり残されていない。詳しくは本書第3章を参照。

サルトル、ジャン＝ポール Jean-Paul Sartre (1905-80)……5, 49

フランスの文学者、哲学者。第2次世界大戦中にレジスタンスに参加し、戦後に実存主義を唱導した。晩年は連帯の倫理を説いた。

サルモン、ジョージ George Salmon (1819-1904)……26, 102, 204

アイルランドの数学者。

シェイクスピア、ウィリアム William Shakespeare (1564-1616)……24, 32, 34, 102, 271, 290

イングランドの劇作家・詩人。著作は『夏の夜の夢』(*A Midsummer Night's Dream*, 1595)、『ハムレット』(*Hamlet*, 1600)、『オセロ』(*Othello*, 1604)、『マクベス』(*Macbeth*, 1605)、『ソネット集』(*Sonnets*, 1609) など多数。

シェリー、パーシー・B Percy Bysshe Shelley (1792-1822)……76

英国の詩人。革命的情熱や神秘主義、叙情性などをもち、ロマン主義の代表的な詩人とされている。アイルランド独立運動を支援していた。代表作に、社会制度の害悪を訴える詩『マブ女王』(1813) や『縛を解かれたプロメテウス』(1820) がある。

(大)シェリダン、トマス Thomas Sheridan (the Elder) (1687-1738)……100

アイルランドの聖職者兼校長であり、詩人。ジョナサン・スウィフトの友人。ギリシャ劇ギリシャ語のまま生徒に演じさせるという教育法で知られる。古代ローマの詩人ユベリナスやペルシウスの作品を英語に翻訳した。

(小)シェリダン、トマス Thomas Sheridan (the Younger) (1719-88)……100

ダブリン生まれの俳優、劇場経営者、教育家。トマス・シェリダン(大)の息子でフランシス・シェリダンの夫、そしてリチャード・シェリダンの父。1745年から1758年にかけてダブリン演劇界に君臨していたとされる。

シェリダン、フランシス Frances Sheridan (1724-66)……100

ダブリン生まれの小説家、劇作家。劇作『発見』(1763) は数度にわたり再演され、1924年にはオルダス・ハクスリーが当世風に翻案した。トマス・シェリダン(小)の妻で、リチャード・シェリダンの母。

シェリダン、リチャード Richard Brinsley Sheridan (1751-1816)……70, 100-01, 111, 114

ダブリン生まれ、英国の劇作家、政治家。トマス・シェリダン(小)とフラ

『寒村行』(1770) や、田舎牧師一家を描いた小説『ウェイクフィールドの牧師』(1766) がある。

コールリッジ、サミュエル・テイラー　Samuel Taylor Coleridge (1772-1834)……3, 7, 23, 58, 199

イギリスの詩人、批評家。1798年に英国ロマン主義の開幕を告げる『叙情歌謡集』をワーズワスと共同で発表。『文学的自伝』(1817) におけるドイツ哲学論、イマジネーション論も有名。

ゴン、モード　Maud Gonne (1866-1953)……141

アイルランド独立運動の指導者、俳優、シン・フェイン党の結党者のひとり。W・B・イェイツは彼女を愛し、彼女を詩にうたい、実生活でも彼女に何度も求婚したが断られ、しまいには娘にまで求婚した。

コント、オーギュスト　Auguste Comte (1798-1857)……74, 157, 159, 162, 236, 242-43, 257, 271, 273-82

フランスの哲学者、実証主義の創設者。社会学と人道教の創始者でもある。コントの実証主義は、フランス革命後の社会混乱を終息させるために社会学を創設し、科学による知的統一を実現することを目的としていたが、一方でその社会学は実質的には「人間精神の一般史」だったとも言われる。のちに、愛他の感情こそが社会性の根拠と主張し、人類を知的統一ではなく感情的統一の場にしようとする実証的宗教としての人道教を唱えることになる。

サ行

サマヴィル、イーディス　Edith Oenone Somerville (1858-1949)……102

アイルランドの作家。従妹のマーティン・ロス(Martin Ross)と「サマヴィルとロス」という名のもとに共作を多く発表。なかでも写実的手法による『ほんとうのシャーロット』(1894) は「ビッグ・ハウス」小説の秀作として数えられる。

サリヴァン、ウィリアム・K　William Kirby. Sullivan (1821-90)……33-4, 214-20

19世紀アイルランドにおける、カトリックの新興中産階級を代表する知識人。アイルランド知識人史上もっとも多芸な人物だとされるが、自身に関

アイルランド生まれ、英国の経済学者。古典派経済学を代表する学者。

ケイン、ロバート　Robert Kane (1809-90)……101, 107, 203, 206, 208-18, 270
アイルランドの科学者。『ダブリン医学ジャーナル』を創刊。アイルランド産業博物館初代館長などを歴任。

ケインズ、ジョン・M　John Maynard Keynes (1883-1946)……255
英国の経済学者。著書『雇用・利子および貨幣の一般理論』(1936) は、不況と失業の原因究明とその克服の理論を提示し、「ケインズ革命」と呼ばれるほどの影響を与えた。

ケドゥーリー、エリ　Elie Kedourie (1926-92)……83
中東史を専門とする英国の歴史家。著書『ナショナリズム』(1960) では、カントからフィヒチ、ヘルダーへとつながる流れを中心に据え、ナショナリズムの成立と伝播およびその政治的機能を考察した。

ケネディ、パトリック　Patrick Kennedy (1801-73)……32
アイルランドの民俗学者。ダブリンで書店と図書館を営んだ。

ゲルナー、アーネスト　Ernest Gellner (1925-95)……43, 48, 82-3
英国の哲学者・歴史学者。パリに生まれプラハで育ったのち、1939年に英国に亡命。産業社会の勃興とネイション形成の関連性を指摘し、政治的な単位と文化的あるいは民族的な単位を一致させようとする思想や運動としての「ナショナリズム」を考察した著書『民族とナショナリズム』(1983) が有名。

コノリー、ジェイムズ　James Connolly (1794-1866)……64, 84, 88, 172, 304
アイルランドの労働運動指導者。1912年にアイルランド労働党を設立。1916年の復活祭蜂起で逮捕、処刑された。

コリガン、ドミニク　Dominic Corrigan (1802-80)……174
アイルランドの医師。心臓疾患、特に大動脈弁に関する独自の研究で有名。アイルランドで〈大飢饉〉が深刻になりつつあったとき、飢餓と熱病の因果関係は一般に認められていなかったのだが、彼はアイルランド人にその警戒を促した。

ゴールドスミス、オリヴァー　Oliver Goldsmith (1728-74)……20, 63, 70
アイルランド生まれ、英国の詩人、劇作家、小説家。サミュエル・ジョンソンを中心とする文学クラブの一員。代表作に、農村の荒廃を歌った詩

人名索引

グレイヴズ、アルフレッド・P Alfred Perceval Graves (1846-1931)……31, 292
アイルランドの詩人、小説家、民俗学者。数学者でありダブリン城司祭を務めたチャールズ・グレイヴズの息子で、学者詩人ロバート・グレイヴズの父。アイルランド文芸復興運動指導者の1人。アイルランド詩歌の編集をおこなった。

グレイヴズ、ウィリアム William R. P. Graves (1882-89)……102, 290
アイルランドの伝記作家。ウィリアム・ハミルトンの伝記を書いたことで有名。

グレイヴズ、ロバート・J Robert James Graves (1797-1853)……116, 174, 208
アイルランドの内科医。ダブリン診断学派のリーダーで、患者の臨床観察を重要視した。

グレゴリー(卿夫人)、オーガスタ (Lady) Augusta Gregory (1852-1932)……70, 113, 119-20, 140-41, 201
アイルランドの詩人、劇作家、アイルランド文芸復興運動の中心人物の一人。夫の影響でアイルランド文学に関心をもち始め、夫の死後、W・B・イェイツとの出会い以降、その終生の庇護者となり、アビー座の創設に協力した。

クローカー、ジョン・W John Willson Croker (1780-1857)……86
アイルランドの政治家、エッセイスト。選挙法改正に反対して議会を去った。

クロムウェル、オリヴァー Oliver Cromwell (1599-1658)……142, 169, 193, 285, 316
アイルランドはドローイダでおこなった「ドローイダの虐殺」で記憶される英国の軍人、政治家。清教徒革命の指導者で、オランダやスペインとの戦争に勝って英国の海上覇権の基礎を築いた。チャールズ1世を処刑した後、アイルランドとスコットランドへ遠征・制圧し、護国卿となる。アイルランドでは、城塞を始め多くの建造物を破壊して回り、守備隊のみならず住民までも無差別に虐殺していった。それゆえ「クロムウェルの呪い」はいまだに民間で伝承されている。

ケアンズ、ジョン・E John Elliott Cairnes (1823-75)……107, 159, 226, 236-65, 268-69, 274-75, 279

人名索引

ギボン、エドワード　Edward Gibbon (1737-94)……157
英国の歴史家。著書に、2世紀から1453年のコンスタンティノープル陥落までを格調高い文章で通観した全6巻の大著『ローマ帝国衰亡史』(1776-88)などがある。

キャロラン、ターロウ　Turlough Carolan (1670-1738)……154, 287
アイルランドのハープ奏者、作曲家。痘瘡のため18歳で全盲となりながら、アイルアンドを演奏して回った。アイルランド民謡とイタリア音楽の影響が強い曲を残した。

グラタン、ヘンリー　Henry Grattan (1746-1820)……55, 63, 155, 165, 167-68
アイルランドの政治家、雄弁家。1775年以降アイルランド下院議員を務め、アイルランド自治や自由貿易を訴えた。1801年の連合以降は、本人はプロテスタントであったにもかかわらず、英国の議会活動においてカトリック解放に向けて尽力した。

グラムシ、アントニオ　Antonio Gramsci (1891-1937)……3-4, 10, 13, 20-1, 38, 43, 49, 58, 80, 84-9, 122, 127, 155, 200-01
イタリアの革命家、思想家。トリノ大学在学中に革命運動に参加し、イタリア共産党の創立に参加。後に書記長、国会議員として反ファシズム闘争の指導をおこなったが、26年に逮捕され獄中で死亡。獄中で書かれた膨大なノートは哲学、国家論、文化論、など多岐におよび、以降の西欧マルクス主義に大きな影響を与えた。

グリフィス、アーサー　Arthur Griffith (1872-1922)……12-3, 83, 305
アイルランド独立運動の指導者。シン・フェイン党を創立した。1922年にはアイルランド自由国の初代大統領となった。

グリフィス、リチャード　Richard Griffith (1784-1878)……203
アイルランドの地質学者、土木技術者。アイルランドの沼地を研究し、ナショナル・ギャラリーの建設など主要な建築事業の顧問を務めた。

グリフィン、ジェラルド　Gerald Griffin (1803-40)……55, 69
アイルランドの小説家。アイルランド南部の地方色を活写しながら、カトリックのジレンマを扱った『学友』(1829) が有名。登場人物のひとり、マイルズ・ナ・ゴパリーンの名は、のちにブーシコーの戯曲の主役の名に採用され、フラン・オブライエンの筆名ともなった。

アイルランドの作家、詩人。モナハン州生まれ。農業のかたわら詩作や小説発表をおこない、1939年にダブリンへ出てジャーナリストとなり制作に専念し始める。『大飢饉』(1942) で注目を浴びる。アイルランド文芸復興時の文人たちが理想化したロマンティック・アイルランドに対して、リアリスティックなアイルランドを提示したと言われる。

カーソン、エドワード　Edward Carson (1854-1935)……101-02

アイルランド出身、英国の法律家、政治家。法務長官、海軍大臣を歴任。アルスター統一党の指導者で、アイルランド自治法案に抵抗し、アルスターを南部と分離させ英国の支配下に置くよう求めた。

カーライル、トマス　Thomas Carlyle (1795-1881)……23-4, 34, 59, 72, 79, 168-70, 181, 227, 247, 270, 309

英国の評論家、歴史家。ドイツ文学を研究、ゲーテに傾倒。超越論的観念論の立場をとる。

カラン、ジョン・P　John Philot Curran (1750-1817)……55, 206

アイルランドの弁護士・政治家。カトリックや反政府主義者を弁護した。アイルランド枢密院のメンバー。

カルデロン・デ・ラ・バルカ　Caldéron de la Barca (1600-81)……219

スペインの劇作家・宮廷詩人。スペイン古典演劇の確立者で、ヨーロッパ演劇全般に及ぼした影響も大きい。

カールトン、ウィリアム　William Carleton (1794-1869)……55, 69, 73, 89, 103, 106, 130-31, 316

アイルランドの小説家。ティローン州のアイルランド語を日常語とする小作農の家に生まれ、家庭教師をして日銭を稼ぎながらダブリンへ到着し、プロテスタントに改宗し、雑誌に小説を発表するようになる。代表作にアイルランド農民文学の古典と言われる『アイルランド農民の特性と物語』(1830) や、大飢饉をテーマにした『黒い預言者』(1847) がある。

カレン、ポール　Paul Cullen (1803-78)……36, 212, 218, 257

アイルランドの聖職者。アイルランド人初の枢機卿。

カーワン、リチャード　Richard Kirwan (1733-1812)……34, 213-16

アイルランドの化学者。燃素理論を唱導した中心人物の一人。鉱物学に関する英国初の体系的研究書を残した。

クで診療所を設立した。1770年にアイルランドの年代記がもつ重要性を指摘する論文を書き、『アイルランドの歴史・古物研究入門』(1772) を発表して以降、アングロ・アイリッシュの歴史に対する批判を明確にしていった。

オフェイロン、ショーン Sean O'Faolain (1900-91)……89
アイルランドの小説家。復活祭蜂起をきっかけに民族主義的方向へ進み、IRAの広報員を務めたこともある。ダニエル・オコンネルを高く評価し、彼の伝記『乞食たちの王』(1938) を残した。1940年には、若い作家に発言と発表の場を与えるために、月刊文芸誌『ベル』を創刊した。評価の高い短編以外に、アイルランドの文化史『アイルランド』(1948) も残している。

オブライエン、ウィリアム・S William Smith O'Brien (1803-64)……88, 102-03, 105-06, 133, 171, 296, 303-04, 316
アイルランドの政治家、英国の下院議員。はじめは連合撤回に批判的だったが、転向してダニエル・オコンネルらと共闘する。しかしその非暴力主義に見切りをつけて青年アイルランド派に参加し、暴力革命を支持。1848年にティペラリ州で暴動を指揮して逮捕される。54年に釈放。

オブライエン、フラン Flann O'Brien (1911-66)……100
アイルランドの作家、ジャーナリスト。本名はブライアン・オノーラン。北アイルランドのティローン州生まれ。アイルランド古来の語り口の継承者ともポストモダン小説の先駆者とも言われる。ジェイムズ・ジョイスはかつて「泣くジャン」ベケットと対比させて、オブライエンを「笑うジャン」と呼んだ。著作に前衛的かつ土俗的と言われる『スウィム・トゥー・バーズにて』(1939)、『第三の警官』(1940、出版1967)、『ハード・ライフ』(1961) などがある。

オマリー、アーニー Ernie O'Malley (1898-1957)……107
アイルランドの革命家。復活祭蜂起の際、トリニティ・カレッジ医学生だった彼は、大学を守ろうとする学生の側でなく、暴徒の側についた。その後はIRAでキャリアを重ねた。アイルランド文芸復興時の文学を愛し、彼が残した文章は革命期のもっとも文学的な記録と言われている。

カ行

(1931) がある。また、2006年に村上春樹がフランク・オコナー国際短篇賞を受賞し、2008年には『フランク・オコナー短篇集』(岩波文庫) も出版されるなど、日本でもその名が注目されはじめている。

オコンネル、ダニエル O'Connell, Daniel (1775-1847)……38-9, 63, 72-3, 83, 85, 105-06, 121, 124, 132, 138, 142-43, 166-69, 184, 193, 197, 212, 288, 296-302, 315

アイルランドの政治家。彼のひと世代前のアイルランド自治・カトリック解放の運動家たちが英語使用のプロテスタントのアングロ・アイリッシュだったのに対し、古代ゲールの伝統を担いゲール語の読めるカトリックのアイルランド人だった点で特徴的だった。民衆を組織しながらカトリック解放を要求し、クレア州から下院議員に選出されたが、カトリックであることを理由に議席を拒否された。それを契機に、逆に彼を擁護する機運が高まり、英国政府は翌29年にカトリック解放を決定した。その後下院議員となり、税制改革、連合撤回に専念したが、各集会は強固な鎮圧にあい、オコンネルの非暴力主義に見切りをつけたものたちは青年アイルランド派を結成して離反した。

オダウド、リアム Liam O'Dowd……25, 29, 35, 40

北アイルランドはベルファスト、クイーンズ・カレッジの教授。専門は社会学。特に北アイルランドの政治経済、知識人とイデオロギーに関する社会学的分析、そしてEUにおける国境問題を中心に調査・研究している。著書に『アイルランド共和国の政治学』(2004) がある。

オトウェイ、シーザー Caesar Otway (1780-1842)……127

アイルランドの著作家、弁論家。『DUM』創刊メンバーの一人。

オドノヴァン、ジョン John O'Donovan (1806-61)……284-86, 290

アイルランドの翻訳・編集者、陸地測量の調査委員。キルケニー州に生まれ、ヘッジ・スクールに学び、自らもヘッジ・スクールで教えた。1923年に司祭になるためのラテン語学習のためにダブリンへ移った。陸地測量の調査に携わるようになってからは、言語、民話、地形、地名、古文書にかかわるきわめて詳細な資料を膨大に提供したことで有名である。

オハロラン、シルヴェスター Sylvester O'Halloran (1728-1807)……11

アイルランドの外科医、歴史家。ロンドン、パリで修学した後、リメリッ

⇒「ワイルド、ジェイン」の項参照。

オカリー、ユージン Eugene O'Curry (1796-1862)……33, 215, 218-19, 284, 290

アイルランドの学者。ピートリーのもと陸地測量局で働いた。

オグレイディ、スタンディッシュ・J Standish James O'Grady (1846-1928)……24, 50, 78-9, 169-71, 277

アイルランドの小説家、文化活動家。アイルランドの神話・伝説を調査し、『アイルランドの歴史』(1878, 1881)その他にまとめた。これが近代アイルランドにおけるゲール熱を引き起こし、若い作家たちに大きな影響を与えた。W・B・イェイツは、『アイルランドの歴史』がなければアイルランド文芸復興はなかったといっている。一方、オグレイディはカーライルの観念論に惹かれており、歴史を規定するのは偉人の思想、行動、言葉だと考えていた。その見解をアイルランドに適用して、アングロ・アイリッシュのアセンダンシーがゲール人たちを支配・指導すべきだと考えていた。

オケイシー、ショーン Sean O'Casey (1880-1964)……70, 79, 119

アイルランドの劇作家。ナショナリストとして青年時代をすごした後、労働運動にも身を投じる。代表作『ジュノーとペイコック』(1924) をはじめとして、革命期の現実の深刻さと滑稽さを融合した作風を得意とした。自身が参加し損ねた1916年の復活祭蜂起の10年後に、その事件を扱った『鋤と星』をアビー座で上演したところ、自国の悲願である統一の象徴、三色旗が酒場にもち込まれ、そこに売春婦までいたことに観客たちが憤慨し騒動となった。この作品名は、本書第3章中のセクションのタイトルとして用いられている。加えて『銀盃』(1928) が上演を拒否されたことを契機にダブリンを離れ英国へ渡り、マルクス主義の影響を受けた作品を残した。

オコーナー、チャールズ Charles O'Conor (1710-91)……11

アイルランドの学者、カトリック会議の創設者。アングロ・アイリッシュの歴史家や古物研究家たちに向けて、ゲール文明に関する知識を広げようと強く働きかけた。

オコナー、フランク Frank O'Connor (1903-66)……67

アイルランドの短編作家。本名はマイケル・オドノヴァン(Michael John O'Donovan)。コークの学者マイケル・コウクリーに影響を受け、ゲール語文化の復興に努めた。代表作に、内乱をテーマにした『国家の賓客』

イタリアの歴史哲学者。形而上学、法学、歴史学の諸分野にわたって、古代から同時代の海外の思潮にまで精通していた。

ウィリアムズ、レイモンド　Raymond Williams (1921-88)……25, 96, 98, 121, 140

英国の批評家、小説家。ウェールズ生まれ。マルクス主義の観点から文学と社会の関係を考察し、文化概念をとらえなおした。著書に『田舎と都会』(1973)、『文化と社会』(1958)、『長い革命』(1961) などがある。

ウルフ、ヴァージニア　Virginia Woolf (1882-1941)……95, 97

英国の小説家でブルームズベリー・グループの一員。小説のプロットや性格概念に対して実験的再検討を試み、『灯台へ』(1927)、『オーランドー』(1928)、『波』(1931) などの著作を残した。思想家レズリー・スティーヴンの娘で、批評家レナードの妻。

ウルフ、レナード　Leonard Woolf (1880-1969)……94, 97

英国の批評家、ブルームズベリー・グループの一員。出版社ホーガス・プレスを設立。著書に『帝国主義と文明』(1928) などがある。ヴァージニア・ウルフの夫。ヴァージニアの作品を『ある作家の日記』(1953) として編集した。

エッジワース、マライア　Maria Edgeworth (1767-1849)……71, 127, 144-45, 199, 213

英国生まれ、アイルランドの小説家。アイルランドを生活の場にし、国の現状を観察して小説制作をおこなった。処女作『ラックレント館』(1800) はアイルランド貴族の数代に渡る栄枯盛衰を執事サディの視点から克明に描き、「ビッグ・ハウス」小説の原型としてのちのアイルランド小説に影響を与えた。『不在地主』(1812) ではアングロ・アイリッシュ地主の妻のロンドン社交界における派手な生活ぶりを描いている。

エメット、ロバート　Robert Emmet (1778-1803)……63, 71-2

アイルランドのナショナリスト。統一アイルランド人連盟の一員。1803年にダブリン政庁を襲撃したが、とらえられて絞首刑になった。

エリオット、ジョージ　George Eliot (1819-80)……138

英国の小説家。著作に『ミドルマーチ』(1871-72) などがある。

エルジー、ジェイン　Jane Francisca Elgee (1821-96)

て、ローマの市民法についての講義をおこなった。

アンダーソン、ベネディクト　Benedict Richard O'Gorman Anderson (1936-)……83

政治学者。専門は、比較政治、東南アジア、とくにインドネシアの政治。『想像の共同体』(1983)で出版資本主義、巡礼、公定ナショナリズム、モジュール化といった概念を駆使し、いかにしてナショナリズムあるいはネイションが構築されるかを明らかにし、ナショナリズム研究の新境地を開拓した。

イェイツ、ウィリアム・B　William Butler Yeats (1865-1939)……29, 59, 70, 89, 100-02, 120-21, 140-41, 286, 301

アングロ・アイリッシュの詩人・劇作家。1923年にノーベル文学賞を受賞。アイルランド文芸復興運動を中心にアイルランド独立運動に参加し、グレゴリー卿夫人と協力してダブリンのアビー座設立に尽力した。日本の能にも関心が深く、詩劇『鷹の井戸』(1917)はその影響を受けている。

イェイツ、ジョン・B　John Butler Yeats (1839-1922)……98-9, 108

アイルランドで生まれ、弁護士業に進むが、画家に転身。息子W・B・イェイツやジョン・オリアリーの肖像画で有名。アイルランド・ナショナル・ギャラリーにイェイツ・ミュージアムがあり、そこに多くの作品が所蔵されている。

イングラム、ジョン・K　John Kells Ingram (1823-1907)……32, 74, 102, 238, 264, 270-81, 316

アイルランドの社会哲学者・経済学者だが、トリニティ・カレッジでは修辞学やギリシャ語を教えるなど多才であった。1892年にはロイヤル・アイリッシュ・アカデミーの会長となる。統一アイルランド人連盟の叛乱を歌ったバラッド「死者の記憶」を『ネイション』に寄稿して有名になったが、アイルランド自治には反対していた。

ヴィア、オーブリー・ド　Aubrey de Vere (1814-1902)……102, 106, 133, 145-50, 157, 169, 197, 219

アイルランドの詩人。アイルランド文芸復興運動先駆者の1人。古代アイルランドの伝説や史実をもとに長編詩を書いた。

ヴィーコ、ジャンバティスタ　Giambattista Vico (1668-1744)……159

人名索引

ア行

アクトン、ジョン・E・E・D John E. E. D. Acton (1834-1902)……157
英国の自由主義歴史家。カトリックの家系でカトリック神学・歴史学を学び、1859年に自由党所属の下院議員、1895年にケンブリッジ大学欽定講座担当教授となる。

アーノルド、トマス Thomas Arnold (1795-1842)……93
英国の教育家、歴史家。ラグビー校の校長。マシュー・アーノルドの父。

アーノルド、マシュー Matthew Arnold (1822-88)……18, 23, 36, 44, 52-3, 57-8, 93, 131, 184, 286
英国の詩人、批評家。オックスフォード大学詩学教授として盛名をはせた。著書に『教養と無秩序』(1869)などがある。トマス・アーノルドの息子。

アナン、ノエル Noel Annan (1916-2000)……93, 95, 101
ブルームズベリー・グループの伝統に位置するイギリスの歴史学者・伝記作者。ケンブリッジ大学キングス・コレッジおよびロンドン大学ユニヴァーシティ・コレッジ学寮長、大英博物館およびナショナル・ギャラリーの評議委員などを歴任。著書に『大学のドンたち』(1999)、『レズリー・スティーヴン』(1951)などがある。

アリンガム、ウィリアム William Allingham (1824-89)……74, 115
アイルランドの詩人。アイルランドのアイデンティティ模索において、18世紀のケルト復興と19世紀末から20世紀初頭のアイルランド文芸復興運動との間をつないだ詩人のひとり。

アンスター、ジョン John Anster (1793-1867)……30, 106, 127
アイルランドの詩人、学者。『DUM』に数多くのエッセイを寄稿した。ゲーテの『ファウスト』第1部の韻文翻訳は高く評価され、いまだに版を重ねている。トリニティ・カレッジ・ダブリンでは、欽定講座担当教授とし

1785年に創設されたアイルランドの文化機関。グラタンを中心とした下院議員たちによって、アイルランドの国民的アイデンティティを表現するための中枢機関として構想された。

ロイヤル・ダブリン・ソサエティ　Royal Dublin Society……100

1731年にダブリン哲学協会(Dublin Philosophical Society)のメンバーによって、「(農業、製造、その他の実学および諸科学を進歩させるための) ダブリン・ソサエティ」として設立された。1879年に得た敷地内には、現在エギシビション・ホール、スタジアム、レストラン、バーなどが備わっており、有名ミュージシャンたちのライブ会場としても利用されている。

1908年に連合してナショナル・ユニヴァーシティを形成した大学のひとつ。ナショナル・ユニヴァーシティは、コークのほかにダブリンとゴールウェイにあった。

ラ行

陸地測量 Ordnance Survey……10, 14, 202, 210, 285-91

英国の地図作成プロジェクト。アイルランドでは1825年から46年におこなわれた。1830年に調査対象が歴史、商業、地質学などへと拡大されると、ダブリン生まれのジョージ・ピートリーが地勢図部統括を任された。芸術家兼考古学者であるピートリーが作ったチームには、学者、画家、作家といったさまざまな職種の人間が含まれていたために、日々そのオフィスでおこなわれるアイルランド文明に関する情報交換が、当時の文化活動に広く影響を及ぼすことになった。

リバティーズ地区 The Liberties……99

のみの市などのあるダブリンの1区画。17世紀に大陸からの迫害を逃れたプロテスタント教徒が住みついた。

連合主義 Unionism……124, 155, 158-59, 166-67, 194, 205, 209, 216, 230, 246, 255, 260, 302

イングランドとアイルランドの連合を維持しアイルランドの独立を阻もうという立場。1886年の「アイルランド自治法案」に反対するために結成された「自由統一派（連合派） Liberal Unionists」らは、典型的な連合主義者である。1922年のアイルランド自由国成立以降、すなわちアイルランドが南北に分割された後は、北アイルランド（アルスター）をイングランドと連合させたまま連合王国(United Kingdom)にとどまらせようとする立場を指す。

連合撤回 Repeal……54, 90, 169, 191, 197, 304-05, 307

アイルランドは1801年に英国の連合王国の一部となったが、それに対し1830年代あたりから、ダニエル・オコンネルらを中心として連合撤回を求めた運動。

マ行

マンチェスターの殉死者 Manchester Martyrs……193
 1867年に公開処刑されたウィリアム・P・アレン、マイケル・オブライエン、マイケル・ラーキンの3人。同年マンチェスターで、フェニアン同盟員である彼らが同胞を救出しようと護送車に向けて発砲したところ、巡査部長が弾に当たって死亡したとされる事件で、3人はともに発砲を認めなかったし、オブライエンにいたっては現場にいなかったと主張したにもかかわらず、見せしめのような形で処刑された。判決の厳しさに対する憤りはアイルランドのみならず英国の諸都市で噴出し、大掛かりな抗議行動となった。

メイヌース神学校 Maynooth……66
 1795年にアイルランド東部のメイヌースに、ローマ・カトリック教会の高等教育機関として開設されたセント・パトリック・カレッジの別称。1800年には信徒以外の学生も受け入れ始めたが、またたく間に排他的な聖職者養成のための神学校に変わった。それまでアイルランド唯一の高等教育機関であったトリニティ・カレッジ・ダブリンに英国教会的気風があったために、対抗するあまり反動化したとも言われる。

メリオン・スクエア Merrion Square……98, 176
 ダブリン中心部にある広場公園。三方がジョージ王朝様式の館で囲まれており、ジェイン・ワイルドのサロンが開かれ、オスカー・ワイルドはここで生まれた。W・B・イェイツも一時期住んでいたことがある。

ヤ行

『ユナイティッド・アイリッシュメン』 The United Irish Men……215, 299
 アイルランドの民族主義的週刊誌。1899年から1906年まで、アーサー・グリフィスによってダブリンで編集され刊行された。同誌にて展開されたグリフィスの分離主義的哲学は、のちにシン・フェイン党の創設につながることとなる。

で、蜂起したがすべて失敗。しかし現在でもアイルランド・ナショナリズムのひとつの潮流となっている。

『ブラックウッズ』　Blackwood's (Magazine)……129

1817年にウィリアム・ブラックウッズが『エディンバラ・レヴュー』に対抗して始めた総合雑誌。寄稿者には、ウォルター・スコット、ウィリアム・ワーズワスなどがいた。

ブルームズベリー・グループ　Bloomsbury group……58, 94-9, 123

1907年から1930年にかけてロンドンのブルームズベリー地区に住み活動した文学者・芸術家・知識人のグループ。構成員には、批評家レナードと小説家ヴァージニアのウルフ夫妻、小説家E・M・フォースター、経済学者ケインズ、哲学者ラッセル、伝記作家ストレイチーを含む。

ブレホン法　Brehon Laws……284, 289

古代アイルランドの諸権利・慣習をまとめた法律の総称。7、8世紀に成文化されたと言われる。この法は、双務契約的に結ばれた社会的関係（血縁関係や雇用関係）にもとづく賠償制度を基本とする。1650年ころからイングランド法に取って代わられた。

プロテスタント・アセンダンシー　Protestant Ascendancy

⇒「アセンダンシー」の項参照。

文芸復興（派）　Literary Revival

⇒「アイルランド文芸復興」の項参照。

ヘッジ・スクール　hedge school……202, 284

18世紀から19世紀初頭にかけてアイルランド人子弟の教育の役割を担った有志による私設学校。「寺小屋」と訳されることもある。カトリックの諸権利を制限した刑罰法によって、カトリックによる学校運営と正規の学校での授業が禁止され、外国への留学も禁じられ、それによって失職した教師や僧侶が有料で授業をおこなった。授業を英語でおこなったため、英語を覚えれば就職も有利になり社会的地位も上がると思った親たちが、子供を通わせる気になったと言われる。基本的には読み書き算数の教育にとどまったが、教える側はギリシア語やラテン語の古典教育を尊重していた。その雰囲気はブライアン・フリールの戯曲「トランスレーションズ」に詳しい。

ハ行

ハビトゥス　habitus……100

習性。もともとラテン語で、「状態・態度・外観・服装・たたずまい・習慣」といった意味をもっていたが、フランスの社会学者ピエール・ブルデューの使用により、新たな意味合いを帯びた。社会は一方に書籍や制度などのように物象化した社会と、他方にハビトゥスというかたちで身体化された社会の二つの側面をもっているとするブルデュー的な意味では、ハビトゥスは「社会的に獲得された性向の総体」となり、人間が社会化されるメカニズムを巧みに説明する概念となる。

ピゴット偽造文書事件　Piggott Forgeries……89

アイルランドのジャーナリスト、リチャード・ピゴットは1887年『タイムズ』紙に、パーネルが殺人の共犯であることを示す証拠文書を提出したが、調査の結果、偽造であることが判明、ピゴットはスペインへ逃亡し、1889年に自殺した。

ピュージー主義（運動）　Puseyism……203

19世紀にオクスフォード大学を中心に起こった英国国教会内の刷新運動。カトリック的要素の復活によって国教会の権威を回復し、教権を国家から取り戻すことを目指した。中心人物であったニューマンは後にカトリック教会に改宗することになる。オックスフォード運動とも呼ばれる。

フィッツウィリアム・スクエア　Fitzwilliam Square……99

メリオン・スクエア同様、ジョージ王朝建築のタウンハウスが美しいとされる公園広場地区。1791年から1825年に建てられた。フィッツウィリアム卿が開発したものでは最後のもので最小のもの。W・B・イェイツは1928年から32年にNo. 42に住み、その弟で画家のジャック・B・イェイツはNo. 18をアトリエにしていた。

フェニアン（同盟員）　Fenian……139, 146, 154, 178, 191, 193, 269, 308-09

アイルランド独立等を目指した米国・アイルランドの秘密結社。1858年にニューヨークで結成。アイルランドを独立共和国にし、土地所有権をイングランド人から奪い取るためには武装蜂起しかないと主張する。67年にアイルランドのケリー州で、66年と70年に北アメリカのイングランド植民地

フランス軍も参加したが、イングランド軍に鎮圧され、ウルフ・トーンは軍法会議にかけられ絞首刑を言い渡されたが、自害した。

土地同盟　Land League……80, 166-67, 307

インググランド人による地主制の廃止と土地国有化を主張したアイルランドの政治結社。フェニアン同盟員ダヴィットを中心に結成され、その後英国議会内のアイルランド自治協会と合同して、パーネルを指導者とする自治党を結成することになる。小作権の安定、公正な地代、小作権売買の自由を訴え、農民運動を展開。82年に解散を命じられ、非合法活動に入る。

土地法　(Wyndham) Land Act……166, 185, 194, 245

アイルランドにおける地主制度の廃止および小作人の権利保護を開始した法律。1903年に英国のアイルランド担当相ジョージ・ウィンダムにより制定され、1909年、1923年、1932年に追加条項が加えられ、計4つの条項をあわせて複数形で土地法(Land Acts)と呼ぶこともあるが、「土地法」と呼ぶ場合は、通常1903年のウィンダム土地法を指す。ウィンダム土地法を改善した1909年のビレル(Birrel's)土地法により、アングロ・アイリッシュ・アセンダンシーの政治勢力は終止符を打たれたと言われる。

トリニティ・カレッジ　Trinity College Dublin……5, 26-7, 30, 101-02, 108, 111, 113, 128, 137, 178, 202, 205, 208, 211-12, 228, 236, 270, 278, 281, 284

ダブリン大学(University of Dublin)の別名。1591年にアイルランド初の大学として創立された。スウィフト、バーク、ワイルド、シング、ベケットなど、アングロ・アイリッシュ文学者の多くがこの大学の卒業生である。アイルランド共和国独立までは、基本的に英国国教系の大学であった。

ナ行

『ネイション』　*Nation*……38, 42, 48, 54, 103-04, 128, 139-40, 203, 210, 296, 298, 302, 305, 315

トマス・デイヴィスがギャヴァン・ダフィとブレイク・ディロンに呼びかけて創刊した週刊誌（1842-8／第2シリーズは1849-96）。政治的には、連合撤回、土地の奪還、宗教の自由、アイルランド人自身による立法・行政、教育の自由、新聞の無料化などを訴えた。文化的には国民の歴史に誇りをもつよう訴え、「国民文学」の欄を設けた。

ダブリン・ソサエティ　Dublin Society

⇒ロイヤル・ダブリン・ソサエティの項参照。

『DUM（ダブリン・ユニヴァーシティ・マガジン）』　*Dublin University Magazine*

……13, 15, 27, 42, 48, 52, 54, 75, 89, 91, 94-6, 102, 104, 106, 127-31, 133-34, 140, 151, 165

カトリック解放令と選挙法改正案を受けて、〈アイルランド自治〉反対の立場をもつプロテスタント統一党員(Unionist)が創設したアイルランドの月刊文学・思想雑誌。ダブリンのトリニティ・カレッジとの関係が深い。創設者にはアイザック・バット、サミュエル・ファーガソンなどがおり、初代編集者にはシェリダン・レ・ファニュやチャールズ・リーヴァーがいた。カトリックのアイルランド・ナショナリストと対立していたが、英国側がアイルランド問題を把握できていないことに対しても憤っており、そのジレンマが雑誌を特徴づけていたとも言える。アイルランドの歴史や文学をよりよく理解しているのは自分たちプロテスタント精神であると考える傲慢さが反感を買うものの、古代アイルランドの文物を調査し掘り起こしてアイルランド人たちがアクセスできるようにしたという点では、アイルランド・ナショナリストたちからも当時から今に至るまで一目置かれている。1833年に創刊され、1877年まで刊行された。

チャーティスト運動　Chartism……148, 302

1834年から48年の労働者による「人民憲章」の法制化運動。成年男子選挙権、国会議員への歳費支給、平等な選挙区制、毎年の議会開催、無記名投票、などを含む改革運動。

統一アイルランド人連盟　(Society of) United Irishmen……54, 62-3, 69, 71, 142, 169, 178-79, 208, 213

厳密には1791年にサミュエル・マックタイアらによって、カトリック解放と議会改革を目指してベルファストで結成された政治結社を指すが、一般には「98 (Ninety-Eight)」と呼ばれる1798年暴動に参加した叛徒を指して用いられる。アメリカの独立やフランス革命の流れを受けてアイルランド人による独立国家設立を訴え、ダブリン支部の創設者であるウルフ・トーンの影響のもとに、1798年にアルスター、レンスター、マンスター、コナハトなどアイルランド全土で同時多発的に暴動を起こした。この暴動には

青年アイルランド派 Young Ireland……12, 15, 24, 63, 77, 79, 87-8, 103, 106, 137, 139, 168, 170, 184, 203, 296-315

カトリック解放や〈連合撤回〉を目的とした運動をダニエル・オコンネルとともにしていた集団のなかで、オコンネルの非暴力性に見切りをつけ離反したものたちが1840年代に結成した、アイルランドの急進的ナショナリストグループ。

聖パトリック Saint Patrick……32, 192

5世紀ころ在世のアイルランド守護聖人。西ブリテンに生まれ、16歳時に海賊の捕囚となりアイルランドへ連行され、そこで6年間奴隷として過ごすが、逃亡。聖職者になってから、アイルランドへの伝道に召命を自覚。司教としてアイルランド全域にキリスト教を広めた。アイルランド全土から蛇を追い出した伝説や、三つ葉（シャムロック）をもちいて三位一体をといたことでも有名。アイルランド人から広く敬愛されており、その祝日3月17日の聖パトリックデーは、アイルランド、アメリカ合衆国などアイルランド系住民の多い地域では現在も盛大な行事が催される。

タ行

大飢饉 The Famine / The Great Hunger/ The Great Famine……105-06, 143, 181, 184, 189, 200, 202, 210, 229-31, 270, 280, 306, 313

1845年から1848年にかけておきたアイルランドの国家的災害。ジャガイモの立ち枯れ病に起因するが、それにもまして当時イングランド政府が自由経済の名の下にアイルランドを放置し、事態が深刻になってから打ち始めた救援作が後手に回り被害が大きくなったため、ジャガイモを主食とするアイルランドの貧農を中心として約100万人が飢饉およびそれに伴う疫病で死亡した。加えて100万人あまりが国外へ脱出したために、数年のうちに人口が激減し、人口地図も塗り替えられた。これによりアイルランド語を話す人間が激減したことも、アイルランド語話者が消滅しつつある大きな原因となっている。クロムウェルによる虐殺およびリメリック降参の条件に関する裏切りとならんで、アイルランド人がイングランドに対してもつ不信感の源泉のひとつであり、アイルランド文学における主要モチーフのひとつでもある。

“political economy”は「政治経済学」と訳されるが、本書が対象とする19世紀には“economics”と同じ意味、つまり「経済学」という意味で使用されていたため、本書では区別せずに、ともに「経済学」と訳している。同様に、“political economist”も「経済学者」と訳している。

アイルランドで1689年から91年に戦われたウィリアム戦争(The Williamite War)でオレンジ公ウィリアムを支持したプロテスタント側が勝利したのを受けて、カトリックにさまざまな法的制限が課せられることになった（ウィリアムはリメリックの降伏にあたってカトリックの土地所有・公職叙任を約束したが、守らなかったために、この「裏切り」は後々まで語り継がれ、「イングランド人の裏切りとリメリックを忘れるな」というアイルランドの格言が残った）。以後プロテスタント・アセンダンシーを確立することになった刑罰法では、カトリックに対してまず政治参加や土地所有が制限され、つぎに遺産相続と借地権にまで制限が拡大され、1729年の条例では選挙権の否定にまでいたった。以降、社会情勢の変化やカトリック・アイルランドの運動を経て、刑罰法は徐々に緩和され、1793年には選挙権が認められ、1829年のカトリック解放令にて公職叙任も認められることとなった。制度的に不平等をもたらしたにとどまらず、クロムウェルによる虐殺と〈大飢饉〉の際のイングランド側の対応とならんで、アイルランド人がイングランドに対してもつ不信感の源泉のひとつとなっている。

サ行

1900年にアーサー・グリフィスの呼びかけで結成されたアイルランド独立を目指す政治結社。政治・経済・社会・文化の各分野で具体的な自立政策を掲げて独立を志向した。1916年の復活祭蜂起では、市民軍と協力してダブリン市内で叛乱を起こしたが、イギリス軍に鎮圧された。アイルランド自由国の独立以降、穏健派が分裂したのち、残った非合法組織IRAの表向きの政治部門としてシン・フェイン党が議会活動をおこなう。この名称は、ゲール語で「われわれ自身だけで」という意味である。

のちにフリードリッヒ・ニーチェも書名に用いることになる、当時の「悦ばしき知識(gay science)」というフレーズを反転させた皮肉だった。

『オール・アイルランド・レヴュー』　*The All-Ireland Review*……172

スタンディッシュ・オグレイディが編集したアイルランドの文芸週刊誌。アイルランドの事象に急進的保守主義の視点から考察を加えた。寄稿者には、モード・ゴン、アーサー・グリフィス、W・B・イェイツなどがいた。1900年から1906年まで刊行。

カ行

カトリック解放　Catholic Emancipation……69, 127, 132, 142, 147, 151, 184, 192, 280

アイルランドにおいて刑罰法によって制限されたカトリックの社会的・政治的権利を回復すること、およびそのための運動。**⇒「刑罰法」の項参照。**

カトリック・ユニヴァーシティ　Catholic University……33, 35-7, 73, 218, 257

カトリック信徒に大学教育の機会を与えるべく、J・H・ニューマンを学長として1854年に創設された。しかし、寄付も政府援助も足りず、4年足らずで閉校した。

98　Ninety-Eight……270

⇒「統一アイルランド人連盟」の項参照。

クイーンズ・カレッジ　Queen's Colleges……73, 206-07, 210, 212, 214, 216, 257, 301

アイルランド・クイーンズ大学(Queen's University of Ireland)を構成する諸カレッジ。1845年に英国で法案が通過され、ヴィクトリア女王にちなみベルファストとコークとゴールウェイにクイーンズ大学が設置された。ダブリン大学トリニティ・カレッジが英国国教的教育をおこなったのに対し、クイーンズ大学は基本的に無教会主義の立場をとった。

クハラン　Cuchulain……172

アイルランド、古代アルスター伝説上の人物。神話的英雄として、アイルランド文学の想像力の源泉となってきた。クーフリン、ク・ホランとも訳される。

経済学　political economy/economics……163, 177, 221-29, 232-40, 245-56,

を担ったプロテスタントのアングロ・アイリッシュ作家・詩人たちが作品に残したアイデンティティの問いにまつわるジレンマは、支配的だった集団が周辺へ追いやられたときに示した「徴候」と読まれることもある。アイルランド史における最重要キーワードのひとつで、その用法の複雑さはT・イーグルトン『表象のアイルランド』(紀伊国屋書店)第2章「アセンダンシーとヘゲモニー」やW. J. McCormack, *Ascendancy and Tradition in Anglo-Irish Literary History from 1789 to 1939* (1985) に詳しい。⇒「**アングロ・アイリッシュ**」の項参照。

アビー座　The Abbey Theatre……15, 91, 112

　ダブリンのアビー通りにある劇場。W. B. イェイツやグレゴリー卿夫人のアイルランド文芸復興運動に関心をもったホーニマン女史の援助で1904年に開場。アイルランド人作家によるアイルランドを描いた戯曲をアイルランド人俳優によって上演することを目的とした。1951年に一度消失したが66年に再建され、ゲール語劇や商業ベースにのらない詩劇を上演するなどしてアイルランド演劇の発展に大きく寄与し続けている。

アルスター　Ulster……62, 70, 124, 150-51, 192-93, 205, 229-30, 285, 316-17

　アイルランド北東部の名称。アルスター伝説(神話)群(Ulster Cycle)の名からもわかるとおり、英雄クハランとメーヴの死闘や、ディアドラの話などアイルランド文化の基層をなす伝説発祥の地であるにもかかわらず、現在そのほとんどの地域が、アイルランド共和国ではなく北アイルランドとして連合国(United Kingdom)に属している。

アングロ・アイリッシュ　Anglo-Irish……11-2, 15, 27, 38, 51-2, 55, 60, 67, 80, 90, 96-8, 102, 105, 110, 113-23, 128-29, 134, 153-55, 158, 161, 170, 175-76, 182, 184, 198, 201, 212, 227, 230-32, 283, 316

　人間に関しては「イングランド系アイルランド人」を指し、「アセンダンシー」と重複した意味合いで用いられることもある。文学については、「アイルランド語で書かれたアイルランド文学」と区別して、「英語で書かれたアイルランド文学」という意味で用いられる。その場合、作家や詩人はイングランド系アイルランド人に限らずアイルランド人も含む。

陰気な学問　dismal science……271

　19世紀にトマス・カーライルが経済学を「陰気な学問」と呼んだ。これは、

事項索引

ア行

アイルランド聖公会 Church of Ireland……67, 122-23
アイルランド共和国および北アイルランドにおける独立の英国国教会。

アイルランド文芸復興 (Irish) Literary Revival……11, 24, 26, 62, 97, 140, 192, 194, 287, 289
アイルランド文学は土着のゲール語で書かれた神話・伝説と、英語で書かれたアングロ・アイリッシュの文学に大別されるが、ゲール語からの翻訳を介して理解した「アイルランド性」を英語で書かれたアングロ・アイルランド文学の中により強く導入することで、国民のアイデンティティを確立しようとした運動。グレゴリー卿夫人、W・B・イェイツ、シングらが代表的な人物。

アセニーアム・クラブ The Athenaeum Club……158
1824年に創立されたロンドンの上流階級男性専用会員制クラブ。図書室、バー、レストランなども備えている。アーノルド、キプリング、ディケンズなどの文人や、スコットなどの歴史家も会員だったが、科学志向が強。

アセンダンシー ascendancy……11-2, 30, 56, 69, 71, 80, 90, 92, 119-20, 124-25, 133, 142, 154, 165, 169-70, 190, 197, 204-05, 216, 219
一般的には、18世紀以降のアイルランドにおけるプロテスタント上流階級(多くがアングロ・アイリッシュ)を指す。土地の独占と市民権の一部独占を通じて、少数派のプロテスタントが多数派のカトリック(多くがアイルランド人)を支配した。カトリック解放、連合撤回、自治権獲得、土地戦争などに代表される、市民権獲得から独立へ向けての運動は、概してカトリック・アイルランド人とアセンダンシーとの間の闘争を軸としており、アセンダンシーの覇権は19世紀終盤から20世紀初頭にかけて徐々に弱められていった。アイルランド文化を敬愛し、当時アイルランド文芸復興運動

訳　者

大橋洋一

1953年生まれ。東京大学大学院人文科学研究科修士課程修了。現在、東京大学教授。著書に『新文学入門——T・イーグルトン『文学とは何か』を読む』(岩波書店) など。訳書に、イーグルトン『文学とは何か——現代批評理論への招待』(岩波書店)、『クラリッサの凌辱——エクリチュール、セクシュアリティー、階級闘争』(岩波書店)、『イデオロギーとは何か』(平凡社)、『文化とは何か』(松柏社)、サイード『知識人とは何か』(平凡社)、『文化と帝国主義』(みすず書房)、『晩年のスタイル』(岩波書店) など多数。

梶原克教

1965年生まれ。東京大学大学院人文社会系研究科欧米系文化研究(広域英語圏言語文化)博士課程単位取得満期修了。アルスター大学よりMA with Distinction取得。現在、愛知県立大学准教授。共著書に『現代批評理論のすべて』(新書館)、『ハーストン、ウォーカー、モリスン——アフリカ系アメリカ人女性作家をつなぐ点と線』(南雲堂フェニックス) など。訳書にドナルド・カッツ『ジャスト・ドゥ・イット——ナイキ物語』(早川書房)。

松柏社叢書　言語科学の冒険21

学者と反逆者——19世紀アイルランド

初版第一刷発行　二〇〇八年一一月一五日

訳　者　大橋《おおはし》洋一《よういち》　梶原《かじはら》克教《かつのり》

発行者　森　信久

発行所　株式会社　松柏社

〒102-0072　東京都千代田区飯田橋一-六-一

電話〇三(三二三〇)四八一三

電送〇三(三二三〇)四八五七

装　画　うえむらのぶこ

印刷・製本　モリモト印刷株式会社

定価はカバーに表示してあります。

落丁本・乱丁本は送料小社負担にてお取り替えいたします。

ISBN978-4-7754-0144-6

◇松柏社の本◇

曖昧なまま使われる「文化culture」という用語を徹底検証！！

現代文化のなかでもっとも重要になった用語「文化culture」。明快かつ鋭い分析で、語源や多義性を、啓蒙期からポストモダンの時代にいたる歴史のなかにたどり、現代の文化論争における諸前提の衝突を整理して解説。

文化とは何か
言語科学の冒険20

テリー・イーグルトン [著]　大橋洋一 [訳]

●四六判上製●350頁●定価：本体3,500円＋税

http://www.shohakusha.com

◇松柏社の本◇

競馬は
イギリス文化を映し出す鏡！

競馬がわかればイギリスの貴族社会・階級社会が見えてくる。そして、競馬を知ることでイギリスの産業構造が見えてくる。本書は競馬を切り口にして、みごとにイギリス社会の本質をあぶり出すことに成功した、一級の文化論！

競馬の文化誌
イギリス近代競馬のなりたち

山本雅男 [著]

●四六判上製●300頁●定価：本体2,400円＋税

http://www.shohakusha.com

◇松柏社の本◇

日本初の
キプリング総合研究書!

英文学史上、ときにシェイクスピア、ディケンズと並んで三大天才と称されるキプリング。英文学のキャノンからはずされてきたキプリングの全貌を同時代史とポストコロニアリズムの両方の視点から読み直す。

ラドヤード・キプリング
作品と批評

橋本槇矩／高橋和久 [編著]

●四六判上製●420頁●定価：本体2,800円＋税

http://www.shohakusha.com